LA
GANADORA

LA GANADORA

C. J. PARSONS

Editado por HarperCollins Ibérica, S. A.
Avenida de Burgos, 8B - Planta 18
28036 Madrid

La ganadora
Título original: The Winner
© C. J. Parsons 2024
© 2025, para esta edición HarperCollins Ibérica, S. A.
Publicado por HarperCollins Publishers Limited, UK
© De la traducción del inglés, Celia Montolío Nicholson

Diseño de cubierta: Stephanie Heathcote de HQ
Imágenes de cubierta: Getty Images y Stocksy

ISBN: 978-84-1064-222-5
Depósito Legal: M-23728-2024
Impreso en España por: BLACK PRINT

MIXTO
Papel procedente de
fuentes responsables
FSC® C159065
FSC
www.fsc.org

Para mamá, alias «Purple Grandma»

Prólogo

«Se acabó», pensó Elliot mientras su cerebro registraba que el coche ya no se aferraba a las cerradas curvas de la costa, que se había salido de la última y que debajo de las ruedas no había nada más que aire. «Aquí termina mi vida».

Fue como si el tejido del tiempo se estirase mientras el vehículo, con el parabrisas empañado por la lluvia, flotaba a cámara lenta sobre el mar del Norte.

Entonces, un ataque de pánico le quitó la respiración.

«Rosie».

Volvió la cabeza hacia el asiento del copiloto; Rosie, con la mirada clavada en el parabrisas a través de los dedos y la boca abierta en un grito mudo mientras el coche salía volando montado sobre una ola de inercia menguante, era la viva imagen de una chica absorta en una película de terror.

El cielo desapareció del parabrisas y fue sustituido por unas vistas de unas olas rompiendo contra las rocas. A Elliot se le subió el estómago a la garganta mientras caían.

Hubo un choque ensordecedor, un chillido agudo de metales quejumbrosos, y salió disparado hacia delante. El cinturón de seguridad se le clavó en el torso, su cara se estampó contra el airbag.

Después, nada. Silencio. Oscuridad.

¿Ya estaba muerto? ¿Era esto la muerte?

No sabía si habían pasado unos segundos o unas horas cuando el dolor hizo acto de presencia, señal de que seguía en este mundo. Oía lluvia cayendo sobre metal. Olas batiendo la orilla.

«Vivo. Estoy vivo».

Inhaló y el dolor le atravesó el pecho como un puñal, desvaneciéndose al exhalar. Cogió aire y de nuevo sintió la puñalada. ¿Sería una costilla rota?

Elliot estaba vencido hacia delante en el asiento, de espaldas al cielo y con la cara hundida en el airbag; lo único que le impedía caer era el cinturón de seguridad.

«Rosie».

Lenta, dolorosamente, giró la cabeza hacia ella.

La parte superior del cuerpo de Rosie estaba doblada sobre el cinturón como una marioneta sostenida por hilos flojos, el rostro suspendido justo por encima del champiñón pálido del airbag, los ojos cerrados. El cristal de su ventanilla estaba a punto de reventar, y al otro lado solo había oscuridad. Elliot alargó el brazo y le tocó la muñeca, que colgaba inerte. Notó el leve latido del pulso bajo la piel. Le asaltaba en oleadas un mareo que le nublaba la vista con enjambres de puntitos blancos, y en un primer momento pensó que la cara de Rosie estaba medio oculta por las sombras. Pero de repente se despejó y vio que la capa de oscuridad era sangre. Rosie debía de haberse dado con la cabeza contra la ventanilla mientras caían.

«Morirá si no consigo sacarla de aquí».

Respiró hondo, hizo una mueca de dolor. Miró fijamente el parabrisas, en un intento por vislumbrar qué había al otro lado. Pero empezó a ver doble y lo único que pudo distinguir fue la oscuridad. El pánico le asaltó de nuevo al imaginarse el coche atrapado bajo las olas, el agua entrando a chorros por las junturas de las ventanillas. Ellos dos ahogándose lentamente en la negrura.

«Inhala… dolor. Exhala… alivio».

Con un esfuerzo hercúleo, levantó la cabeza hasta que hizo contacto con el respaldo del asiento, movimiento que le provocó náuseas y la perturbadora sensación de que dentro de su cráneo había piezas sueltas dando bandazos. Algo le goteaba por el labio, y lo lamió sin pensarlo. Un líquido salado. Sangre.

«Inhala… dolor. Exhala… alivio».

Volvió lentamente la cara hacia la puerta del conductor. Las esquirlas le resbalaban y entrechocaban dentro de la cabeza, y sintió pavor al imaginarse lo que podría ver por la ventanilla.

«Por favor que no sea agua».

Y sollozó aliviado. La ventanilla estaba surcada de grietas, pero seguía entera, su parte inferior atravesada por una diagonal de una oscuridad más profunda, distorsionada por la lluvia que bajaba serpenteando por el cristal.

Rocas. Veía la superficie del mar agitándose justo detrás, más o menos a medio metro por debajo. Notó que la mente volvía a funcionarle, que la corteza cerebral se activaba de nuevo y le arrebataba el control al frenético estruendo de su sistema límbico. Y ahora, por fin, fue capaz de hacer lo que mejor hacían los psicólogos: analizar.

La parte frontal del coche estaba encajonada entre un par de rocas enormes que sobresalían del mar, justo enfrente de la base del acantilado. Las puertas estaban atascadas, de modo que iba a tener que escapar por atrás y trepar hasta la carretera.

Pero ¿era posible? ¿Qué pendiente tenía el acantilado? ¿No sería mejor llamar para pedir ayuda y esperar hasta que llegase? De nuevo miró a Rosie por si veía alguna señal de que estaba volviendo en sí. Y de repente se le cortó la respiración. Ahora que veía con nitidez, se fijó en que el coche se había combado hacia dentro por el lado de Rosie. El metal tenía un abombamiento obsceno que le llegaba hasta la mitad del regazo. Dios. Intentó sacarla, pero estaba muy encajada, la parte inferior del cuerpo atrapada por el metal. Harían falta herramientas y expertos para sacarla de ahí.

«Siempre que no sea demasiado tarde. Por tu culpa».

El pensamiento le daba vueltas en la cabeza, susurrando. Lo apartó.

El móvil. ¿Dónde estaba? Se lo había metido, como siempre, en el bolsillo de la chaqueta, pero lo buscó a tientas y ya no estaba. Cerró los ojos —gran error: el mundo se ladeó y dio un tumbo como una atracción de feria— y acto seguido los volvió a abrir. Seguro que el teléfono se había caído al chocar y había salido disparado hacia la zona del coche que ahora estaba más baja, la delantera. Iba a tener que sortear el airbag para cogerlo.

«No te dejes llevar por el pánico —le reprendió la corteza cerebral—. No hay prisa».

Pero sabía que no era cierto, porque empezaba a caer en la cuenta de un detalle. Habían recorrido esta misma carretera hacía una semana, al comienzo de sus vacaciones en las Tierras Altas escocesas, y no había habido rocas asomando por el agua: Rosie había sacado fotos por la ventanilla del coche, después, en el hotel, las habían visto.

No había habido rocas porque la marea las había cubierto. Se obligó a sí mismo a mantener la calma mientras asimilaba lo que esto significaba. ¿Estaría subiendo la marea en estos instantes?

Oyó un goteo cerca, por delante. Se inclinó a la izquierda y luego a la derecha, intentando ver lo que había al otro lado del airbag.

«Inhala… dolor. Exhala… alivio».

La base del parabrisas se había agrietado y el agua recorría el salpicadero formando riachuelos que caían al espacio reservado para los pies. Se percató del sonido que producía: el plon plon de un líquido cayendo sobre otro líquido. Estiró las piernas hacia el hueco de los pedales y sintió el frío abrazo del agua en torno a los tobillos. Si el móvil se le había caído, a estas alturas estaría sumergido.

«Piensa-piensa-piensa».

¿Y el móvil de Rosie? Solía llevarlo en la bolsa de lona.

En la bolsa que había dejado tirada en el suelo, a sus pies. Y que ahora estaba debajo del agua, como su teléfono.

Las olas, cada vez más agresivas, sacaban esquirlas de cristal del rompecabezas del parabrisas y entraban a borbotones por la brecha de abajo. Sin prisa pero sin pausa, el agua de mar iba llenando el coche. Era solo cuestión de tiempo que toda la parte frontal, incluidos los asientos a los que estaban enganchados, se sumergiese por completo.

—¡Rosie, despierta!

Nada. Ni la más mínima reacción.

La cogió del brazo y de la pierna que tenía expuesta y tiró con todas sus fuerzas. En vano.

Tenía que salir de allí. Subir a la carretera y parar un coche. ¿Lo conseguiría? Solo llegar al pie del acantilado, sometido al azote de las olas contra las afiladas rocas, sería una hazaña.

Aun así, tenía que intentarlo. No podía quedarse allí sin más, esperando a que la marea lo enterrase.

Miró a Rosie. ¿Qué iba a ser de ella? Estaban en un tramo de costa muy aislado, solo se habían cruzado con dos o tres coches en la última hora. ¿Cuánto tardarían en llegar los rescatadores? ¿A qué distancia estaba el hospital más cercano, el parque de bomberos? La cruda realidad era que probablemente la ayuda no llegaría a tiempo.

Entonces, una fría voz se coló entre sus pensamientos, susurrando: «Pero se lo ha buscado ella solita, ¿no? Si no hubiese dicho esas cosas, en estos momentos estaríamos a salvo».

Elliot contempló el perfil de Rosie. Ahora que el pánico había remitido, se sentía extrañamente desapasionado. Vacío. Vio cómo la sangre fresca trazaba una línea de un lado a otro de su cara. Escuchó cómo caía el agua en el hueco para los pies.

Plon-plon-plon.

Cada vez más fuerte. Más rápido.

Capítulo 1

—¿Qué llevas escondido en la manga? —preguntó Heather.

El chico se volvió y le dedicó una sonrisa maliciosa. Eric Shulman era todo un psicópata en ciernes, distinto de los abusones cuya chulería no era más que una delgada tapadera para la herida abierta de sus terribles inseguridades. No, Eric estaba hecho de otra pasta. No parecía que ocultase nada aparte de una oscura e inquietante vacuidad.

—Perdón, ¿qué ha dicho, señorita?

Entre el griterío y las risas de la hora del almuerzo, había mucho ruido en la zona de recreo… En fin, era posible que no hubiese oído la pregunta…

Posible.

Pero improbable.

—El paquete ese que acabo de ver asomando por la manga de tu chaqueta. Quiero que lo saques. Ahora mismo.

Cualquier otro alumno del instituto Holland Park habría dado marcha atrás o, como mucho, se habría mantenido en sus trece. Pero Eric no. Dio un paso, y al acortar la distancia la diferencia entre sus respectivas alturas quedó patente. Quince años y ya descollaba sobre ella.

—Para no tener pruebas, señorita, es una acusación muy seria. Porque todo el mundo tiene derechos. Ni siquiera la policía puede registrar a la gente sin una razón de peso. —Sacó un chicle, se lo metió en la boca y empezó a mascar. El olor a menta se mezcló con el pestazo a cannabis que desprendía su chaqueta—. Que yo sepa, los profesores todavía no han superado en rango a los policías. Y usted ni siquiera es una profesora de verdad. Solo está en prácticas.

«Niñato arrogante».

Era vagamente consciente de que volvía a tener punzadas en la pierna: un dolor desesperante y machacón, como si con cada latido del corazón el hueso mismo se hinchase y se contrajese. Debía de haberse pasado ya el efecto de la pastilla. Tragó saliva y señaló el puño de la manga de Eric, donde llevaba escondido el paquete de droga…, porque fijo que era droga, ¿qué si no? Le tocó la manga con la punta del dedo.

—Veo que…

La mano de Eric se cerró al instante sobre su muñeca. Se inclinó sobre ella, llenándole los orificios nasales de olor a menta, y le dijo entre dientes al oído:

—No me toque.

De repente, Heather tuvo miedo. Miedo de aquel adolescente grandullón de brillantes ojos oscuros y postura desafiante que arrastraba las palabras con acento pijo. El chaval apretó más, y los ojos de Heather recorrieron rápidamente la zona del recreo. Maldita sea, se suponía que tenía que haber otra persona más de guardia. ¿Dónde diablos se había metido Steve? Seguro que estaba tomándose un café en la sala de profesores, el muy gandul.

Se irguió todo lo larga que era —que no era mucho, con su metro sesenta— y, mirando a Eric a los ojos, le habló con toda la autoridad que fue capaz de reunir:

—Suéltame inmediatamente la muñeca o se lo digo a la directora.

—Huy, qué miedo —dijo él, sin el menor rastro de inquietud—. ¿Cree que me expulsarán?

Y se rio. Porque, por supuesto, no podían librarse de él sin cerrar el grifo de las donaciones que llegaban a raudales a las arcas del instituto desde el día que Eric Shulman (heredero de la dinastía Shulman de medios de comunicación) entró por primera vez por la puerta. Con el dinero Shulman se había comprado el rutilante equipo nuevo del laboratorio y los flamantes ordenadores del Rincón de Programación; también se había transformado la parcela colindante en las canchas de tenis que eran la joya de la corona de la educación física de Holland Park.

Lo cual significaba que, hiciera lo que hiciera, a Eric jamás le expulsarían con carácter irrevocable. Si algo había aprendido Heather en sus ocho meses de prácticas, era que los ricos vivían en una especie de universo paralelo que no se regía por las mismas normas, disfrutando de vidas cómodas y bellas en las alturas mientras, abajo, la gente como ella salía adelante con dificultad, echando horas y acatando las reglas.

—Suéltame ahora mismo o… —Buscó desesperadamente una amenaza apropiada, pero se había quedado en blanco. Entonces, por la izquierda, oyó pasos.

—Para ya, gilipollas.

Heather se volvió y vio a Dean Mitchell, el chaval bocazas pero de gran corazón que vivía dos pisos por debajo de ella, en el apartamento 34.

Le plantó cara a Eric. No era tan alto como él, pero sí más corpulento.

Eric soltó la muñeca de Heather. Los largos dedos migraron a la corbata escolar y ajustaron el pisacorbatas de oro.

17

—Vaya, vaya, pero si es el chico becado… —Sus ojos volvieron a Heather y otra vez a Dean—. Vosotros dos sois vecinos, ¿no? De las casas de protección oficial… —Lo dijo claramente con tono de retintín.

—Sí —respondió Dean, reduciendo el espacio que los separaba a unos pocos centímetros. Eric no se movió—. ¿Pasa algo?

—No, para nada. Me encantan las referencias literarias. Urbanización Shakespeare, con bloques de viviendas que se llaman como sus grandes obras. Qué intelectual. —Miró a Dean de arriba abajo—. Y tú tienes que ser Otelo, porque no podrías interpretar ningún otro papel, ¿no? Entonces, ¿la señorita Davies es tu Desdémona? Apuesto a que…

El timbre ahogó las siguientes palabras, rompiendo el hechizo que había conseguido echarles y recordándole a Heather que aquel era su lugar de trabajo. Que, por mucho que fuera el heredero, la que llevaba las riendas era ella. Y no iba a permitir que se fuera de rositas después de haberla agarrado de esa manera.

—Eric, tú te vienes conmigo al despacho de la directora. Ahora mismo.

Él la miró, esbozando su sonrisa lenta y desdeñosa.

—Lo que usted diga, señorita.

—Gracias por tu ayuda, Dean. —Heather hizo un gesto de aprobación con la cabeza. Era de los buenos: un chico que te sujetaba la puerta para que pasaras y que recogía el material de laboratorio sin que hubiese que pedírselo—. Ya me encargo yo a partir de ahora.

Dean respondió con otro gesto de la cabeza.

Mientras cruzaban el patio, Heather saboreó por adelantado el momento en el que Eric tendría que revelar el contenido de la manga de la chaqueta. Quizá no consiguieran librarse de él para siempre, pero estar en posesión de drogas en el recinto escolar bastaría para expulsarle al menos una semana. Lo cual ya era algo; en su opinión, iban a estar todos más a gusto sin él. A algunos profesores les gustaba ir por ahí predicando que todos los chicos tenían algo bueno, que simplemente se trataba de una edad difícil y que nadie sabía qué era lo que pasaba de verdad en cada casa. Pero eso Heather no se lo tragaba. No, Eric Shulman no era más que un cabroncete mimado y malo. Así de sencillo.

Hasta mucho después, mientras volvía a casa dando un paseo, no se le ocurrió preguntarse cómo se habría enterado Eric de dónde vivía.

Capítulo 2

CELEBRATER CULPA AL «ZUMO ADULTERADO»
DE SU DETENCIÓN POR CONDUCIR EBRIO
Angus Fitz, corresponsal del *London Post Entertainment*

La estrella de CelebRate y autoproclamado «alcohólico en recuperación» Ozzie Jacobs ha hecho declaraciones acerca de su dramática recaída, debida según él a que fue víctima de una bebida adulterada. Sus dos años de sobriedad concluyeron la noche del sábado en una pelea de borrachos en un bar, una persecución de coches a gran velocidad y una colisión fatal entre su Ferrari y una queridísima gata anaranjada de nombre Katie.

«Al llegar al New Heights pedí zumo de piña, como siempre», ha dicho Jacob en una entrevista para Celeb TV. «Pero alguien tuvo que echarme algo a la bebida porque empecé a sentirme superraro. De repente me estaba tomando un chupito de vodka tras otro y apartando a golpes a la gente que intentaba impedirme que condujese. Unos colegas me siguieron con sus coches para asegurarse de que llegaba bien a casa, pero aceleré para escaparme de ellos. Me siento fatal por haber atropellado

al gato. *Me encantan los animales y siento muchísimo haber dejado a alguien sin su mascota. Pero yo lo he perdido absolutamente todo».*

Ciertamente, Jacobs ha perdido seguidores..., lo cual compromete seriamente su futuro. La lotería bimensual de la Triple F en redes sociales otorga a cada ganador un premio vitalicio de 5000 libras semanales, además de seis meses de fama como uno de los doce winfluencers de CelebRate, la app *y la web más populares del Reino Unido. Eso sí, con una advertencia: los ganadores cuyas cifras de seguidores bajen del medio millón durante sus seis meses en la plataforma tienen que renunciar al pago vitalicio, y a menudo son catapultados de vuelta, sin trabajo, a sus vidas de antes. Inicialmente, esta norma se creó para garantizar que los ganadores se esforzaban todo lo posible por interactuar con los fans y atraer seguidores —y dinero de patrocinadores para la empresa— mientras aparecían en la web. Pero más adelante se convirtió en una manera que tenían los fans de expresar su desaprobación por una mala conducta, como está descubriendo Jacobs en estos momentos. Comenzó la semana con más de seis millones y medio de seguidores, número que le convirtió en el winfluencer mejor valorado de la página web. Pero el número de seguidores cayó en picado después de que se difundieran por la red dos vídeos grabados con móvil. En el primero se veía su enfrentamiento etílico con la policía; en el segundo, más dañino, a una niña llorando mientras acunaba a su gata muerta. Ahora, Jacobs no llega a los seiscientos mil seguidores.*

«Solo nos dejan apoyar a tres celebRaters», dijo Marie Howe, antigua fan de Jacobs, en referencia a la práctica del concurso de limitar la cantidad de estrellas de la Triple F a las

que cada usuario puede seguir en un momento dado, «y no pienso malgastar uno de mis follows *dándoselo a alguien que conduce borracho».*

Desde que ganó la lotería de las redes sociales hace cuatro meses, Jacobs ha hablado abiertamente de sus dificultades para dejar el alcohol, sensibilizando a la población acerca del alcoholismo entre los jóvenes y ganando con ello millones de seguidores. Incluso se había hablado de que aparecería junto a la celebridad de Triple F Noah Fauster como copresentador de un documental lleno de famosos sobre la historia del concurso.

«Hoy es un día muy triste para Ozzie, para la Triple F y para mí personalmente», dijo Fauster. «Ozzie es mi amigo. Libró una batalla larga y complicada contra la adicción al alcohol. Te parte el corazón ver que al final ganó el alcohol. Ojalá que...».

—Qué, conque te estás poniendo al corriente de las noticias importantes del día, ¿eh? —le dijo Steve al oído, y a Heather casi se le cayó el teléfono del susto.

Había estado sola en la sala de profesores haciendo café cuando la alerta de la noticia sobre Ozzie Jacobs había aparecido en su pantalla, y no se había podido resistir.

—Dios, Steve, ¿te importaría no acercarte tan sigilosamente? Nunca te oigo llegar.

—Ni tú ni nadie. Soy como un *ninja*.

El café no había terminado de hacerse, pero Steve cogió la cafetera y llenó primero la taza de Heather y después la suya.

—Así que Ozzie está en la Zona de Caída... Supongo que esto significa que este mes habrá un sorteo extra para sustituirle.

Heather arqueó las cejas, sorprendida.

—¿Eres fan de CelebRate?

Steve rebuscó en la lata de galletas del personal, y se le iluminó el rostro al encontrar una Hobnob casi al fondo.

—Claro que no. El concepto mismo de ganar fama es ridículo. Mi interés por la Triple F es puramente académico. Como profesional de la informática…

—¿Los profes de informática en prácticas cuentan como profesionales de la informática?

Steve apoyó un hombro contra la pared a la vez que mojaba la galleta en el café.

—Bueno, el caso es que vivo en el mundo de la informática. Lo cual me permite valorar las innovadoras florituras de la plataforma. —La miró de soslayo—. Por ejemplo, el Rincón de los Contendientes.

Heather contuvo la respiración. Vaya por Dios. Puso cara de póquer, diciéndose que era muy poco probable que Steve se hubiese fijado; al fin y al cabo, había dos millones de personas allí.

—Me gusta la función de búsqueda —continuó Steve—, eso de que se pueda filtrar a los aspirantes por área geográfica, trabajo e incluso *hobbies* e intereses. Puse «albañil» y «origami» y obtuve tres resultados. —Le sonrió de oreja a oreja y a Heather le dio un vuelco el corazón—. Bueno… —dijo por último, moviendo las cejas—. Chica con Clase…

Heather dio un respingo. Al releerlo en su portátil después de unas cuantas copas de vino, el lema le había parecido ingenioso, una referencia divertida a su profesión…, a su casi profesión…, a su trayectoria profesional aplazada. Pero al oír las palabras pronunciadas con el acento del dialecto de Manchester de Steve, el lema se le antojó ridículo y vanidoso.

—Es muy fácil burlarse, pero ya me gustaría ver cómo te apañas para describirte de manera ingeniosa con cinco palabras o menos.

—Eh, no me malinterpretes, los lemas son la mejor parte. —Se pasó los dedos por el pelo, que parecía recién levantado de una almohada—. Hubo un taxista gordo que puso: «Me va la marcha». Y mi favorito: «Tetas de bisturí». Ya te imaginas cómo era ella... De todos modos, lo que le faltaba al lema de ingenio y sabiduría lo compensaba con creces con su precisión y... su magnitud.

Heather se echó a reír, pero se contuvo rápidamente. Mejor no darle ánimos. Steve era su mejor amigo en el instituto Holland Park —incluso puede que su mejor amigo en general, aunque a él jamás se lo reconocería—, y a veces temía que solo fuese cuestión de tiempo que acabase compareciendo ante un tribunal de recursos humanos. No es que fuera mal tipo, todo lo contrario. Simplemente, tenía que empezar a comportarse conforme a su edad. Al fin y al cabo, tenía treinta y un años, ocho más que ella. Heather había dejado de preguntarle por qué había empezado tan tarde las prácticas docentes, qué había hecho antes. Jamás conseguía una respuesta clara. Y, además, se alegraba de tener un compañero más mayor en su primer año de prácticas; le hacía sentirse menos incómoda respecto al hecho de que los demás estudiantes en prácticas fueran más jóvenes que ella. Los compañeros de estudios de Heather habían terminado las prácticas de dos años, habían dejado de ser novatos y se habían ido a trabajar de profesores de verdad por todo el país. Y la habían dejado atrás.

Ella dio un sorbo al café.

—Pobre Ozzie. Imagínate, tener todo lo que siempre has querido: dinero, fama, juerga, y volver otra vez al punto de partida...

Steve se tragó un trozo de galleta.

—No está en el punto de partida. Sus antiguos jefes no querrán saber nada de él ahora que es un borracho famoso. Y habrá dejado su antiguo piso. De modo que, cuando le echen de la casa pija en la que vive, acabará como los otros celebRaters rechazados..., viviendo con sus padres, bebiendo demasiado, intentando desesperadamente improvisar una carrera independiente en las redes sociales, pero incapaz de hacerlo porque le han puesto la etiqueta de perdedor. En cualquier caso, no podría competir con los llamativos reclamos y las retransmisiones en tiempo real de las celebridades que ofrece CelebRate.

Heather frunció el ceño y se quedó pensando en la sombría evaluación de Steve. Por supuesto que no justificaba la conducción bajo los efectos del alcohol, pero le parecía un poco injusto que alguien lo perdiera todo por un solo error.

—Qué mala suerte tiene… Puedo contar con los dedos de una mano los ganadores eliminados de esta manera. Los demás pueden hacer lo que les venga en gana el resto de su vida, sin volver a preocuparse jamás por el dinero.

Steve la observaba atentamente, sus ojos azules entrecerrados. No estaba nada mal, en su estilo desgarbado y flacucho; su costumbre de llevar pantalones varias tallas más grandes cogidos con cinturón acentuaba la estrechez de sus caderas.

—¿Qué harías si ganaras?

—¿Que qué haría? —Heather sonrió al imaginarse disponiendo de cinco mil libras semanales para gastárselas como se le antojase, pavoneándose en fiestas y estrenos, cada movimiento seguido por fans ansiosos por compartir la experiencia de cambiar una vida corriente y moliente por una vida de lujo y glamur. Sin sentirse nunca olvidada ni invisible—. Gastar dinero. Dejar de trabajar. Bailar desnuda en una fuente de champán.

—¿Y después?

—¿A qué te refieres?

—Dejas el trabajo, bailas desnuda… Por cierto, gracias por la imagen mental. —Sus ojos hicieron un rápido repaso del cuerpo de Heather, que sintió que se sonrojaba. Steve no la miraría así si

25

supiera lo que ocultaba aquel vestido que le llegaba hasta las pantorrillas—. Te pasas por todas las tiendas pijas que encuentres. Y luego, ¿qué haces?

Heather se encogió de hombros.

—¿Viajar, quizá? Y también ir a... —¿Adónde iban los ricos y famosos, aparte de a discotecas y fiestas? ¿A las primeras filas de conciertos de música pop? ¿A galas benéficas?—. Ir a eventos, comer en restaurantes caros... —Dio un sorbo al café, mirándole con curiosidad—. ¿Por qué? ¿Qué harías tú?

Steve mojó el último trozo de galleta.

—Bebería demasiado, probaría la coca y seguro que le cogería gusto. Me tiraría a mujeres que en secreto me odiarían, pero que estarían conmigo por mi dinero. En pocas palabras, iría por mal camino.

Debía de habérsele caído un trozo de galleta al café, porque de repente soltó un taco y metió los dedos en el líquido para intentar rescatarlo. El calor le hizo sacar la mano inmediatamente.

—Bueno, tú al menos tienes un plan.

—¿Qué puedo decir? Me conozco bien. Soy débil, superficial y siempre estoy cachondo. Si ganase, tendrían que cambiar el nombre y llamarlo la Cuádruple F: fama, fortuna, fans... follar.

—Shh. —Heather miró alrededor con cara preocupada. Los tacos eran prácticamente un delito en Holland Park. Pero los profesores de verdad debían de estar aún en la reunión semanal con la directora—. Bueno, pues a mí me parece que ser rica y famosa sería increíble. —Apuró el café, que tenían un agrio sabor a quemado—. Hacer exactamente lo que te viene en gana cuando te viene en gana, sin desperdiciar ni un momento. Montones de personas que quieren conocerte y formar parte de tu vida, pendientes de cada palabra que sale de tu boca. —Sentía punzadas en la pierna como cuando se tiene un diente podrido. Iría al cuarto de baño a tomarse una

26

pastilla antes de que empezase su siguiente clase—. Disfrutaría todos y cada uno de los momentos.

—No sé, Heather. Quizá no tendrías tantas ganas de alcanzar la fama si supieras lo que es de verdad. —Por una vez, Steve habló en voz baja, y Heather vio una expresión que nunca le había visto, como si hubiese pasado una sombra por su rostro.

—¿Cómo…?

El timbre taladró su frase. Mierda. ¿Ya era la hora?

Steve se acercó al fregadero y dejó la taza, que tenía el fondo manchado de trocitos de galleta reblandecidos.

Heather la miró.

—¿En serio necesitas sumergir así las galletas?

—Sí. Hubo un sabio que dijo: «El té sin galletas está demasiado húmedo». Lo mismo vale para el café.

—¿Un sabio?

—Mi abuelo; un gran aficionado a las galletas Hobnob.

Heather se lavó la taza y la dejó bocabajo sobre el paño de cocina que estaba extendido sobre la encimera, arqueando una ceja al ver que Steve no hacía ademán de imitarla.

—¿Tu madre no te enseñó a limpiar lo que ensucias?

—No —respondió él jovialmente, dirigiéndose con aire despreocupado hacia la puerta—. No es de ese tipo de madres.

Heather trató sin éxito de imaginarse a Steve en un entorno familiar.

—¿Y qué tipo de madre es?

Él la miró con una sonrisa que no se reflejó en sus ojos.

—De esas de las que solo hablas con tu terapeuta.

Capítulo 3

—Lleva un poco de retraso —dijo Suzie por encima del hombro mientras acompañaba a Elliot por la base de la pirámide de cristal de seis plantas que era la sede de la Triple F. Llevaba la lustrosa melena rubia en un moño apretado. ¿La conocía de algo? Le costaba distinguir a las asistentes ejecutivas de la Triple F: todas llevaban los mismos pantalones grises de la empresa y el pelo recogido—. Vamos al Salón Azul. Se reunirá con usted ahí.

—Gracias.

A Elliot le habían contado que la forma piramidal del edificio de la Triple F —o el cuartel general, como lo llamaba el personal— había sido elegida para representar el recorrido ascendente y cada vez más estrecho que llevaba desde la ancha base del público general hasta los dos millones y pico de personas que probaban suerte en el Rincón de los Contendientes, de ahí a los Quince Finales y, por último, a la cumbre individual del ganador. En la planta superior estaba la oficina del director general y, por razones que nadie había sido capaz de explicarle, las cinco plantas de debajo tenían un código cromático: azul, rojo, amarillo, verde y naranja.

Elliot siguió a Suzie por el centro neurálgico: una gran oficina sin tabiques situada en medio de la planta baja y atravesada por un ancho pasillo que permitía que circulase una continua corriente de personas. A cada lado había filas de empleados hablando por auriculares delante de sus ordenadores, lo cual daba a la sala aspecto de centralita. Elliot aflojó el paso y prestó atención a una de las conversaciones telefónicas.

—Como sabe, ahora Becky va la tercera en la clasificación, así que si quiere que lleve su chaqueta tenemos que irnos al precio con prima del Top Trío. Si se le sale del presupuesto, hoy Alison tiene un veinte por ciento de descuento, pero como ha caído al octavo puesto su influencia no está en el mismo nivel que la de…

Elliot hizo una pausa para mirar el gigantesco monitor de pantalla plana de la pared, en el que se estaban proyectando imágenes de la página de inicio de CelebRate: mujeres con peinados altos saliendo de *boutiques* selectas con bolsas colgando del brazo, hombres con el pelo engominado saliendo de limusinas con mujeres colgando del brazo. Delante de una ruleta, un tahúr de mentón cuadrado cuya acompañante femenina llevaba orejas de conejito y poco más.

Suzie se acercó y siguió la dirección de su mirada.

—Nuestra última cosecha —explicó.

Elliot observó las imágenes que iban sucediéndose en la pantalla: distintas personas que participaban en variaciones de la misma actividad, la descarada exhibición de la riqueza. ¿Qué parte de la naturaleza humana avivaba este desesperado deseo de afirmación, de ser objeto de envidia, incluso por parte de completos desconocidos?

—Mi trayectoria profesional en la Triple F empezó en este departamento —estaba diciendo Suzie—. Por aquel entonces, Winfluencer Ventas era mucho más pequeño. Teníamos que llamar a diseñadores de moda y restauradores para soltarles el rollo de por qué les convenía que se viese a nuestros ganadores con su marca. En cambio, ahora son ellos quienes nos buscan a nosotros. Lo que ha dicho la prensa es verdad. La Triple F está reinventando la manera en que se hacen y se promocionan los *influencers*. —De repente, como activada por un interruptor, asomó una sonrisa a sus labios—. ¿Sabía que estamos considerando salir a bolsa el año que viene? Corren tiempos muy emocionantes para la empresa.

—Sí, vender fama es un negocio muy lucrativo.

La sonrisa se le esfumó con la misma velocidad con que había aparecido.

—No vendemos fama. Hay que ganársela. Todos los participantes tienen las mismas oportunidades hasta la fase de cribado.

Los dedos de Elliot apretaron el asa de su maletín. Contenía la tanda más reciente de documentos de cribado, que dividían a los finalistas en verde, ámbar y rojo: los que eran capaces de soportar el intenso escrutinio y el revuelo que acompañaban a los ganadores de la lotería de la red social, los que tal vez lo llevarían bien, pero necesitarían una supervisión más atenta, y los que probablemente se derrumbarían bajo la presión.

—Sí, pero hay que pagar para tener esas oportunidades.

—Diez libras es una cantidad muy baja a pagar por la oportunidad de ser rico y famoso. Y solo con que te saquen en el Rincón de los Contendientes ya mejoras tu perfil en redes, así que hasta los no ganadores obtienen una buena relación calidad-precio.

Elliot arqueó una ceja.

—¿Los no ganadores?

—¿No leyó el *email*? Ahora los llamamos así. Los gestores de imagen piensan que «perdedores» suena demasiado negativo.

—Ah, vale.

Elliot había tenido en mente un objetivo muy claro cuando

había aceptado el trabajo, un motivo que nadie más conocía. Pero en momentos como este se preguntaba si realmente merecía la pena.

—¡Ah, doctor Leyton!

—Hola, Noah.

El Salón Azul era una cafetería con pretensiones llena de muebles de falso estilo eduardiano. Había arañas colgando del techo, y en un rincón una armadura que parecía que estaba vigilando la zona de las bebidas, con su pirámide de copas de champán. Una ventana daba a un jardín rocoso cercado por una «pared viva» de helechos, pensada para ocultar las poco estimulantes vistas del aparcamiento.

—Le traigo un zumo de naranja. ¿Tiene los expedientes?

Elliot abrió el maletín y sacó una carpeta de plástico con las evaluaciones de los finalistas. La echó sobre la mesita que había delante del sofá azul donde estaba sentado Noah. La pared de enfrente estaba cubierta de fotografías con pretensiones artísticas de ganadores de la Triple F. El propio Noah salía en tres de ellas: glamuroso y guapo en un estreno cinematográfico, a lomos de un caballo, bromeando con Scarlett Johansson en un acto benéfico. Era el único ganador que aparecía más de una vez. Pero era lógico. Él era el primer ganador del concurso y el más popular, el único con un perfil de CelebRate invariable que atraía ininterrumpidamente a más de siete millones de seguidores. Una vez transcurridos sus seis meses, se había quedado para convertirse en el rostro del concurso y portavoz de las celebridades, además de consultor ejecutivo y mentor de los ganadores. Noah Fauster era la estrella polar del siempre cambiante universo del concurso, y mantenía la atención mientras la cinta transportadora de la fama, de seis meses de longitud, iba pasando.

Elliot se sentó a su lado en el sofá.

—Entonces, supongo que la Triple F hará un sorteo extra para reemplazar a Ozzie, ¿no?

—Una «ronda extra», sí.

—Fue decepcionante lo que pasó. Parecía que Ozzie se había adaptado bien. Aunque desde el principio fue un riesgo, eso de seleccionar a un finalista con un historial tan largo de alcoholismo.

—Para ser justos, hacía años que no probaba una gota de alcohol. —Noah señaló la carpeta—. Bueno, ¿qué me traes hoy?

Elliot sacó los cinco expedientes que había dentro: las cinco personas que le tocaban de las quince escogidas al azar entre los millones de aspirantes al Rincón de los Contendientes.

—No es un lote muy bueno, me temo. Un joven que enviudó apenas hace unos meses y que es evidente que aún está pasando el duelo. Una joven de diecinueve años con una inseguridad tremenda y síntomas de anorexia, con un riesgo indudable de que se autolesione. Una chica con problemas de control de la ira. Un electricista (soltero, sin novia) que puntuó bastante alto, pero cuyos padres murieron en un incendio en casa de su hermana hace cinco años. La hermana sobrevivió y él la culpa de la muerte de los padres, así que no se hablan. En otras palabras, no tiene apoyo familiar.

El rostro de Noah se ensombreció.

—No me digas que has descalificado a los cinco…

—No. La última es una joven que se graduó en la universidad el año pasado y desde entonces está en el paro, lo cual está bien: no le costaría hacer la transición a una vida sin trabajar. Entorno familiar estable. Una puntuación excelente en indicadores de adaptabilidad. —Cogió el archivo de la candidata 2340 y se lo pasó—. Es una verde.

Elliot cogió el zumo de naranja que le había dado Noah. Como todas las bebidas frías, venía en una copa de champán, para representar la vida de lujo que estaban promocionando. A Elliot le parecía un incordio. Las copas eran demasiado pequeñas.

Noah miró la cubierta del expediente.

—A mí los números no me dicen nada. ¿Qué lema se ha puesto?

Elliot suspiró. Los lemas estaban todos incluidos en los expedientes para que, en teoría, pudiesen dar una idea de la imagen que de sí mismos tenían los concursantes. Pero en realidad no eran más que vaciedades.

—«A por las estrellas».

—Ah —dijo Noah con tono agrio.

—Lo sé. No significa nada, pero como casi todos los lemas.

—No, no es eso. Ya sé quién es, y… —Suspiró—. ¿Echaste un vistazo a su perfil en los Quince Finales?

—No. Nunca lo miro. Hace poco también dejé de ver CelebRate. Nunca revela nada que tenga un mínimo de valor psicológico. No es más que postureo vacío. Gente que va de fiesta en fiesta, pavoneándose y luciendo bolsos de diseño.

Si a Noah le ofendió este juicio sobre el mundo que representaba, no lo manifestó.

—Pues entonces permíteme que te ponga al corriente —dijo. Metió la mano en la chaqueta, se sacó la *tablet* en miniatura que parecía llevar siempre encima y tocó la pantalla antes de pasársela—. Toma.

Elliot echó un vistazo a la foto y supo que la candidata 2340 jamás ganaría. Tendría unos veinte años, la cara rechoncha y unas facciones del montón enmarcadas por cuatro pelos parduzcos.

—Supongo que podría funcionar como candidata para un cambio de imagen —dijo Noah, poco convencido—. ¿Te acuerdas de aquella concursante tan mejorable que había en el lote navideño del año pasado? La transformamos de arriba abajo, nariz, tetas, toda entera. Acabó con un aspecto fantástico y los fans reaccionaron entusiasmados.

—Tal vez —dijo Elliot, discrepando para sus adentros.

Se acordaba de la chica de la que hablaba Noah. Nariz grande, pecho plano y un peinado horroroso. Pero también ojazos dulces y cara en forma de corazón. El potencial para una transformación estilo Cenicienta, justo a tiempo para Navidad, había sido obvio desde el minuto uno. En cambio, la candidata 2340 tenía ojos pequeños y marcados rasgos suavizados por un exceso de grasa. Jamás sería guapa, ni siquiera mona.

Noah cogió los otros cuatro expedientes y se valió de los lemas para emparejarlos con las fotos de la página de los finalistas. Hizo una pausa al llegar al electricista de los padres fallecidos. Elliot le había puesto una etiqueta naranja, sobre todo porque sabía que a sus jefes les molestaba que hubiese demasiados finalistas con etiqueta roja. Noah revisó rápidamente los documentos.

—Ha recibido clases de baile de salón, practica montañismo y *rafting* en aguas bravas (las tres cosas quedan estupendas en las fotos), en su lista de *hobbies* ha incluido «mujeres hermosas». —Sus ojos volvieron a posarse sobre el rostro de la pantalla—. Héroe bien parecido de la clase trabajadora con espíritu aventurero y una chispa traviesa en los ojos. —Miró a Elliot, arqueando las cejas—. A lo mejor tiene buenos amigos y no necesita el apoyo de la familia, ¿no crees?

Elliot bebió un sorbo de zumo.

—Ya hemos visto cómo puede afectar la victoria a los grupos de colegas. Los winfluencers que transicionan con éxito a su nueva vida suelen tener un núcleo familiar fuerte. Pero, evidentemente, la decisión no me corresponde a mí. Si quieres apostar por el ámbar, allá tú.

Noah cogió los expedientes y los metió en la cartera de cuero que estaba a sus pies.

—Bueno, en realidad no decido yo, claro —dijo, aunque ambos sabían que no era cierto. Noah tenía el don de elegir ganadores que atraían a seguidores...; por consiguiente, a anunciantes. Así pues, si le decía al Departamento de Selección que uno de los finalistas parecía «encajar como anillo al dedo», la cuestión quedaba prácticamente decidida—. Esperemos que los otros dos loqueros... —Noah debió de ver que Elliot hacía una mueca al oír la palabra porque se apresuró a añadir—: Perdón, esperemos que los otros dos «evaluadores psicológicos» hayan tenido más suerte con sus cinco y nos den a elegir entre unos buenos verdes.

—Sí. —Elliot movió la insignificante cantidad de zumo de naranja en la ridícula copa, pensando: «El mundo sería un lugar mejor si este edificio y todo lo que representa fuesen borrados de la faz de la tierra». Sonrió a Noah—: Esperemos.

Heather sentía los ojos de Eric taladrándola como oscuros cuchillos, retorciéndose con odio y rencor. Levantó la barbilla y le sostuvo la mirada con firmeza. Estaba de pie en la puerta del aula, observando a los chicos que pasaban por el pasillo en tromba o bien en pequeños grupos, atenta a posibles peleas, *bullying* o usos ilícitos de teléfonos móviles. El despacho de la directora estaba a unas pocas puertas de distancia y Eric esperaba en la puerta, flanqueado por sus padres. La expulsión de una semana había terminado y habían convocado a los tres para hablar de los términos de su regreso y recordarles la estricta normativa antidrogas del centro. Como si fuese a servir de algo. La mirada de Heather se desplazó hacia la madre, que se estaba alisando el flequillo color platino. Ella la había visto en reuniones de padres, conciertos escolares y ferias de ciencias: delgada y perfecta, recién salida de la peluquería y vestida siempre con ropa de diseño. Era en todos los aspectos la esposa del generoso benefactor. ¿Cómo sería, se preguntó Heather, ir así por la vida, salir de compras sin preocuparse por los precios, pasarse fines de semana enteros bebiendo champán y comiendo canapés, sin sentirse nunca sola ni olvidada? Experimentó una amarga punzada de envidia antes de decirse que la vida de la señora Shulman no podía ser tan de cuento de hadas…, con un hijo como Eric.

Heather se fijó entonces en el marido, quien, hasta ahora, había sido una incógnita: una fuente invisible de dadivosidad cuyo nombre era sinónimo de riqueza. En persona, era más bajo de lo que se había imaginado. Tenía la mandíbula cuadrada y los hombros anchos, el pelo tan rapado que parecía una sombra sobre su cráneo y reducía el impacto de las entradas. Tenía los mismos ojos oscuros que su hijo. En este momento los volvió hacia Heather, frunciendo a la vez las tupidas cejas. Ella saludó con un pequeño gesto de la cabeza; al fin y al cabo era el padre de un alumno, tenía que ser profesional. Sin embargo, el rostro del señor Shulman no cambió. Sus ojos oscuros se batieron en duelo con los de Heather, reacios a apartarse, provocándole un escalofrío. A continuación se oyó un chillido, seguido de una voz de niña que gritaba: «¡Aparta eso, gilipollas!». Heather se volvió, aliviada, para mediar en una pelea que tenía que ver con una araña de goma. Cuando de nuevo miró hacia el despacho de la directora, los Shulman ya no estaban.

Heather estaba sentada delante del portátil en la mesa de la cocina, mirando su perfil del Rincón de los Contendientes. Ahora que Ozzie el asesino de gatos ya no estaba, la cantidad de winfluencers había caído por debajo de doce, de manera que en cualquier momento podía haber una ronda extra… y generaría una nueva lista de finalistas. Así pues, Heather quería que su perfil tuviese el mejor aspecto posible…, por si las moscas. Estudió la foto de la pantalla. Salía favorecida, eso sin duda: la cabeza ladeada, el largo cabello castaño cayéndole sobre la mejilla mientras pasaba la página de un libro de texto. Pero tenía que cambiar el lema. Chica con Clase. ¿Cómo no había reparado en lo presuntuoso que sonaba? Barajó varias alternativas relacionadas con su profesión —¿Siempre Aprendiendo? ¿Hipótesis Razonable?—, aunque no eran mejores. Naturalmente, no era necesario que el lema guardase relación con el trabajo. Pero ¿con qué otra cosa podía identificarse? En tiempos había sido muy aficionada a la natación, incluso había ganado varias medallas. Y le había encantado bailar. Pero todo eso era cosa del pasado. Hablaba algo de francés, jugaba estupendamente al *Monopoly* y había hecho sus pinitos con la cerámica el tiempo suficiente para crear un jarrón en forma de pergamino y un juego de tazas que goteaban cada vez que se usaban. Y nada más. Dios, ¿de veras era tan aburrida? Deslizó el dedo por las fotos vinculadas a su publicación. Tres. El mínimo. Y hasta eso había sido un esfuerzo, teniendo en cuenta que solo había dispuesto de las fotos de los siete u ocho últimos meses…, meses en los que sus días se habían repartido entre dar clases en el instituto y tirarse en el sofá a ver *realities* de citas mientras se comía un plato precocinado. Más allá estaba la zona muerta de los dos años anteriores, y definitivamente no quería que nadie viera qué aspecto tenía por aquella época. Quizá…

Se sobresaltó al oír un sonido por el altavoz del portátil, como un toque de trompeta. Lo oyó repetido en el móvil que estaba también sobre la mesa. En la pantalla apareció la imagen de unos fuegos artificiales mientras pasaba de un lado a otro un mensaje escrito con letras parpadeantes. «¡Enhorabuena! ¡Eres una de las finalistas!».

* * *

Cuando la imagen se desvaneció, Heather vio su foto entre catorce más en una página titulada «Los Quince Finales».

Aturdida, su primera reacción fue de incredulidad. Después sintió que la invadía una arrolladora ola de adrenalina. ¡Era finalista de Triple F! «Dios mío. Ay, Dios mío-Ay, Dios-Ay, Dios».

Se levantó del sofá de un salto, incapaz de contener el entusiasmo que la embargaba. Había sido elegida: ¡una de tan solo quince personas seleccionadas al azar entre casi dos millones! Soltó un grito de pura alegría antes de taparse la boca con las manos.

No podía quedarse allí, a solas con esta noticia crucial. Tenía que compartirla. Cogió las llaves y salió disparada, sin molestarse siquiera en calzarse; total, solo iba a bajar tres pisos. Heather vivía en una de las urbanizaciones de casas idénticas construidas en los tiempos en los que el Gobierno había decidido que todo el mundo necesitaba una puerta principal que diese a la calle para sentirse feliz, realizado y satisfecho con su lugar en la sociedad. Así pues, había levantado gigantescos bloques de viviendas de color marrón con filas y más filas de puertas que daban a una estrecha pasarela. El piso de Heather estaba cercado por un murete pintarrajeado de grafiti, en el que los residentes se apoyaban para mirar el parque que formaba una zona fronteriza entre su destartalada esquina de Sheperd's Bush y el exclusivo ambiente de Holland Park. Ella solía hacer una pausa en el umbral para contemplar las puertas con columnas blancas del otro lado del parque, los Porsches y Jaguars aparcados a la entrada, y se preguntaba cómo sería su vida si viviese allí. Cómo sería ella.

La luz del otro lado del cristal esmerilado de la ventana de la cocina de Debbie estaba encendida. Heather dio un golpecito y al instante salió su amiga con su peluca favorita: la de las puntas anaranjadas que le caía por la espalda. Debbie había decidido hacía años que no tenía ni tiempo ni energía para controlar la densa mata de cabello afro, así que se la había rapado y se había comprado un amplio surtido de pelucas —once, en el último recuento— que se cambiaba a diario, haciendo las delicias de los niños que tenía a su cargo en la guardería de Ladbroke Grove donde trabajaba.

—Hola, preciosa. —Le indicó que pasase con un gesto—. No sé qué es lo que acaba de pasar, pero tu cara va a reventar si no me cuentas una noticia.

Así era. Y no solo su cara: su corazón estaba a reventar de la emoción, su cabeza estaba que reventaba de pensamientos y su cuerpo estaba que reventaba de tanta energía atrapada.

—¿Un vino?

—El tono de pregunta sobra.

Debbie le indicó que se sentase en el sofá antes de desaparecer en la minúscula cocina que daba al salón. Heather se llevó los dedos a los labios y notó que le temblaban. Respiró por la nariz, diciéndose que tenía que calmarse mientras soltaba el aire por la boca. En realidad, era una boba por alterarse tanto. Una de quince. No iba a suceder. Aun así...

—Toma. —Debbie volvió con una botella y dos copas que dejó sobre la mesita. Se inclinó para llenar la copa de Heather antes de servirse y sentarse a su lado en el mullido sofá marrón—. Aquí tienes el vino. Ahora, suéltalo todo.

Heather tanteó por un instante con la posibilidad de crear suspense, pero fue incapaz de retrasarlo por más tiempo.

—¡Soy finalista de la Triple F!

Debbie se quedó boquiabierta.

—¡Qué me dices! ¿Estás entre los Quince Finales? —Dio un sorbo al vino, los ojos abiertos como platos—. ¡Joder! —exclamó a continuación, y soltó una de esas profundas risotadas que le salían de las entrañas—. ¡Impresionante! Tengo que verlo con mis propios ojos.

Se estiró sobre la mesita para coger la *tablet* —un iPad de imitación con la pantalla agrietada que hacía siglos que pensaba llevar a arreglar— y la encendió, tamborileando con los dedos hasta que aparecieron los Quince Finales. Le dio un suave codazo a Heather en las costillas a la vez que pinchaba su foto.

—¡Toma ya! ¡Tía buena! Una cara hecha para CelebRate. Y Chica con Clase…, ¡qué chulo!

—No voy a participar en CelebRate porque no voy a ganar —dijo Heather, más para sus adentros que para Debbie.

Ahora que había pasado el primer arrebato de emoción, la realidad empezaba a instalarse. Tenía que gestionar sus expectativas, no podía dejarse llevar. Cuantas más ilusiones se hiciera, más dura sería la caída cuando anunciasen al ganador la próxima semana.

Sin embargo, Debbie no albergaba semejantes dudas.

—Bueno, he oído que eligen a la persona que obtenga más clics en la página de los Quince Finales. Y tienes que ser tú. Eres mucho más guapa que todos esos.

—Eso no es más que una teoría de los tabloides. Los Quince Finales se eligen al azar, pero en realidad nadie sabe cómo se selecciona a los ganadores.

Heather se inclinó sobre la *tablet* y examinó los otros catorce rostros: sus rivales. Dio un toque a la imagen de una rubia posando en biquini al lado de una tabla de surf, la larga melena sobre sus hombros. Tenía el cuerpo dorado por el sol y sin una sola imperfección. Empezó a sonar un vídeo en el que se veía a la surfista cogiendo una ola que poco a poco se enroscaba en torno a ella.

—Y además, ya quisiera yo ser tan guapa como esta chica. —Bebió del vino, a la vez que notaba que parte de su entusiasmo se desvanecía.

—Por favor —dijo Debbie, pasando la mano por encima de la imagen de la surfista con gesto de desdén—. Es la típica rubia. Tu mirada tiene profundidad. Es más interesante. Y fíjate en su lema: Buenas Olas. Es obvio que es demasiado dura de mollera para entender la instrucción básica de «descríbete a ti misma». Se limita a describir la condición del agua.

Debbie regresó a la página de inicio, donde el *banner* de Top Trío iba mostrando imágenes de los tres ganadores más populares. Heather echó un vistazo a la fila de miniaturas en movimiento que había justo debajo: *links* de transmisiones en directo de fiestas y estrenos en los que los winfluencers estaban en medio de todo el barullo, charlando con sus seguidores y pasando sus preguntas a las celebridades en tiempo real. Los ojos de Heather se detuvieron sobre la miniatura de en medio, en la que se veía a Jim Munson, el celebRater clasificado en segundo lugar, hablando con Kate Winslet en lo que parecía ser un castillo, con un muro de piedra adornado por tapices y espadas detrás de ellos. Al fondo había estrellas de Hollywood bebiendo champán. Heather vio cómo Jim brindaba con la actriz, y se sintió como si estuviese asomándose por una ventanita a otro mundo distinto y más deslumbrante. Debbie dejó la *tablet* sobre el brazo del sofá.

—Me apuesto lo que sea a que ganas. —Puso los talones sobre la mesita—. ¿Has pensado ya en lo que harías? ¿Seguirías en el instituto?

—No creo —respondió Heather, y para su sorpresa lo dijo con pena.

Dios santo. ¿De veras le gustaba su trabajo, mal pagado, mal valorado, sin nada de glamur? ¿Le gustaba pasar los días alimentando a la fuerza a cerebros adolescentes tan abarrotados de amores platónicos y estrategias de *gaming* que no les cabía nada más; vigilando la zona del recreo como si fuera una carcelera, intercambiando anécdotas sobre estudiantes terribles mientras se tomaba un café horrible en la sala de profesores? Cierto, siempre había querido dar clase, había pensado que sería divertido…, gratificante, incluso. Pero de eso hacía más de dos años y medio, cuando su trayectoria profesional aún estaba bien encaminada.

—Una celebridad a tiempo completo…, ¡figúrate! —A continuación, Debbie frunció el ceño y la cara se le transformó por completo—. Dejarás tu piso, ¿no? Los ganadores se van todos a casas pijas. —Se llevó una mano a la boca; tenía los ojos brillantes de lágrimas—. ¡Te voy a echar de menos!

Heather se inclinó y abrazó a su amiga.

—No te pongas así por algo que no va a pasar. Y aunque ganase, que seguro que no, nos seguiríamos viendo. Simplemente, vendrías a verme a mi pisito de lujo y el vino nos lo serviría uno de mis muchos sirvientes buenorros. Vestido solo con calzoncillos y pajarita, por orden de la jefa. —Se echó a reír, pero Debbie no la imitó.

—No. Cuando seas rica, tendrás una nueva vida con gente nueva. Te olvidarás por completo de mí.

—No seas boba —dijo Heather—. No soy de esas personas que dejan a los amigos solo porque les cae un dineral. ¿Por quién me tomas? —Levantó la copa a la vez que sentía que volvía el entusiasmo. Una de quince. Le había dicho a Debbie que no lo iba a conseguir. Pero en realidad las probabilidades no eran tan bajas—. ¡Por la buena suerte y por las buenas amigas!

—¡Chinchín!

Debbie ya había vuelto a sonreír cuando entrechocaron las copas.

Capítulo 4

Se trata de encontrar el momento decisivo. De saber qué teclas pulsar. Todos tienen puntos débiles, heridas que se pueden reabrir. Ya me he encargado yo de eso.

Reina el silencio en mi estudio. No se oye nada aparte de mis dedos desplazándose por el teclado. Poco a poco caigo en la cuenta de que fuera todo está oscuro. ¿Cuándo se ha puesto el sol? He estado tan absorto en mi trabajo, explorando los foros en busca del lugar perfecto, que no me he fijado en que la luz se iba debilitando. Ahora, la única fuente de iluminación es la pantalla de mi ordenador, que arroja un frío resplandor sobre la pila de papeles que está a su lado. La hoja de encima es un artículo sobre mi objetivo actual, que aparece saliendo de un club con una rubia del brazo.

Decido empezar por Celeb Chat: un hilo titulado «Adorable canalla». Es lo de siempre: que sí, que puede que sea un mujeriego, pero que al menos va de frente…, que si está haciendo estragos entre la población femenina con su sonrisa descarada y su mirada pícara… Elijo uno de los comentarios y le doy a «Publicar respuesta». Escribo: «Me he encontrado con un viejo colega de Jim llamado Desmond, que dice que «se lleva de calle a los hombres».

He escogido mis palabras con sumo cuidado. A los censores y los fans de la web, el comentario les parecerá inocuo…, incluso banal. Pero a Jim, no. En cuanto esparza unos cuantos comentarios más como este por CelebRate y por los foros de fans de los que seguro que está pendiente, entrará en pánico y se preguntará quién soy y qué sé.

Capítulo 5

Cuando Heather volvió de casa de Debbie, lo primero que hizo fue revisar sus mensajes. En la última hora le habían llegado montones de mensajes directos y de *emails,* incluido uno de la propia Triple F, lleno de archivos adjuntos: formularios, cuestionarios sobre antecedentes y test psicométricos que había que imprimir, rellenar a mano y enviar mediante el servicio privado de mensajería del concurso, cuya desconfianza de la seguridad *online* era bien conocida. También se le advertía que no hablase con periodistas en esta etapa del proceso. El *London Courier* debía de estar al tanto de esta prohibición; aun así, había decidido probar suerte y le habían enviado un DM pidiéndole una entrevista. Y un productor del Channel 4 quería grabar el «viaje» de Heather y estar con ella cuando se anunciase el ganador. Menos mal que no le estaba permitido decir que sí a esta propuesta. No quería arriesgarse a que su gesto de aplastante decepción fuese recogido por las cámaras. Su buzón de entrada estaba hasta arriba de enhorabuenas de personas de las que hacía siglos que no sabía nada; amigos de la universidad que le habían dejado sus mensajes sin leer la felicitaban ahora por haber conseguido pasar a los Quince Finales y le proponían salir a tomar algo para celebrarlo. Los leyó todos con una sonrisa. Entonces llegó al último *email*, que había sido enviado una hora antes de que se hubiese anunciado a los finalistas. El nombre del remitente figuraba sencillamente como «E», y la dirección de la web era un batiburrillo de letras y números vinculados a una cuenta de Gmail. Raro.

Lo abrió y se le borró la sonrisa. El mensaje era escueto, pero las palabras fueron como un jarrón de agua helada que puso fin a la reconfortante calidez que le había producido la avalancha de saludos y buenos deseos.

«Ándate con ojo, zorra. O me encargaré de que lo lamentes».

—¿Crees que debería llamar a la policía?

Heather echó un vistazo a la sala para asegurarse de que no había nadie pegando la oreja. Pero los profesores estaban todos apiñados en las sillas de enfrente de la ventana, cabeza con cabeza en un estrecho círculo de cotilleo.

Steve partió un trozo del KitKat que había comprado en la tienda de al lado y le dio un mordisco, con el ceño fruncido. Heather se preguntó si le habría sorprendido que hubiese acudido a él. Seguro que pensaba que tenía otros amigos más cercanos fuera del trabajo. No hacía tanto tiempo, habría acertado. Heather había tenido montones de compañeros de universidad con los que salir a tomar algo, con los que reírse, a los que confiarse. Pero ya no. Últimamente le parecía que solo había dos personas a las que podía acudir en un mal momento: Debbie y Steve. Había elegido a Steve porque, a pesar de todos sus defectos, había en él un reducto de fuerza, un sentido práctico.

—No pierdas el tiempo con la policía —respondió él—. No va a hacer nada. Internet está lleno de troles, la gente recibe este tipo de mensajes a diario. Pero sí que pienso que deberías averiguar quién lo ha enviado. Si quieres, puedo rastrearlo utilizando la dirección IP.

—¿De veras?

Arqueó una ceja.

—¿Olvidas que soy docente de informática?

—¿Tu trabajo no consistía sobre todo en decirles a los adolescentes que no se vayan con desconocidos con los que contactan en los chats y en asegurarte de que no se saltan los filtros de pornografía?

—Ríete si quieres, pero mira por dónde he creado mi propia plataforma de videojuegos *online*. Se llama Sangre y Entrañas, y ha atraído a un número de seguidores bastante respetable. —Dio otro mordisco al KitKat—. No me gusta alardear, pero soy una especie de genio.

—Pues qué lástima que no te guste, con lo bien que se te da. —Heather le dio un codazo juguetón en el brazo y fue respondida con una sonrisa de medio lado.

A continuación sonó el timbre que anunciaba el final del almuerzo.

—Otra vez a la mina —dijo Steve, dejando la taza sucia en el fregadero y haciendo caso omiso de la penetrante mirada que le lanzaba Heather mientras lavaba la suya—. No te preocupes. Encontraré a tu trol. Déjalo en mis manos.

Capítulo 6

—Mira —dijo Debbie mientras Heather se acercaba al sofá con dos copas de vino—. Ya casi es la hora.

Los ojos de Heather se posaron rápidamente sobre el reloj meteorológico que tenía en la pared de la sala de estar. La semana transcurrida desde el anuncio de los ganadores había sido vista y no vista, y sus emociones oscilaban entre arrolladoras oleadas de entusiasmo y marejadas de angustia. Pero ahora, por fin, había llegado el momento de la verdad. En menos de dos minutos iba a anunciarse al último ganador de la Triple F. Una descarga de adrenalina le recorrió el cuerpo, provocándole una mezcla de náuseas y nervios. Se sentó al lado de Debbie y le dio su copa. Puso el móvil bocabajo sobre la mesita. Bebió un poco de vino.

—No voy a ganar —afirmó con firmeza—. Una de quince. No es una probabilidad muy alta para una persona a la que la suerte no le suele sonreír.

—Pero claro que tienes suerte —exclamó Debbie—. Ya has superado la parte de la suerte. Una vez que estás entre los Quince Finales, ya no se trata de eso. Se trata de que te seleccionen.

Heather se preguntó hasta qué punto la selección dependería

de los formularios que había impreso y rellenado, de los centenares de preguntas tipo test a los que había respondido. También le habían hecho test de personalidad, test de inteligencia, test para medir su capacidad de adaptación y de razonamiento, su estabilidad emocional.

Y el informe de antecedentes. Páginas y más páginas de preguntas inquisitivas sobre su vida, su familia, sus relaciones sentimentales. Se había quedado largo rato sentada delante del documento titulado «Experiencias vitales traumáticas», en el que se le pedía que escribiese «incidentes, relaciones o accidentes que puedan haber alterado el curso de tu vida o tenido un fuerte impacto negativo en tu bienestar psicológico». Había mantenido el boli suspendido encima del papel durante mucho tiempo antes de garabatear «no procede» y pasar rápidamente la página.

Heather observó el lento y hostil avance de la manecilla del reloj por los últimos sesenta segundos hasta que se detuvo apuntando hacia arriba. Se acabó el tiempo.

Después oyó el ya familiar toque de trompeta procedente de su móvil, que seguía bocabajo.

De repente, le dio miedo mirar. ¿Significaba ese sonido que era la ganadora? ¿O utilizarían el mismo sonido para agradecer a los perdedores su participación y comunicarles que habían elegido a otro finalista?

Y por un instante fugaz, un extraño pensamiento reverberó en el interior de su cabeza, susurrando: «Cuidado con lo que deseas».

—¿No piensas cogerlo? —preguntó Debbie, mirando el aparato con los ojos abiertos como platos.

—Sí. —Pero Heather permaneció completamente quieta mientras sus teléfonos empezaban a sonar, primero el móvil y después el fijo.

Siguió sin mover un dedo mientras se activaban los contestadores automáticos.

Inmediatamente después comenzaron a sonar de nuevo. No paraban.

Así fue como supo que había ganado.

Capítulo 7

Heather se detuvo ante la entrada principal de la sede de la Triple F, sin saber qué hacer a continuación. Nunca había estado allí, aunque había visto la imagen del edificio infinidad de veces en la televisión y en internet: una pirámide de cristal de mil millones de libras localizada en el límite entre Chiswick y South Acton, diseñada por un famoso arquitecto al que la tentadora oferta del director general del concurso le había animado a interrumpir su jubilación. Pensó que debían de tener limpiacristales a tiempo completo porque las paredes de cristal resplandecían bajo el sol de finales de abril, reflejando una luz tan potente que tuvo que entrecerrar los ojos. Miró la hora en su reloj… Las 10:41, casi veinte minutos antes de la cita. Miró alrededor en busca de algún sitio en el que hacer tiempo; sin embargo, era uno de esos extraños rincones de Londres donde las tiendas y las filas de adosados dan paso de repente a naves, desguaces y aparcamientos. Había caminado hasta allí desde la estación de metro por un sendero contiguo a las vías, y no había visto nada más que un almacén de muebles. En la entrada había una fuente, tres «F» metálicas entrelazadas rodeadas de agua y azotadas por la aspersión, pero ningún banco en el que sentarse a contemplarla. Acababa de decidir que iba a ver si podía esperar en el vestíbulo cuando las puertas de cristal del edificio se abrieron y apareció una mujer rubia más o menos de su edad vestida con un traje pantalón gris entallado y el pelo recogido en un moño tirante. Su sonrisa relucía con el brillo labial recién puesto.

—¿Heather Davies?

—Sí.

—Hola, soy Melanie. Ven por aquí, por favor.

Las mariposas que llevaban un cuarto de hora haciendo acrobacias en su estómago se aceleraron, batiendo las alas contra sus entrañas.

Cuando Debbie por fin la había convencido para que cogiera «ese maldito teléfono», a Heather la saludó la misma imagen de fuegos artificiales de cuando quedó finalista. Pero esta vez las palabras superpuestas decían: «¡Felicidades! ¡Eres LA GANADORA!». A continuación había llegado una lluvia de *emails* de la Triple F, diciéndole qué pasos tenía que seguir a partir de ese momento y las reuniones a las cuales tenía que acudir en la sede del concurso. Sin embargo, al principio no se había molestado en leer ninguno porque estaba demasiado ocupada bailoteando por el salón con Debbie, levantando los brazos y gritando: «¡Se acabó lo de comprar en la sección de ofertas de Tesco! ¡Se acabó lo de coger el autobús! ¡Se acabó lo de ducharme en el trabajo para ahorrar agua caliente!».

Su teléfono no paraba de sonar; había tenido que apagarlo, y se habían acumulado los mensajes de periodistas con los que le habían prohibido hablar y de antiguos conocidos de los que hacía años que no sabía nada. Y de su hermano, por supuesto. De su madre, nada, aunque teniendo en cuenta dónde vivía seguramente ni se habría enterado.

La emoción había mantenido a Heather toda la noche en vela mirando al techo, con su misteriosa mancha en forma de coma. Su vida, después de haber estado en pausa dos años, avanzaba a toda velocidad impulsada por combustible de cohete hacia un futuro en el que millones de personas observarían todos y cada uno de sus movimientos y estarían pendientes de cada palabra que saliera de su boca. Un futuro en el que cada día traería emocionantes aventuras nuevas. En dos meses iba a ganar más dinero que sus antiguos compañeros de clase en un año. Así que en cierto modo era como si le hubiese ganado al mismísimo tiempo, como si recuperase los años que le habían sido robados.

Melanie llevó a Heather a través de un ancho pasillo que atajaba por la parte central de la planta baja, inundada de luz natural. Los empleados pasaban corriendo, moviéndose con aire resuelto. Heather sintió que parte de su entusiasmo daba paso a la inseguridad. Todos llevaban ropa cara e iban impecablemente arreglados, y de repente fue consciente del largo desfasado de su falda, de su blusa de Primark y del pelo que llevaba recogido con un coletero: parecía más una colegiala que una *socialité*. Debería haber hecho caso a su instinto y habérselo dejado suelto.

Melanie le había dicho que su primera parada iba a ser el estudio de la maquilladora, después el «centro de peluquería». A continuación, le darían su «F-phone» —lleno de filtros de cámara y *software* de edición— y un «tutorial selfi» para que le sacase el mejor partido posible a la experiencia. Luego tocaba la primera de tres sesiones de formación en redes, una reunión con su asesor de imagen y una sesión profesional de fotos de estudio. Por último, pero sin duda no por ello menos importante, un chat «para conocer» a Noah, el rostro famoso del concurso, que iba a ser su mentor y su guía en su viaje por la Triple F. La sola idea hizo que las mariposas enloquecieran; ¡estaba a punto de conocer a Noah Fauster en persona!

—No suelo llevar mucho maquillaje —dijo Heather mientras la llevaban a un cuarto presidido por un espejo enmarcado por luces esféricas. Debajo había un largo mostrador de maquillaje cubierto de colorete y brochas, tenacillas y planchas de pelo, cremas y espráis—. Me preocupa un poco la insistencia en que hay que maquillarse.

Melanie le dio unos golpecitos en el brazo.

—No te preocupes. Sandra te ayudará a dominar un *look* para cada ocasión.

La maquilladora era simpática y le iba explicando cada toque de brocha y de esponja: que si estaba compensando un tono amarillento en el que Heather ni se había fijado, que si estaba poniéndole sombra para estrechar el aspecto de su nariz y suavizarle la barbilla, porque lo estaban pidiendo a gritos… Le enseñó la técnica correcta para darse sombra de ojos —por lo visto siempre había colocado mal el espejo— y qué brocha utilizar para difuminar el *eyeliner*. La lección fue grabada en vídeo para que Heather pudiera seguirla paso a paso cada mañana. ¡Cada mañana! ¡Pero si la sesión había durado bastante más de una hora! Después la enviaron al centro de peluquería, donde le quitaron el coletero y un peluquero francés llamado Jean-Paul «reimaginó» su cabello, transformándolo en una serie de ondas. Inmediatamente después de acabar salió disparado, diciendo que llegaba tarde a una consulta de color.

Se suponía que tenía que esperar en el centro de peluquería hasta que Melanie o el instructor de selfis viniesen a buscarla. Se sentó en el sillón y se quedó mirando su reflejo, sin apenas reconocer el rostro que veía. La habían transformado en otra persona: una mujer rica y glamurosa, de las que se visten en Harrods sin esperar siquiera a las rebajas. Se le hacía raro mirar al espejo y que una versión distinta de sí misma le devolviese la mirada.

—¿Qué piensas?

La puerta estaba fuera del alcance del espejo y debía de haberse abierto silenciosamente, porque la voz masculina la pilló por sorpresa e hizo que se le acelerase el pulso.

Un hombre —seguramente el instructor de selfis— cruzó la habitación, se plantó detrás y se quedó contemplando el reflejo de Heather con una mirada desconcertantemente directa. Era mayor que ella —treinta y tantos, quizá— y tenía la piel tan pálida que era casi translúcida. Era moreno y por delante tenía el pelo de punta; y, a diferencia del resto de las personas que había visto Heather hasta ahora, vestía de manera informal. El cárdigan gris estaba desabrochado y debajo se veía una camiseta con una figura verde y fuerte que, gracias a sus alumnos, supo identificar como un personaje de Minecraft. No era en absoluto lo que se esperaba, aunque, a decir verdad, hasta ese día ni siquiera había sabido que existieran los instructores de selfis.

—¿Qué se siente? —preguntó el hombre, señalando su reflejo con un gesto de la cabeza.

Heather se tocó el pelo a la vez que le miraba a los ojos en el espejo.

—¿Te refieres al cambio de imagen?

—Sí.

—Me parece que Sandra y Jean-Paul han hecho un excelente trabajo.

—No te pregunto eso. —Estudió el reflejo de Heather con una mirada de profunda concentración—. ¿Cómo te sientes al verte así? —Sus iris tenían un tono gris que Heather jamás había visto: tan claro que les daba una luminosidad como de criatura subterránea con ojos que brillan en la oscuridad—. Es muy extraño, eso de enterrar la piel bajo capas y más capas de líquido y polvos de colores. Como ponerse una máscara.

Qué raro que eso lo dijese un hombre cuyo trabajo consistía en crear imágenes superficiales favorecedoras. No lo había visto venir, y se quedó desconcertada.

—Deberían ser los hombres los que se maquillasen —respondió Heather—. En el reino animal es así.

—No sabía que los animales se maquillasen. —Lo dijo de manera inexpresiva, sin rastro de una sonrisa. Después puso las palmas de las manos sobre el respaldo del sillón y se apoyó contra él.

No la tocó, pero Heather fue consciente de su proximidad; había irrumpido en su espacio personal como un campo de fuerza, alterando las señales.

—El maquillaje integrado de la naturaleza —explicó ella—. Colores que aparecen al llegar a la edad del apareamiento. ¿Has visto esos babuinos que tienen la cara roja y azul? Como sombra de ojos de los años setenta…, superexagerados. Y los pavos reales, con esas joyas de plumas tan elegantes. Machos desesperados por que las hembras se fijen en ellos, tratando de ser llamativos.

—En honor a la verdad, no todo el relumbrón de la naturaleza se reduce a machos que quieren ligar. A veces es aposematismo.

—Oposi… ¿qué?

—El despliegue de colores brillantes que hacen algunos animales venenosos. Es un aviso a los depredadores, una manera de etiquetarse a sí mismos como tóxicos.

—Ojalá los humanos tuviesen colores de advertencia de ese tipo. Habría podido evitar mi última relación.

El hombre ladeó la cabeza y a sus labios asomó una sonrisita fugaz.

—Eres graciosa. Eso está bien.

—Eres inteligente. Eso está mejor.

Se miraron el uno al otro en el espejo, sin decir palabra hasta que el silencio empezó a pesar. A punto estaba Heather de preguntarle si le había traído el nuevo teléfono móvil para que pudieran empezar la sesión cuando se abrió la puerta y entró Melanie con los ojos clavados en la *tablet* que llevaba en la mano.

—Perdón por el retraso. El instructor de selfis ya está preparado, así que… —Alzó la mirada, y al ver al hombre se interrumpió de manera abrupta—. Anda.

Se hizo un silencio. El hombre miró de reojo a Melanie para registrar fugazmente su presencia antes de volver al reflejo de Heather, quien, perpleja, le devolvió la mirada. Si no se trataba del instructor, ¿quién era? Melanie se pasó la palma de la mano por el pelo, aturullada.

—Lo siento, no sabía que… ¿Necesita algo que…?

—He bajado para resolver un par de problemas relacionados con el servidor. —Señaló el espejo con un gesto de la cabeza—. Te dejo para que sigáis con el curso de orientación.

Y salió rápidamente.

«Problemas con el servidor». Conque era del Departamento de Informática. Eso explicaba la piel pálida y la camiseta de Minecraft: un friqui de la tecnología, pálido por el exceso de horas expuesto a la luz de la pantalla. ¿Debería preguntarle su nombre a Melanie? Le sorprendió que se le ocurriese la idea. Tampoco es que fuese atractivo, al menos en un sentido convencional. Pero tenía algo, algo… ¿Qué palabra era? Se lo imaginó de pie detrás del sillón, los ojos clavados en su reflejo. «Cautivador», esa era la palabra.

En cuanto se quedaron solas, Melanie recuperó el tono sereno y profesional.

—Bueno —dijo mientras Heather se levantaba—. Acabo de hablar con Noah y se muere de ganas de conocerte.

De nuevo Heather sintió aquella emoción que revoloteaba en su interior. ¿De veras era esta su vida? ¿Que la transformasen los mejores peluqueros y maquilladores del país, conocer a un hombre cuyo rostro aparecía en todas las páginas web, las pantallas de televisión y las revistas?

—¿Qué mujer no estaría deseando conocer a Noah Fauster? —respondió—. Me siento como si estuviera en un sueño. ¡Eso sí, espero no despertarme nunca!

Melanie se rio, mostrando una fila de dientes sorprendentemente puntiagudos.

—Tú tranquila. Ya nos encargaremos nosotros de que nunca te despiertes.

—De lo que se trata es de permitir que otros compartan tu viaje. —Noah apoyó los codos en las rodillas, entrelazando ligeramente las manos mientras se inclinaba hacia delante en el sofá—. Te ha sido concedida una oportunidad muy poco frecuente de cambiar una vida de trabajo y lucha cotidiana por una vida glamurosa: una vida que para la mayoría de la gente solo es posible en sueños. —La miró fijamente desde su lado de la mesita—. Cada vez que publicas en CelebRate, les das a los menos afortunados un pedazo de ese sueño.

Noah Fauster era guapo. Tan guapo, de hecho, que a Heather le estaba costando concentrarse en sus palabras. No podía apartar la vista de sus ojos —¿realmente serían de ese azul verdoso tan increíble? Tenían que ser lentillas— ni de su cabello, que era moreno, pero soltaba destellos más claros, color bronce, que reflejaban la luz. Los pómulos podrían haber sido cincelados por Miguel Ángel. Dios, ¿de veras era posible que alguien tuviera ese aspecto? Había visto su foto —pues, claro, ¿quién no?—, pero la experiencia de verle en carne y hueso era como observar a una estatua bajarse del pedestal y acercarse a darte la mano.

—¿No estás de acuerdo? —preguntó, pillándola por sorpresa.

—Sí —contestó ella, fingiendo que había estado atenta.

Noah había dicho algo acerca de las normas relativas a productos patrocinados; negarse a que aparecieran en publicaciones podía acarrear la expulsión de CelebRate y el cese de los pagos semanales. Pero de repente se había puesto a hablar de la ley de *copyright* y a Heather se le había ido el santo al cielo. Se revolvió, incómoda, en el sillón, cruzando las piernas y descruzándolas rápidamente al sentir una punzada de dolor. Estaban sentados en una sala llena de muebles azules y gente guapísima charlando, riéndose y brindando con champán delante de platos que parecían tener, sobre todo, ensalada.

—Bien —dijo Noah—. Aunque la Triple F hace generosas donaciones a un amplio surtido de organizaciones benéficas, al final no deja de ser un negocio. Y solo por participar ya estás consintiendo en formar parte de ese modelo empresarial. —Le dirigió una breve sonrisa—. Pero teniendo en cuenta que tus llamadas «obligaciones» consisten en llevar ropa de diseño y comer gratis en algunos de los mejores restaurantes del mundo, no puede decirse que sea precisamente un trabajo duro.

—No.

A Heather cada vez le dolía más la pierna y se removió en el sillón, intentando en vano encontrar una postura más cómoda. La sesión de fotos le había cargado la rodilla…, demasiados giros y patadas. Necesitaba otra dosis antes de que el dolor fuese a más.

Se sacó el pastillero del bolsillo y se puso la chaqueta sobre el regazo para taparse las manos mientras abría el frasco y sacaba una pastilla. Después hizo como que tosía, se llevó una mano a la boca, se metió la pastilla y dio un sorbo a su copa de agua con gas.

Misión cumplida. Se relajó en el sillón, capaz ahora de concentrarse en lo que estaba diciendo Noah.

—En cuanto te hayas mudado…

—Sí, pensaba ponerme a buscar casa dentro de poco…

—A ser posible, mañana mismo. Necesitas una casa que encaje con tu imagen y estilo de vida nuevos. Pero tú tranquila, que no vas a tener que mover ni un dedo. Tu asesor de imagen te pondrá en contacto con la sección de inmuebles y te enseñará una selección de direcciones adecuadas, organizándolo para que el pago de la hipoteca se saque de lo que vayas ganando. Estamos hablando de casas de millones de libras. —Cogió su copa de zumo de naranja—. Emocionante, ¿no?

—Increíblemente emocionante. —Heather asintió a la vez que añadía «se acabó» a su lista: se acabó lo del agua que se quedaba fría a mitad de la ducha, se acabó lo de sentarse en un banco del parque cuando llegaba el buen tiempo, diciéndose que ojalá tuviera un jardín. Se acabó la música atronadora de los vecinos a todas horas. Su casa sería amplia, serena y preciosa. La envolvió una desbordante sensación de asombro. Le habían concedido una segunda oportunidad en la vida. Y pensaba agarrarla con las dos manos.

Noah dio un sorbo al zumo.

—Piensa cómo sería la casa de tus sueños. ¿Moderna o clásica? Lo más importante: ¿jardín grande, vistas espectaculares, céntrica…? El resto lo dejo para nuestros expertos, que no tardarán en ponerte un mensaje. —Miró el nuevo móvil que estaba sobre la mesita—. ¿Qué tal el tutorial? ¿Ya está listo el F-phone?

Heather lo cogió y miró la pantalla.

—Todo en orden, salvo que me está costando añadir mis cuentas de Instagram, X y TikTok. No las encuentro en la lista de *apps*.

—Eso es porque no están ahí. CelebRate es un espacio seguro; hemos instalado *software* de IA que escanea mensajes directos en busca de contenidos ofensivos, borrándolos automáticamente y bloqueando al remitente. Pero no podemos blindarnos contra el contenido de otras plataformas, así que no permitimos que estén en el móvil. Evidentemente, no podemos controlar qué *apps* y qué páginas web decides usar en tu *tablet* o tu ordenador personales, pero el F-phone está pensado para protegerte y para permitir que te centres exclusivamente en tus notificaciones de CelebRate y MD. Créeme, con eso vas a tener más que de sobra para mantenerte ocupada.

—Me parece bien. —Pensó en la inmensa cantidad de publicaciones y mensajes, en la gente que iba a hablar de todo lo que hiciera, dijera y llevara puesto. Era a la vez emocionante y estresante.

Noah dejó el zumo.

—Mañana se publicarán las mejores tomas de la sesión de fotos de hoy en la Gran Revelación, después no tendrás que hacer nada durante el resto de la semana salvo disfrutar de tu nueva vida.

Heather conocía la Gran Revelación, una galería de glamurosas fotos y vídeos profesionales con música de fondo y acompañada de fragmentos de información biográfica que, como un tráiler de una película a punto de estrenarse, presentaba al ganador más reciente.

«¡Heather Davies, próximamente en un cine de su ciudad!».

Después se abría un intervalo de seis días en el que se iban generando cada vez más expectativas y curiosidad, luego la nueva estrella, arreglada y vestida de Prada, con una sonrisa de oreja a oreja, aparecía en formato selfi presumiendo de las maravillas de su nuevo estilo de vida Triple F. Daba la impresión de que la mayoría de las chicas llevaba modelitos muy cortos, como *crop tops* y minifaldas. Evidentemente, ella no pensaba vestirse así. Y si el concurso intentaba convencerla para que se pusiese algo más atrevido, diría que era feminista y no quería ser cosificada. Por mucho que se opusieran los patrocinadores, contra eso no podían decir nada. Todo iba a salir bien. Mejor que bien: de maravilla.

—He venido aquí hoy para darte una visión de conjunto de lo que va a ser tu nueva vida de winfluencer… Qué puedes esperar de nosotros y qué esperamos nosotros de ti. —Noah se cogió las manos y su voz adquirió un tono serio, menos como el de un excitado presentador de concurso hablándole del premio al ganador—. Pero también estoy aquí como mentor tuyo. Es un papel que he asumido porque me parece crucial. Estás entrando en una fase de cambios inmensos. Y hasta los cambios buenos, para ser sinceros, en este caso son fantásticos, pueden ser estresantes, y es probable que haya algún que otro bache por el camino. De manera que si necesitas algo…, un hombro en el que apoyarte, una oreja amiga…, estaré siempre a una llamada de teléfono de distancia. Te he pasado mi número por MD; por favor, añádelo a tus contactos. No hay ningún problema demasiado grande ni demasiado pequeño.

Heather sintió una oleada de gratitud, mezclada con vergüenza por haber reducido a aquel hombre a una figura bidimensional: pura superficie, sin ninguna sustancia. Noah Fauster era, a todas luces, un hombre bueno y empático que merecía ser valorado por algo más que por su aspecto.

—Gracias, Noah.

—No hay de qué. —Ladeó la cabeza—. Con esto creo que ya está todo. A no ser que quieras preguntarme algo, claro.

Heather pensó en el montón de preguntas que se le habían ido acumulando a lo largo del día: ¿siempre iba a tener que maquillarse tanto? ¿Y si algún día le daba por querer quedarse en casa, tumbarse en el sofá y no hacer nada…, también entonces tendría que publicar tres fotos o vídeos? Y lo más importante: ¿y si sus publicaciones no gustaban a nadie? ¿Y si ella no gustaba a nadie? El futuro que le estaban ofreciendo era tan brillante, tan hermoso… ¿Y si lo echaba a perder? La ansiedad le oprimía las costillas cada vez con más fuerza, de repente se sintió como si no hubiese suficiente aire en aquella habitación azul, con su cristalera inclinada y hermética.

Notó que Noah la observaba mientras se encorvaba y hacía sus ejercicios de respiración —inhalar por la nariz, exhalar por la boca— hasta que se calmó.

—Lo siento. —Volvió a arrellanarse en el sillón azul, la cara ardiendo por la vergüenza—. No me encuentro bien.

Noah se inclinó y le dio unas palmaditas en la mano.

—Es mucho lo que tienes que asimilar. Créeme, es perfectamente normal que te sientas abrumada. Pero tú tranquila. Hasta dentro de una semana no tendrás que subir ningún *post*. Para entonces, todo esto te parecerá más normal.

—Seguro que sí. No sé qué me pasa.

—No te pasa nada. Simplemente necesitas un poco de tiempo para acostumbrarte a todos estos cambios tan grandes. Así que te sugiero que te vayas a casa y te relajes. ¿Te acompaño a la salida? —Noah se levantó del sofá y dobló el brazo para que Heather pudiese agarrarse: un gesto sorprendentemente anticuado para un hombre que aún no había cumplido los treinta.

Heather se levantó y le enhebró el brazo, sintiéndose tímida y cohibida bajo la deslumbrante luz de su fama y su belleza. Mientras se abrían camino entre las mesas, a Noah le seguían miradas de admiración.

—Gracias otra vez por tu ayuda, Noah.

—Para eso estoy aquí. Puedes contactarme en cualquier momento, de día o de noche, siempre que estés preocupada o tengas miedo.

—¿Miedo? —Heather se volvió a mirarle, desconcertada—. ¿A qué iba a tenerle miedo?

—Perdona, me he expresado mal. Quería decir, siempre que estés nerviosa. —La acompañó al pasillo, uno de cuyos lados estaba recorrido por una gruesa franja azul—. Aquí no hay nada que temer. Nada de nada.

Capítulo 8

Todos tienen secretos. Lo pintan todo de color de rosa para engañar al mundo, pero los secretos están ahí, escondidos debajo de una superficie brillante como un fango tóxico, esperando solo a que se los haga salir.

Doblo los brazos por detrás de la cabeza y pienso en el hombre de la foto que tengo clavada en la pared de mi estudio. Por ahora ha conseguido mantenerse, guardando las apariencias, sonriendo a las cámaras. A las mujeres. Pero sabe que su pasado está abriéndose paso entre el estiércol, desenterrándose. Está asustado. Y la gente asustada hace tonterías.

Con el rastreador del móvil veo que se dirige hacia el este, una «F» negra que se mueve por un mapa. Se detiene y amplío la imagen para ver exactamente dónde está. Está en The Fox and Hound, un *pub* en medio de la nada. Ni siquiera es un gastropub. Es un local de los de toda la vida, de esos en los que hay dardos, curris de microondas y moqueta que huele a cerveza derramada.

—Estás intentando escaquearte, ¿eh, Jimmy? —le digo por lo bajo a la foto de la pared.

Quiere descansar de su nueva vida, con sus fiestas ostentosas y esa ropa a la que no acaba de acostumbrarse. De las cámaras, que siguen todos y cada uno de sus movimientos. Está retrocediendo hacia lo familiar, lo cómodo. Lo anónimo. Y lo hace porque se está desgastando bajo la presión. Mi presión.

Inicio sesión en la cuenta que utilizo en situaciones como esta. Envío unos *emails*.

Después vuelvo a centrarme en el rastreador, en la «F» ahora inmóvil.

Quiere escapar. Pero no se lo voy a permitir.

Capítulo 9

Cuando Heather entró por la puerta del instituto el lunes por la mañana, las chicas de segundo de secundaria que estaban holgazaneando en el aparcabicis prorrumpieron en vítores.

—¡Felicidades, seño! ¡Estaba divina en la Gran Revelación!

Heather las miró con una sonrisa avergonzada y levantó fugazmente la mano a modo de saludo. Eran simpáticas, aunque en el laboratorio de química eran un poco escandalosas.

No eran las únicas que miraban. Las cabezas se volvían mientras avanzaba a contracorriente por el río de estudiantes del pasillo principal, rumbo a la relativa tranquilidad de la sala de profesores. Un chaval de octavo la miró dos veces con exagerada sorpresa al cruzarse con ella.

—¿Me engañan mis ojos, o hay una celebRater en nuestro humilde pasillo? —Se sacó el teléfono del bolsillo de la chaqueta y lo levantó, claramente grabándola—. ¡Venga, que alguien ponga la alfombra roja!

—Muy gracioso, Winston. Ahora guárdate ese móvil antes de que te lo confisque. —No se quedó a comprobar si obedecía.

El fin de semana había estado demasiado excitada para dormir bien y necesitaba desesperadamente un café. Pero en cuanto entró en la sala de profesores, las conversaciones cesaron al instante, como en esas escenas de los viejos wésterns en las que el malo entra por las puertas batientes y los parroquianos interrumpen lo que están haciendo y le miran. Acto seguido, alguien empezó a aplaudir y varios más se sumaron, y de repente estaban todos aplaudiéndola.

Todos menos Steve, apoyado contra la pared junto a la máquina de café, frunciendo el ceño y mordiéndose los labios. Parecía… preocupado. ¿Por qué? ¿Qué pasaba? Intentó mirarle a los ojos, pero él bajó la mirada a la taza que tenía en la mano.

Heather fue hasta él, un poco molesta. ¿Qué le pasaba? ¿No podía fingir, al menos, que se alegraba por ella?

Pero la multitud de profesores le bloqueaba el camino. Normalmente, casi ni se fijaban en su existencia fuera del aula; al fin y al cabo, no era más que una humilde aprendiz en su primer año de prácticas…, hoy estaba allí, mañana a saber dónde. Ahora, sin embargo, parecía que no se cansaban de ella; la sujetaban del brazo, la bombardeaban con preguntas.

—¿Qué se siente?

—¿Noah Fauster es igual de guapo en la vida real?

—¿Va a publicar un vídeo del insti?

—¿Hoy es tu último día?

Heather sonreía vagamente sin responder, pero ella misma se sorprendió de su reacción a esta última pregunta. Cuando fantaseaba con ganar, este trabajo siempre formaba parte del pasado, no tenía cabida en su glamurosa vida nueva. Pero de pronto se preguntó: ¿de veras quería dejar la enseñanza para siempre? Cierto, era un esfuerzo enorme. Un trabajo mal pagado y muy estresante cuyo principal beneficio, según un amplio consenso, era la gran cantidad de días en los que no tenías que hacerlo.

Entonces, ¿a qué venía aquella sensación de malestar en la boca del estómago al pensar que saldría de este edificio para no volver jamás?

La cafetera estaba casi vacía para cuando por fin terminó el tercer grado al que la sometieron los profesores. Steve seguía en el mismo sitio, apoyado contra la pared. Heather se plantó delante de él y le miró con las cejas arqueadas, esperando a que dijese algo.

—Bueno, ¿y? —le preguntó ella por fin.

—Nada. —Él levantó la taza en señal de saludo—. Felicidades. Ya tienes lo que querías.

—Gracias. —Le dirigió una sonrisa radiante, deseando contagiarle su entusiasmo—. ¿Te lo puedes creer? Esta mañana hasta he tenido que pellizcarme para asegurarme de que no estaba soñando. Hasta ahora, pensaba que eso de pellizcarse era solo un modo de hablar.

—Bueno, no pases a autolesionarte todavía. —Steve dio un sorbo al café—. Eso suele empezar más tarde, cuando los concursantes llevan ya varios meses. No tiene sentido apresurarse.

Sus palabras le provocaron un arranque de ira. Por lo general, el humor cínico de Steve le hacía gracia y siempre estaba dispuesta a seguirle el rollo. Sin embargo, hoy solo quería que se dejase de tanta negatividad y se portase como un buen amigo: que la felicitase, que le diese un abrazo y le dijese que se alegraba muchísimo por ella.

—Por Dios, Steve, ¿no podrías por una vez…?

—A ver, tengo que preguntártelo porque estamos todos con la duda… —Allison Matthews, la profesora de Plástica, había aparecido al lado de Heather—. ¿Se puede saber qué estás haciendo aquí?

Steve dejó la taza, le dio una palmadita a Heather en el hombro —un gesto inusual en él— y se alejó despacio.

Heather se volvió a mirar a la profesora de Plástica, una *hippy* entrada en años con una larga trenza canosa y una colorida blusa de cachemira. Llevaba décadas dando clase en el instituto y, hasta ahora, apenas había cruzado un par de palabras con Heather.

—¿A qué te refieres? ¿Dónde iba a estar si no? La clase empieza dentro de... —echó un vistazo a su reloj de pulsera—, de diez minutos.

—Sí, pero tú ya no necesitas trabajar. Eres rica y famosa. Por si no te has dado cuenta, las celebridades no suelen pasar sus días formándose para puestos de trabajo mal pagados.

Heather sintió una punzada de rabia. Arpía metomentodo. ¿Quién le había pedido opinión?

—No se me ocurriría desaparecer sin hablar primero con la directora y trabajar durante el periodo de preaviso. Tengo un deber con los alumnos. —Se dio la vuelta para abrir la puerta de un armarito que había encima del fregadero y recorrió la balda con la mirada en busca de una caja nueva de azúcar.

—Pero ahora tu deber es con tus «seguidores», ¿no? —La risa de la profesora fue más bien un bufido—. ¡Seguidores! ¡Suena como si hubieras creado una secta!

—Y así es, ahora que lo dices. —Localizó la caja del azúcar en la balda superior y la cogió a la vez que volvía la cabeza para decir con tono inexpresivo—: Sermones de música rap, varios maridos y bautizos en fuentes de chocolate. ¿Me permites ofrecerte un *pack* de socio?

Otra risa-bufido.

—Qué graciosa...

La puerta de la sala se abrió y entró la directora en persona. Kate Robbins era una mujer práctica que calzaba zapatos cómodos, llevaba un corte de pelo sencillo y tenía una serie de trajes genéricos e intercambiables. Jamás entraba en la sala de profesores a no ser que tuviese algo que anunciar, prefería quedarse en su despacho atendiendo el papeleo.

Sin embargo, allí estaba.

El murmullo de la cháchara se desvaneció. La señorita Robbins examinó la habitación volviendo la cabeza como un foco reflector, y se detuvo al ver a Heather.

—Señorita Davies —dijo—. Tenemos que hablar.

El cielo estaba oscuro y amenazaba lluvia mientras Elliot cruzaba el aparcamiento de la Triple F. La reunión de Zoom sobre los planes para la franquicia americana se había alargado, sobre todo por culpa de un ejecutivo texano que, descontento con el nombre propuesto, TF USA, se había quejado diciendo que sonaba a la palabra que pones en el Scrabble cuando te tocan malas letras. Se negaba a dejarlo pasar y el debate había consumido casi una hora. Para cuando Elliot por fin empezó su charla sobre el papel de la evaluación psicológica, la mayoría de los participantes se hallaba tecleando en el móvil, sin duda para avisar a los cónyuges y las parejas de que iban a llegar tarde.

Poco le faltaba a Elliot para llegar a su coche cuando vio un pequeño movimiento por el rabillo del ojo. Se volvió y vio una figura que se agachaba para esconderse detrás de un enorme todoterreno. El corazón le empezó a latir desbocado.

Alguien le estaba siguiendo.

De pronto fue consciente de lo mal iluminado y aislado que estaba el aparcamiento; era un terreno baldío de hormigón interrumpido por unos pocos coches, con un centro de almacenamiento y un depósito de muebles al otro lado, ambos cerrados hasta el día siguiente.

¿Debería volver a la sede? ¿Llamar a emergencias? ¿O intentar llegar hasta su coche y cruzar los dedos para poder entrar y cerrar a tiempo las puertas? A su izquierda oyó unas pisadas fuertes que se acercaban. Su perseguidor se había expuesto. El miedo y el instinto se apoderaron de Elliot, que salió corriendo hacia su coche en el mismo instante en que empezaban a caer gruesos goterones de manera espaciada. Ahora los pasos se oían por detrás, cada vez más veloces. No había la menor duda: le estaban persiguiendo. Los pies de Elliot retumbaban sobre el asfalto, pero no era lo bastante rápido. Las pisadas cada vez se oían más. Y más cerca. Los cálculos mentales de Elliot eran automáticos. Su perseguidor —¿atracador?, ¿ladrón de coches?, ¿asesino?— se estaba acercando demasiado deprisa. Le pillaría en cuanto se detuviese a abrir la puerta del coche. Pero si seguía corriendo, si intentaba volver al edificio de la Triple F, le daría alcance antes de que llegase. Solo podía hacer una cosa.

Se giró bruscamente sobre sus talones para encararse con su perseguidor, los hombros hacia atrás, el mentón levantado…, una postura resueltamente dominante. Vislumbró a un hombre encapuchado que se acercaba corriendo con aire resuelto.

—¿Qué quieres? —Elliot consiguió que el miedo no asomase a su voz, hablando deprisa para proyectar autoridad e invertir la dinámica de poder y conseguir que su posible atacante perdiese el equilibrio, tanto físico como mental.

Funcionó. El súbito cambio de dirección pilló al hombre por sorpresa, y el impulso le hizo vencerse hacia delante de manera que a duras penas evitó estamparse contra Elliot. Se frenó torpemente, haciendo aspavientos. Entonces, Elliot pudo verle la cara.

—¡Tú! —Elliot se llevó a la frente la palma de la mano, aliviado. Era alguien conocido, no un extraño misterioso. El frenético pataleo de su corazón empezó a disminuir—. Jim, ¿qué haces tú aquí?

Jim Munson había sido expulsado de CelebRate el día anterior, después de que una imagen suya dando un puñetazo a una agente de policía apareciera con grandes titulares en la portada del *London*

Mail bajo el titular «Fama, fortuna…, follones». Ahora se enfrentaba a cargos penales, que en el concurso se consideraban una línea roja. A Elliot le habían convocado a una reunión para hablar del caso de Jim, y Noah le había acribillado a preguntas. O, más bien, le había hecho la misma pregunta de varias formas distintas. («Doctor Leyton, ¿tiene usted alguna idea de cómo ha podido suceder esto, de qué ha podido pasar para que de repente haya descarrilado?»). Porque Jim había estado acumulando un éxito tras otro, el número de seguidores iba en aumento, un millón de fans daban *likes* a cada *post* y siempre encontraba el equilibrio adecuado, compartiendo sus éxitos sin sonar jactancioso. Bromas amables y una sonrisa que nunca parecía falsa. Y, para colmo, la oportunidad de protagonizar una campaña publicitaria de un gel capilar que habría difundido su rostro por YouTube y por las televisiones. Hasta se había hablado de presentarle al lado de Noah en la siguiente promoción de la Triple F —una primicia para el concurso, ya que Noah siempre había aparecido solo—, lo cual había desatado rumores de que le iban a ofrecer un papel a largo plazo.

De manera que Noah había preguntado una y otra vez: ¿por qué? ¿Por qué lo habría echado todo a perder en una noche de alcohol y violencia?

Elliot había hablado con seriedad de las presiones del concurso y de las reacciones tardías al revuelo social. Los test psicométricos no eran perfectos, había dicho. A veces era imposible predecir quién se desmoronaría. Parecía que se lo habían tragado.

Ahora, con el brillo acuoso de las luces del aparcamiento, Jim Munson tenía un aspecto horrible. El rostro sin afeitar estaba enmarcado por un pelo grasiento, y tenía la piel de debajo de los ojos amoratada por la fatiga.

—Tengo que hablar contigo. En privado. Ahí no. —Señaló la

sede con un gesto—. Hoy ya he pasado demasiado tiempo en ese edificio.

La lluvia ahora descargaba en serio, precipitándose desde las nubes para caer sobre el asfalto y repiquetear sobre los techos de los coches. Elliot no soportaba la lluvia. Le traía malos recuerdos, asociaciones negativas.

Estudió al infeliz que tenía delante.

—¿Cómo has sabido que estaba aquí?

—Al salir de la reunión de Recursos Humanos vi tu coche. Lo he reconocido porque te he visto conducirlo después de las sesiones de grupo.

Elliot se volvió a mirar la inconfundible silueta de su Porsche plateado. Vaciló, sin decidirse. Jim había traspasado los límites al tenderle una emboscada en el aparcamiento. Lo correcto era decirle, con calma y educación, que si quería hablar podía pedir cita para una sesión en la consulta privada que tenía en Notting Hill. Cualquier otra cosa sonaría rara, incluso sospechosa. Sin embargo, quería averiguar qué era eso que Jim quería contarle tan desesperadamente. La información podría serle útil más adelante.

Hizo una evaluación de riesgos para sus adentros. Tomó una decisión.

—De acuerdo. Podemos hablar en mi coche.

—¡Con lo bien que iba todo! —Jim se pasó los dedos por el pelo, empapado por la lluvia.

El Porsche seguía en el aparcamiento. Elliot había encendido la luz del interior para verle la cara.

—Sí —dijo Elliot—. En la última sesión de grupo, parecía que te habías adaptado perfectamente a tu nueva vida.

Un vigoroso asentimiento con la cabeza.

—Es verdad. Estaba volando alto, disfrutando de cada segundo. Hasta que… —Dejó la frase inacabada. Frunció el ceño.

—¿Hasta que…?

Jim se apretó los puños contra los muslos.

—Todo empezó con esas publicaciones en redes sociales que aludían a algo de mi pasado. Algo desagradable.

—Bueno, ya sabes…, los troles son un desafortunado efecto secundario de la fama. En la Triple F todo el mundo ha sufrido…

—No, no de esta manera. Tuve troles desde el primer momento, gilipollas envidiosos que me ponían a parir para sentirse mejor consigo mismos. No. Esto era distinto.

—¿En qué sentido?

—Quienquiera que publicase esos mensajes sabía cosas de mí. Cosas secretas.

—¿Como cuáles, por ejemplo? —Frunció el ceño mientras Jim movía la cabeza, salpicando gotas de lluvia sobre la suave tapicería de cuero—. No te puedo ayudar si no sé lo que está pasando.

Jim se quedó mirando al frente, sin hablar, durante un rato que se antojó muy largo. Después, asintió con la cabeza.

—Vale… —Bajó la mirada—. Como que… Como que me acosté con un hombre. Solo una vez, hace un par de años; estaba borrachísimo. Solo… Solo para ver qué tal.

—A modo de experimento.

Jim levantó bruscamente la cabeza, los ojos entrecerrados.

—¡Así exactamente es como lo considero yo! ¿Cómo lo has sabido?

Elliot se maldijo a sí mismo. Lo que le faltaba era que Jim empezase a hacerle preguntas incómodas.

—Te sorprendería saber la de gente que prueba con diferentes

74

experiencias cuando es más joven; es mucho más habitual de lo que pensamos. Pero ¿te preocupa que este episodio de tu pasado pueda hacerse público?

—Sí. —De nuevo asintió con la cabeza—. Es obvio que el trol está al tanto. No para de hacer insinuaciones en CelebRate y en algunas de las webs de fans. No pone su nombre verdadero, firma con la frasecita «Ah, No Sé», que es, claramente, una bromita de mal gusto para decirme que «sabe» mis secretos. El primer *post* lo subió justo después de que me ofrecieran hacer el anuncio del gel para el pelo. ¡Yo, en la tele! Estaba feliz. Luego vi lo que había escrito y… —Arrugó la frente—. Después de aquello, todo empezó a desmoronarse.

Elliot reflexionó sobre cómo convenía que reaccionase. Siempre había sabido que podrían darse situaciones como esta, en las que su papel oficial entraría en conflicto con las exigencias de su proyecto secreto. Decidió que lo mejor era responder como si realmente solo fuera otro psicólogo más de la Triple F, sin más motivos que este para trabajar en el concurso. De todos modos, nada de lo que hiciera a estas alturas iba a cambiar las cosas; el daño ya estaba hecho.

—Entonces, ¿piensas que perjudicaría a tu imagen que esta información saliese a la luz? Porque ha habido varios ganadores LGBT, tanto hombres como mujeres, que han triunfado por todo lo alto y han tenido audiencias enormes, y…

—¡No soy gay! —La voz de Jim iba subiendo con cada palabra y de repente estaba gritando, el volumen amplificado por el reducido espacio. Después cerró los ojos y respiró hondo—: Lo hice… Lo probé… solo una vez en toda mi vida. Y me he tirado a cientos de mujeres.

«No me cabe la menor duda —pensó Elliot—. Sobrecompensación de manual».

Jim se encorvó y se sujetó la cabeza con las manos, hundiendo los dedos en el cabello húmedo.

—De todos modos, eso no es todo. Este trol sabe más cosas.

—¿Por ejemplo?

—Pegué a mi novia. Solo una vez, por la época en la que bebía de más. Me había quedado sin curro, me sentía abatido, inútil. Me dijo que era un fracasado y un impotente. Me tocó una fibra sensible, ¿sabes? Y entonces yo… perdí el control. Le puse un ojo morado. Nada más hacerlo me sentí fatal, le supliqué que me perdonase. Pero se marchó. Y no se lo reprocho. Suerte tuve de que no presentase cargos contra mí.

Elliot también conocía ya esta historia, pero esta vez no fue tan tonto como para permitir que se le notase. Los dos incidentes estaban claramente conectados; Jim tenía problemas con una homosexualidad reprimida que le habían llevado a arremeter contra la mujer con la que compartía su vida porque no había conseguido hacer de él un hombre heterosexual. En lugar de aceptar su sexualidad y salir del armario, bebía en exceso y peleaba contra sus demonios y contra cualquiera que quedase atrapado en el fuego cruzado. Elliot miró el desdichado rostro, recortado contra la neblina amarillenta del vapor condensado. No pudo sentir más que desprecio. Millones de personas habían luchado y se habían sacrificado por los derechos legales y la aceptación social de los que Jim podía disfrutar ahora tranquilamente. Y a él, sin embargo, la sola idea de que su secreto se hiciera público le hacía gimotear de miedo. A Elliot le parecía patético.

Pero su rostro no delató estas reflexiones cuando dijo:

—Bien, háblame más de esas publicaciones. ¿Qué decían exactamente?

Jim exhaló.

—Que había hablado con un tipo que se llamaba igual que el hombre con el que tuve…, con el que tuve aquel rollo y que había dicho que yo era un tío que se llevaba de calle a los hombres. Otro dijo: «Jim tiene un imán para las mujeres». Y dejó un comentario en un foro de fans en el que unas chicas estaban especulando sobre qué tipo de mujeres me gustaban, qué color de ojos, etcétera. Y adivina qué se le ocurrió decir al señor «Ah, No Sé».

Elliot, impasible, dio la callada por respuesta.

—Dijo: «He oído que le gustan las chicas de ojos morados». —Jim rompió a llorar en este momento, un sonido desgarrador y sibilante—. Todo iba sobre ruedas hasta que… Esos comentarios lo cambiaron todo. Saltaba por todo, estaba paranoico. No podía dormir. Me metía en foros y en páginas de cotilleos hasta las tantas de la noche para ver si había algo más por ahí, preguntándome cuándo dejaría de ser tan discreto y se pondría a largar mis secretos por las redes sociales.

Elliot pasó la mano por el volante; le gustaba sentir el cuero contra la palma.

—Háblame del incidente con la agente de policía.

Jim tragó saliva y exhaló de manera audible, recobrando la compostura.

—Estaba harto de los clubs de lujo y quedé con un antiguo compañero de trabajo en un *pub* al que solíamos ir; me apetecía estar en un sitio tranquilo y normal, como antes. Pero había un tipo allí que me reconoció y dijo: «¿Y tú no deberías estar en algún sitio pijo con todos esos famosillos?». Después comentó que la única explicación que se le ocurría de mi presencia en un bar tan chungo y a desmano era que estuviese metido en algún lío, que quizá no quería que los fans supiesen con quién había quedado…, quizá con alguien que no encajaba con mi imagen.

—¿Y pensaste que se trataba de ese tal «Ah, No Sé»?

—Sí. Empecé a gritarle que se alejase, a amenazarle con que le iba a matar. No era más que un mamón borracho diciendo gilipolleces para impresionar a sus colegas, pero yo también estaba borracho y de repente pensé: ¡es él! Me ha seguido hasta aquí para insultarme en persona. Para cuando se presentaron los polis, yo ya estaba completamente descontrolado. —Los ojos de Jim estaban clavados en el parabrisas, que se había empañado con la condensación.

La lluvia repiqueteaba sobre el techo. Elliot sopesó posibles respuestas a la información que acababa de darle.

—¿Has dado parte a Recursos Humanos de todo esto? ¿O a Noah? ¿Has explicado la situación?

Un resoplido.

—¿Te refieres a si he explicado que me volví loco y golpeé a una poli porque soy un marica que pega a las mujeres? Ni hablar. Solo te lo he contado a ti porque sé que la confi..., la confiden...

—La confidencialidad del paciente...

—Eso. Que la confidencialidad te impide contar nada. Pero no puedo hablar con nadie más. Además, tengo miedo. ¿Qué quiere este cabrón? Y, concretamente, ¿cómo es que conoce todos mis secretos?

—¿Le confiaste a esa exnovia lo de tu... experimento sexual?

—¡No! Dios, no. No puede ser ella; no lo sabe.

—¿Y qué me dices del caballero con el que..., con el que estuviste? ¿Le dijiste que habías pegado a tu novia?

—No. —Movió firmemente la cabeza—. Por borracho que estuviera, jamás le contaría algo así a nadie. Sobre todo a alguien que... Bueno, ya sabes, a alguien que me gustase. Tuvo que ser un *hacker*.

—Y hackeó... ¿qué, exactamente?

—Mi ordenador. —Jim se frotó la frente con las yemas de los dedos—. Escribo un diario. En Word. Llevo haciéndolo desde que era niño. Pensamientos sobre cosas cotidianas, cosas que han pasado. El ordenador tiene una contraseña, pero... No sé... ¿Y si alguien consiguió entrar?

Elliot trazó una raya en el vaho del parabrisas.

—¿Y no crees que la explicación más probable es que el autor de los mensajes fuese alguien conocido que quiere hacerte daño? ¿A quién le has confiado estos dos…, estos dos incidentes?

—A nadie. —Jim, volviéndose a mirar a Elliot con ojos desorbitados y cargados de angustia, apoyó el hombro contra el respaldo del asiento—. Eso es lo que da tanto miedo. No se lo he contado absolutamente a nadie. Aparte de ti, claro. Pero no has podido ser tú, porque acabas de enterarte.

—Así es. —Elliot asintió con la cabeza y mantuvo el rostro inexpresivo y el tono de voz neutral. Incluso de niño, siempre había tenido un talento especial para mentir.

Heather se giró frente al espejo, admirando la manera en que brillaba la tela verde botella al rozarle las pantorrillas. Estaba aturdida, como una adolescente que hubiera salido a comprar su vestido de graduación y se sintiese intimidada por el glamur de todo lo que le estaba pasando. ¿De verdad era esta su vida? ¿Pasearse por las *boutiques* más caras de Bond Street, probarse ropa y comprar a su antojo, transformar su aspecto con un simple movimiento de su tarjeta de crédito Triple F?

—¿Qué te parece? —le preguntó a la dependienta, una mujer francesa llamada Claudette que la había reconocido de la Gran Revelación—. Es para mi primer *post,* así que quiero acertar. Al fin y al cabo, este es ahora mi trabajo. —Se le hacía raro decir esto, después de haber dedicado tantos años a convertirse en profesora.

Había tenido la esperanza de que podría quedarse un poco más en el instituto, para acostumbrarse a la idea de marcharse… o, al menos, para despedirse bien de sus alumnos. Sin embargo, la directora había sido inflexible.

«Tu presencia distrae demasiado —le había dicho a Heather—, ahora que los chicos te ven como una especie de celebridad, así que creo que sería mejor para todos que te marchases inmediatamente».

De manera que Heather había recogido sus cosas y se había ido. Había salido sola del edificio mientras los demás estaban en clase.

—El verde le sienta de maravilla —dijo Claudette a la vez que Heather se volvía para enseñarle cómo le quedaba por detrás—. A mí me parece que, de todos los que se ha probado, es el que mejor le sienta.

—De acuerdo, entonces. —Dio un último giro, apoyándose sobre la pierna buena—. ¡Me lo llevo!

—Genial. ¿Y qué hacemos con la chaqueta y los zapatos? ¿Y con el pañuelo? En mi opinión, el pañuelo completa el conjunto.

—Sí, me los llevo también. —Por la puerta abierta del probador, vio la ropa amontonada sobre un taburete de terciopelo y la repasó con la mirada por si se le había pasado por alto alguna prenda—. ¿Y qué piensas de los pantalones azul marino?

Claudette negó con la cabeza.

—No le sentaban tan bien. La cintura es demasiado baja para su cuerpo; tiene la cintura alta.

—Pues entonces me llevo todo menos los pantalones —le dijo a la dependienta francesa, dedicándole una sonrisa radiante.

Después de casi dos horas en la tienda, tenía la sensación de que habían conectado. Claudette había sido de lo más servicial y había accedido a sacar fotos con el F-phone. Había sacado varias fotos de Heather echando un vistazo a la ropa, y en este momento le sacó otra sonriendo ante la caja registradora. Después, delante de la puerta con el vestido verde, los brazos extendidos para enseñar todas las bolsas. Claudette le devolvió el móvil.

Había llegado la hora de la verdad. Tenía que publicar su primer *post*.

—¿Cuál crees que debería publicar? —preguntó Heather, pasando las imágenes.

Claudette había dicho que era una superfán de CelebRate, así que seguro que tenía ideas acerca de lo que podía funcionar mejor. Además, como era parisina, Heather dio por supuesto que tenía estilo y buen gusto.

—A mí me gusta la de las bolsas. Se parece a Julia Roberts cuando sale de compras en esa peli antigua, *Pretty Woman*.

—Hmmm… ¿No hacía de prostituta?

Claudette se encogió de hombros.

—Sí, pero a nadie le importaba que fuera una prostituta porque estaba guapísima.

—En fin… Me encantan las pelis con un mensaje moral contundente… —Heather escudriñó la foto sugerida sintiendo que la adrenalina le corría por las venas; estaba a punto de dar el salto, de subir su primera publicación… y de convertirse en una auténtica winfluencer—. Sí, la verdad es que es una buena foto. —Se quedó pensando unos instantes antes de escribir la leyenda—: «¡Todavía no me creo que toda esta ropa tan genial sea mía! ¡Me siento como Julia Roberts en *Pretty Woman!*».

Se la enseñó a Claudette, que hizo un gesto de aprobación. Acto seguido, Heather cogió aire y dio a «Publicar imagen».

Con el corazón a mil, se quedó mirando el mensaje de «Post enviado» en la pantalla del móvil. Tras una breve pausa —el proceso de revisión de imágenes de la Triple F—, la *app* de CelebRate hizo pin y apareció la foto. Ya estaba hecho… ¡Era, oficialmente, una winfluencer! Por un instante sintió alivio…, pero solo por un instante. La inseguridad no se hizo esperar. ¿Y si no gustaba a nadie? Unos nervios enfermizos le revolvieron el estómago, entreverados de fogonazos de pánico.

Tras unos segundos que se le antojaron eternos, apareció un mensaje en la pantalla: «a Chicalondinense427 le gusta tu publicación». Al instante llegó otro. Y otro.

—¡Tres *likes!* —chilló—. ¡Tan pronto! No, espera… ¡Siete! ¡Trece! —Clavó los ojos en el móvil, pasmada. Personas que no conocía de nada estaban mirando su foto y animándola, dándole la bienvenida a sus vidas de las redes sociales. Fue un momento extrañamente emotivo.

—Enhorabuena —dijo Claudette—. Va a encantarle a todo el mundo.

—¿De veras lo piensas?

—Pues claro, porque está preciosa.

Heather le dedicó una sonrisa radiante, aunque sabía que en realidad no era cierto, que estaba escondiendo sus partes feas. Pero eso Claudette no podía saberlo.

—De acuerdo —dijo Heather—, envíame los detalles de tu cuenta y te hago una transferencia.

—Gracias, hermanita —dijo Ronan.

«¿Hermanita?». ¿En serio? ¿Desde cuándo la llamaba así?

—Te juro que esta vez tengo un buen pálpito. Es mi golpe de suerte. Lo sé.

¿Cuántas veces habría pronunciado su hermano esas mismas palabras?, se dijo Heather. ¿Por qué no buscaba un trabajo en algún bar nocturno, como todos los aspirantes a actores, para mantenerse a la vez que se dejaba los días libres para ir a audiciones? Hacía mucho tiempo que Heather había dejado de hacerse esta pregunta. Ronan se limitaba a poner excusas, diciendo que necesitaba tiempo y su propio «espacio creativo» para escribir su monólogo. La cruda realidad era que su hermano se consideraba demasiado bueno para el trabajo normal. Quería ser una estrella y no se conformaba con menos. «Darle al público lo que quiere». Esa era su «declaración de intenciones». El problema era que el público no parecía quererle a él especialmente.

—Deberíamos salir a cenar —añadió él. ¿Se lo estaba imaginando o tenía un acento cada vez más pijo a medida que avanzaba la conversación?—. A algún sitio elegante, ahora que vives a todo trapo. Los hermanos saliendo de fiesta. Tenemos que ponernos al día de un montón de cosas.

—Eso desde luego, teniendo en cuenta que hace casi dos años que no te veo.

—¿De veras ha pasado tanto tiempo?

—De veras.

—Bueno, es que he salido mucho al extranjero. Recuerda que me fui de gira por Goa con los de Teatro en Movimiento. Mi monólogo fue un exitazo.

—Aquella gira duró cuatro semanas. Y tú desapareciste diez meses.

—Conocí a una chica allí. Estaba enamorado. ¿Cómo iba a saber que resultaría ser una psicópata?

Heather cerró los ojos. Se puso a respirar por la nariz y a soltar el aire por la boca hasta que la rabia remitió, dejando tras de sí tan solo una vaga tristeza. Al principio había tenido la esperanza de que al irse su madre ellos dos estrecharían la relación. Sin embargo, solo se habían distanciado más. Ya no reconocía al hermano que le había construido casas en los árboles y que había bailado y cantado con ella canciones pop en el dormitorio, utilizando secadores de pelo a modo de micrófonos.

—Tengo que irme, Ronan.

—Vale, pero ¿qué me dices de quedar este fin de semana? Podríamos sacarnos unos selfis para tu perfil. Tus seguidores me adorarían.

Heather volvió a cerrar los ojos. Su hermano había estado telefoneándola sin tregua desde el momento en que había descubierto que ella era la más reciente incorporación a CelebRate. Sin embargo, en la época en la que el tiempo había sido como una losa para ella, denso e inmóvil, no había dado señales de vida.

—Ya hablaremos de eso más tarde.

—Pero yo...

—Adiós, Ronan.

Capítulo 10

Ha sido un día muy largo y estoy cansado, pero tengo que acabar esto antes de acostarme. Esta mujer va a toda velocidad, así que no puedo permitirme esperar. Miro su foto, que está clavada junto a la de Rob en la pared de mi estudio. ¿Es guapa? A mí, desde luego, no me lo parece. Pero quizá sea por todo lo que sé de ella. Cuando miro esos ojos con sus pestañas tupidas y esos labios carnosos, no veo glamur ni una provocativa sexualidad. Solo veo daño. Pero está bien que haya daño. Dependo de él.

¡Hay tantas cosas que podría hacer, tantos lugares a los que podría ir! Creo que lo mejor será empezar por lo más sencillo, ver cómo reacciona, proceder a partir de ahí. Seguro que basta con un comentario público. Leo las últimas publicaciones de CelebRate en las páginas de cotilleos de Celeb para encontrar un buen punto de arranque. No puedo ser yo el que inicie la conversación. Estoy intentando pasar desapercibido…, al menos, por ahora. Me encuentro con una foto de ella abrazando a una niña pequeña que por lo visto es su ahijada; las dos llevan gafas de sol con estampado de piel de tigre a juego y se ríen mirando a la cámara. «¡Guau, mírala! —dice uno de los comentarios—. ¡Sería una mamá BASTANTE guay!».

Perfecto.

Hago clic en el icono de voz y digo: «Escribe: conozco a una chica llamada Ellie que lo mismo no está de acuerdo».

Doy a «Responder». Después me arrellano en la silla y doblo los brazos por detrás de la cabeza.

Ya está.

Capítulo 11

Se le hacía raro ver la urbanización Shakespeare desde el otro lado del parque. Por alguna razón, tenía un aspecto más deslucido, más mortecino. A Heather le había hecho ilusión descubrir que una de las casas que daban al familiar perímetro de Holland Park estaba en la cartera inmobiliaria de la Triple F. ¿Cuántas veces habría contemplado aquellas casas de columnas blancas, preguntándose cómo sería vivir allí? La sola idea de entrar en una se le antojaba surrealista.

Se apartó de la ventana y volvió a concentrarse en la habitación en la que estaba en estos momentos. Su apartamento entero habría cabido allí. Giró sobre sí misma, mirando los suelos de roble y las estanterías empotradas, la chimenea con su marco de mármol tallado, las molduras y la araña de luces de la época victoriana. Era increíble que aquel lugar pudiera ser suyo. Ninguno de los profesores con los que había estudiado podría permitirse jamás una casa como aquella, por muchos años que trabajasen. ¡Con lo rezagada que se había sentido cuando se habían incorporado a sus primeros trabajos de profesores! Los ocho últimos meses todos habían cobrado sueldos como es debido mientras a Heather se le hacía cuesta arriba terminar su primer año de prácticas. Ahora, sin embargo, le tocaba a ella dejarlos atrás a ellos.

Subió a explorar el resto de la casa, empezando por el «cuarto de baño familiar» con su ducha italiana en una punta y la bañera de mármol boliviano en la otra, y maravillándose del calor que desprendían las baldosas del suelo radiante.

Inspeccionó los cinco dormitorios uno por uno y acabó con el más grande, por cuyo enorme tragaluz se veían nubes bordeadas por el sol; al pulsar un botón, desaparecieron detrás de una persiana de techo motorizada. El baño en *suite* principal era moderno y estiloso, de granito oscuro y con un resplandeciente cromado, pero, para Heather, el plato fuerte del dormitorio estaba oculto detrás de una puerta corrediza que había en medio de una pared. De hecho, soltó un grito ahogado cuando la puerta se deslizó y dejó ver un inmenso vestidor, lleno de baldas para zapatos, cajones y más espacio para colgar ropa del que jamás iba a poder llenar.

Se sentía como en una nube mientras bajaba la sinuosa escalera para volver al salón, donde Lara, su asesora de imagen, la esperaba al lado de la ventana del fondo.

—¿Y bien? —preguntó Lara—. ¿Qué te parece?

Heather sonrió de oreja a oreja.

—Es realmente impresionante.

Lara asintió con la cabeza.

—A mí también me lo parece. Es la casa perfecta para recibir.

Heather la miró, desconcertada.

—¿Recibir?

La ceja perfectamente arqueada de Lara se levantó.

—Dar cenas. O barbacoas con cócteles en el jardín de atrás. Esta habitación es fantástica para organizar eventos.

—Ah, ya. Yo estaba pensando más en mi vida cotidiana, cosas como sentarme al lado del fuego con un gato en el regazo. Me encantan los gatos, pero no me parecía bien tener uno encerrado en mi minúsculo apartamento.

Se acercó a la chimenea y recorrió con los dedos el mármol fresco y suave de la repisa.

—Te puedo buscar una espléndida persa a juego con esta habitación —dijo Lara—. Con garantía de autenticidad, claro. Lo mejor de lo mejor.

—¿De veras? —Miró el suelo, una amplia extensión de roble resplandeciente—. Sí, ¿por qué no? Me gustan las alfombras persas. Nunca he tenido una.

La risa de Lara sonó perfectamente controlada, con un tono, un volumen y una duración impecables.

—Me refería a una gata persa. Has dicho que te gustan los gatos, ¿no?

—Ah… —Heather se sintió ridícula; Lara debía de pensar que era boba—. Gracias, pero prefiero un gato de refugio. Para que tenga una maravillosa vida nueva, igual que yo.

Lara arrugó la nariz.

—La idea es bonita, pero vas a tener que sacar muchas fotos aquí, así que tienes que pensar en qué aspecto tiene todo lo que metas en tu casa, si encaja o no con tu imagen. Y te aseguro que cuando veas una gatita persa chinchilla, te enamorarás, literalmente.

A decir verdad, Heather no era muy fan de los gatos esponjosos, pero estaba demasiado contenta para discutir.

—Claro, ¿por qué no? No pasa nada por echar un vistazo.

Dio una vuelta por la habitación, imaginándose su futuro allí: arreglándose para salir a conciertos y estrenos, charlando con fans mientras iba de un cuarto a otro haciendo transmisiones en vivo. «Recibiendo». ¿Quiénes serían esas personas a las que iba a recibir? Le costaba imaginarse a Debbie y a Steve en aquella inmensa casa con columnas blancas, con su «zona de eventos» iluminada por candelabros. Pero pronto iba a tener nuevos amigos, winfluencers como ella, gente sin preocupaciones y con ganas de pasarlo bien.

Regresó a la ventana que daba al jardín y trató de abrirla, frunciendo el ceño al ver que se resistía.

—¿Por qué está cerrada herméticamente? —Oyó que su voz se iba volviendo cada vez más aguda—. No pienso vivir en una casa con las ventanas selladas. Necesito que pueda entrar el aire.

Lara la miró con cara de desconcierto —sin duda, descolocada por el súbito cambio de tono— y se acercó.

—Creo que es por la pintura, nada más. Han redecorado la casa hace poco. Espera un momento. —Agarró los tiradores de bronce de la base del marco de la ventana y tiró con fuerza, apretando los dientes. La ventana subió con un chillido estridente de protesta.

Heather sintió que algo en su interior se aflojaba al notar que una brisa con aroma a flores entraba desde el jardín trasero.

—Ya está —dijo Lara, animosa.

—Gracias. Siento haber reaccionado de manera tan exagerada. Es que… hace tiempo iba mucho a un sitio en el que había ventanas que no se abrían. No quiero que se repita jamás.

—Claro. —Lara asintió con la cabeza—. Lo entiendo perfectamente.

«Lo dudo mucho», se dijo Heather, pero no pensaba permitir que estos pensamientos le nublasen el día. Dio otra vuelta a la habitación, pasando los dedos por las estanterías empotradas, conteniendo a duras penas el entusiasmo que iba creciendo en su interior.

—Me encanta. Y bueno, también me gusta eso de que no esté muy lejos de donde vivo ahora.

La nariz de Lara se volvió a arrugar…, quizá en reacción a la mención de la urbanización Shakespeare.

—Sí, el departamento de propiedades inmuebles compró un par de casas en esta misma calle para vendérselas a los celebRaters. Se considera que es una buena zona winfluencer porque las fachadas son preciosas y la calle es ancha pero no hay mucho tráfico, así que es fácil filmarlas. Además, está bien de precio para lo que es Holland Park, por su proximidad al... —los ojos se le fueron a la ventana trasera, que daba al parque—, al perímetro.

Heather apretó los labios, sin saber si le hacía gracia o si se sentía insultada.

—Bueno, con o sin perímetro, me encanta.

Lara asintió con la cabeza.

—Estupendo. Lo único que tienes que hacer es decir que sí y será tuya al instante. Literalmente. La empresa gestionará tu hipoteca y te dará un anticipo sobre ingresos futuros para cubrir la entrada. Y como es parte del porfolio inmobiliario de la Triple F, podrás vivir aquí de alquiler hasta que se finalice la venta.

—No hace falta. No me importa seguir donde estoy hasta que se cierre el trato.

La frente de Lara se arrugó. Soltó un pequeño «mm».

—Bueno, el caso es que... En fin, nos gustaría que te mudases a tu nuevo hogar cuanto antes.

—¿«Nos» gustaría? —repitió Heather mientras Lara la invitaba a salir del salón y a bajar—. ¿A quién? —insistió, siguiéndole a la zaga.

—¡A la familia Triple F!

Habían vuelto al punto en el que había empezado el recorrido, el sótano o «planta del jardín», con su isla de cocina de granito y sus azulejos de piedra color gris perla, las alacenas sin tiradores que se abrían con un toque («diseño italiano», había susurrado Lara, como si fuera un secreto. «Literalmente el mejor»). Al fondo había una enorme pared de cristal enmarcada en madera, que daba al jardín.

—De lo que se trata es de exhibir tu nuevo estilo de vida —dijo Lara—. Y eso no se puede hacer si estás metida en un apartamento minúsculo. ¡Y piensa en lo bien que iba a quedar esta casa en CelebRate! Puedes usar la función de cadena para crear una secuencia mientras vas ascendiendo, literalmente, en la vida, o meter algún vídeo en el que salgas pasando de una habitación a otra, hablando con un interiorista sobre los muebles que quieres. Y le añades música de fondo. ¡Va a quedar increíble!

La asesora de imagen dio a un botón oculto en el marco de madera y un panel de cristal se deslizó para dar paso al jardín. Al fondo, un sauce sumergía sus hojas en un estanque diminuto rodeado por una verja de hierro forjado. Sonó un móvil y Lara retrocedió a la cocina para responder, dejando a Heather sola para que lo explorase todo tranquilamente. Se sentó en el banco y se quedó mirando la casa. Era el típico lugar en el que podría vivir una celebridad. Cerró los ojos y levantó la cabeza hacia el cielo. Tenía la sensación de estar viviendo en un cuento de hadas, un reino mágico en el que los sueños se hacían realidad. Cruzó por el césped para regresar a la cocina. Lara estaba apoyada contra la nevera, escribiendo un mensaje en el móvil. Al entrar Heather, levantó la vista.

—Sí —dijo Heather.

—¿Disculpa?

—Me pediste que dijera que sí si quería quedarme con esto. Y quiero.

—Ah. —Lara soltó una risita tintineante—. Ya lo pillo. Qué gracia.

Heather contempló la belleza y el lujo que la rodeaban por todas partes. La invadió una oleada de euforia y se puso a bailotear por la habitación con los brazos en alto; necesitaba desfogar un poco. Acababa de tomarse una pastilla, así que no sintió ningún dolor.

—Has hecho una elección magnífica —dijo Lara cuando Heather volvió a su lado, mareada y sin aliento tras su baile de la victoria—. Te va a encantar vivir aquí, literalmente.

—Sí —dijo Heather—. Literalmente.

Capítulo 12

«Es como estar en una película —se dijo Heather—. En *El gran Gatsby*, por ejemplo».

El techo de la zona de bar del New Heights estaba regado de estrellas que bañaban a la muchedumbre VIP en un resplandor dorado. Una fila de guapísimos camareros, idénticamente vestidos de negro, agitaba cócteles y servía bebidas mientras el último ganador de *Britain's Got Talent* cantaba con voz ronca en un discreto escenario situado en un rincón. Debbie Limon, la presentadora de las noticias de UKTV, estaba apoyada en la barra, charlando con un actor al que Heather reconoció de una serie de policías de la ITV. El club privado de la Triple F ocupaba la totalidad de la planta superior de un elegante rascacielos de Chiswick, a poca distancia de la sede del concurso; la piscina y la azotea ajardinada ofrecían vistas panorámicas de todo Londres. Heather había visto el lugar en miles de publicaciones, allá en los tiempos en los que CelebRate había sido su fuente cotidiana de consuelo y anhelo: un reino de fantasía, al otro lado de las ventanas herméticamente cerradas, en el que la vida se vivía a tope. Y aquí estaba ella ahora, formando parte de la escena.

La expectación se arremolinaba en su interior mientras miraba a toda aquella gente guapa que no paraba de reír y sacudirse el pelo, de dar sorbitos a sus copas, de comer los entremeses que iban pasando en bandejas de plata. Heather había dedicado mucho menos tiempo a CelebRate desde que había empezado a trabajar en el instituto, pero aún reconocía a muchos de los winfluencers. Estaba Sasha, la de los enormes pendientes, al lado de Leonora, que echaba el tarot y parecía que no comía nada más que canapés. Y Amir, el guapísimo patinador, un apasionado de los *animes* japoneses. Se toqueteó nerviosamente el pelo. ¿De veras era ella ahora una de estas personas? Parecía imposible.

Una voz familiar le dijo:

—¿Champán?

Heather se volvió y vio a Noah, que había aparecido a su lado como un genio de la lámpara con una copa en cada mano.

—Por supuesto.

Él le dio una y alzó la otra.

—Por tu primer encuentro social de la Triple F. El primero de muchos.

—Chinchín. —Entrechocaron las copas y bebieron en espejo. A continuación, Heather levantó su copa y se quedó mirando las burbujas—: ¿La sensación de novedad de beber champán se termina pasando?

Noah pareció pensarse la pregunta.

—No es lo que bebo en casa. Pero en público siempre lo tomo porque el champán capta el espíritu del estilo de vida de la Triple F. —Ladeó la cabeza—. Y hablando de vidas de lujo…, ¿qué te parece tu nueva casa? —Debió de ver la expresión de sorpresa de Heather, porque soltó una risita y dijo—: Como mentor de los novatos, no os pierdo de vista, me aseguro de que os estáis adaptando bien.

—Asintió con gesto de aprobación—. Es un hogar precioso. Tienes un gusto excelente.

—Gracias. Aún no me creo que sea mío. Tengo la sensación de que en cualquier momento va a presentarse la policía y me va a detener por okupa.

Noah rio suavemente.

—Me acuerdo de esa sensación. Date un tiempo. Te sorprenderá lo deprisa que te acostumbras a tu nueva casa.

Uno de los numerosos fotógrafos que había por allí se detuvo a su lado. Por el rabillo del ojo, Heather veía ráfagas de *flashes,* como una tormenta en el horizonte. Noah le pasó el brazo por los hombros y sonrieron a la cámara. El fotógrafo sacó un cuaderno, y no pudo terminar de preguntar «¿Y de quién es el…?» porque Noah le interrumpió diciendo:

—Vestido de Dolce & Gabbana, bolso de Miu Miu. Mi traje es de Hugo Boss.

—De acuerdo, gracias. —El fotógrafo lo anotó antes de fundirse de nuevo con la multitud.

Heather se miró el vestido rojo.

—¿Cómo has sabido que…?

—Lo compraste con la visa de la Triple F. Hacemos un seguimiento de las compras de ropa para poder comunicar a los diseñadores que un winfluencer ha elegido algo de su firma, luego les ofrecemos la oportunidad de que las imágenes aparezcan en un lugar más destacado de CelebRate. Pagando, claro. Un vestido fantástico, por cierto; seguro que atrae nuevos seguidores. Te está yendo de maravilla, Heather. El videorrecorrido de tu casa nueva ya ha recibido más de cien mil *likes.*

Heather resplandeció de orgullo. Había pensado pedirle a Debbie o a Steve que se pasaran a ayudarla a grabar el vídeo. Pero la idea de hacer alarde de su flamante riqueza delante de ellos la incomodaba, de manera que lo había hecho sola valiéndose de uno de esos palos para selfis que tan irritantes le habían parecido siempre. Y se había quedado satisfecha con el resultado.

—Me alegro de que te guste. ¿Quién me habría dicho que la gente querría verme dando vueltas por mi casa señalando las cortinas? Es… ¡Anda! ¿Ese de ahí es Simon Cowell?

Noah se volvió.

—Ah, sí, se me había olvidado que venía. Hemos estado hablando de una posible colaboración. Pero guarda el secreto, por favor. Debería ir a hablar con él, ¿no te importa, verdad?

—¡Claro que no! Luego te veo.

En cuanto Noah se apartó de su lado, Heather empezó a sentirse cohibida. Copa de champán en ristre, se abrió paso entre los grupos y las parejas de personas maquilladísimas y arregladísimas, en busca de algún punto de entrada en alguna conversación. Pero nadie le hacía caso. Al ver que un fotógrafo la apuntaba con la cámara, Heather miró hacia la puerta con una sonrisa, como si estuviese saludando a un recién llegado. El *flash* se disparó.

Bien, decidió mientras el fotógrafo pasaba de largo. Ya era hora de ser valiente; iba a tener que irrumpir en uno de aquellos círculos tan deslumbrantes y presentarse.

—¿Qué tal? Tú eres Heather, ¿no?

Al volverse vio a una mujer morena y menuda con un corte de pelo *pixie,* pintalabios morado oscuro y un largo vestido negro de camiseta con malla en el dobladillo que le hizo pensar en telarañas. Vio el parpadeo de un pequeño diamante en un lado de su nariz. Heather recordó haber visto una publicación de la mujer subida a una moto, pero no se acordaba de su nombre.

—Soy Tessa. Ven conmigo. —La cogió de la mano y la apartó

de la barra del bar—. Voy a presentarte a un par de personas. El primer encuentro social siempre es una mierda. Es como ser el mono recién llegado a un zoo en el que los demás animales se conocen entre ellos y tú no tienes ni idea de dónde guardan a los depredadores.

Se detuvo delante de dos mujeres a las que Heather reconoció de los Top Seis, una rubia maquilladísima con los labios inflados y una morena de gesto amargo que llevaba un vestido de lentejuelas.

—Señoras, quiero presentaros a la carne fresca de la Triple F. También conocida como Heather. Heather, te presento a Analise y a Grace.

Analise —la de la sonrisa con relleno— saludó alegremente con un gesto de la mano, pero Grace entornó los ojos y la miró de arriba abajo.

—Tú eres la que hizo ese *tour* por la casa —dijo—. Un poco raro, eso de enseñarle el váter a todo el mundo. Yo nunca lo hago.

—Bueno, tampoco es que lo estuviese utilizando en ese momento.

—¿Y qué? La idea de utilizarlo estaba ahí.

Tessa cogió un canapé —salmón sobre una especie de tortita minúscula— de una bandeja que pasaba.

—Sí —dijo, agitándolo en el aire—. En cuanto veo el váter de alguien cierro los ojos y me lo imagino soltando un gran mojón. —Y se metió el canapé en la boca.

Analise soltó una carcajada, pero la morena de las lentejuelas le lanzó una mirada asesina.

—Venga, Grace, anímate un poco —dijo Analise, dándole un codazo juguetón—. Estoy segura de que Heather no intenta robarte la PUV.

—No, yo... Perdona, ¿qué es la PUV?

Grace frunció el ceño por toda respuesta. Era evidente que pensaba que a estas alturas ya debería saberlo.

—Soy interiorista. Cada dos o tres semanas redecoro mi salón de una manera completamente distinta y publico imágenes y vídeos, con consejos de diseño acerca de cómo sacar el máximo partido a tu espacio. A la gente le encanta. Voy quinta en las clasificaciones. —Se sacudió el pelo—. Un millón ochocientos mil seguidores.

—¿Cada dos o tres semanas? Guau. Debes de gastarte un dineral en muebles.

Grace le dio a entender con la mirada que la consideraba una boba de remate.

—Bueno, es obvio que no los compro yo. Son donaciones de los patrocinadores. —Grace aleteó las pestañas—. Porque sabrás que la Triple F tiene patrocinadores..., ¿no?

—Pues claro que lo sabe —le soltó Analise—. Deja en paz a la pobre chica, no le hagas pasar un mal rato. Acaba de llegar. —Se volvió hacia Heather y le hizo un guiño cómplice—. Es que Grace está disgustada porque la está patrocinando un diseñador superraro y experimental, y tiene que meter toda la basura que hace en su casa.

—Su especialidad son los muebles hinchables de plástico transparente llenos de bolas —dijo Tessa, sin hacer ningún esfuerzo por disimular su regocijo—. Bolas de color rosa chicle.

Grace cerró los ojos, como si luchase contra el dolor.

—Mi otro patrocinador es una empresa de réplicas de muebles antiguos. ¿Cómo se supone que voy a casar un *look* georgiano clásico con... eso? —Se estremeció—. ¿Sabes qué? Me prometí a mí misma que no pensaría en esto esta noche. Y, francamente, no siento que ninguna de las dos me esté apoyando lo más mínimo. Me voy fuera a que me dé el aire. —Y se fue con paso airado hacia las puertas dobles que daban a la terraza.

—Guau —dijo Heather, mirándola mientras se alejaba—. Las emociones están a flor de piel.

—Bueno, es lo que tienen los muebles hinchables… —Tessa llamó a un camarero con la mano y Heather cambió la copa vacía por una llena.

—Para ser justa con ella, la verdad es que es una mierda que te toquen malos patrocinadores —dijo Analise, seleccionando una copa de la bandeja—. La verdad es que no soy muy fan de esta sombra de ojos. Habría preferido ponerme la mía.

Heather intentó ver la sombra objeto de su reproche, pero, al estar oculta tras un espeso bosque de pestañas, era difícil.

—¿Así que el maquillaje es tu PUV?

—Sí, soy una bloguera de belleza. Maquillaje y cabello. —Analise se tocó la larga melena rubia—. Para ser sincera, yo de guapa no tengo nada. Es todo humo y espejos. Bueno. Humo, espejos, relleno, extensiones de cabello, de pestañas. —Se dio una palmadita en la parte superior del pecho, impresionantemente bien proporcionado—. Silicona. Deberías haberme visto antes de la operación de tetas: ¡un par de uvas pasas sobre una tabla de cortar el pan!

Heather se rio. Al principio le habían echado para atrás los morros de pez y las capas de maquillaje de Analise, aquel par de tetas a punto de reventar bajo el escotazo. Su *look* le recordaba a las muñecas hinchables de las *sex shops*. Sin embargo, ahora empezaba a encontrarla agradable. Daba la impresión de no ser más que una mujer que no estaba satisfecha con su aspecto y que por tanto se había propuesto cambiarlo. Analise dio un sorbo al champán.

—Mi eslogan es «La belleza es una elección». El mensaje es que no hay que renunciar a ella, aunque no la tengas de manera natural. Solo tienes que esforzarte mucho más.

—«La belleza es una elección» —repitió Heather—. Me gusta. Suena sorprendentemente filosófico, para ser un eslogan de un vlog de maquillaje.

—¡Gracias! Cómo no, los troles lo han destrozado, pero claro, destrozan todo —dijo, poniendo los ojos en blanco.

—Ya, la verdad es que ese aspecto no me apetece nada —dijo Heather.

Analise se encogió de hombros.

—Forman parte del trabajo, así que lo mejor es no hacerles caso. Es como vivir en una calle bonita que tiene la acera llena de cacas de perro. Aprendes a sortearlos, a evitar que se te peguen al zapato.

—Me encanta la facilidad que tienes para las palabras, Analise —reconoció Tessa—. Tu uso poético del simbolismo y de los símiles.

—Bueno, una vez se refirieron a mí como «la rapsoda de la belleza». También me han llamado «Barbie Bótox» y «friqui cara de pez», pero mejor que corramos un tupido velo sobre estas dos.

—Dios mío —dijo Heather, horrorizada—. ¿De veras te llamaban así?

Analise hizo un gesto de desdén con la mano.

—Los troles pueden dividirse en dos grupos: mujeres amargadas de mediana edad cuyas vidas no han cumplido las expectativas que tenían, y hombres sexualmente frustrados que se dan atracones de *pizza* en el sótano de la casa de sus padres y descargan su ira contra las mujeres porque pasan de ellos. No puedes permitir que te afecten, porque si no acabarás como… —Dejó la frase sin terminar.

Heather se arrimó más, curiosa.

—¿Como quién?

Analise miró alrededor, como para cerciorarse de que no había nadie escuchando.

—¿Te acuerdas de Kay Burns?

Heather asintió con la cabeza.

—La celebRater mejor clasificada hace… ¿Cuánto, un año, año

101

y medio? Pero algo pasó, algún escándalo, y bajó a la Zona de Caída. —Frunció el ceño—. ¿Qué fue lo que pasó…? —El recuerdo salió a la superficie y Heather chasqueó los dedos—. ¡Un uniforme de las SS! Se lo puso para una fiesta de disfraces.

Analise asintió:

—Sí, eso es lo que dice todo el mundo. Pero conocí a su exnovio y me dijo que la foto (publicada de manera anónima, como es obvio) tenía que ser falsa porque el mayor secreto de Kay era que sus bisabuelos austriacos eran nazis. Kay podría haberse reído de todo el asunto diciendo que era un caso de broma de mal gusto mezclada con tecnología de IA, pero entonces airearon el pasado nazi de su familia en las redes sociales y se le fue la olla. Dejó de salir, empezó a beber demasiado. A tomar drogas, también. —El rostro de Analise se ensombreció—. Lo último que supe es que estaba en rehabilitación.

—Los *deepfakes* dan miedo —dijo Tessa—. ¿Te acuerdas de Omar? Juró que no había visto en su vida a la prostituta de aquel vídeo sexual. Y luego, lo de Sara Kalin.

—Yo la seguía —dijo Heather—. Parecía una santa, tan metida en obras de caridad con niños. Todo el mundo la quería. Y un buen día la grabaron insultando a gritos a un niño pequeño. Yo misma dejé de seguirla cuando lo vi. —Giró la copa de champán cogiéndola del pie y preguntó con el ceño fruncido—: ¿Dices que ese vídeo fue generado por IA?

—Jamás lo sabremos con seguridad. —Tessa apuró su copa como si fuera un chupito de tequila—. Sara juraba que tenía que serlo, pero no se quedó para intentar demostrarlo. Cayó en la Zona de Caída, después huyó a Australia y no se la ha vuelto a ver.

Heather hizo una mueca. La conversación estaba quitándole brillo a su estado de ánimo; resulta que estabas tan tranquila viviendo una vida Triple F de lujo, adorada por todos y asumiendo felizmente que no ibas a tener que preocuparte nunca más por el dinero, y, zas, de repente estabas en la intemperie, sin trabajo y sin casa y todos te estaban poniendo verde. Qué espanto.

Analise dio un puñetazo juguetón en el hombro a Tessa.

—¡Será mejor que paremos! Sabes que se supone que no debemos hablar de cosas deprimentes en estas veladas. Además, estamos asustando a Heather.

—No, prefiero conocer los riesgos —dijo Heather—. Mejor prevenir que curar, ya sabes.

Tessa se encogió de hombros.

—Bueno, tú tranquila. La mayoría de los troles no son tan listos. Los míos parece que se conforman con pasar el día inventándose nuevas y originales formas de llamarme bollera. ¡Ya quisiera yo! Los hombres son lo peor. Menuda suerte tienen las lesbianas. —Echó un vistazo a su grueso reloj de pulsera, un Rolex de hombre—. Bueno, yo me largo. Me han liado para hacerme una entrevista en la radio nocturna. No sé qué chorradas feministas acerca de las mujeres que rechazan los ideales masculinos del atractivo sexual. —Puso cara de hartazgo—. Como si cada vez que me visto estuviese adoptando una actitud moral solemne, cuando en realidad simplemente me gustan las botas y tengo una vena un poco gótica. Pero estoy pensando en hacer una serie de pódcast en cuanto se acaben mis seis meses, así que me conviene dar a conocer mi voz ahí fuera.

—Sí, yo también debería irme —dijo Analise—. Tengo que publicar el especial sobre brillo de labios antes de acostarme.

Heather vio que abría la aplicación Llegar Lejos para llamar a un coche de la Triple F, y se fijó en que seleccionaba la opción más discreta del Mercedes en lugar de un coche deportivo o una limusina.

—Y tú ¿qué? ¿Te quedas o te vas?

—No tengo otros compromisos y este es mi primer encuentro,

así que... —Miró a la multitud resplandeciente y oyó que el ganador de *Britain's Got Talent* presentaba una nueva canción—. Voy a quedarme un poco más, a disfrutarlo a tope.

Un camarero que pasaba con una botella mágnum de champán se detuvo a rellenar la copa de Heather.

—El champán es lo más, ¿no te parece? —dijo Analise—. Es como beber estrellas. —Se inclinó y dio un abrazo de despedida a Heather, desprendiendo un aroma floral nada sutil—. Me ha gustado charlar contigo. ¿Qué te parece si quedamos a tomar un café?

—Sí, estupendo. Gracias por compadecerte de una novata desorientada.

Entonces, Tessa llamó al famoso ascensor de cristal de New Heights y se metieron las dos. Analise le lanzó un beso mientras la puerta se cerraba.

Heather miró a su alrededor, satisfecha de cómo se estaba desarrollando la velada. La charla con Analise y Tessa le había dado confianza, como si realmente encajase en todo aquello. Entonces vio que Grace volvía de la terraza. No tenía el menor deseo de retomar la conversación con ella. Lo mejor que podía hacer era salir a echar un vistazo al jardín de la azotea.

Al salir por las puertas dobles, una brisa le levantó el pelo. La terraza ocupaba dos niveles que estaban repartidos por igual entre el jardín y la piscina, una losa de brillante turquesa flanqueada por tumbonas. No había nadie en el agua. Heather caminó por un sendero lleno de árboles enmacetados que resplandecían con ristras de luces, y se apoyó contra el murete que recorría el borde del tejado. A su alrededor, el resplandor de Londres teñía la oscuridad. Más allá de Chiswick Park, los rascacielos de Canary Wharf se clavaban en la noche. Se preguntó cuánta gente habría allí dentro en ese mismo instante..., trabajando hasta las tantas, sufriendo para cumplir los plazos mientras ella se hallaba allí, rodeada de belleza y de música, bebiendo champán.

—¿Señorita Davies? ¿Es usted?

Heather se dio la vuelta, sorprendida. Se le hacía raro que la llamasen así fuera del instituto. Frente a ella había una mujer de unos cuarenta años; tenía una bebida en una mano, y con la otra se estaba llevando un cigarrillo a los labios. Le sonaba de algo, pero allí, fuera de contexto, le costó situarla. La mujer llevaba un sencillo vestido azul medianoche que se le ceñía al cuerpo y llegaba justo hasta los tacones plateados. La tupida melena rubio platino tenía un corte diagonal, lo bastante corto por detrás como para que se viera la nuca y lo bastante largo por delante como para rozarle los hombros. Pero lo que más destacaba de ella era su porte. La falta de afectación, de esfuerzo. Esto la separaba inmediatamente de la multitud de winfluencers; no intentaba parecer elegante ni glamurosa. Simplemente, lo era.

Entonces sonrió, un frío frunce de labios que Heather identificó al instante. No en vano lo había visto en numerosas ocasiones…, en el rostro de Eric Shulman.

—Señora Shulman, hola.

La rubia dio una calada al cigarrillo, echó la cabeza hacia atrás y soltó el humo hacia el cielo.

—Por favor. Llámame Veronica.

—Vale. —Una pausa—. Y tú a mí, Heather.

La señora Shulman —Veronica— ladeó la cabeza y le cayó un mechón de pelo sobre la mejilla. Heather se preguntó por un instante si pensaría cantarle las cuarenta por haberle causado problemas a Eric. Pero enseguida descartó la idea. La mujer irradiaba una absoluta indiferencia; costaba imaginársela pasando de golpe al modo madre protectora.

—Enhorabuena. Eric me contó que ganaste. —Veronica Shulman

dejó el vaso al borde del murete. No era champán, sino un líquido claro con hielo y una rodajita de limón, y después apoyó el codo en un lado, con el cigarrillo aún humeante entre los nudillos—. ¿Lo estás disfrutando? El dinero, la atención…

—Sí, claro. ¿Quién no lo disfrutaría?

Veronica no respondió. Otra calada. Otra voluta de humo.

—Eric dice que te has largado.

Algo había en la selección de palabras y en la brusquedad del tono que puso a Heather a la defensiva.

—Me he marchado del instituto, sí. En realidad, no me quedó otra. Además, esto de ser una winfluencer te quita mucho tiempo. Hay eventos a los que asistir, publicaciones que…, que…

—¿Publicar? —terminó Veronica, curvando los labios en una sonrisa como la de Eric. Cogió su vaso y le dio un trago largo, haciendo tintinear los cubitos de hielo—. ¿Y estás segura de que fue la decisión correcta?

Heather parpadeó, sorprendida. No sabía exactamente qué había esperado al inicio de la conversación: quizá una referencia solapada a los problemas escolares de Eric o la ristra de cortesías de rigor —felicidades por haber ganado, el instituto no va a ser lo mismo sin ti, encantada de verte— antes de que la *socialité* volviese dentro con paso majestuoso. En cualquier caso, esto no.

—¿La decisión correcta? —repitió—. ¿Insinúas que debería haber seguido de profesora en prácticas a pesar de que ya no necesito el dinero?

Veronica levantó un hombro blanco como la leche.

—El dinero no lo es todo. —Una larga calada al cigarrillo—. Créeme.

Heather la miró en silencio por unos instantes, asimilando sus palabras antes de decidirse a mentar al elefante en la habitación.

106

—Pensaba que te alegrarías de librarte de mí, teniendo en cuenta los problemas que le he causado a tu hijo.

Veronica frunció las comisuras de los labios.

—El que causa problemas a Eric es Eric. Y a diferencia de los demás profesores, que no quieren arriesgarse a poner en peligro las donaciones de mi marido, a ti no te dio miedo llamarle la atención. —Volvió a levantar el vaso y dio otro trago—. Ojalá hubiera más profesores como tú. A lo mejor Eric salía distinto si no fuera por la vida sintiéndose intocable. —Se quedó mirando el vaso medio vacío—. Al menos, en el instituto.

—¿Le has dicho esto a la directora? Si los profesores supieran lo que piensas, quizá…, quizá no vacilarían tanto en castigarle.

Veronica rio suavemente a la vez que se volvía hacia la luminosa ciudad y apoyaba los antebrazos en el murete sin soltar el cigarrillo, que quedó colgando por el borde. Un ascua naranja se soltó y cayó por la oscuridad hacia el aparcamiento de debajo.

—No puedo. Edmond tiene otro punto de vista.

—¿Edmond?

—Mi marido.

—Ah. ¿Está aquí? —Heather echó un vistazo a la muchedumbre del bar y buscó un hombre fornido con el pelo al ras.

Veronica Shulman negó con la cabeza.

—No. Le invitan a todos los eventos de la Triple F, es un socio mayoritario, y además su empresa colabora estrechamente con el ala de caridad del concurso, pero no soporta las fiestas. Así que me manda a mí en su lugar. —Dio otra calada—. Fama. Fortuna. Fans —dijo, arrastrando las palabras—. ¿Tú crees que eso de hacer un tema con palabras que empiezan por «F» fue un chiste?

—Un chiste facilón… —Fue la respuesta socarrona de Heather.

Veronica sonrió satisfecha y tiró ceniza a la calle antes de volverse a mirarla a los ojos.

—¿Tienes novio?

En circunstancias normales, la pregunta la habría molestado. Su situación sentimental no era asunto suyo. Pero hubo algo en su manera de preguntar, una fría naturalidad, que hizo que, aun así, respondiera.

—No. No tengo.

La otra mujer asintió, como si Heather hubiese dicho la respuesta correcta.

—Yo en tu lugar seguiría así. No sé si los hombres merecen la pena. Hoy en día puedes tener hijos sin ellos, si es que tienes instinto maternal, así que es completamente posible prescindir de ellos.

Heather se preguntó si pretendía escandalizarla, y llegó a la conclusión de que seguramente no lo había dicho con ninguna intención. Empezaba a saber interpretar a la madre de Eric, y estaba casi segura de que, al menos en este momento, a Veronica Shulman le traía sin cuidado la impresión que pudiese causar.

—Cierto. Pero son útiles para el sexo.

Veronica se rio, una carcajada gutural que debía de ser fruto de un exceso de cigarrillos, pero que aun así sonaba seductora.

—En eso tienes razón. —Dio otra calada, soltó más humo al cielo—. En fin, sigamos. Ciencias.

Heather esperó a que añadiese algo más, pero no lo hizo.

—¿Sí? ¿Qué pasa con las ciencias?

—Das clase de Ciencias. Dabas.

—No del todo. He dado unas cuantas clases a todo el grupo como parte de las prácticas. Pero en general trabajo con los grupos de los más rezagados.

—Como mi hijo. —Lo dijo con tono neutro, sin revelar nada.

—Sí. Como Eric.

108

Eric no había causado demasiados problemas en las clases. En general, se había limitado a mirarla con expresión ausente. Al principio la había desconcertado, pero con el tiempo había aprendido a ignorarle.

—Estudié Física en la universidad —dijo Veronica—. La ciencia es más que un conjunto de conocimientos. Es una manera de pensar.

—Carl Sagan —dijo Heather—. Me encanta esa cita. Solía decírsela a mis alumnos.

—Lo sé por Eric.

Heather se quedó boquiabierta. De todas las cosas inesperadas que le había soltado Veronica Shulman en el transcurso de la conversación, esta era la más sorprendente: Eric Shulman le había citado sus palabras a su madre al volver a casa del instituto. ¿Significaba eso que realmente había estado atento durante aquellas clases para los rezagados en las que Heather había pensado que intentaba ponerla nerviosa con la mirada? Dios, ¿de veras había aprendido algo?

—Eres buena profesora —dijo Veronica—. Tienes talento. Es una pena que renuncies a él para poder pasarte el día sacando fotos y gastando dinero. La novedad se pasará antes de lo que te imaginas.

—No soy profesora. Estoy… Estaba… en mi primer año de prácticas. Y tú no puedes saber si era buena o no.

—Tengo a Eric.

—¿Eric te ha dicho que soy buena profesora?

Oyó la incredulidad que asomaba a su propia voz.

De nuevo se oyó la carcajada gutural, esta vez con algo de desdén.

—Pues claro que no. Es un adolescente, y encima es egoísta y se cree con derecho a todo. Jamás se le ocurriría expresarlo así. Pero habla de tus clases, de las ideas que has planteado. Le motivas a pensar. Eso no ha sucedido con los demás. Y ahora que te has ido, puede que nunca vuelva a suceder.

Heather tardó unos instantes en responder. Las palabras de Veronica Shulman revoloteaban en su interior, estrellándose contra todo lo que había dado por supuesto sobre su alumno menos querido.

—Seguro que no es verdad —dijo al fin—. Hay montones de profesores que tienen mucha más experiencia que yo y que...

—Tranquila, cielo —dijo Veronica, dándole una palmadita en el brazo—. No intento hacerte sentir culpable por tu elección de vida. Es que, con tantos *gin-tonics,* me he puesto ñoña al pensar en la carrera profesional a la que renuncié. —Se quedó mirando el vaso vacío—. Y a propósito de esto, voy dentro a que me lo llenen. ¿Me acompañas?

Heather se lo pensó y decidió que ya no podía más. El largo día empezaba a pasarle factura. Quería irse a casa, descalzarse con un puntapié y desplomarse sobre su precioso sofá nuevo. Ver un poco de telebasura y acostarse.

—Creo que me voy a ir...

Veronica asintió con la cabeza.

—Supongo que yo también debería irme, pero mi marido lo mismo está despierto y tendría que hablar con él, lo que sería terrible.

Heather sonrió, dando por hecho que se trataba de un chiste.

Pero Veronica Shulman no le devolvió la sonrisa.

La *app* de Llegar Lejos estaba activada en el F-phone de Heather; la había utilizado para pedir la limusina que la había llevado hasta allí desde el edificio de la Triple F después de su «consulta preevento» con Lara. Así pues, lo único que tenía que hacer era pinchar la *app,* elegir un coche y esperar a que un discreto chófer con la tradicional gorrita la llevase volando a casa.

Pero no le apetecía. Primero quería tomar el aire, despejarse y reflexionar sobre la velada. Ya llamaría más tarde a un coche.

Iba paseando por un sendero limítrofe con Acton Green Common, disfrutando del olor a tierra fresca y a pino, cuando empezó a sentir punzadas en la pierna. No se había sentado desde que se había tomado la última pastilla, así que no tenía nada de sorprendente. Mejor que se tomase otra ahora, antes de que se agudizase el dolor. Buscó en el bolsillo de la chaqueta el discreto frasco, un cilindro blanco sin etiqueta que había comprado en Muji. Sin embargo, no estaba. ¿Lo habría guardado en el bolso? Rebuscó en el bolso de Miu Miu, apartando primero y dando manotazos después al montón de nuevos productos de belleza, pero llegó al fondo sin encontrarlo.

La invadió el pánico. ¿Dónde demonios tenía las pastillas? En el edificio de la Triple F las había tenido, eso seguro. Se había tomado una en el aseo cercano al despacho de Lara, maravillándose de todos los productos disponibles en la zona de maquillaje. ¿Qué había hecho con ellas después?

«Piensa, Heather, piensa».

Había estado ella sola en la zona de maquillaje y estaba prácticamente segura de que había dejado un momento el envase para ver los distintos espráis. Mientras se echaba uno para arreglarse el peinado, el chófer había llamado para decirle que la estaba esperando fuera para llevarla a la fiesta. Recordó que se había retocado el pintalabios a la carrera antes de salir disparada. Debía de haber dejado el envase en la mesa de maquillaje. Mañana era sábado; el edificio estaría cerrado. Y la consulta de su médico también, de manera que la posibilidad de una recarga de emergencia quedaba descartada.

De nuevo fue presa del pánico. Porque sabía hacia dónde se dirigía. Por la mañana, las punzadas habrían dado paso al otro dolor, como si hubiese una fiera salvaje atrapada dentro de su pierna, intentando salir a arañazos.

«Mierda-mierda-mierda».

Cerró los ojos y respiró hondo, intentando calmarse. Estaba a un pequeño paseo de distancia del edificio de la Triple F. A lo mejor había alguien trabajando de noche que podía dejarla pasar, algún limpiador o segurata. Merecía la pena intentarlo.

Cuando llegó a la pirámide de cristal aún había varias ventanas iluminadas en la última planta… Buena señal. Al pasar por delante del trío de efes de la fuente, en estos momentos silenciosa, ya iba cojeando mucho. Se detuvo enfrente de la entrada principal. ¿De veras solo habían pasado dos semanas desde que había cruzado por primera vez esas puertas? Parecían meses… ¡Habían cambiado tantas cosas! Dio un empujón, pero las puertas dobles no cedieron. En la pared contigua había un sensor de tarjetas, encima un panel de metal con un altavoz y un gran botón con la palabra «Recepción». Pulsó con fuerza. Oyó un trío de notas en ascenso, apenas audibles a través de las puertas de cristal. Conteniendo el aliento, esperó a que viniese alguien. Aunque en vano. Estaba cerrado a cal y canto; sin pase de personal, nadie podía entrar ni salir por la noche. Caminó lentamente por el exterior del edificio, con sus muros de cristal inclinado flanqueados por dos lados por jardines rocosos. Las plantas espigadas y los árboles achaparrados tenían un aspecto raro en medio de la oscuridad. Heather salió del refugio formado por el lado del edificio, y la brisa que se levantó en el aparcamiento del fondo le hizo encorvarse dentro de la chaqueta. Sin el sol, el aire de mayo no podía conservar el calor.

Iba cojeando por el borde del asfalto, por detrás de una pared viva que separaba el aparcamiento de la pirámide, cuando oyó un fuerte ruido metálico y a un hombre gritando. Se dirigió hacia el ruido y vio que la pared trasera estaba interrumpida por la entrada a un muelle de carga: una rampa en pendiente que llevaba a una caverna de hormigón en la que estaba aparcada una furgoneta blanca. Un par de trabajadores con chalecos fluorescentes estaban sacando cubos de pintura y rollos de lámina plástica de la parte trasera. Heather vaciló, sin saber qué hacer a continuación. Había llegado hasta allí impulsada por el miedo, sin pensar más allá de su urgente necesidad de recuperar sus pastillas. Ahora, sin embargo, empezaba a darse cuenta de la magnitud del desafío. La Triple F era famosa por sus fuertes medidas de seguridad, de manera que estos hombres tendrían órdenes estrictas de no dejar pasar a nadie. Por supuesto, podía pedirles que fuesen a buscar las pastillas, pero aun en el caso de que estuvieran dispuestos a sacar algo de un edificio de alta seguridad seguro que le pedían el carné de identidad y tomaban nota. Y Heather no se libraría de que le hicieran incómodas preguntas acerca de por qué una ganadora que había dejado en blanco el apartado de «medicamentos habituales» del cuestionario de salud de los finalistas se había presentado allí a las tantas de la noche buscando pastillas desesperadamente.

Observó a los hombres mientras metían la pintura y los rollos de plástico por una puerta que mantenían abierta con un cubo. Tampoco habían cerrado la furgoneta, así que no tardarían en volver. Heather echó un vistazo a su reloj de Gucci. Las doce y media. Una hora rara para hacer obras de decoración. Volvió a mirar la puerta abierta. Podía colarse, coger las pastillas y salir en cuestión de minutos… Eso, siempre y cuando los hombres no estuvieran pintando justo en la entrada. Aunque de ser así, los oiría, ¿no? Prestó atención por si le llegaban conversaciones y pisadas. Nada.

No había otro modo; tenía que intentarlo. Entre fogonazos de dolor provocados por las fuertes pisadas, Heather se dirigió hacia la puerta lo más deprisa que pudo. Si los operarios volvían y la veían, no iba a poder escabullirse por el aparcamiento para ir a la estación. Como no podía correr, le darían alcance fácilmente. Y le pedirían explicaciones. Incluso puede que llamasen a la policía.

Con el corazón acelerado por la adrenalina, Heather cruzó el umbral y se dirigió hacia el sótano. Los operarios habían pegado al suelo con cinta adhesiva una lámina de plástico que crujía con cada paso que daba. Era un pequeño espacio que contenía solo un par de ascensores, uno enfrente del otro, y una puerta que daba al hueco de la escalera. Apoyados contra la pared del fondo había trozos de pladur, además de cubos de pintura y uno de los rollos de láminas. ¿Y si se arriesgaba a subir en ascensor? Si se abrían las puertas para dar paso a otro pasajero, estaría atrapada. No. Mejor las escaleras.

El olor a pintura fresca del hueco de la escalera le hizo sentirse un poco mareada mientras subía lentamente, acompañando cada paso de una mueca de dolor. Al llegar a la planta baja hizo una pausa para recomponerse antes del siguiente tramo. Se imaginó el envase blanco, su alivio metido en un frasco, camuflado entre los productos de belleza del mostrador del maquillaje. Y entonces la asaltó un pensamiento terrible: ¿y si los limpiadores de la Triple F guardaban todo de noche, y si metían todos los productos en un armario? Alarmada, empezó a respirar aceleradamente.

Una planta más y lo averiguaría. Miró por el hueco de la escalera, dándose ánimos. Bien. De frente y arriba. El olor a pintura iba volviéndose más penetrante a medida que se acercaba a la primera planta… Las paredes todavía estaban húmedas, debían de haber terminado hacía poco. Para cuando llegó a la puerta, estaba sudando. Una gran lata de pintura la mantenía abierta, seguramente para que se dispersasen los vapores tóxicos. Al otro lado estaría el pasillo amarillo que conducía al despacho de Lara, con sus pósters enmarcados de winfluencers triunfadores cuyas imágenes Lara había moldeado… Tenía las estanterías abarrotadas de guías para el perfecto peinado, el hogar perfecto, las respuestas perfectas a las preguntas de la prensa. Unas cuantas puertas más adelante estaba el estudio del fotógrafo. Los aseos se hallaban justo enfrente.

Pero cuando salió renqueando por la puerta de la escalera, se le cayó el alma a los pies: una tira ancha de color rojo sangre recorría la pared del pasillo. Se maldijo a sí misma. ¿Por qué había estado tan segura de que Lara estaba en la primera planta? Al fin y al cabo, no es que ella se hubiese encargado de informarse de dónde estaba ni de pulsar el botón del ascensor; la había acompañado la recepcionista. La planta amarilla debía de ser la siguiente…, lo cual suponía otro tramo de escaleras.

Sintió ganas de llorar. Ya se había exigido demasiado a sí misma; del inicial dolor sordo había pasado a una punzada aguda, de ahí a latigazos que hacían que tuviese ganas de gritar. Las pastillas eran su única escapatoria. Apoyó la espalda contra la pared y cerró los ojos. Iba a tener que arriesgarse a usar el ascensor. Cojeando más despacio, con los dientes apretados, se acercó tambaleante al botón, que se puso verde nada más pulsarlo. Después esperó con el corazón a mil. No había señales de vida en los despachos de alrededor. Fuera cual fuera el tipo de trabajo que se llevaba a cabo en la primera planta, no parecía que se prolongase hasta la noche. Sonó un ping y se abrieron las puertas. Heather entró arrastrando la pierna como un peso muerto. Ahí reparó en algo que no había visto antes. Junto a los botones numerados había un sensor como el de la puerta principal. De esos que solo pueden activarse con un pase de personal. Por si acaso, probó a pulsar el botón de la segunda planta sin más, pero no pasó nada. Pulsó los otros botones con fuerza. Nada. La desesperación le retorcía las entrañas. No podía hacer que funcionase el ascensor, pero tampoco podía utilizar las escaleras con la pierna en semejante estado. Estaba atrapada. Dio un manotazo a la pared del ascensor. «Mierda-mierda-mierda».

De repente las puertas se cerraron y el ascensor empezó a subir. Parpadeó, confusa. ¿Qué estaba pasando? ¿Por qué había arrancado por su cuenta y riesgo? La respuesta le llegó en forma de fría bofetada de angustia. Alguien debía de haberlo llamado. Iban a descubrirla, iba a quedarse cara a cara con la persona en cuestión cuando se abrieran las puertas. Aterrorizada, sus pensamientos se agolpaban sin ton ni son. ¿Qué le convenía hacer? ¿Marcarse un farol para intentar salir? ¿Decir que se había dejado un producto de un patrocinador después de haber accedido a promocionarlo en el evento? Sin embargo, eso no explicaría cómo había entrado sin un pase. El ascensor se detuvo en la segunda planta.

El corazón le retumbaba mientras se abrían las puertas. Acto seguido, se quedó ojiplática al encontrarse con un rostro familiar.

El informático del estudio de maquillaje la miraba extrañado desde el otro lado de la puerta del ascensor. Si le había desconcertado encontrársela allí en mitad de la noche, no lo dejó traslucir. Se limitó a subir una ceja pálida y dijo:

—De nuevo nos vemos.

—Sí. Yo... —Buscó afanosamente la respuesta adecuada. Pero la inesperada aparición del hombre la había descolocado y no daba pie con bola.

«¡Reacciona! —le reprendió una voz en su cabeza—. ¡Compórtate con naturalidad!».

Echó los hombros hacia atrás y esbozó una sonrisa. Su corazón golpeaba contra las paredes del pecho.

—Hola. —¿Cómo se llamaba? Si le había dicho su nombre, no lo recordaba, así que se limitó a decir—: Trabajas hasta muy tarde, ¿no?

—Sí —respondió él, sacando la mano para evitar que las puertas se cerrasen—. ¿Sales en esta planta?

—Ah, esto… Sí. —Heather vio la gruesa raya amarilla que recorría la pared y salió. El hombre no hizo ademán de entrar, aunque debía de haber llamado al ascensor—. Ya me iba, pero antes quería ir al baño.

Menuda estupidez acababa de decir. ¿Por qué iba a irse a otra planta, cuando seguro que en todas había aseos? La cabeza se le disparó. Seguro que le preguntaba qué hacía allí a esas horas. ¿Qué iba a contestarle?

Pero el hombre no se lo preguntó. Se metió las manos en los bolsillos del cárdigan azul marino y dijo:

—¿Quieres que te enseñe todo esto?

—Muy amable, pero no quiero retrasarte. O sea, no quiero retrasarte todavía más.

—Tranquila. Soy noctámbulo. Aún falta mucho para que me vaya a la cama.

—Además…, me ha dado un tirón. No puedo caminar mucho.

—Pues entonces haremos un recorrido corto. De todos modos, la sala más interesante del edificio está en esta planta. A pocos pasos de aquí.

—Ah. Bueno, entonces… vale. Pero primero…, tengo que ir al baño sí o sí.

—Sí, claro. Te espero aquí.

El sencillo cilindro de las pastillas seguía allí —«gracias a Dios, gracias a Dios»—, entre los frascos de polvos y cremas. Cogió dos

—se trataba de una emergencia— y se las tragó con agua del grifo. Tardarían veinte minutos más o menos en hacer efecto, pero a Heather le bastó con saber que ya estaban dentro de su organismo, obrando su magia, para encontrarse mejor. Se repasó los labios y sonrió al espejo, sintiendo un alivio creciente. Todo iba a salir bien.

Cuando volvió, ya cojeaba menos. El informático caminaba despacio para que Heather no se quedase rezagada mientras se dirigían a una puerta de aspecto anónimo situada a la vuelta de los ascensores. Junto a la puerta había un teclado. Heather miró por el rabillo del ojo mientras el hombre tecleaba la contraseña: 10-09-08. Como la cuenta atrás para el despegue de un cohete. La cerradura se abrió con un clic, y Heather sintió un pequeño estremecimiento de emoción al cruzar el umbral y entrar en el espacio prohibido.

La habitación no tenía ventanas y en medio había una larga mesa, rodeada de sillas, con un ordenador en el otro extremo. Su guía no encendió la luz, tampoco hacía falta; la pared de la izquierda se hallaba cubierta por una pantalla gigante en la que un cambiante *collage* de imágenes y vídeos sumía la habitación en un suave resplandor multicolor. Heather trasladó todo su peso a la pierna buena mientras buscaba el proyector con la mirada, y la detuvo sobre el ordenador. El informático estaba vuelto hacia la pared iluminada, de espaldas a ella.

—Me gusta venir aquí de noche —dijo sin girarse, silueteado contra el caleidoscopio de fotos—. Es entonces cuando ves lo que sucede realmente. La verdad pura y descarnada, sin censura.

Heather se dio cuenta de que lo estaba mirando con demasiado detenimiento y volvió la atención hacia la pantalla, fijándose en imágenes individuales. CelebRaters. Se activó un vídeo de una mujer a la que reconoció: Kiera, una expostera que publicaba fotos de tartas decoradas de una manera muy elaborada. Heather la vio lanzarse sobre un apuesto chófer de la Triple F que estaba sujetando la puerta de una limusina. Hizo un torpe intento de besuquearle, pero él la cogió de los hombros y la apartó con delicadeza. Kiera le quitó la gorra y, claramente borracha y a punto de perder el equilibrio, la tiró con rabia a la calzada.

El vídeo dio paso a una imagen fija de un hombre guapo lleno de tatuajes chillándole a un perro, el rostro crispado de ira. Después apareció la antigua auxiliar de vuelo cuyo lema había sido «Volando alto». Estaba sacando la lengua y subiéndose el top, enseñándole las tetas a la cámara.

—¡Guau! —dijo Heather al ver que una foto de Robert, un antiguo albañil de Top Trío, saltaba del *collage* para ocupar toda la pantalla. Estaba desmayado sobre la mesa de un restaurante pijo con un charco de vómito a su lado—. Guau…

—No es fácil adaptarse a este mundo. De noche, ves lo que pasa cuando de repente se quitan todas las vallas de contención de la sociedad.

Los ojos de Heather saltaban de una imagen a otra con creciente asombro. De modo que era esto a lo que se dedicaban otros winfluencers cuando terminaban de posar en los eventos sociales de la Triple F. En comparación, colarse en un edificio cerrado era *peccata minuta*.

Se acercó al informático. Las pastillas debían de haberle hecho efecto porque le era más fácil andar. El dolor estaba remitiendo.

—¿De dónde salen estas imágenes?

—El público saca fotos y las envía con la esperanza de que se publiquen en la web. Pero no las encontrarás allí. ¿Ves que están todas enmarcadas en rojo? Eso significa que todavía no han sido revisadas. El marco se pone negro en cuanto se publican. Estas de aquí solo podemos verlas tú y yo. Por la mañana, un equipo repasará todo lo que ha llegado por la noche y publicará las que son utilizables. Sin embargo, la mayoría no lo son, porque es tarde y todo el mundo está borracho o hasta arriba de coca o las dos cosas. La mayoría son como esta.

En un callejón, un hombre frotaba la entrepierna con la de una chica que llevaba medias de rejilla, empujándola contra la pared. La mujer tenía los brazos en alto y la falda subida hasta la cintura.

—Tengo la sensación de que debería apartar la vista.

Él la miró.

—Y, sin embargo, no eres capaz. Porque aquí, delante de ti, se ve lo que sucede cuando de repente las reglas ya no tienen validez. Ya no hay una jornada laboral de ocho horas. Ni una familia que alimentar, ni facturas que pagar. Solo tiempo de sobra y dinero suficiente para convertir en realidad cualquier capricho. Puro instinto. Hay algo irresistible en ello.

—Vienes aquí de noche con frecuencia. —Lo que había querido que fuera una pregunta salió como una afirmación.

—Sí. Esta es la cruda realidad. Lo que al final consigue publicarse en CelebRate no es más que un bonito barniz para los anunciantes. Una visión idealizada de lo que sucede cuando de repente se somete a gente corriente a la riqueza y la fama.

—¿«Se somete»? —Heather se giró y se quedó mirando su perfil con las cejas arqueadas. El informático seguía de cara a la pantalla, que proyectaba dibujos de luz sobre su pálida piel—. Qué curioso que hayas elegido esta palabra. Suena a castigo más que a recompensa.

—No es una recompensa, es un «premio». Las recompensas son algo que te ganas. Como lo era la fama en otros tiempos: el fruto del trabajo duro y el esfuerzo, del empeño, de competir y mejorar. Esto… —abrió la mano y trazó un círculo con la palma delante de la pantalla— es completamente distinto. La fama ha sido secuestrada por gente que no ha hecho nada por conseguirla y que, sin embargo, por algún motivo piensa que se la merece, que todo el mundo debería querer mirarlos, no mientras interpretan un nuevo concierto, presentan una nueva obra de arte al público o actúan en una película, sino mientras se dedican, simplemente, a sus actividades cotidianas: ir a la compra, salir de fiesta, comer un trozo de tarta. No tiene ningún sentido. Pero es fascinante.

A punto estaba Heather de protestar —al fin y al cabo, ella era una de esas personas— cuando su propia imagen apareció en la pantalla, sobresaltándola. Se la veía apoyada contra la pared de la azotea ajardinada, con una copa de champán en la mano. Estaba mirando a Veronica Shulman, que estaba dando una calada a su cigarrillo y tenía la cabeza echada hacia atrás, mostrando un lechoso tramo de garganta.

—Por lo que veo, alguien ha estado sacando fotos sin autorización —dijo el informático—. Se os anima a sacaros selfis en los encuentros, pero se supone que los únicos que pueden sacar fotos de terceros, como esta, son los fotógrafos oficiales de la Triple F. —Se quedó mirando la imagen unos instantes—. Me gusta. Tienes una expresión muy… pensativa. Detrás de tus ojos se ve la inteligencia en acción, tratando de entender a la mujer con la que estás hablando. Por alguna razón, te sorprendió.

Heather se miró el rostro en la pantalla. Los ojos muy abiertos, el pliegue en forma de ese de la frente. Los labios entreabiertos.

—No puede ser. Es imposible que puedas sacar tantas conclusiones de esta foto.

Entonces el hombre la miró a los ojos, acercándose un poco más y haciendo que se le acelerase el corazón. De pronto, Heather fue consciente de lo alto que era: superaba con creces el metro ochenta. Y quizá «flaco» no fuera la palabra que le describía con más exactitud. Más bien… delgado.

Y para su sorpresa, de repente Heather se estaba preguntando cómo sería estar con él en un callejón, pegada contra la pared y con la falda subida hasta la cintura. Movió la cabeza. Dios, muy desesperada tenía que estar para albergar fantasías sobre un informático blanco como la leche que claramente tenía una vena voyerista.

La estaba mirando fijamente a los ojos.

—¿Quieres decir que estoy equivocado?

—Lo que digo es que es una suposición. Has acertado, pero solo por casualidad. O puede que vieras un vídeo de la fiesta y pillases parte de nuestra conversación.

Él negó firmemente con la cabeza.

—No. Con esta imagen bastaba y sobraba. Está todo ahí, escrito en el pliegue de tu frente, en la tensión de los labios. Y, sobre todo, en el destello de los ojos, como si acabaras de comprender algo.

Heather se llevó las manos a la nuca mientras digería sus palabras. Dios, ¿de veras revelaba tanto su rostro? Iba a tener que trabajárselo, intentar no ser tan transparente cuando estuviesen cerca las cámaras.

—No te preocupes —dijo él, como si le leyera el pensamiento—. Nadie más habría visto tantas cosas. Leer caras es una especie de *hobby* para mí. Además, a la mayoría de la gente no le interesan lo suficiente los mecanismos internos de las mentes ajenas como para prestar atención. Están todos demasiado ocupados obsesionándose con cómo los perciben los demás.

La mirada de Heather volvió a la foto de la pared de la azotea, con las luces de Londres diseminadas al fondo. Y a su cara, que reflejaba el descubrimiento de que Veronica Shulman no era la mujer que ella había supuesto, la esposa trofeo que se deslizaba como pez en el agua por la cúspide de la sociedad. Que era, en realidad, una persona inteligente y complicada. Decepcionada.

—Me gusta esa foto —dijo.

—Y a mí. ¿Quieres publicarla?

—Pensaba que eso lo decidían los… ¿Cómo llaman aquí a los censores?

—Comisarios de medios visuales.

—Eso. Pensaba que era cosa suya.

—En teoría sí, pero el ordenador que utilizan está ahí mismo y yo sé entrar en el sistema.

—¿Ah, sí?

—Sí. —Se inclinó para hablarle al oído; sus cuerpos casi se tocaban—: ¿Quieres saber mi contraseña?

—Sí.

Heather se quedó mirando la pantalla, profundamente consciente de su proximidad, del hecho de que a poco que se inclinase hacia la derecha, sus hombros entrarían en contacto.

—¿Por qué? ¿Porque te gusta ser capaz de controlar las cosas… o porque te gusta que te cuenten secretos?

—Las dos cosas.

Debía de haber ladeado la cabeza hacia ella, porque por un instante Heather sintió su respiración, como una sutilísima brisa, sobre la oreja derecha, entre el pelo. De repente se apartó, y Heather, asaltada por una fugaz sensación de pérdida, se sobresaltó.

—De acuerdo, entonces. —La voz se oía ahora a sus espaldas—. Ven conmigo.

Al volverse, Heather lo descubrió delante del ordenador. Se le pasó por la cabeza encender la luz del techo para ver mejor lo que estaba haciendo, pero decidió no hacerlo. Le gustaba la penumbra, con sus colores cambiantes. Cruzó la habitación para ponerse a su lado y se quedó mirando la pantalla mientras él pinchaba en un icono con la etiqueta «Filtro CelebRate». Apareció una página de inicio de sesión. Heather vio que tecleaba «FFFCEx» al lado de «Nombre de usuario».

—¿Qué significa «CEx»? —preguntó, con la esperanza de que le dijese cómo se llamaba sin tener que preguntárselo; a estas alturas le parecía demasiado tarde.

Pero él hizo caso omiso de la pregunta y le hizo una a ella:

—¿Quieres encargarte tú?

—Sí.

Se hizo a un lado y Heather ocupó su lugar y puso las manos sobre el teclado.

—Contraseña, por favor.

—¿Para qué?

Heather frunció el ceño, perpleja.

—¿Cómo que para qué? —Se quedó mirando el cursor parpadeante, frustrada—. ¿No piensas decírmela?

—Acabo de decírtela. «ParaQué?». Sin espacio, «P» y «Q» mayúsculas, un solo signo de interrogación al final.

—Vaya, curiosa contraseña… —comentó Heather, tecleándola.

Se oyeron tres notas seguidas, y a continuación el *collage* de la pared se reflejó por un instante en la pantalla del ordenador antes de desvanecerse y dar paso a varias filas de imágenes y vídeos en miniatura enmarcados en rojo. Los examinó hasta que localizó la foto en la que salía con la señora Shulman. Veronica. Hizo clic sobre ella y apareció una ventana emergente: «¿Seleccionar esta imagen?».

Pinchó en «Sí» y salió otra ventana: «¿Publicar en CelebRate?». Debajo había dos botones: «Publicar» y «Cancelar». Heather sentía cómo la observaban los ojos claros del hombre.

—¿Lista para compartirte con todo el planeta?

Heather puso cara de exasperación.

—Por favor. Estoy publicando una foto en las redes sociales, no sumándome a una red internacional de prostitución.

Entonces, por primera vez desde que lo conocía, él se rio. Era un sonido sorprendentemente grave que no pegaba con su constitución delgada.

Heather dejó la flecha sobrevolando la orden de «Publicar», saboreando el momento: ahí estaba, en medio de la penumbra con un hombre cuyo nombre ni siquiera sabía y en una habitación en la que se suponía que no podía estar. A punto de infringir una regla y de robar un poco de poder.

—Esto está prohibido —dijo, volviéndose para mirarle a los ojos.

Él arqueó las cejas.

—¿Disculpa?

—Es mi palabra favorita. Siempre la pronuncio cuando hago algo que va contra las normas. Nunca desperdicies la oportunidad de utilizar una palabra favorita.

Heather le sostuvo la mirada mientras hacía clic con el ratón. Pasaron unos segundos, y entonces la foto ocupó toda la pantalla de la pared. Apareció un mensaje encima: «Imagen publicada». Al instante, la foto volvió a reducirse para incorporarse al montón de fotos y vídeos que la rodeaban, ahora rodeada por un marco negro. En la esquina superior derecha apareció un contador, que iba subiendo: 2... 5... 11... 19.

—Los números son las visualizaciones —explicó él.

Lo miraron en silencio mientras la cifra ascendía aceleradamente y superaba las cien en cuestión de segundos.

Sin apartar los ojos de la pantalla, el hombre dijo:

—Desabrochar.

—¿Perdona?

Los ojos de él se posaron sobre los de Heather.

—Mi palabra favorita: «desabrochar».

—Ah, pero eso es trampa. Hay que decirla en contexto.

El hombre esbozó lentamente una sonrisa.

—Todo a su debido tiempo.

Capítulo 13

—No me puedo creer que no me invitaras a acompañarte —dijo Ronan—. ¡Estaba Angus Brimes! ¿Tú te haces idea de lo que podría significar ese hombre para mi carrera profesional?

«No tienes ninguna carrera profesional», pensó Heather, apartándose ligeramente el teléfono de la oreja para no tener que oír la voz de su hermano a pleno volumen. «Eres un actor sin éxito ni talento que debería haberse rendido y haber buscado un trabajo de verdad hace muchos años». Pero de nada serviría decirle eso a Ronan. Lo único que conseguiría sería provocar una discusión que ya habían tenido de mil maneras, a lo largo de muchos años y más veces de las que podía contar.

—Solo era un encuentro social de CelebRate. Los ganadores tenemos que ir para que nos fotografíen a todos juntos, vestidos de punta en blanco y con una copa en la mano. No nos dejan invitar a nadie.

Ronan respondió con aquel tono quejica que Heather detestaba, su voz de «Pobrecito de mí»:

—Pues pienso que estaría bien que, para variar, pensaras en los demás. En alguien que es carne de tu carne.

Heather se quedó mirando con expresión ausente por la ventana del fondo de su dormitorio y se fijó en el parque infantil que había detrás del muro del jardín. Como eran pasadas las siete de la tarde, las familias se habían ido a casa a cenar. Solo quedaban un par de chicas adolescentes charlando en los columpios. Hablando de chicos, sin duda; versiones más jóvenes de Debbie y de ella. Más allá del parque estaba la urbanización; recorrió con la mirada las filas de ventanas, preguntándose qué estaría pasando detrás. A estas horas, las aceras empezarían a llenarse del olor de los guisos, curris indios mezclándose con salsa boloñesa y con los aromas caribeños del pollo con adobo o del pescado en escabeche.

—Eso que dices es superinjusto, Ronan, y lo sabes perfectamente. Te di dinero y traté de enviarle algo a mamá, pero se niega a aceptarlo. Dice que, viviendo como vive, no le sirve de nada.

—Bueno, eso es verdad. Mamá no necesita dinero, así que si quieres darme a mí su parte…

—Te di las cinco mil libras de la semana pasada, enteritas.

—Sí, pero en el sitio del que han salido tienes mucho más. Y en los tiempos que corren, cinco de los grandes no dan para mucho…

—¿Ah, no? —dijo Heather con tono mordaz.

—Ya veo que estás a punto de ponerte borde, así que voy a colgar.

Heather no soportaba el tono herido de autocompasión, tan forzado como su estilo interpretativo. Las pocas veces que se había subido a un escenario, claro.

—Por mí, perfecto —contestó ella. Y cortó la llamada, privándole de su línea de salida.

Se guardó el móvil en el bolsillo. Notaba que empezaba a ponerse de mal humor. Maldito Ronan. ¿Por qué tenía que estropearlo todo? Echó un vistazo a su dormitorio, a las cajas de cartón apiladas contra la pared. Lara le había ofrecido mandarle un «desempaquetador creativo»

—¿de veras existía semejante trabajo?— para que la ayudase y le aconsejase dónde colocar las cosas. Pero las cajas parecían regalos, y Heather había querido abrirlas ella sola, saborear cada sorpresa.

Bajó y se sentó en el sofá, una flamante adquisición de una tienda de muebles de diseño de Chelsea. Un solo vistazo al sinuoso diseño de terciopelo rojo vino había bastado para enamorarla. La *tablet* estaba sobre el sofá, y la cogió para conectarse con CelebRate. Sabía por las alertas de las clasificaciones que aparecían en su F-phone que en estos momentos era la séptima, una posición segura y sólida, aunque quería ver cómo les iba a los demás winfluencers, quién le pisaba los talones y quién estaba bajando posiciones. Se alegró al ver que su foto con Veronica ya había recibido más de 30 000 *likes,* y echó un vistazo a los comentarios. La mayoría eran favorables y se centraban sobre todo en su ropa y su pelo. Uno opinaba que los tacones no eran lo suficientemente altos para el vestido y otro decía que le sentaba mejor el verde que el rojo, pero nadie comentaba la expresión de su rostro, el momento de comprensión captado por la foto. El informático tenía razón. La gente no se fijaba en esas cosas.

Pensó en variaciones de luces de colores sobre una piel pálida.

«Desabrochar».

No tenía sentido negarlo: por raro que pareciera el hombre, le gustaba. Así que no podía seguir llamándole «el informático». Se metió en la página de inicio de la empresa Triple F y pinchó en la pestaña de «Quiénes somos», que la llevó a una lista de departamentos: «Junta directiva», «Equipo de ventas», «Equipo creativo». Ah. Ahí estaba. «Equipo técnico».

Fue pasando las fotos, cerca de veinte. En realidad, no tenía nada de sorprendente, teniendo en cuenta que la Triple F era, en esencia, una web y una aplicación. Sus ojos iban saltando de una cara a otra, buscando la familiar mirada gris. Pero llegó al final sin encontrarle.

Qué raro. ¿Quizá era nuevo y aún no le habían añadido al sitio? Pensó en la tranquilidad con que se movía por el edificio.

«Me gusta venir aquí de noche».

No, no era nuevo. ¿Y si había entendido mal su cometido y resultaba que no era informático? Volvió a la lista de equipos. Probó con «Creativo». Pero tampoco estaba allí. Los demás departamentos no parecían probables, aunque por si acaso los revisó uno a uno. Nada. Tiró la *tablet* a un lado. En fin.

Le apetecía una copa de vino. Cogió una botella de la alacena —no, la alacena no, la «vinoteca Fendi Casa», se corrigió al oír en su cabeza la voz de Lara—, se fue a la ventana de atrás y dejó la botella en el alféizar mientras subía la hoja de la ventana. La temperatura había bajado y entraba aire fresco. Las adolescentes se habían marchado y los columpios estaban vacíos y quietos. El sol poniente proyectaba sombras sobre el parque de juegos y bañaba en una luz dorada la urbanización.

De repente, Heather no quería beber sola. Quería pasarse por casa de Debbie, contarle lo del informático… o lo que fuera. Quejarse de su hermano. Ella pondría cara de exasperación y le diría a Heather que era demasiado blanda con Ronan. Que, por mucho que fueran familia, debería haberle dicho que se callase de una vez.

Miró la urbanización Shakespeare. Bueno, ¿por qué no? Si atajaba por el parque antes de que lo cerrasen, podría llegar a la puerta de Debbie en menos de diez minutos. Que no era nada; en realidad, seguían siendo vecinas. Metió el vino en la bolsa —corrección: en su bolsa de lona de Mulberry Millie—, cogió las llaves y salió por la puerta.

Canturreando, Heather pasó por las puertas del lado este del parque, siguió por el sendero flanqueado por parterres impecables —¿se lo estaba imaginando, o todo estaba mejor cuidado a este lado?— y se dirigió hacia el quiosco de refrescos. Estaba cerrado; el tejado, que descollaba como el pico de una gorra gigante, estaba sostenido en un extremo por una viga de madera y daba refugio a cuatro mesas de pícnic. El parque infantil se hallaba justo al otro lado, y después las puertas del lado oeste que le permitirían entrar en la urbanización.

Cuando se acercaba a las mesas de pícnic, oyó unos pasos veloces a sus espaldas. Por lo visto, no era la única que estaba utilizando el parque como atajo. Pasó al espacio sombrío de debajo del tejado del quiosco. La penumbra hacía que las mesas parecieran esqueletos, como huesos blanqueados de animales. De pronto los pasos se acercaron y el corazón se le aceleró. Sonaba como si el hombre —tenía que ser un hombre, con aquellas pisadas tan fuertes— fuese derecho hacia ella. Presa del pánico, Heather aligeró de manera instintiva y un latigazo de dolor en la parte de atrás de la pierna la hizo tambalearse. Ni siquiera había dejado atrás las mesas cuando una mano la agarró de la muñeca. Heather chilló a la vez que el impulso le hacía volverse y se quedaba cara a cara con su perseguidor.

Era de estatura media, con el cráneo cuadrado y una frente en forma de bloque que sobresalía por encima de sus ojos. La nariz bulbosa se ensanchaba demasiado; más que rota, en algún momento se la habían espachurrado y jamás había recuperado su forma original.

—Heather —dijo, jadeante—. ¡Heather Davies!

Ella se esforzó por superar el miedo, por calmarse y pensar racionalmente. A lo mejor era inofensivo. Alguien a quien había conocido y olvidado, que simplemente tenía ganas de saludarla. Miró la mano, que se ceñía en torno a su muñeca como una tenaza. No parecía inofensiva. Percibió el temblor de su voz al preguntarle:

—Perdona, ¿te conozco?

—No, aún no. Pero yo a ti sí. Soy tu mayor fan.

—¿Fan? —repitió Heather.

—Sí. Me encantan tus fotos y tus vídeos. Todos y cada uno de ellos. Eres preciosa. No como las otras. Tú eres de verdad. Natural. He… He estado pensando mucho en ti.

Heather respiró hondo, serenándose. Solo un fan. Un seguidor demasiado entusiasta que la había reconocido y se había dejado llevar por la emoción. Noah la había advertido de que habría personas así. «Riesgos laborales», las había llamado. Recordó su voz dándole instrucciones acerca de cómo gestionar estas situaciones.

«Sé educada pero firme. Traza tus límites de una manera que ni ofenda ni enfade».

—Hola —dijo—. Me alegro de que te hayan gustado mis publicaciones. ¿Cómo te llamas?

—Bill. —Y él le recorrió lentamente el cuerpo con la mirada, y Heather se sintió desazonada y expuesta.

—Hola, Bill. Encantada de conocerte. ¿Te importaría soltarme la muñeca, por favor? Estás… Supongo que no eres consciente de la fuerza que tienes, porque la verdad es que me haces daño.

—Perdona. —Aflojó la mano, pero no se soltó—. Es que no quiero que salgas corriendo. Llevo esperando horas, ¿sabes?

La desazón se agudizó y se le alojó en la boca del estómago.

—¿De veras? Esperando, ¿dónde?

—En la acera de enfrente de tu casa. Caminando arriba y abajo. Con la esperanza de que salieras.

—¿Cómo has sabido mi dirección? Porque yo nunca la he…

—Vi el parque por la ventana en el vídeo de tu mudanza, y esta es la única calle de la zona con casas que dan directamente a él. Así que reduje las posibilidades a seis direcciones y las vigilé todas. Soy un hombre paciente y me quedé por ahí merodeando, ojo avizor. Hasta que, por fin, ¡ahí estabas!

—Ah, yo… —Tragó saliva—. Qué inteligente por tu parte.

—Es que quería hablar contigo. Necesitaba hablar contigo.

—Vale. Bueno, pues aquí estoy, así que... ¿qué tal si charlamos mientras paseamos por el parque de juegos?

El hombre negó con la cabeza.

—No. Creo que es mejor que nos quedemos aquí.

Heather sentía su mano en la muñeca como si fueran unos grilletes. Se puso a pensar a toda velocidad. Era casi la hora de cierre del parque. El hombre que cerraba las verjas debía de estar a punto de llegar. Se acercaría, les diría que se marchasen. Y esa sería la oportunidad de Heather. Le gritaría pidiéndole ayuda. A no ser que llegase tarde, demasiado tarde..., o que no viniese. Era poco fiable, como bien sabían en la urbanización. A veces bebía demasiado por la tarde y se desmayaba, dejando las puertas abiertas toda la noche.

El miedo le oprimía el pecho, pero ella se esforzó por combatirlo.

—Vale, pues entonces podemos charlar aquí. Pero me temo que solo tengo unos minutos. He quedado con una amiga y se va a preocupar si no aparezco pronto. Lo mismo llama a la policía...

—Dudo que a tu amiga le importes tanto como a mí. ¿Estaría dispuesta a esperarte cuatro horas solo para verte un instante? —Él negó con la cabeza—. No. Yo sí porque siento devoción. Y pienso que este tipo de devoción merece una recompensa. —Mientras hablaba tiraba de ella para acercarla a él, tanto que Heather olía su aliento: café rancio con un toque de menta.

El asco la hizo retroceder instintivamente. ¿Y si le atacaba, y si le arañaba y le daba puñetazos hasta que le soltase el brazo? Pero después ¿qué? No podía correr, le sería muy fácil volver a atraparla. Y esta vez estaría enfadado.

«¡Piensa, Heather, piensa!».

—¿Te apetece tomar algo con mi amiga y conmigo? Podríamos

tomarnos un vino y despúes, si quieres, nos vamos tú y yo a algún sitio a charlar a solas.

Heather sabía que estaba saltándose la norma de Noah acerca de la necesidad de poner límites a los fans fervientes, pero es que este hombre había cruzado claramente la línea entre fan y acosador. Llegados a este punto, estaba dispuesta a decir lo que fuera con tal de escapar.

Sin embargo, el hombre no se dejó disuadir tan fácilmente.

—No, no creo. Podemos charlar tan a gusto a solas ahora mismo. En el banco, debajo del sauce.

Y de nuevo la arrastró. Pasaron por delante del tobogán y se dirigieron hacia el árbol, con su densa cortina de hojas. El hombre podía hacerle cualquier cosa allí debajo; nadie lo vería.

—¡No! —gritó Heather—. Suéltame ahora mismo o…

La interrumpió un chirrido metálico —la verja del lado oeste se estaba abriendo; hacía años que necesitaba que la engrasaran—, seguido de una voz masculina, joven y familiar, que gritaba:

—¡Sigue abierto! ¡Venga!

A continuación, pasos, palabras indistinguibles y risas.

Heather, de espaldas a la verja, no veía quién acababa de entrar. Pero fuera quien fuera, representaba su mejor oportunidad para escapar.

Bill seguía tirando de su brazo, frunciendo los labios con gesto de fastidio al ver que se resistía hincando los talones y echándose hacia atrás con todo su peso.

Heather volvió la cabeza hacia la verja, donde se oían más risas, y gritó a pleno pulmón:

—¡Ayuda! ¡Me están atacando!

Las risas cesaron de golpe.

—No pasa nada —gritó su captor—. Es mi novia. Solo es un…, un pequeño malentendido.

—¡Está mintiendo! —chilló Heather—. ¡Ayuda! ¡Por favor!

En el fugaz silencio que se hizo a continuación, le dio tiempo a pensar que en Londres los héroes anónimos escaseaban, que lo más probable era que el siguiente sonido que oyera fuese el chirrido de la verja cerrándose mientras la persona que estaba allí decidía que no quería meterse en líos.

«Por favor, ayuda».

El hombre apretó con más fuerza.

A continuación, más pasos rápidos. Y no se alejaban —«gracias, Dios, gracias»—, sino que corrían hacia ella.

—¡Suéltala!

Los dedos se soltaron de repente, como si a Heather se le hubiese puesto la piel al rojo vivo. Pero aún le sentía a su lado, como una sombra. Se quedó paralizada cuando el hombre le susurró en la oreja, y el roce de su aliento le provocó un escalofrío.

—Estaré atento a tus publicaciones.

Y antes de que tuviese tiempo para reaccionar, había desaparecido y al lado de Heather solo había un hueco vacío. Lo oyó correr, oyó los guijarros saltando por los aires mientras salía disparado hacia la puerta este.

—¿Señorita Davies? ¿Está bien?

No recordaba haber estado nunca tan agradecida de ver a alguien. Dean Mitchell, su salvador adolescente. Una vez más. Instantes después, apareció a su lado su hermano mayor; se llamaba Jake, creía recordar. Rasgos parecidos a los de Dean, los mismos ojos grandes y oscuros, los mismos pómulos redondeados, las mismas rastas cortas de punta. Miró a los dos jóvenes, sus caras de preocupación, y la invadió una oleada de gratitud. Resistió el impulso de abrazarlos.

—Estoy bien.

Pero sus piernas no estaban de acuerdo, porque de repente fue como si estuviesen hechas de agua. Se sentó rápidamente sobre la hierba, temiendo caerse redonda. Los hermanos se miraron.

—¿Qué pasaba? —preguntó Dean—. ¿De veras la ha atacado?

Heather tragó saliva. Asintió con la cabeza.

—Sí. Bueno, estaba intentando… arrastrarme.

Dean frunció el ceño, esforzándose por entender qué estaba pasando, quién era aquel hombre y por qué había ido a por ella.

—¿No convendría que llamase a la policía?

Pero ahora que empezaba a calmarse un poco, le volvieron a la cabeza las instrucciones de Noah.

«Si alguna vez te metes en un lío con los fans, llámame. Llamar a la policía ahora que tu vida está expuesta al público tiene sus… sus consecuencias. Así que es mejor valorar primero todas las alternativas.

—Gracias, Dean. Sí, ya llamaré. Pero primero tengo que hablar con otra persona. Y ahora mismo, lo único que quiero es volver a casa. —Miró a su hermano—. ¿Os importaría acompañarme?

Los hermanos cruzaron una mirada perpleja. En la urbanización en la que vivían había, evidentemente, montones de personas que evitarían a cualquier precio llamar a la policía. Pero saltaba a la vista que los chicos habían dado por supuesto que Heather no era una de ellas. Porque formaba parte del sistema, era un engranaje activo de la máquina de la sociedad, alguien que intentaba impedir que los jóvenes se cayeran por los huecos. O, al menos, eso había sido en el instituto.

—Vale, señorita. Si está segura de que eso es lo que quiere…

Capítulo 14

A Heather se le disparó el corazón nada más salir por la puerta de casa. Había pasado la noche deslizándose entre sueños en los que la perseguían, pero no podía correr, y la mañana, encorvada sobre su ordenador portátil con las persianas echadas, leyendo comentarios de fans y poniéndose al día de las publicaciones de otros celebRaters. A eso de las dos y media empezaba a sentirse atrapada. Necesitaba salir a dar una vuelta, estirar las piernas, que le diese el aire.

Dejar de esconderse.

Miró a ambos lados de la calle por si veía una figura acechante de hombre. Nada. Solo un padre empujando un carrito de bebé y una pareja de ancianos paseando de la mano. A medida que se alejaba de la casa, su miedo se fue transformando en una rabia que en parte iba dirigida contra el hombre del parque, pero, sobre todo, contra sí misma. Noah le había dicho que Bill el fan no era más que un fracasado patético y desesperado que se había obsesionado con las fotos de una desconocida. Y era verdad. Entonces, ¿por qué le concedía tanto poder sobre ella?

Empezó a llover mientras ponía rumbo a Holland Park Avenue. Casi la final de su calle, al pasar por delante de una casa de color lila, aminoró el paso. En la entrada había un descapotable color lila. Sería una casualidad, ¿no? No se imaginaba a ninguno de sus vecinos, tan esnobs, combinando adrede sus coches con sus casas.

Entonces, procedente de la vivienda, oyó un taconeo errático. Se volvió y vio a una mujer bajando con dificultad los escalones de la entrada. Iba arrastrando una maleta de ruedas, la cabeza gacha, la cara oculta tras una cortina de cabello rubio.

—¿Te ayudo? —se ofreció Heather, subiendo a la carrera y agarrando la base de la maleta.

La mujer levantó la cabeza y se le vio la cara.

Analise.

Después de la conversación en el New Heights, Heather había visto varios vlogs de la maquilladora. La Analise de los vídeos era elocuente y cercana, y tenía un toque de humor autocrítico.

La Analise que tenía enfrente era un desastre.

Se le había corrido el rímel y le había dejado manchurrones negros que daban la impresión de que le habían pegado. En algún momento se había perfilado y pintado de rojo los labios hinchados, aunque después debía de haber bebido porque apenas quedaba color, solo el reborde carmesí. Se le había soltado una extensión de pelo y se le había quedado enganchada en el cuello de la camisa, de donde colgaba con aire abatido.

—¡Hola, Analise! —Heather cogió la maleta y bajó los últimos escalones—. No tenía ni idea de que vivieras tan cerca de mí. ¿Te vas de vacaciones?

Analise bajó a trompicones y se detuvo tambaleándose en la acera, a todas luces borracha. Miró a Heather con los ojos entornados, abriéndolos y cerrándolos como si tratase de enfocarla.

—Eh, ¡pero si eres Heather, la de la fiesta! Qué guapa estabas con el vestido rojo. Me olvidé de decirte que me gustó tu lema de los Quince Finales. «Chica con Estilo». ¡Qué mona!

—«Chica con…». Bah, da igual. ¿Estás…? ¿Estás bien?

Analise movió firmemente la cabeza y la extensión de pelo rebelde se cayó a la acera.

—No. La verdad es que no estoy bien. No puedo escaparme, ¿sabes? —Se arrimó para coger a Heather de los hombros, soltándole una tufarada a alcohol—. ¿También ha ido a por ti?

Un oscuro pensamiento la atravesó como un viento helado. El hombre del parque. ¿Qué le había hecho a Analise?

«Soy tu mayor fan».

No debería haberse dejado convencer por Noah para que no fuese a la policía.

—¿Quién? —preguntó con tono apremiante—. ¿Alguien te ha hecho daño? ¿Cómo era?

Pero Analise estaba diciendo enérgicamente que no con la cabeza.

—No puedo verlo. Pero está en todas partes —explicó, y a continuación se arrimó a Heather para susurrarle al oído a la vez que se agarraba a su brazo, hincándole las largas uñas—: Ten cuidado. Él lo sabe todo.

—¿Quién? ¡Dime qué está pasando!

Pero a su lado había aparecido un coche, un Mercedes de la Triple F. Para su sorpresa, vio salir de la parte de atrás a Noah, que tuvo que mirar dos veces cuando la vio en la acera con Analise.

—Heather… No sabía que fuerais amigas. —Miró al fondo de la calle, hacia su casa—. Aunque, claro, sois casi vecinas.

La lluvia caía ahora con más fuerza, pero no parecía que Analise se percatase. Se quedó balanceándose al lado de su maleta, que se había vencido hacia delante. Noah la metió en el maletero, después cogió a Analise del brazo y la acompañó con cuidado al coche. Le abrió la puerta de atrás, aunque Analise no subió.

—¿Vas a venir conmigo, Noah?

—Ah, esto… La verdad, Analise, no pensaba ir…

Analise rompió a llorar, lágrimas ruidosas que no se molestó en enjugarse.

—¡Tengo miedo! ¡Te necesito!

Noah le pasó el brazo por los hombros.

—Venga, pues te acompaño y me quedo hasta que te hayas instalado. No hay ningún motivo para que pases miedo.

Analise asintió, sin dejar de llorar a lágrima viva mientras le abrazaba por la cintura y se agachaba para subirse al coche.

—Dame solo un segundo, Analise. Hablo un momento con Heather y después nos vamos.

Con cara seria, se alejó unos pasos con Heather.

—¿Qué está pasando, Noah? —susurró ella—. ¿Se trata del…? —Tragó saliva—. ¿Alguien le ha hecho algo?

Se imaginó a Bill el fan andando de un lado para otro por esa misma calle; puede que hubiese estado esperando a Heather y que, al ver a Analise, la hubiese reconocido de CelebRate y hubiese decidido seguirla. Si Bill había hecho algo, se dijo Heather, la culpable era ella por no haberle denunciado.

Noah se sacó un paraguas compacto de un bolsillo interior. Lo abrió de golpe con un toque y lo sostuvo sobre la cabeza de Heather.

—Me temo que Analise ha sufrido un… un contratiempo. —Resopló—. Bueno, llamemos a las cosas por su nombre: una crisis nerviosa. Está esforzándose por lidiar con el troleo que inevitablemente forma parte de la vida de la Triple F.

—¿Troleo? —Heather frunció el ceño, recordando que Analise se había encogido de hombros, como quitándole importancia. «Aprendes a sortearlos, a evitar que se te peguen al zapato»—. No parecía que le preocupasen los troles cuando hablamos en la fiesta. Sonaba… bien. Contenta.

—Bueno, pues ya ves que ahora mismo no está ni bien ni contenta, así que va a pasar unos días en un centro de salud mental muy discreto que ayudará a que se le calmen los nervios y se recupere. Solo te lo estoy contando porque acabas de presenciar todo. Es muy importante que esto no se haga público, así que no se lo puedes contar a nadie ni, Dios no lo quiera, decir nada en redes sociales. Si lo hicieras, equivaldría a cruzar una línea roja del concurso; se te expulsaría inmediatamente de CelebRate y los pagos se interrumpirían. Analise necesita tiempo y espacio para recuperarse. Con un poco de suerte, volverá con más fuerza que nunca y nadie tiene por qué enterarse jamás.

Heather cogió aire, impresionada por la amenaza del exilio.

—No diré nada. Pero la verdad es que no entiendo la necesidad de tanta discreción. ¿No puede simplemente reconocer ante sus seguidores que está librando una batalla?

Noah suspiró:

—No creo que la compadecieran mucho, ¿no? Una chica a la que han dado dinero y fama en bandeja de plata va y pierde los papeles porque resulta que hay un aspecto negativo, algo de lo que al entrar tuvo que ser perfectamente consciente. Hay un riesgo real de que su popularidad se esfume…, y con ella las increíbles oportunidades que se le han presentado. Tres millones de seguidores. Un lugar en el Top Trío, que, como seguro que sabes, significa mucha más atención mediática, por no hablar de patrocinadores de más prestigio y que pagan mejor. Netflix ha estado negociando con nosotros para hacer una serie basada en sus vlogs. ¿Para qué arriesgarse?

Heather asintió en silencio. Tenía razón.

—Pero sus fans verán que ya no sube nada a CelebRate, ¿no?

—Hay vlogs y fotos sin utilizar que podemos publicar para mantener las cosas en marcha hasta que vuelva.

Heather miró el coche. Las ventanillas eran de cristal reflectante, así que no veía el rostro de Analise.

—No entiendo cómo ha podido pasar todo esto tan deprisa, con lo animada que estaba en el evento.

—Supongo que había enterrado sus verdaderos sentimientos. —Noah echó un vistazo al vehículo—. Tengo que irme. Nos espera un largo viaje.

—Vale. Gracias por contármelo. Es muy amable de tu parte acompañarla.

—Bah, no tiene importancia. Ojalá pudiese hacer algo más.

Heather lo siguió hasta el coche y vio cómo abría la puerta y entraba. Alcanzó a ver fugazmente a Analise, que tenía los ojos desorbitados y manchurrones de lágrimas en las mejillas. Después, la puerta se cerró, y lo único que pudo ver mientras el coche arrancaba fue su propio reflejo en la ventanilla, deformado por la lluvia.

—¡¿Te has vuelto loca?! —dijo Steve, blandiendo una patata frita—. ¿Por qué diablos no fuiste a la policía?

Heather echó azúcar al café.

—Noah Fauster me aconsejó que no lo hiciera.

Estaban sentados en la mesa de la ventana de Joe's Café, un bar de mala muerte situado enfrente del instituto. No tenía pensado a dónde ir después del encuentro con Analise. Simplemente, había echado a andar sin salirse de calles conocidas y bulliciosas, negándose a ceder al impulso de mirar sin parar hacia atrás.

Por alguna razón, ya fuera por un deseo inconsciente o solo por costumbre, había terminado en la puerta del instituto Holland Park. Era casi la hora del timbre de salida y se había ido a la cafetería, donde había pedido patatas fritas y un sándwich mientras veía salir a los estudiantes en un torrente de energía juvenil. Se hizo una pausa después de que bajase la marea adolescente y, a continuación, empezaron a salir poco a poco los profesores. Al verla detrás de la ventana, Steve había ido a sentarse con ella y había echado mano a sus patatas fritas.

—¿Noah Fauster? —repitió Steve, echando kétchup en el borde del plato—. ¿Y ese quién es?

—No me digas que no has oído hablar de… Bah, da igual. Es el representante del concurso y el mentor de los ganadores. Dijo que estas cosas son muy habituales y que tenemos que contar con que habrá fans excesivamente entusiastas que nos atosigarán, sobre todo nada más llegar a CelebRate. Dice que hay un par de mujeres y un tipo que se presentan en todos los eventos a los que tiene previsto asistir y le suplican hablar con él. Conque solamente un fan… En fin, no está tan mal.

—¿Ah, no? —Steve untó una patata con kétchup, se la metió en la boca y masticó frunciendo el ceño—. ¿Y a él sus tres fans le agarran y tratan de llevárselo a rastras?

—Puede que me haya pasado al decir que me arrastró. —Heather dio un sorbo al café—. Tampoco es que me hiciera daño ni nada por el estilo. Y no hay ningún motivo para pensar que mentía cuando dijo que solo quería hablar. Quizá reaccioné de forma exagerada porque no estoy acostumbrada a estas cosas.

Steve la miró fijamente.

—Muy bien, entonces permíteme recapitular: un desconocido te espera a la puerta de tu casa durante horas, te sigue por un parque vacío y oscuro, te agarra y empieza a tirar de ti para llevarte a una zona apartada… ¿Y dices que «no ha sido nada»? —Se masajeó las sienes con las yemas de los dedos como para mantener a raya una incipiente jaqueca—. Es completamente absurdo. —Steve había pedido un café y la conversación se interrumpió mientras la camarera se lo servía.

Heather esperó a que se fuera antes de continuar.

—Es un riesgo laboral.

—«Ganadora de lotería» no es una profesión.

—Sí, lo es —dijo ella, a la defensiva—. Soy una winfluencer.

Steve abrió un sobrecito de azúcar y lo vació en su taza.

—Pues eso…

—No seas así. De hecho, es mucho trabajo. No es como dar clase, obviamente, pero no es tan sencillo como te piensas.

—Ir a fiestas y posar para que te saquen fotos no es trabajar. —Removió el azúcar y la cucharilla tintineó contra la taza—. La fama no…

—¿Podemos cambiar de tema, por favor?

Veía que Steve empezaba a soltar una de sus peroratas y no quería que la conversación terminase en bronca. ¿Qué podía saber un profesor de Informática en prácticas sobre los retos y las dificultades de la fama?

—¿Qué tal si me pones al día de los cotilleos del insti? Venga, dispara.

Se hizo una pausa mientras Steve daba marcha atrás, apartándose del camino de la confrontación. Siguió dando vueltas al café y dijo:

—Vale, déjame que piense… Ah, sí, Angus por fin ha salido del armario, cosa que no ha sorprendido a nadie.

—Madre mía, ¿se suponía que estaba en el armario? Ni se me había pasado por la cabeza que pudiera ser hetero.

—Bueno, pues por la suya claramente sí que pasó, porque lo anunció a bombo y platillo en la sala de profesores y se quedó bastante hecho polvo al ver la falta de interés.

—Oh… Qué lástima. A lo mejor le escribo un correo felicitándolo y fingiendo sorpresa. ¿Más novedades?

—Continúan los rumores de una aventura tórrida entre el nuevo profe de Geografía y la bibliotecaria. Los vieron llegar juntos el lunes pasado. —Dejó la taza y se recostó en la silla—. Ah, y he empezado a salir con tu sustituta.

Heather se comió una patata mientras intentaba comprender por qué esta última noticia le producía una sensación amarga en la boca del estómago. Llegó a la conclusión de que era por la palabra «sustituta». No habían pasado ni tres semanas desde que se había ido del instituto. ¿De veras había sido tan fácil sustituirla por una desconocida deseosa de abalanzarse sobre la vida que ella había desechado?

—Enhorabuena —dijo con frialdad—. ¿Qué tal es? ¿Lo hace bien? —Al ver que Steve subía una ceja, se sonrojó—. Con los niños, quiero decir. ¿Conecta bien con ellos?

—Ah. Te refieres a eso. No, la verdad es que no. Dice que se equivocó al elegir el grupo de edad, que debería haberse ido a primaria. —Dio otro sorbo al café—. Tiene razón, claro. Los adolescentes son unos gilipollas egoístas. Es su naturaleza.

—Sí. En eso tienes razón. —Le sorprendió oírse el tono de afecto en la voz, la nostalgia.

—Por cierto, hablando de gilipollas adolescentes… —Steve dejó la taza—. Te he conseguido la información.

—¿Cómo dices? —Pestañeó, perpleja—. ¿Qué información?

—La dirección IP. El mensaje amenazador.

—Ah. Es verdad. —Lo había olvidado por completo. Parecía que habían pasado siglos desde que aquel *email* era su máxima prioridad. Teniendo en cuenta todo lo que había sucedido después, parecía baladí, algo perteneciente a una vida distinta—. Claro. Gracias. ¿Quién era?

Steve se hizo crujir los nudillos.

—Llegados a este punto me gustaría revelar un increíble giro argumental que implicase a un sospechoso al que nadie habría visto venir…, pero por desgracia no puedo. Es exactamente el que cabría esperar.

Heather suspiró:

—Eric.

—El mismo que viste y calza.

Heather cerró los ojos, incapaz de explicarse por qué se sentía tan decepcionada. En su memoria volvió a sonar la voz de Veronica Shulman.

«Habla de tus clases, de las ideas que has planteado. Le motivas a pensar».

Pero no pudo evitar preguntarse si la madre de Eric le habría mentido. Porque nadie le mandaría semejante correo a una persona que le hubiese motivado. Por otro lado, ¿para qué iba a decírselo si no era cierto? Dio un mordisco al sándwich y se quedó mirando por la ventana mientras masticaba. No tenía sentido.

—Gracias, Steve. Me siento más segura sabiéndolo.

—Claro. —Él apuró el café y se limpió los labios con el dorso de la mano—. Como bien sabe cualquier aficionado al género de terror, no hay nada que dé más miedo que un enemigo invisible.

«No puedo verlo. Pero está en todas partes». Analise…, ojos asustados y dedos entrelazados, el aliento cargado de alcohol. Su voz susurrando: «Ten cuidado. Él lo sabe todo».

—Sí —contestó Heather—. Creo que en eso tienes razón.

Capítulo 15

Ahora sigo de cerca a los periodistas. Qué escriben, cómo enfocan las historias. Quién se ocupará del tema como conviene. Estoy a punto de darle un regalito a uno de ellos. Pero ¿a cuál? Repaso la lista de nombres, me detengo en Carlos Hayek. Su artículo más reciente era sobre una antigua presentadora de televisión a la que habían pillado en un antro de drogas durante una redada. En lugar de abordar su caída desde un punto de vista sensacionalista, trazaba la trayectoria de la mujer desde estrella de la tele a adicta a la metanfetamina, contando con compasión y humanidad que, a pesar de sus esfuerzos por ser una «actriz de verdad», solo había conseguido que le dijeran una y otra vez que no tenía talento. Un artículo lleno de sensibilidad de un escritor dotado; lo tacho de la lista. ¿Davina Jiel, tal vez? Una periodista contundente, sin pelos en la lengua, especializada en escándalos de celebridades. Pero hay un riesgo. Tiene una marcada vena feminista. Con esta historia podría sacarla a relucir. Mejor no arriesgarse.

Me detengo al llegar a Wayne Cartwright. Su último artículo trata sobre un obispo al que pillaron echando un polvo con una mujer casada en la parte de atrás de su iglesia. Lo leo, sonriendo con algunos juegos de palabras; el periodista parece disfrutar especialmente de que la pareja fuera sorprendida detrás de un enorme órgano. La dirección de correo electrónico de Wayne Cartwright está al final del texto.

Inicio sesión en la cuenta de correo que uso para estos fines y le escribo, poniendo como asunto «Sugerencia para artículo». Tres o cuatro líneas son más que suficientes. Incluyo un mapa, porque aunque sé que él podría encontrar fácilmente el lugar, quiero asegurarme de que va. Las palabras no bastarían. Tiene que haber fotos.

Doy a «Enviar».

Misión cumplida. Abro una botella de *whisky* y me sirvo una copa. Ahora solo queda esperar.

Capítulo 16

—Mierda —dijo Elliot cuando Noah le enseñó el artículo de periódico.

—Mierda, desde luego.

Noah agitó el agua con gas de su copa de champán. Estaban los dos sentados el uno al lado del otro en uno de los sofás del Salón Azul —más pegados de lo que Elliot consideraba estrictamente cómodo—, con un ejemplar del *Daily Chronicle* abierto sobre la mesita.

«Chica de portada, encubierta», rezaba el titular, con un subtítulo que añadía: «La Triple F se convierte en el corrector cosmético de la vloguera de maquillaje, disimulando su estancia en un centro de salud mental».

Elliot leyó por encima el cuerpo principal del artículo, que contenía aún más juegos de palabras relativos al maquillaje —«el concurso mantuvo la estancia de la reina de la cosmética en secreto para que nadie le sacara los colores»—, pero información, lo que se dice información, apenas había nada. Se hacía una vaga referencia a «una batalla contra la depresión y la ansiedad», pero el resto no era más que un refrito de la exitosa trayectoria de Analise como winfluencer. Venía acompañado de una foto, que tenía pinta de haberse sacado a través de una ventana. En ella se veía a Analise apalancada en una butaca delante del televisor, con expresión aturdida. Salía con la cara lavada, sin una gota de maquillaje. Y sin las mejillas esculpidas por el colorete, sin los ojos dramáticamente delineados y las pestañas postizas que parecían abanicos, era más bien fea. Los labios de pez estaban entreabiertos y tenían un extraño toque violáceo que a Elliot le hizo pensar en el hígado.

—Incluso para los estándares del *Chronicle,* esto es de una insensibilidad pasmosa —dijo.

—La foto… —empezó Noah—. Ese es el principal problema. Parece… —Su voz se fue apagando, como si fuera incapaz de encontrar las palabras que captaban todo el horror de Analise sin maquillaje.

—Pero de lo que no cabe duda es de que demuestra el poder transformador de los cosméticos y su habilidad para maquillarse, ¿no?

Noah negó con la cabeza.

—Por desgracia, no funciona así. A Analise se le permite ser vulnerable e insegura siempre y cuando se mantenga guapa y excitante. El estrellato de CelebRate se basa en la aspiración. —Señaló la foto con el dedo—. Y nadie aspira a tener ese aspecto.

Elliot miró a los hombres y mujeres perfectamente peinados que estaban repartidos por los sofás y las sillas bebiendo café y mordisqueando bollería de desayuno; ya se había fijado en que casi todo se quedaba a medio comer, sin duda por la preocupación por las calorías. Cogió su cruasán y le dio un bocado, acompañándolo de un sorbo de té.

—¿Y qué, exactamente, esperas que haga al respecto?

Noah frunció el ceño y se quedó mirando su vaso.

—Quiero que guíes delicadamente a Analise hacia la decisión adecuada. Seamos claros: hacia la única decisión.

—En otras palabras, quieres que le haga pensar que renunciar a Netflix y marcharse de CelebRate un mes antes de tiempo es idea suya, ¿no?

Noah suspiró:

—Me temo que sí. Si se queda, lo único que va a conseguir es que la troleen y la ridiculicen. Netflix ya ha solicitado una reunión, claramente tiene la intención de retirarse. Sentir que controla la situación, que es ella la que toma sus decisiones, sería… En fin, mejor para su salud mental, ¿no crees?

Elliot apretó los dientes. No soportaba que Noah se comportase como si su título de «mentor» le transformase mágicamente de carpintero en experto en piscología. Pero en este caso le vino bien: sería útil hablar cara a cara con Analise, presenciar su reacción a la noticia de su caída en desgracia. Ella era, al fin y al cabo, parte de su proyecto.

De manera que compuso el semblante, puso una expresión neutra y asintió con la cabeza.

—De acuerdo, hablaré con ella.

—Gracias, eres el mejor. Le dan el alta mañana por la tarde. Y todavía no sabe nada de lo del artículo; de eso ya se ha encargado Sunny Hills. He pensado que tú podrías ser la persona mejor preparada para…, esto…, para explicárselo. —Noah dobló el periódico y se lo pasó a Elliot.

La historia estaba en la página cinco. ¿Era eso mejor o peor que estar en portada?, se preguntó. ¿Se ofendería porque su crisis nerviosa no había merecido una historia de portada?

—De acuerdo. —Se guardó el periódico en la chaqueta.

—Eres el mejor —dijo de nuevo Noah.

Elliot asintió rígidamente con la cabeza. Se había fijado en que Noah siempre decía «eres el mejor» cuando quería hacer un cumplido, como si diera por hecho que todo el mundo compartía su opinión de que ser famoso, «el mejor», era la meta final, el estado más deseable. Seguramente, la mayoría de las personas de aquel edificio habrían estado de acuerdo con esta valoración.

Sin embargo, Elliot no.

Heather estaba esperando ansiosamente en el vestíbulo del edificio de la Triple F. El director general la había citado para una reunión. ¿Por qué? ¿Qué podía querer de ella?

Duncan Caldwell era la fuerza invisible que estaba detrás de la Triple F; era tímido ante las cámaras y escurridizo, toda una ironía que a la prensa no le pasaba desapercibida. En cierta ocasión, había estado oculto durante tanto tiempo que se había empezado a rumorear que llevaba muerto un mes. Ni siquiera esto había conseguido sacarle de su escondite. Siguió igual que siempre, oculto entre los muros de la pirámide de la Triple F, manejando los hilos del poder de las redes sociales mientras el mundo exterior cotilleaba y especulaba. Heather se dijo que no tenía ni idea de cuál era su aspecto ni su edad. Noah era la cara y la voz de la empresa, y si Duncan Caldwell tenía algo que decir, ya se encargaba él de que se dijera con la dulce voz de barítono de Noah.

¿Tendría que ver esta reunión con el incidente del parque? Noah debía de habérselo contado. O… Dios, ¿sería porque se había negado a ponerse un traje de baño en las fiestas de piscina de la Triple F? A Lara le había parecido muy mal y le había dicho que los ganadores tenían que posar con traje de baño, que las publicaciones junto a la piscina eran «muy populares entre los seguidores». Y, por tanto, cabía suponer que también entre los patrocinadores. ¿La desterrarían por negarse a enseñar las piernas?

Alejó el pensamiento. No. Era una boba por permitir que sus inseguridades convirtiesen incidentes de poca importancia en temas merecedores de la atención de un director general.

—Disculpe por la espera. —La recepcionista había salido del escritorio en forma de anillo y se había plantado delante de Heather con un sujetapapeles bajo el brazo—. El señor Caldwell ya está listo para recibirla en su despacho.

Pasaron por delante de los ascensores principales del vestíbulo y llegaron a uno discreto que estaba a la vuelta de la esquina. La recepcionista pulsó un botón gris que se puso verde, y después dio a Heather un rectángulo de plástico del tamaño de una tarjeta de crédito.

—Ponga esto delante del sensor y la llevará directamente al despacho del señor Caldwell. Por favor, déselo nada más llegar.

—Vale. —Heather estudió los rasgos de la mujer por si le daban alguna pista de lo que la aguardaba, pero el rostro de esta permaneció impasible.

Acababa de pasar al pequeño espacio con paneles de madera y de ver el familiar sensor de tarjetas cuando se le ocurrió, con un fogonazo de pánico, que lo mismo la reunión tenía que ver con sus aventuras nocturnas tras el evento. ¿Se habría enterado de su…, su…? ¿Qué delito había cometido? ¿Allanamiento de morada? No, para eso había que romper algo y ella no había roto nada. Pero entrada ilegal puede que sí, acceso furtivo a zonas de alta seguridad. Por no hablar de que se había saltado a los censores, había subido *posts* sin permiso…

El corazón le latía a mil por hora mientras el ascensor subía. Entonces, la puerta se abrió y Heather salió.

El despacho de Duncan Caldwell parecía un plató de la década de 1920 cruzado con un invernadero. A su izquierda vio una inmensa pared inclinada de cristal que llegaba hasta la cima del edificio. A su derecha, un sofá color crema con una estantería a un lado, y enfrente una mesita baja en forma de ese con un cajoncito en cada curva. Había un enorme escritorio en mitad de la estancia, su superficie un rubio semicírculo de madera con un semicírculo negro más pequeño incrustado en la parte interior. El suelo estaba cubierto por una lujosa moqueta de pelo gris perla. La última persona que había caminado sobre ella había dejado huellas. Y, en estos instantes, un hombre iba desandando esos pasos, como si siguiera un rastro por la nieve, pasando cuidadosamente de una huella a otra con los brazos extendidos para mantener el equilibrio.

Heather se quedó mirándole la espalda. ¿Qué diablos estaba haciendo?

El hombre debió de oír que se abría la puerta del ascensor porque se volvió a mirarla.

Heather lo reconoció de golpe. Se quedó de piedra.

El informático. Ay, Dios. De modo que, en efecto, esta cita tenía que ver con la incursión nocturna. El director general debía de haberlos convocado a los dos para pedir explicaciones. ¿Los irían a despedir? ¿Pensaban expulsarla del reino de la Triple F, dejarla sin hogar, sin trabajo, avergonzarla públicamente?

Sin embargo, el informático no parecía ni siquiera remotamente preocupado. Siguió mirándola por encima del hombro, sin mover el resto del cuerpo.

—Hola, Heather. Gracias por venir con tan poca antelación.

«¿Gracias por venir?».

Entonces…, si era él el que la había invitado, significaba que… No. Imposible. Los ojos se le abrieron como platos. Pero ¿qué otra explicación había?

—Eres Duncan Caldwell.

—Sí, lo sé. —Levantó una ceja de color claro—. Ah… Entonces, ¿tú no lo sabías?

154

—No. Pensaba… —Volvió a clavar la vista en la moqueta. Duncan Caldwell se había quedado quieto en una extraña pose como de cigüeña, congelado en plena zancada—. ¿Qué haces?

Dio un último paso, cuidadosamente colocado, antes de abandonar sus esfuerzos, y a continuación se acercó a ella mientras se pasaba los dedos por el pelo.

—La moqueta es nueva y me he fijado en que mis pasos dejan huellas, lo cual me ha llevado a pensar en la naturaleza del tiempo, en que Heráclito dijo que no puedes bañarte dos veces en el mismo río. Así que me había propuesto ocupar exactamente el mismo espacio en dos tiempos distintos. Pero es sorprendentemente difícil. Para empezar, las huellas no se ven tan claras de cerca.

—Podrías comprar unas plantillas de huellas, como esas que hay en las escuelas de baile, y pegarlas a la moqueta para pisarlas todos los días, y así evitarías que se desgastase a la vez que le harías un corte de mangas al continuo espacio-tiempo y a Heráclito.

Le dio la tarjeta de seguridad del ascensor.

—Increíble. —El hombre se metió la tarjea en el bolsillo del cárdigan y volvió a posar los ojos sobre la moqueta—. ¿Quién habría dicho que las escuelas de baile tienen un armamento tan filosófico en sus arsenales?

—El poder de las huellas de cartón siempre se ha subestimado.

Duncan Caldwell le dirigió una mirada escrutadora, suavizada por una leve sonrisa.

—¿Te apetece tomar algo?

—Sí, un *sauvignon blanc,* por favor.

Heather lo dijo en broma, la pregunta tenía que referirse a té o a café, porque aún era por la mañana, pero el hombre cruzó la habitación y abrió la puertecita doble de una licorera de madera de palisandro pulida que contenía varias filas de botellas y un surtido de vasos, copas de vino y copas de brandi.

155

Se fijó en que no había de champán. En el estante inferior había un cuenco de hielo —¿cómo se mantenía?, se preguntó— y, debajo, una nevera integrada con más botellas.

Duncan Caldwell escogió una, la abrió con un sacacorchos y sirvió dos copas, dándole una mientras se sentaban en el sofá color crema.

Heather dio un sorbo, mirándole con nuevos ojos. Nada de técnico informático. Duncan Caldwell, el director general. Heather se había sentido temeraria y traviesa aquella noche en la que los dos habían deambulado por el edificio, entrando en habitaciones prohibidas, saltándose las normas. Como niños colándosela al director del colegio. Solo que en este caso el director del colegio era él.

—Bueno, ¿me vas a decir qué hago aquí?

Duncan Caldwell se llevó la copa a los labios.

—Quería saber cómo te iba. Noah me contó que tuviste un desafortunado encuentro con un fan.

Solo de pensar en el hombre del parque se le hizo un nudo en el estómago. Conque de esto se trataba. Debía de haberla convocado para insistirle en la política de «no intervención» sobre la que le había advertido Noah, para asegurarse de que no estaba pensando en implicar a la policía. Sintió desilusión y enfado a partes iguales.

—No era un fan. —Mantuvo el tono firme pero cortés—. Era un acosador.

—¿No son más o menos la misma cosa, al margen del nivel de entusiasmo y del empeño?

—Estuvo vigilando mi calle durante horas hasta que salí, me siguió, me agarró del brazo y trató de llevarme con él a rastras. —Intentaba mantener un tono animado pero el recuerdo de los dedos del desconocido cerrados en torno a su muñeca le estaba oprimiendo el pecho. El encuentro había transformado el mundo por el que hasta ese momento se había paseado tranquilamente en un lugar de

156

ocultos depredadores—. Los fans solo quieren selfis y autógrafos, charlar un poco. Él me quería a mí.

Duncan frunció el ceño.

—Lo siento de veras, Noah no me dio detalles. No tenía ni idea de que el incidente hubiese sido tan grave. ¿Lo has denunciado a la policía?

—Lo habría hecho, pero Noah me dijo que la Triple F lo desaconsejaba. —Miró la copa de vino, consciente de lo dependiente que se había vuelto del concurso; no podía permitirse perder los pagos semanales—. De todos modos, no ha vuelto a dar señales de vida, así que con un poco de suerte ha hecho borrón y cuenta nueva. Vamos, que no ha pasado nada.

—Sí que ha pasado. —Heather levantó los ojos y vio que Duncan la miraba fijamente—. Te ha afectado, ahora te sientes insegura. Para que recuperes la tranquilidad, hay que detener a este hombre, tomarle las huellas dactilares y llevarlo a juicio. Que sea nombrado, avergonzado y advertido por la policía. Te haría sentir mejor, ¿no?

La invadió una oleada de gratitud y se le hizo un nudo en la garganta, provocándole un cosquilleo por detrás de los ojos, la amenaza de las lágrimas.

—Sí. Me sentiría mejor. Pero pensaba que esto iba contra la política de la empresa… Noah dijo que…

—Noah debería salir de la burbuja de la Triple F más a menudo. Lo que te dijo es cierto; el concurso ve con muy malos ojos que se meta a la policía cuando se producen incidentes con los fans. El problema es que podría crearse una dinámica nosotros-ellos, dar la sensación de que los celebRaters no están dispuestos a compartir del todo su vida con los seguidores, a pesar de que se les paga justo para eso. Pero este supuesto fan se ha pasado de la raya. Hay que castigarle.

—Entonces, ¿me has llamado por eso? ¿Para preguntarme por el hombre del parque?

—En parte, sí. Hay también otro tema del que quiero hablar contigo. Winfluencer Ventas me ha dicho que has tenido algún que otro problemilla con varios patrocinadores. Que te has negado a ponerte ciertos tipos de ropa. Minifaldas. Bañadores. Tenía curiosidad por conocer el motivo.

El súbito cambio de tema la cogió por sorpresa, y respondió a la defensiva:

—Hay montones de celebRaters que van por ahí medio desnudos. Me apetecía hacer algo distinto, para variar.

Duncan clavó sobre ella sus ojos gris claro.

—Esa no es la verdadera razón, ¿a que no?

Heather notó que se ponía en guardia, le zumbaban los nervios como si la rodease una valla eléctrica. Dejó la copa sobre la mesita con un golpe seco.

—Mira, con respecto a la falda llegué a un acuerdo con la diseñadora, que accedió a que llevase otra distinta de este mismo largo. —Sacudió la tela del vestido, que le llegaba hasta las pantorrillas—. Y no hay ninguna norma concreta que diga que hay que ir en bañador a las fiestas de piscina, así que…

—Que quede claro —interrumpió él— que me trae sin cuidado lo que lleves a las fiestas de piscina o el largo de tus faldas. Solo quería conocer tu versión.

Heather inspiró por la nariz y soltó el aire por la boca, diciéndose que tenía que serenarse. Se pasó las palmas de las manos por la falda. Registró un ligerísimo dolor detrás de la rodilla. Poca cosa, en realidad; era un día bueno.

No había pensado en sus limitaciones de vestuario cuando se presentó al concurso, pero ahora que estaba allí el problema no iba a desaparecer. Tarde o temprano, iba a tener que dar explicaciones. Pensó en el hombre que estaba a su lado. ¿De veras quería compartir el capítulo más oscuro de su vida con alguien cuyo nombre acababa de conocer? Guardaron silencio durante más tiempo del que la mayoría de la gente habría considerado cómodo. Pero Duncan Caldwell, al parecer, no era como la mayoría de la gente. Heather respiró hondo.

—Me pasó una cosa. —Se apretó la base de las palmas contra los ojos. Los recuerdos empezaban a agitarse, se revolvían en sus celdas sepultadas—. Fui… —La interrumpió un sonido como de gong; tenía los nervios a flor de piel, y bastó para que se le disparase el pulso y diese un respingo.

—Disculpa —dijo Duncan—. Esa línea casi nunca se usa; está reservada para emergencias. Así que, lamentándolo mucho, voy a tener que responder.

—Tranquilo. Puedo esperar. —Heather quería dejar atrás el pasado, alejarse de él para volver al aquí y ahora: al hombre que estaba de pie detrás de la mesa semicircular, hablando por teléfono.

De repente, vio que a él se le congelaban las facciones mientras decía:

—¿Cómo, exactamente? Ya entiendo. Es… Es terrible. No. Que se encargue Noah. —Una pausa—. Me trae sin cuidado lo que se espera de mí. —Se pellizcó el puente de la nariz con el pulgar y el dedo índice. A continuación, lentamente, colgó el teléfono.

Heather se tensó.

—Ha pasado algo malo, ¿no?

—Sí. —Flexionó las manos, las abrió—. Ha ocurrido una… una desgracia. Una winfluencer.

—¡Qué horror! ¿Cómo? ¿La han…? —Oyó el creciente tono de histeria en su propia voz—. ¿La han atacado?

—No, nada de eso. Esto ha sido… autoinfligido. Sobredosis de somníferos.

—Dios santo —susurró Heather—. ¿Quién es?

Pero ya sabía la respuesta.

Capítulo 17

El sueño empezó como siempre, con un sonido de goteo.

Su madre la había dejado en casa y se había ido a recoger a Ronan del club de teatro, así que en casa solo estaban Heather y su padre. Aquel día hacía mucho calor; la barata blusa del uniforme escolar se le pegaba a la espalda. El sonido venía del cuarto de baño del fondo del pasillo.

Plon, plon, plon.

Agua cayendo sobre agua. Y por razones que era incapaz de precisar, la inquietaba.

—¿Papá? —dijo para que se oyera por toda la casa—. ¡Estoy aquí!

Nada. Solo el goteo.

—¡Papá! —gritó más fuerte. La inquietud se endurecía y se transformaba en algo más afilado—. ¿Dónde estás?

El pasillo empezó a estirarse, las paredes a combarse. Era como si la puerta del cuarto de baño estuviera cada vez más lejos, pero siguió avanzando hacia ella a pesar de que de repente los pies le pesaban una barbaridad, como si los hubiese metido en cemento. Lenta, inexorablemente, la puerta estaba cada vez más cerca. No quería ver qué había al otro lado. Pero sus piernas ya no le pertenecían; no podía detenerlas.

Plon, plon, plon.

De repente tenía delante la puerta del cuarto de baño, abriéndose lentamente. Apretó los ojos, pero sus párpados debían de haberse vuelto transparentes porque lo veía todo, veía la bañera desbordada, el cabezal de la ducha que goteaba enganchado a la pared. Y su padre allí tirado, con un brazo colgando por el borde de la bañera.

—¿Papá?

Se acercó a él, chapoteando con los zapatos del uniforme en los azulejos mojados.

La cúpula de su barriga asomaba por encima del agua como una isla carnosa; había renunciado a intentar perder peso. A sus orillas había llegado un disco de plástico, la tapa del frasco de somníferos. El resto del recipiente se había caído al suelo; en su interior había dos óvalos azules.

La mirada de Heather se desplazó al rostro de su padre: la boca abierta, hilitos de baba seca en las comisuras de los labios. Y sus ojos. Abiertos de par en par. Inexpresivos.

—¡Papá! —intentó gritar, pero la palabra salió como un susurro. Corrió a su lado, se dejó caer de rodillas y le sacudió, haciendo que el agua salpicase por el borde de la bañera—. Despierta, ¡despierta!

«Despierta», dijo la alarma de su móvil con una ronca voz masculina, sacándola de su siesta vespertina del sábado. «Hora de que te despiertes, preciosa».

Heather apagó la alarma antes de que pudiese volver a hablar. Cuando Lara había añadido a su teléfono la *app* «Alarma de amor» de un patrocinador —pensada para que los solteros solitarios se sintieran como si empezasen el día acompañados—, a Heather le había parecido divertido. Ahora solo le parecía triste.

Apartó el edredón, se acercó a la ventana de atrás y descorrió las cortinas mientras esperaba, con la respiración acelerada, a que el sol del atardecer disolviera los últimos fragmentos de su sueño. Levantó la hoja de la ventana y entró una brisa en el dormitorio. Cuando su corazón hubo dejado de galopar, se sentó delante del espejo del nuevo tocador. Su reflejo le devolvió la mirada; estaba pálida y bañada en sudor.

La pesadilla había vuelto. Hacía años que no la tenía. Pero la noticia de la sobredosis de Analise debía de estar removiendo los viejos recuerdos, haciéndolos aflorar por las turbias capas de su inconsciente. Metiéndolos nuevamente en sus sueños.

Tenía que hablar con Tessa. Averiguar qué sabía.

Las dos habían empezado a escribirse MD en CelebRate en cuanto se supo la noticia del suicidio, una ráfaga de mensajes sorprendidos y horrorizados.

«Tenía todo por lo que vivir. No puedo creerme que se haya ido».

«No paro de preguntarme si habría podido hacer algo por ella».

Entonces Tessa había dicho algo que la había hecho detenerse en seco.

«Esto demuestra que no puedes huir de tu pasado. Siempre te da alcance».

Heather había mirado el mensaje durante un largo rato. ¿Qué quería decir Tessa con eso? Le había pedido una explicación, pero de repente su nueva amiga se había callado. Después de aquello,

Tessa solamente había enviado un MD más, diciendo que se iba a pasar la noche a Edimburgo para asistir a una reunión de patrocinadores, pero que volvería para la fiesta playera del sábado; ya hablarían entonces.

«Ten cuidado. Él lo sabe todo».

Había pasado los tres últimos días repasando la escena de la casa lila una y otra vez, como si estuviera en bucle. ¿Se habría estado refiriendo Analise a alguien de su pasado? Con suerte, esta noche Heather obtendría algunas respuestas.

El New Heights había tirado la casa por la ventana con el tema de la fiesta playera. Mujeres en biquini y con tacones de aguja flirteaban con hombres con bañadores Speedo al lado de la piscina, en la que se estaba jugando un partido de waterpolo. Al borde de la azotea ajardinada había una cabaña de hierba en la que se agitaban y servían bebidas tropicales. De las palmeras en maceta colgaban jaulas, cada una con un loro, y unas llameantes antorchas tiki iluminaban la escena. La azotea estaba cubierta de arena, y Heather notaba que se le metía en las sandalias Jimmy Choo. Tessa aún no había dado señales de vida, de modo que Heather iba de un grupo a otro, entrando y saliendo de las conversaciones.

—Pues claro que Jemima está hecha polvo porque ha salido de los Top Seis. Más vale que se le ocurra alguna buena estrategia publicitaria, porque si no…

—… estoy tomando Ozempic ¡y ya he bajado a la talla 38! ¿Te quieres creer que…?

—… el patrocinador se echó para atrás después de que se hiciera viral aquel vídeo que ponía a caer de un burro a las madres que trabajan. Ella niega que lo dijera, pero…

Leonora, la lectora de tarot, estaba charlando con la decoradora de tartas Kiera y con Amir, que no llevaba sus patines habituales, probablemente por la arena. Llamaron a Heather con señas y compartieron con ella el rumor de que había un *safari park* que quería sumarse a los patrocinadores.

—¡He oído que quieren que un celebRater pose con sus animales! —se estremeció Leonora—. ¡Qué antihigiénico!

Heather asintió con la cabeza para no ser maleducada, a la vez que en su fuero interno deseaba que el rumor fuera cierto y que los del safari la eligieran a ella y la dejasen coger a un mono en brazos.

—Me gusta tu vestido —le dijo Amir, mirando su vestido de tubo de algodón color frambuesa.

Heather le dedicó una sonrisa radiante, halagada y aliviada a un mismo tiempo. Al llegar y ver la poca ropa que llevaban los demás, se había sentido cohibida con su vestido playero.

—¡Gracias! A mí me gusta tu... —recorrió con la mirada el cuerpo casi desnudo en busca de algo que pudiese elogiar a cambio—, tu tatuaje.

Kira y Leonora se inclinaron para ver de cerca el patín que llevaba tatuado Amir en la pantorrilla.

—¡Qué monada! —dijo Kiera—. Yo también tengo un tatuaje, pero es muy pequeño. ¿Lo veis? —Se levantó un lado del biquini para enseñarles el signo de interrogación que llevaba en la cadera—. Es porque lo cuestiono todo.

Heather echó un vistazo a su reloj. Las once pasadas y todavía ni rastro de Tessa. ¿Se habría retrasado su vuelo? Pasó un camarero con una bandeja con champán. Los otros tres se lanzaron a por copas, pero Heather descubrió que no tenía ganas; últimamente lo había bebido a cubos. Solo le apetecía una copa de vino.

—Me voy al bar —dijo mientras Leonora enseñaba el tatuaje del Diez de Copas que llevaba en el omóplato—. Luego os veo.

En el bar había una multitud y tardó diez minutos en llegar a la barra. Intentó llamar la atención de un camarero con señas, pero todos parecían volcados con los clientes de la otra punta. Se iba sintiendo más frustrada por momentos. Entonces, una voz familiar le habló al oído, y el pelo de detrás de la oreja se le erizó:

—¿*Sauvignon blanc*?

Heather se volvió y apoyó la espalda contra la barra.

—Hola, Duncan.

Él había ignorado el tema playero y llevaba un polo rojo sangre y una chaqueta deportiva negra. De nuevo se le había puesto de punta un mechón de cabello. Fácilmente habría podido alisárselo con gomina, y Heather se preguntó si se lo habría peinado así adrede, para distinguirse de todos aquellos hombres que llevaban el pelo estilizado con *mousse* y secador.

—Me encantaría, pero te va a costar. Esta noche parece que andan escasos de personal.

La muchedumbre avanzó y lo empujó por un instante contra Heather, que sintió que se le aceleraba el pulso.

La miró fugazmente a los ojos antes de seguir hacia la barra.

—Entonces, más vale que les eche una mano. —Se fue al fondo de la barra, pasó al otro lado y repasó las botellas que había en la nevera iluminada.

Al ver al jefe allí, los camareros se pusieron las pilas, lanzándole miradas nerviosas mientras hacían un despliegue de rapidez y eficacia. Sin hacerles caso, Duncan escogió una botella y se volvió hacia Heather para abrirla. Dejó dos grandes copas de vino sobre la pulida superficie de bronce y las llenó.

Bebieron el uno frente al otro, un sorbo largo, como imágenes especulares. Heather sintió que se le relajaban los músculos mientras el alcohol la abrasaba por dentro.

—Pensaba que no asistías a este tipo de eventos.

Heather era vagamente consciente de la cola que tenía detrás, de los cuellos que se estiraban para ver cuál era la causa del atasco.

—Así es.

—Y, sin embargo, aquí estás.

—Sí. Aquí estoy.

Los ojos claros se clavaron en los de Heather, y una voz gritó a sus espaldas:

—¿A quién hay que matar para conseguir una bebida?

Duncan desvió la mirada hacia el gentío que estaba esperando. Cogió la botella de vino y volvió a llenar las dos copas antes de meterla de nuevo en la nevera.

—Creo que aquí termina mi carrera de camarero. ¿Nos vamos a la terraza?

—Me has leído el pensamiento.

Para estar a mediados de mayo, había un ambiente sorprendentemente húmedo; el aire parecía un cálido hálito. Duncan la llevó al rincón más alejado, oculto tras dos palmeras de maceta. Se quedaron junto a la pared del borde del tejado, mirando las hileras de casas y los bloques de apartamentos llenos de vidas ajenas, con todas sus alegrías y sus miedos y sus luchas aparcados hasta el día siguiente.

Duncan se volvió hacia Heather.

—Bueno, ¿y de qué habéis estado hablando tú y el resto de los winfluencers?

Heather pensó en la cháchara sobre patrocinadores, tatuajes y ropa de playa. Y de repente se dio cuenta de una cosa.

166

—Te puedo decir de qué no hemos estado hablando: de Analise. Lo lógico habría sido que su suicidio hubiera sido el principal tema de conversación. Pero ni siquiera lo han mencionado —señaló, sintiendo que la culpa y la vergüenza se retorcían en su interior—. Una de nosotros ha muerto y todo el mundo sigue flirteando y bebiendo como si no hubiese pasado nada.

Duncan miró al fondo de la azotea, con sus antorchas incandescentes y sus loros enjaulados. Pasó volando un balón de playa.

—Bueno, la verdad es que este escenario no es propicio para la contemplación de la mortalidad. Y en cualquier caso, se limitan a cumplir las normas… ¿O es que tu asesora de imagen no te aconsejó que no sacaras temas deprimentes en las fiestas? Al parecer, las caras salen crispadas. Las fotos salen mal.

—Ah. Se me olvidaba esta norma. Supongo que no me la tomé en serio.

Dio otro trago al vino, recordando el tono alegre y cantarín de Lara en la «reunión previa al evento» mientras repasaba la larga lista de cosas a hacer y a evitar.

«Pase lo que pase, no hables de nada deprimente mientras estés en el New Heights. ¡No conviene que una cámara te saque con cara de aguafiestas!».

—Que no te engañen las fachadas. —La mirada de Duncan fue desplazándose por las facciones de Heather, que se sintió escudriñada—. La muerte de Analise conmocionó a todo el mundo. Una mujer a la que le habían dado todo con lo que siempre había soñado de repente renuncia a ello. Qué contradictoria es la naturaleza humana, y cómo la distorsionan el autoengaño y el autosabotaje. —Su expresión se volvió distraída, casi soñadora—. Es trágico. Pero también fascinante.

«Fascinante». Heather movió la cabeza, desconcertada por la palabra elegida; al fin y al cabo, estaban hablando de la muerte de una mujer joven. Además, le perturbaba que hablase de la humanidad como si en realidad no formase parte de ella. Pero esbozó una sonrisa y dijo:

—Gracias por tu análisis de esta especie exótica, señor Spock.

Duncan soltó una risita.

—Perdona. Más de una vez me han dicho que tengo que trabajarme la empatía. Soy la gran frustración de nuestro Departamento de Relaciones Públicas.

Permanecieron un rato en silencio, contemplando la ciudad. Después, Duncan se volvió. Sus ojos recorrieron el vestido color frambuesa que rozaba su cuerpo, deteniéndose justo antes de llegar a las sandalias de estilo romano.

—Estás muy guapa.

—Tienes razón. Lo estoy.

Duncan se rio. La risa le daba un aspecto extraño a su rostro, como si sus rasgos no estuvieran pensados para eso.

—Me imagino que te habrá preocupado lo del tema playero, saber que el resto de winfluencers iba a enseñar el cuerpo y que ibas a destacar por ser la única mujer que va cubierta. Habías empezado a contarme a qué se debe cuando nos interrumpieron. —Miró atentamente la parte inferior de su cuerpo—. A veces cojeas, favoreciendo la pierna derecha. ¿Tienes dañada la izquierda?

Heather se habría retirado en ese mismo instante —le habría dicho que no quería hablar del tema, o habría puesto una excusa y se habría ido a los aseos— si hubiese detectado la más mínima pizca de compasión en su voz. O, peor aún, de pena. Pero la voz de Duncan Caldwell solo contenía curiosidad. Interés. Como si solo fuese otra faceta más del carácter de Heather que quería entender.

—Sí. Tengo… cicatrices.

—¿Puedo verlas?

168

—No quiero que salgan fotos de mi pierna. Y te aseguro que es mejor que no la veas. Es fea.

—No te preocupes por los fotógrafos. Tienen instrucciones estrictas de mantenerse alejados de mí. Y en cuanto a que tu herida sea «fea»..., no estoy de acuerdo. Antiguamente, la gente se enorgullecía de sus cicatrices de guerra. No entiendo por qué eso ha tenido que cambiar. Las cicatrices demuestran que has pasado por algo, que has conocido el dolor y has salido adelante. Que eres más, y más fuerte, que antes. ¿Por qué iba nadie a querer ocultar esto?

Y sonó tan sincero, tan genuinamente perplejo, que antes de que le diese tiempo a pensar en lo que estaba haciendo Heather dejó la copa y se subió el dobladillo para enseñarle lo que había debajo.

Duncan ladeó la cabeza y miró con atención el amasijo de carne que se extendía desde la rodilla hasta la base de la cadera. La turbulenta superficie estaba interrumpida por una zona más lisa en la que habían injertado piel... de un «donante», le habían dicho. Y estaba agradecida, por supuesto, pero la palabra exacta era «cadáver», ¿no? La piel de una persona muerta estaba unida a su pierna porque la suya se había quedado destrozada. Los cirujanos habían hecho todo lo posible: injertos de hueso y de piel y una placa de acero para mantenerlo todo unido. Pero el poder de los cirujanos tenía un límite. Lo más importante era que su pierna seguía funcionando; había habido un periodo de incertidumbre en el que le habían dicho que se preparase para la posibilidad de que se la amputasen, conque en realidad tenía suerte. Sin embargo, sus días de minifaldas eran cosa del pasado.

—¿Me dejas que la toque? —preguntó Duncan.

Heather no se lo esperaba. Solo un hombre había visto su pierna desde el accidente... El resultado de una breve incursión en las citas por internet. Le había dicho que tenía una cicatriz y él había dicho que no le importaba, que era una mujer atractiva y que le traían sin cuidado sus imperfecciones. Pero había cambiado de parecer cuando le había levantado la falda y había visto el destrozo que había debajo. Heather aún recordaba el gritito ahogado y la mirada de repugnancia. Después de aquello, había dejado de salir con hombres.

Pero en la cara de Duncan Caldwell no había ni rastro de repugnancia. Solo interés.

—Sí —dijo Heather—. Adelante.

Duncan dejó la copa en el saliente de la pared, se agachó y fue subiendo desde la rodilla con los largos y blancos dedos, yendo y viniendo, explorando el paisaje surcado y abultado, con suavidad pero sin vacilar. Al principio Heather se puso tensa, pero enseguida empezó a relajarse. Era una extraña sensación, ser tocada ahí. Parte de la piel había conservado la sensibilidad; en cambio otras partes se habían quedado entumecidas, de modo que la presión era intermitente. Observó cómo la mano de Duncan permanecía sobre ella, moviéndose por esa zona de sí misma que tanto había temido revelar. Y de repente se estaba preguntando cómo sería que su mano siguiera moviéndose, desplazándose hacia arriba. Un escalofrío le recorrió el cuerpo y Duncan retiró inmediatamente la mano, como si se hubiera escaldado. El dobladillo cayó y volvió a cubrirle la pierna.

—Disculpa, ¿te he hecho daño?

—No, es solo que me… —Movió la cabeza—. No, para nada.

Duncan se enderezó, recuperando toda su altura y mirándola con una intensidad inquietante, como si quisiera ver lo que había dentro de su cabeza. Y de repente Heather, allí de pie con aquel hombre tan extraño que la miraba a los ojos mientras la brisa la despeinaba y la música retumbaba a sus espaldas, se sintió temeraria. Le sujetó de las solapas de la chaqueta, se puso de puntillas y tiró de él. Sus labios se tocaron.

—¡Duncan! —tronó una voz de mujer, rompiendo el hechizo y haciéndola retroceder de un salto—. Si no lo veo no lo creo. ¡Pero si estás aquí!

Una rubia rechoncha embutida en un minúsculo bañador plateado estaba de pie junto a una de las palmeras. En la mano tenía un cóctel espumoso con una sombrillita de papel. La espalda de Duncan debía de haber estado tapando a Heather, porque nada más verla se le abrieron los ojos como platos y se llevó el puño al pecho como si hubiese salido de repente de detrás de un árbol.

—¡Ah! Hola, no te había visto. Ruth Winters —dijo, alargando una mano de garras moradas como impelida por un resorte—. Gestión de marca.

Heather se quedó mirando la mano con expresión ausente. Casi se había olvidado de la fiesta; se le antojaba muy lejana, desconectada de la burbuja de intimidad que Duncan y ella habían creado, y la llegada de la rubia parecía una invasión. Le tendió la mano, con el corazón todavía acelerado por el casi beso.

—Hola, yo soy Heather.

Ruth le estrechó la mano con firmeza; era el tipo de saludo utilizado para reafirmar la autoridad en las reuniones de las juntas directivas. Después chupó la pajita del cóctel mientras escudriñaba a Heather con los ojos entrecerrados.

—¿Qué número eres? —preguntó.

—¿Cómo dices?

—Sesenta y cuatro —dijo Duncan.

Heather miró del uno a la otra, desconcertada.

—Lo siento, pero no tengo ni idea de qué estáis hablando.

—Huy, perdona. Claro, cómo ibas a saberlo. —Ruth le dio un apretón a Duncan en el brazo—. Recuerda que debemos evitar desviarnos hacia conversaciones sobre trabajo.

Duncan la miró por un instante sin decir ni mu y después se giró hacia Heather.

—Usamos números para identificar a los ganadores. El concurso lleva celebrándose ya dos años y medio, con dos ganadores al mes, además de la ocasional ronda extra para sustituir a los que quedan descalificados por tener pocos seguidores. Tú eres nuestra ganadora número sesenta y cuatro desde que empezó el concurso.

—¿Te puedes creer que haya pasado tanto tiempo? —suspiró Ruth, levantando la vista hacia Duncan y arrimándose más a él—. ¿Adónde se va el tiempo?

Duncan cogió la copa del saliente de la pared y dio un sorbo.

—¿Querías algo, Ruth?

—¡Vaya pregunta! Esta es la primera vez que te veo socializando. Es normal que me alegre verte aquí y que me acerque a charlar un poco, ¿no? —Al ver que Duncan la miraba imperturbable, se pasó una mano por la coronilla del cortísimo cabello—. Vale, de acuerdo. Ya que preguntas, pensaba sugerirte que te plantees lo de la entrevista con *GQ*.

—Querrás decir que me lo replantee, teniendo en cuenta que ya he dicho que no.

—¡Pero si es *GQ*! ¡El tema de portada! Este tipo de publicidad no tiene precio. —Dedicó a Heather una sonrisa llena de dientes anormalmente blancos—. Es que es tímido.

—No soy tímido. Simplemente reconozco que no se me dan bien las entrevistas. ¿Te has olvidado de la última?

—Bueno, seguro que no vuelves a cometer el mismo error…

—No fue un error. Fue una respuesta sincera.

—¡Pero si nadie espera respuestas sinceras! Aquí lo importante es la imagen y la marca.

—¿Qué fue lo que dijiste?

—Algo sobre el motivo que me llevó a crear la empresa. No recuerdo las palabras exactas.

—Bueno, pues permíteme que te refresque la memoria. —Ruth se irguió y arqueó una ceja en un claro intento de imitar a Duncan—: Siempre me ha fascinado el apetito de los seres humanos por la fama. Quería controlar los mecanismos por los que se concede, separándola por completo del talento.

Heather se rio. Sus palabras eran tan osadas…, carecían por completo de diplomacia, de manipulación…

Duncan la miró de reojo y sonrió. Heather le devolvió la sonrisa, se volvió y vio a la responsable de marca observándolos a ambos con el ceño ligeramente fruncido.

—¿Y has venido sola? —preguntó Ruth—. Puedo presentarte a gente si te está costando hacer amigos. Es absurdo que estés perdiendo el tiempo con administración cuando deberías estar poniéndote al día con los otros celebRaters. ¡Es como si vas a un baile de graduación y pasas toda la noche con los profesores!

—En realidad, estoy esperando a Tessa Abbot. —Heather se sacó el teléfono del bolso y echó un vistazo a la pantalla. Ningún mensaje todavía—. Viene en avión de Edimburgo, pero algo ha debido de retrasarla.

Ruth se encogió de hombros.

—¿Para qué jugar a las adivinanzas? Comprueba su ubicación.

—¿Perdona?

—¿No te ha enseñado nadie a usar el Buscamigos? Todos los winfluencers están ahí. —Chasqueó los dedos, señalando el móvil de Heather—. Pásamelo y te enseño.

Aunque no le gustaba dejarle a nadie su F-phone, Heather quería ver a qué se refería Ruth. Se lo pasó, sin apartar la vista de la pantalla mientras ella entraba en Ajustes. Instantes después, apareció un mapa de Londres. Había un montón de «F» negras superpuestas en la ubicación de la fiesta, además de un punto rojo parpadeante que cabía suponer que representaba a Heather.

—Parece que todo el mundo está aquí… —dijo Ruth, y a continuación exclamó—: ¡Ajá! —Tocó una «F» que se acercaba a Chiswick desde el aeropuerto de Heathrow. Al expandir la pantalla del teléfono, la «F» fue sustituida por un nombre: «Tessa Abbot»—. Ahí la tienes. A la vuelta de la esquina. Incluso puede que más cerca, porque a veces el buscador es un poco lento. ¡Bueno, pues parece que de un momento a otro vas a tener a una amiga con la que hablar!

—No sabía que se me estuviese siguiendo.

El descubrimiento le pareció inquietante, pero claramente Ruth no se dio cuenta porque asintió entusiasmada.

—Útil, ¿verdad? —Le devolvió el móvil—. Así no tienes la preocupación esa de «¿Quién estará en la fiesta, seré yo la primera en llegar?».

Duncan debía de haberse percatado de la desazón de la voz de Heather porque dijo:

—Tú tranquila. El buscador es igual que las aplicaciones que usan las familias y los grupos de compañeros para localizarse. A la mayoría de los winfluencers les parece útil.

Heather volvió a mirar la pantalla. La «F» de Tessa se había sumado a las demás, aumentando la maraña de letras.

—Parece que ha llegado —dijo—. Será mejor que vaya a buscarla.

—¿Qué tal el congreso? —preguntó Heather después de encontrar a Tessa junto al mostrador del guardarropa.

Ella llevaba unos *shorts* vaqueros deshilachados y un chaleco blanco debajo de una chaqueta de cuero.

—Agotador. Parecíamos esclavos.

—¿En serio?

—No. La verdad es que solo tenía que pasearme por ahí con una chaqueta de motera y dejar que la gente se sacase selfis conmigo, y después quedarme a un lado del escenario mirando al director general con cara de pasmo mientras hablaba. Vamos, que ha sido un muermo, pero por lo demás bien.

Se sentaron a una de las mesas que bordeaban la pared contigua a la pista de baile. Una gruesa vela blanca parpadeaba entre ambas. En las otras mesas no había nadie. Era demasiado temprano para bailar y la mayoría de los winfluencers estaban en la piscina. Retazos de una luz blanca y amarilla daban vueltas por la pista de baile vacía. Heather se repasó los labios mirándose en el espejito de mano iluminado que le había dado la maquilladora. Estaba guapa. Pero, claro, lo difícil en el New Heights era no estarlo; se rumoreaba que su famosa iluminación, tan favorecedora, había costado una fortuna.

—Parece que a los fans les han gustado tus publicaciones de Edimburgo —dijo Heather, guardando el espejito y el pintalabios—. Has subido dos puestos en la clasificación. Séptima. ¡Genial!

Tessa se quitó la chaqueta con un movimiento de hombros y la colgó del respaldo de su silla.

—Aunque no tan genial como tú, señorita Sexta.

Heather se sonrojó, mitad por vergüenza y mitad por satisfacción.

—¡Me cuesta creer que estoy entre los Top Seis! No sé qué ha podido pasar para que suba un puesto. No he hecho nada especial.

—Fuiste etiquetada en un par de fotos con Noah. Eso siempre ayuda. La gente se estará preguntando si hay algo entre vosotros.

—Bueno, pues no lo hay. —Heather miró a una mujer envuelta en un pareo azul que estaba cruzando la pista de baile. Le sonaba de algo—. A Noah da gusto verle, pero no es mi tipo.

175

La mujer se acercó y de repente Heather cayó en la cuenta: Rebecca, la antigua azafata que se había subido el top en uno de los vídeos de madrugada que había visto con Duncan. Heather la saludó con la mano y Rebecca movió los dedos a modo de respuesta antes de desaparecer rumbo a los aseos.

—¿De veras? —Tessa miró hacia la otra punta del local.

En las puertas de la terraza, Noah estaba charlando con Nima, una «artista del cabello» cuyos vlogs daban consejos sobre peinados y productos para cabellos afrocaribeños.

—Pensaba que era el tipo de todo el mundo.

Nima debía de haber dicho algo gracioso porque Noah se rio. La artista del cabello se le arrimó más y le puso una mano en el brazo. Llevaba el pelo recogido en un montón de capas de minúsculas trenzas, cada una con una banda de cobre en la punta. Debía de haber tardado casi todo el día en hacérselas, y para mañana por la noche las trenzas habrían desaparecido y en su lugar habría otra cosa distinta. En cualquier caso, era evidente que la cosa funcionaba: iba cuarta en la clasificación.

—Bueno, pues el mío no —dijo Heather—. Tiendo a fijarme en hombres más mayores. —Pasó el dedo índice por la base de la llama de la vela, un truco que le había enseñado Ronan cuando eran pequeños, y vio cómo se agitaba—. Alguna vez me han dicho que tengo un cuelgue con mi padre.

Apareció un camarero con champán y Heather cogió una copa…, ni loca iba a ponerse otra vez a la cola de la barra del bar. Observó cómo corrían las burbujas, de un oro pálido a la luz de la vela, a la superficie.

—Como beber estrellas —dijo Heather.

—¿Cómo dices?

—Así describió Analise el champán.

—Ah. Sí, ya me acuerdo.

Heather miró a Tessa a los ojos.

—¿Qué le pasó realmente? Noah dijo que trolearon a Analise, pero yo no me lo creo. —Le parecía oír las palabras de Analise: «Aprendes a sortearlos». Y a continuación, recordando la prohibición de hablar de temas deprimentes, añadió—: Perdona; si te preocupa hablar aquí, podríamos ir a algún otro sitio o…

—Por mí, nos quedamos —respondió con firmeza Tessa—. La mayoría de las normas de la Triple F me parece bien, pero no que me digan lo que puedo y lo que no puedo decir en conversaciones privadas cuando no hay nadie cerca. Y en cuanto a que trolearon a Analise… —Contuvo la respiración—. Créetelo. Porque es la verdad. Un cabrón la estuvo atormentando.

—¿Quién?

—Ni idea. Como era de esperar, el tío, o la tía, porque en el troleo hay igualdad de oportunidades, no dijo su nombre verdadero. Dejó uno falso y escalofriante: «Lo sé todo». —Frunció el ceño—. O algo parecido.

—Pensaba que a Analise le traía sin cuidado lo que pudieran decir los troles.

—Este no era un trol normal. Fuera quien fuera, había obtenido información privada sobre ella. Un secreto.

—Entonces, ¿contó el secreto de Analise en las redes sociales? —preguntó Heather, frunciendo el ceño mientras rebuscaba en su memoria—. Tan terrible no debía de ser, teniendo en cuenta que no recuerdo haber visto nada al respecto.

—No dijo nada directamente; todo era taimado, sutil. Pistas que solo Analise habría sabido entender.

—¿Sabes cuál era el secreto?

—Sí. —Tessa cogió aire entrecortadamente—. Me llamó una noche, borracha. Histérica. Me lo contó.

—¿Y?

Tessa se tocó el rabillo del ojo con la punta de un dedo.

—Como ya te he dicho…, era privado.

—De acuerdo.

Heather bebió un sorbo de champán y se quedaron un rato en silencio, perdida cada una en sus pensamientos mientras la música y las risas daban vueltas a su alrededor. Entonces, Heather empezó a hablar.

Después se preguntaría qué le había pasado por la cabeza para desahogarse con una mujer a la que conocía desde hacía tan poco tiempo. ¿Le habrían nublado el juicio el vino y el champán? ¿O Tessa simplemente había estado allí cuando la presión interna había llegado a un punto crítico? Porque Heather jamás había hablado del día en que murió su padre. Ni con sus amigos, ni con su familia. El dolor siempre había sido demasiado opaco para expresarlo con palabras, un peso inamovible alojado en lo más profundo de su ser. Pero mientras miraba el rostro de Tessa, a la que, abatida por la tristeza por su amiga muerta, le era indiferente la imagen que pudiese dar o si infringía alguna norma, se produjo un cambio en su interior.

—Cuando tenía quince años, un día volví a casa del colegio y me encontré a mi padre en la bañera. Una sobredosis de somníferos. —Tessa respiró hondo y le cogió la mano—. Llamé a una ambulancia. Le hice reanimación cardiopulmonar. Pero era demasiado tarde. Se había tragado casi todo el frasco, así que… —Movió la cabeza—. Siempre había tenido episodios de depresión. «Rachas oscuras», decía mi madre. Pero las superaba y volvía a ser el de antes. Lleno de vida. De amor. ¿Cómo pudo tirarlo todo y abandonarnos así? —Sentía crecer el antiguo dolor dentro de ella, presionándole contra los pulmones—. Mi madre no pudo soportarlo. Se encerró en sí misma, apenas hablaba conmigo ni con mi hermano. Se marchó de casa en cuanto tuvimos edad para defendernos solos.

Los dedos de Tessa se cerraron sobre los suyos.

—Cuánto lo siento. —Sus ojos, húmedos, brillaban a la luz de las velas—. Es… Es una mierda.

Heather se sorprendió a sí misma al reírse. De repente se sentía más ligera, como si la atracción de la gravedad se hubiese debilitado.

—Sí. Exactamente. —Se tocó los ojos con un nudillo, enjugándose una lágrima para evitar que le estropease el maquillaje—. Supongo que Analise era como mi padre. Por fuera parecía luminosa y alegre. Pero debía de ser solo una fachada.

Tessa negó con la cabeza, apretando los labios.

—No, no era lo mismo. Evidentemente, tenía que tener problemas de salud mental subyacentes para… para hacer lo que hizo. Pero Analise no se cayó sin más en su oscuridad. Fue empujada. Y con fuerza. —Se quedó mirando la llama de la vela y Heather se dio cuenta de que estaba pensándose si contarle algo o no.

Esperó, conteniendo la respiración. Entonces Tessa asintió, aparentemente para sus adentros:

—De acuerdo. Lo que te voy a contar no puede salir de esta mesa.

—Por supuesto.

Tessa cogió su copa y la apuró. Respiró hondo.

—Analise tenía una hija.

Heather arqueó las cejas. No sabía qué había pensado oír, pero eso, desde luego, no.

—¿Una hija? ¿En serio?

—Sí. Se quedó embarazada con solo catorce años, así que dio al bebé en adopción. Cuando se convirtió en winfluencer, por fin tuvo dinero y pudo localizarla. Pensaba preguntarles a los padres adoptivos si les parecería bien que su hija y ella se conocieran. Pero algo debía de haber salido mal en su momento porque la niña acabó yendo de un hogar de acogida a otro, sin encontrar a nadie que la quisiera con la debida constancia.

—¡Qué triste! ¿Y Analise no pudo hacer nada?

—Fue a verla, se ofreció a cuidarla, pero la niña se negó. Ahora tiene trece años y está jodida. Y enfadada. Lleva toda la vida culpando a su madre biológica de sus problemas, por haberla abandonado. Pero Analise no se rindió, siguió llamando, enviando regalos y mensajes, intentando verla. Estoy prácticamente segura de que con el tiempo habrían resuelto las cosas, pero…

—Pero el trol se enteró.

—Sí. Empezaron a salir comentarios en webs de fans. En realidad eran indirectas, nada que hubiese podido tener ningún significado para nadie más. Pero a Analise le bastó para saber que su secreto no estaba seguro.

Heather cogió la copa por el tallo y se quedó pensando mientras le daba vueltas.

—Vale, así que Analise sabía que el mundo entero podía enterarse de que había dado un bebé en adopción. Es algo muy íntimo, obviamente muy triste, pero ¿tanto como para desencadenar una crisis nerviosa de esas proporciones? —Negó con la cabeza—. Tiene que haber algo más.

Tessa asintió:

—Lo hay. El trol le mandó un correo a su cuenta de CelebMail. Analise me llamó para contármelo, histérica, el día antes de que la Triple F la enviase a Sunny Hills. No paraba de llorar y repetía: «¿Qué le he hecho?». —Tessa se encorvó y apoyó la barbilla en las palmas de las manos—. No sé nada más.

—¿Qué decía el correo?

—No me lo quiso decir. A esas alturas soltaba muchas incoherencias.

—Quizá la Triple F nos dejaría entrar en su cuenta si explicásemos el motivo, ¿no?

Tessa resopló:

—Imposible. Insistirán en que tienen que respetar su intimidad. Lo único que les importa es… —De pronto se puso tiesa como un palo y se le fueron los ojos a un punto situado por detrás del hombro de Heather—. Atención. Viene un fotógrafo.

Se lanzaron a la acción en el mismo instante en que la lente giró hacia ellas, forzando sonrisas y enderezando los hombros, entrechocando las copas de champán ya vacías.

Heather estaba deseando continuar la conversación sobre Analise en cuanto se fuese el fotógrafo, pero entonces vino Nima a preguntarle a Tessa si estaría interesada en una «colaboración» relacionada con extensiones de cabello. Amir llegó poco después, sonriendo coquetamente con una bandeja de chupitos de tequila. Todos se bebieron uno y el ambiente cambió.

Heather no volvió a pensar en Analise hasta el día siguiente.

Capítulo 18

Heather nadaba y el agua fluía sobre su piel como si fuera satén. No sentía dolor; sus extremidades surcaban sin esfuerzo las profundidades turquesa de la piscina. Se puso bocarriba y se quedó flotando, suspendida entre el agua y el cielo, mirando las estrellas. Pero cuando se subió al borde de la piscina, el horizonte de Londres había desaparecido y en su lugar un espeso bosque, negro como la noche, rodeaba la azotea. Una ráfaga de aire la abofeteó, y se le puso la piel de gallina. Se quedó mirando la oscura extensión de árboles, intentando resolver qué hacer, cómo atravesarlos. Entonces, desde lo más profundo de las tinieblas, se oyó un crujido. Heather fue presa del pánico.

«Ahí fuera hay algo. Algo malo».

Se incorporó en la cama con el corazón acelerado y esperó a que la pesadilla se disolviese en la luz del día. Después se dejó caer sobre la almohada con un suspiro. No debería haberse dejado liar por Tessa y Amir para tomarse la última ronda de chupitos; el tequila siempre la hacía soñar cosas raras. Buscó a tientas el mando a distancia, lo cogió y lo apuntó hacia la persiana de la claraboya, que al enrollarse dejó ver una oscura y densa capa de nubes. Heather la miró mientras hacía balance de su resaca. De su resacón, más bien. Era como si su estómago se hubiese montado en una montaña rusa y un tornillo de banco le estuviese apretando la cabeza. Se tapó la cara con el brazo, preguntándose si Tessa estaría tan resacosa como ella.

«Tessa…».

Se abrió paso por la niebla de tequila y poco a poco fue reconstruyendo la velada. Le había contado a Tessa la verdad sobre la muerte de su padre. Lo había hecho sin pensarlo, segura de que su nueva amiga era de fiar. Ahora, sin embargo, empezaba a preguntarse en qué, exactamente, se basaba tal certeza. Al fin y al cabo, solo hacía dos semanas que se conocían. Y, técnicamente, eran contrincantes que competían por la superioridad en las clasificaciones.

La angustia le oprimía cada vez más el pecho a medida que iba comprendiendo la magnitud del riesgo que había corrido. Le había pasado a una rival una información que le había ocultado a la Triple F, consciente de que los evaluadores se pensarían dos veces dejarle ganar si llegase a sus oídos. Si la verdad salía a la luz, lo mismo la expulsaban de CelebRate. Incluso podrían acusarla de fraude.

Retiró hacia atrás el edredón y plantó los pies en el suelo, de nuevo sintiendo que se le revolvían las tripas. El F-phone estaba sobre la mesilla de noche y lo cogió rápidamente para escribir un MD.

«Buenos días. Solo quería pedirte que por favor no repitas lo que te conté de mi padre. Es algo muy íntimo. Tú eres la única persona a quien le he hablado de su suicidio en los 8 años transcurridos desde que sucedió».

Después se quedó sentada con la espalda apoyada en el cabecero de la cama y los dedos cerrados en torno al móvil, esperando una respuesta con creciente ansiedad a medida que pasaban los minutos. Diez minutos, veinte. Una hora. Heather siguió mirando, frustrada, el silencioso aparato, diciéndose que ojalá se le hubiese ocurrido pedirle a Tessa el número de teléfono. Pero como desde un primer momento se habían comunicado por mensajes privados, simplemente no se le había ocurrido. Hora y media. Dos.

Entonces —¡por fin!—, oyó la alerta de mensajes y el nombre de Tessa apareció en pantalla.

«Perdona, acabo de despertarme, lo veo ahora. Claro que no diré nada! Tu secreto está 100% a salvo conmigo. Tx».

Heather dejó caer el móvil sobre el edredón y cerró los ojos, sintiendo que la invadía un gran alivio. Se sentía culpable por haber desconfiado de Tessa. Pero en este mundo nuevo y desconocido a veces era difícil saber en quién se podía confiar.

La alerta de MD volvió a sonar. Seguramente, otro mensaje de Tessa, que querría cotillear sobre la víspera o quizá saber qué opinaba Heather sobre la propuesta de Nima de ponerle extensiones.

Sin embargo, el mensaje no era de Tessa. Era de Noah, que le decía que fuese inmediatamente a su despacho. Y que era urgente.

Noah se inclinó hacia delante en un sillón de cuero marrón.

—Me preocupas, Heather.

A ella le dio un vuelco el corazón y se enderezó contra el respaldo del sofá, alarmada. ¿Por qué? ¿A qué se refería? Repasó varias posibilidades antes de caer en la cuenta del tema de la ropa. Duncan había dicho que a él le importaba muy poco, pero quizá Noah —y el resto de la Triple F— veía las cosas de otra manera. Al fin y al cabo, había firmado un contrato comprometiéndose con ponerse sin rechistar lo que quisieran los patrocinadores. ¿Y si la había mandado llamar porque el concurso había decidido empezar a aplicar la norma? Se bebió el *chai latte* desnatado con extra de canela que le había pedido Noah del bar, rehuyendo su mirada y posando los ojos en las filas de imágenes enmarcadas que había encima de él: Noah en las portadas de *Time* y *GQ*, certificados de agradecimiento de diversas organizaciones benéficas a las que había ayudado, una foto de Noah estrechando la mano del primer ministro frente al número diez de Downing Street…

—¿Te preocupo? ¿Por qué?

Noah cogió su zumo, dejando sobre el cristal ahumado de la mesita un anillo de condensación.

—Acaban de comunicarme que se te va a ofrecer una nueva oportunidad. Y quiero asegurarme de que estás preparada para aprovecharla.

Sintió un inmenso alivio. ¡No tenía nada de lo que preocuparse! De hecho, todo lo contrario.

—¿Qué tipo de oportunidad?

—Casual Elegance, una marca relativamente nueva especializada en «moda modesta», se ha puesto en contacto con nosotros.

—Perdona, ¿has dicho «modesta»?

—Sí. Manga larga. Faldas hasta los tobillos. Deben de haberse fijado en que, a diferencia de la mayoría de winfluencers femeninas, tú no vistes ropa que deje ver demasiado. Y, como pretenden expandirse más allá del mercado musulmán, han pensado que podrías ser una buena representante de la marca. Quieren lanzar una campaña en redes, y tú serías su principal modelo.

Heather notó que se le iba dibujando una sonrisa a medida que asimilaba la noticia. ¡Modelo profesional! ¿Quién lo iba a decir?

«Me preocupas, Heather».

—Pero… No entiendo. Es una buena noticia, ¿no? Echo de menos trabajar. Me alegraré de ganar dinero, en lugar de vivir de donativos. Que conste que no es que no agradezca los pagos de la Triple F, ¿eh? —se apresuró a añadir.

Noah se rio entre dientes.

—Tranquila. Sé exactamente lo que significa para ti ganar dinero. Por eso, en parte, he asumido yo el papel de consejero. Lo que me preocupa es que esto te añada presión. Y después de lo que le pasó a Analise, la Triple F está en alerta máxima en materia de seguridad.

—No te preocupes por mí. ¡Estoy perfectamente! Y tengo muchísimas ganas de…

Noah la interrumpió levantando la palma de la mano.

—No te preocupes. No estoy intentando convencerte para que no lo hagas. Todo lo contrario; me parece una gran oportunidad. Pero teniendo en cuenta el estrés que podría acarrearte, creo que deberías sumarte al grupo de apoyo de la Triple F. Como medida preventiva.

—Perdona, ¿has dicho «grupo de apoyo»?

—Sí. El Círculo de los Ganadores. Ayuda a los ganadores a adaptarse a algunos de los cambios que se producen en sus vidas…, pérdida de intimidad, alteración de rutinas, problemas de pareja… También hay exwinfluencers que reciben ayuda para adaptarse a la vida después de CelebRate. Uno de los psicólogos que tenemos en plantilla dirige las sesiones.

Heather apuró el *latte* mientras consideraba qué debía responderle. No era la primera vez que alguien había intentado encauzarla hacia una terapia —terapia del duelo, terapia para traumas, terapia para el dolor, terapia para personas que lidian con desfiguraciones—, pero siempre se había resistido a pesar de que había tenido que superar auténticos horrores. De manera que ¿por qué iba a ceder ahora que sus supuestos problemas eran la riqueza y el éxito?

—Me conmueve tu preocupación, Noah. En serio. Pero estoy bien. Mejor que bien…, estoy feliz. Y más feliz estaré cuando empiece a trabajar para… para esa empresa modesta. No dudo de que el grupo de apoyo sea una gran idea para personas que están pasando por un mal momento, pero no es mi caso.

—Entonces, permíteme que te haga una pregunta. —Se inclinó hacia delante en el sillón, acortando la distancia entre ambos—. ¿Cómo estás gestionando el efecto del incidente del parque? Sé sincera. Duncan me dijo que no sirvió de nada denunciarlo a la policía. Así que ¿cómo te has quedado, en términos emocionales?

—Es…

A punto estaba de repetir la frase de siempre: que estaba bien, que había pasado página y que ya prácticamente ni pensaba en Bill el fan. Pero se mordió la lengua. Porque mentiría. Desde aquella noche, Heather se acercaba una y otra vez hasta la ventana principal y recorría la calle con la mirada, el corazón latiéndole a mil por hora. Y se había acostumbrado a utilizar la *app* de Llegar Lejos para recorrer trayectos tan breves que habría podido ir andando, con la excusa de que tenía que darle un descanso a su pierna. Y a sabiendas de que no era esta la verdadera razón.

—Vale, reconozco que el incidente me ha dejado una sensación de… intranquilidad. Hasta pensé en mudarme de casa, lo cual, evidentemente, es una reacción exagerada.

Noah asintió con la cabeza.

—Es una reacción comprensible. —Puso cara de entenderla, como si fuese algo que él también había experimentado—. Pero no serviría de nada; los fans más fervientes siempre se las apañan para averiguar dónde vives. De manera que lo único que puedes hacer es aprender estrategias para controlarlos…, también para controlar la ansiedad que provocan. —Dio una palmada y juntó las manos—. ¿Qué tal si pruebas a ir a una sesión del Círculo de los Ganadores y ves qué te parece? Yo estoy presente en todas las sesiones; por eso puedo decirte por experiencia que son una importante válvula de escape para el estrés, además de una estupenda fuente de consejos. Y no hace falta que hables si no quieres. Puede que el mero hecho de escuchar a otros winfluencers, de saber que no estás sola, te resulte reconfortante.

Heather estuvo a punto de protestar; se sentía presionada. Pero se mordió la lengua, porque Noah sabía mejor que nadie cómo convenía moverse por el territorio de la Triple F, y por tanto nadie podría darle consejos más valiosos. Y quién sabía… quizá este grupo realmente podría ayudarla a hacer borrón y cuenta nueva con la noche del parque. Acudir a la policía no había resuelto nada; en su calle no había videovigilancia y la cámara del parque de juegos había sido destrozada por unos gamberros. El agente que le había tomado declaración había dicho que lo investigarían, pero que no tuviese demasiadas esperanzas. Heather había salido de la comisaría sintiéndose más impotente que nunca.

Y aunque el grupo no pudiese ayudarla, sería interesante oír lo que decían los otros winfluencers, a qué problemas se enfrentaban.

—Quizá… —Vaciló al pronunciar la segunda sílaba, reacia todavía a comprometerse.

Pero Noah sonrió y dijo:

—¡Genial! Esta tarde a las seis hay una reunión. Sala de juntas número 6, segunda planta. Te prometo que no te arrepentirás. —Con expresión sincera, añadió—: Pero primero he de advertirte que se toman muy en serio la confidencialidad. Repetir cualquier cosa que se diga en las sesiones, ya sea en una publicación en redes, un chivatazo a los tabloides o incluso un simple comentario por descuido a un amigo, es punible con la expulsión inmediata de CelebRate y el cese de los pagos semanales.

—Eso no me preocupa. Jamás compartiría los secretos de nadie.

—Estupendo. Entonces, ¿nos vemos allí a las seis?

—Vale —decidió en voz alta—. ¿Por qué no?

Capítulo 19

Elliot sonrió de oreja a oreja mientras asentía a las palabras de Noah. Estaban en medio de la sala de juntas del segundo piso, cuya ventana inclinada estaba tapada ahora por persianas para favorecer un ambiente de intimidad. La mesa de las reuniones no estaba, y en su lugar había unas sillas que Elliot acababa de colocar en círculo cuando entró Noah como si fuera el amo del lugar y anunció que iba a hacer falta otra silla más.

—… le vendría bien que la ayudases cuanto antes, así que me ha parecido mejor no liarme con el papeleo.

Elliot ensanchó un poco más su sonrisa.

—Agradezco tu confianza en los beneficios de estas sesiones, pero incorporar a un nuevo miembro sin avisarme para que pueda consultar su expediente me obliga a actuar a ciegas. Tengo que entender la trayectoria de esta mujer para valorar sus necesidades y planear la mejor manera de proceder.

Noah hizo un gesto de desdén con la mano.

—¿Qué es lo que hay que entender? Se llama Heather. Era profesora en prácticas. Acaban de ofrecerle una magnífica oportunidad de modelaje que seguro que va a mejorar su perfil y su clasificación, pero ha estado enfrentándose a las consecuencias de un desagradable encuentro con un fan y me preocupa la presión que le pueda suponer. En pocas palabras, lo de siempre.

—No hay ningún «lo de siempre». —Aunque a Elliot se le daba bien ocultar sus verdaderos sentimientos, en este momento oyó cómo su voz subía de tono. Contó hacia atrás desde cinco, y después, más tranquilo, añadió—: Cada cliente es distinto. No hay una solución única…

Pero veía que Noah había dejado de escuchar y que sus ojos se desplazaban hacia la puerta. Acababa de llegar el primero, el antiguo techador cuya novia le había dejado cuando lo fotografiaron morreándose con una estríper. ¿Cómo se llamaba…?

—Buenas tardes, Jacob —saludó Noah.

Elliot tomó asiento en una de las sillas y se puso a hojear sus notas, conteniendo la rabia. Noah se colocó al lado de la puerta e interpretó el papel de amable anfitrión mientras entraban los miembros del grupo.

—Hola, Catherine. Me alegro de verte, Osman. Heidi.

Heidi, la antigua winfluencer que había desarrollado un trastorno alimentario. Elliot la había mandado a ver a un especialista. Tenía que hacer el seguimiento, ver qué tal había ido todo.

Ella se sentó enfrente de él. En todo caso parecía aún más esquelética que la vez anterior; se había puesto colorete en las mejillas hundidas y la ropa de diseño colgaba de los puntiagudos ángulos de su cuerpo. Saltaba a la vista que no había sido un éxito clamoroso.

Oyó la voz de Noah.

—Heather. Bienvenida al Círculo.

Heather, la nueva. Elliot se volvió y vio el perfil de una joven con el pelo largo y un mono azul marino que se dirigía hacia las sillas. Cuando se sentó, vio su rostro.

Y le dio un vuelco el estómago, como si se hubiese tirado de un trampolín altísimo. O del borde de un acantilado.

«Era ella».

Había cambiado de aspecto, se había dejado crecer el pelo y ya no lo llevaba teñido, de manera que volvía a tener su color castaño natural. Estaba más delgada y su rostro, normalmente sin maquillar, se hallaba cubierto de bases y polvos. Pero, aun así, la habría reconocido en cualquier sitio.

«Rosie».

«¡Elliot!».

El *shock* la había confundido tanto que era incapaz de hilar dos palabras seguidas.

«Elliot. Aquí. Dentro de la Triple F».

Se sentó en la silla, completamente bloqueada. Era como si se hubiese abierto un agujero entre dos mundos, una brecha catastrófica por la que su pasado entraba torrencialmente, como un agua negra que le iba llenando los pulmones, asfixiándola.

La asaltó un deseo instintivo de echar a correr, de distanciarse de todo lo que él representaba, del terror y la negrura. De los años perdidos. Pero, naturalmente, no podía. Por su culpa, jamás volvería a correr. La pierna de Heather había estado calmada desde la última pastilla, pero en este momento empezó a palpitar, como si lo reconociera.

Entonces, el hechizo que la había paralizado se rompió y pudo moverse de nuevo. Tal vez no fuera capaz de correr..., pero aún podía caminar. Se levantó tan deprisa y con tanta fuerza que la silla salió disparada hacia atrás, estampándose contra el suelo con un estrépito que sobresaltó a la mujer que tenía al lado.

Y de repente Heather se estaba dirigiendo hacia la puerta, cojeando, tambaleándose, huyendo. A sus espaldas oía la voz de Elliot,
que decía su nombre. Su nombre de antes.

—¡Rosie! ¡Espera!

Fue vagamente consciente de la voz de barítono de Noah super-
poniéndose a su nombre de antes con tono preocupado y perplejo.

—¿Heather? ¿Qué pasa?

Pero ella ya había cruzado la puerta y sus pies se alejaban cojeando por el pasillo a toda velocidad, golpeando el suelo con un ritmo
irregular. Pasó sin pensárselo dos veces por una puerta abatible y se
encontró en una cocina vacía con fregaderos y relucientes hornos a
un lado y un mostrador con cajones metálicos al otro. Había cace-
rolas colgando de ganchos y un enorme extractor de aire suspendido del techo. Al fondo había una puerta doble que debía de dar al
Salón Amarillo, y allí fue; su único deseo era seguir moviéndose, distanciarse de Elliot y de todo lo que representaba. Entonces oyó que
se abría la puerta.

—Rosie, por favor, solo quiero asegurarme de que estás bien.

«Asegurarme de que estás bien».

Al oír estas palabras se paró en seco y sus emociones viraron
bruscamente del pánico a la ira. Apoyó la mano sobre el borde de
acero de la pila y se quedó de espaldas a Elliot, dejando que la rabia
rugiese a su través en una ráfaga purificadora que le arrancó de cua-
jo el miedo que llevaba atado a sus recuerdos. De repente, se dio la
vuelta, y Elliot, cogido por sorpresa, dio un paso atrás. Se quedó mirándola con expresión confusa a pocos pasos de distancia.

—¿Bien? —dijo entre dientes mientras la rabia se expandía
como un gas inflamable—. Con tu permiso, voy a ser muy clara. No
estoy bien. Jamás voy a estar bien. Perdí dos años de mi vida y tengo que enfrentarme a un dolor casi constante. No puedo correr, no

puedo saltar, no puedo llevar pantalón corto ni bañador. Todo por tu culpa.

Elliot parpadeaba rápidamente. Abrió la boca y la volvió a cerrar, evidentemente sin saber qué decir. Por una vez.

—Rosie…

—Me llamo Heather.

—Pero si pensaba que detestabas tu nombre…

Ella empezó a avanzar lentamente hacia él por el espacio metálico, escupiendo las palabras a medida que se acortaba la distancia que los separaba.

—Al final resulta pesado, eso de intentar que un equipo de médicos y enfermeros que cambian constantemente te llame por tu segundo nombre, sobre todo cuando estás colocada con analgésicos. Total, comparado con la amenaza de la amputación tampoco me parecía tan importante. —Vio que daba un respingo y sintió que una chispa triunfal se avivaba en su interior—. Durante dos años apenas salí del hospital… Me sometí a una operación tras otra, por no hablar de los meses de fisioterapia. Y ¿sabes qué? Al cabo de un tiempo el nombre de Heather empezó a parecerme adecuado, era como si por fin me quedase bien. Porque se refiere a una planta que sobrevive. Se agarra a las rocas por mucho frío que haga y por mucho que sople el viento. Es dura y no se desprende. Las rosas, en cambio, son de adorno.

Elliot empezó a asentir con la cabeza mientras ella se acercaba. Era un movimiento exagerado, como el de uno de esos perros que cuelgan del salpicadero de los coches.

—Qué… Qué bien. Suena a que has salido de esto más fuerte que antes, a que has evolucionado como persona.

Heather se paró en seco a menos de dos pasos de distancia. No daba crédito. ¿De veras estaba intentando transformar lo que había hecho en una especie de experiencia positiva de crecimiento personal? Ni hablar. Ni de coña se lo iba a permitir

—Has destrozado mi cuerpo y mi vida. ¿No te sientes siquiera un poco culpable?

—Pues claro que sí, ¡pienso en ello a todas horas! En cómo perdí el control… yo, que jamás pierdo el control. Pero aquel día sí. El control de mí mismo, del coche. Y tú pagaste el pato. Ojalá… —Su voz se desvaneció. Miró al suelo—. Lo siento de veras. Y solo espero que algún día encuentres el modo… —la miró con ojos suplicantes—, el modo de perdonarme.

—¡Por el amor de Dios, Elliot! —exclamó Heather, extendiendo las palmas de las manos—. ¡No entiendes nada de nada! No se trata de que perdieras el control. ¡Se trata de que fuiste un cobarde! Me abandonaste a mi suerte mientras subía la marea. Podría haber muerto.

—¿Qué querías que hiciera? Estabas atrapada, inconsciente. De nada habría servido que me quedase contigo, aparte de poner en peligro las vidas de ambos. —Pasó los dedos por el mostrador de acero—. Al menos con lo que hice teníamos una oportunidad.

—Tú tenías una oportunidad. Estabas a varios kilómetros de distancia, todavía ibas caminando por la carretera cuando el agua me llegó hasta la cara. Si aquella barca de pesca no hubiese avistado el coche y no hubiese llamado al guardacostas…

Elliot extendió los brazos hacia ella.

—¡Pero lo hizo! Y ambos sobrevivimos. Al final eso es lo que tiene importancia, ¿no?

—No. Me abandonaste. Deberías haberte quedado. Eso es lo que yo habría hecho.

Elliot negó varias veces con la cabeza, una serie de movimientos secos y bruscos.

—Eso no lo puedes saber si no has estado en mi piel. El instinto de supervivencia es la fuerza más poderosa de la naturaleza. No lo infravalores.

Heather dio un paso al frente, con intención de cuadrarse ante él y mirarle directamente a los ojos. Pero Elliot retrocedió, manteniendo la distancia entre ambos. Un paso adelante, un paso atrás. Como si estuvieran bailando.

—«El instinto de supervivencia». ¡De manera que reconoces que solo estabas pensando en sobrevivir, en salvar tu propio cuello!

Él abrió la boca, pero no salió nada. Sus ojos se movían de un lado a otro, como recorriendo el interior de su cabeza en busca de una salida. Un sentimiento de triunfo salvaje estalló dentro de Heather.

«Heather, uno; Elliot, cero».

Entonces, Elliot cerró los ojos.

—Hice lo que habría hecho cualquiera en mi lugar.

Ella negó con la cabeza, un movimiento lento y amplio.

—En eso te equivocas. Yo jamás habría hecho lo que hiciste tú. Y jamás te perdonaré.

Acto seguido, le apartó de un empujón y salió por las puertas batientes al pasillo, dejándole solo en medio de la cocina.

El corazón de Heather seguía latiendo a mil por hora cuando llegó a casa. Se descalzó de un puntapié, cogió la *tablet* y se dejó caer sobre el sofá rojo. Entonces hizo algo que había evitado expresamente durante los dos últimos años: buscó el nombre de Elliot en Google. Si no le había seguido la pista, había sido por una decisión consciente, fruto de su empeño en expulsarle por completo de su vida y de sus pensamientos. Sin embargo, ahora debía averiguar por qué su trayectoria profesional se había desviado del mundo académico para entrar en colisión con ella. ¿Podría ser que la hubiese estado siguiendo…, que se hubiese incorporado a la Triple F solo porque se había enterado de que había ganado?

Pero una búsqueda rápida demostró que no. El primer resultado era una entrevista de una revista que decía que hacía más de dos años que había dejado su plaza de profesor universitario para incorporarse al concurso. La entrevistadora había ido a su casa, y Heather vio una foto de Elliot leyendo un manual de psicología en su «ático del icónico Edificio Laynor de Farringdon». Sus ojos examinaron el fondo de la foto: limpio, moderno, minimalista. Se fijó en que aún tenía un acuario. Cuando eran pareja, aquellos malditos peces le habían obsesionado, no paraba de comprobar la temperatura y el pH del agua. Heather leyó por encima cosas que había dicho él acerca de la importancia de las pruebas de salud mental para personas que asumían cargos estresantes, de esos que te cambian la vida. Había otra foto al final del artículo: Elliot sentado detrás de un escritorio en su despacho abarrotado de libros de la Triple F, con aquella arruga en la frente a la que en tiempos ella había apodado cariñosamente «arruga de los pensamientos profundos». Se quedó estudiando la imagen, moviendo la cabeza.

«¿Qué haces aquí, Elliot?».

Elliot era un esnob intelectual que estaba orgullosísimo de su reputación profesional. Lo había visto rechazar trabajos con sueldos muy altos y aceptar otros menos lucrativos y más prestigiosos. Heather apoyó los hombros contra el respaldo del sofá y se puso a recordar su relación. Pensándolo bien, a Elliot siempre le habían fascinado la telerrealidad y la cultura del famoseo, y muchas veces la había acompañado mientras veía *La isla del amor*.

«Sin un talento que lo sostenga, este tipo de fama está completamente a merced de los caprichos y la capacidad de atención del público —había dicho una vez mientras veían cómo una de las parejas era expulsada del programa por votación—. Es una situación extraordinariamente estresante. No me extraña que el consumo de alcohol y de drogas esté tan extendido entre los concursantes anteriores».

Sus comentarios siempre tenían un trasfondo de desprecio. Pero entonces, ¿por qué…?

La alerta de MD de la *tablet* interrumpió el pensamiento. Al ver el nombre del remitente, se estremeció. «Elliot». La coincidencia en el tiempo fue espeluznante, como si pudiese ver el salón de Heather, como si supiese que había estado mirando sus fotos.

¿Qué demonios podía querer decirle después de la bronca de la cocina? Elliot detestaba los enfrentamientos; no era propio de él arriesgarse a tener otro. A no ser… ¿y si el mensaje era una confesión, y si admitía que, en efecto, la había dejado a su suerte a sabiendas de que podía morir? A Heather se le hizo un nudo en la garganta mientras abría el mensaje.

«Querida Rosie», empezaba, y solo leer estas palabras hizo que frunciera los labios, molesta. Le había dicho que ya no usaba ese nombre, pero claro, cómo iba a tener el detalle de respetar sus deseos.

Siento de veras haberte causado semejante shock. *Que un elemento del pasado con el que has roto de manera tan inequívoca invada tu presente debe de haber detonado recuerdos traumáticos a los que aún te tienes que enfrentar. Y todo esto a la vez que te confrontas con los enormes desafíos que te han llevado al Círculo de los Ganadores. En circunstancias normales, te derivaría a otro grupo de apoyo similar. Pero, por desgracia, no hay ninguno; el Círculo es único porque la circunstancia en la que te encuentras ahora es única. Se te está pidiendo que*

197

transites por un nuevo paisaje social y vocacional para el que careces de mapas. El Círculo te puede ayudar a crear esos mapas, a cultivar nuevas habilidades y, lo más importante, a expresar tus inquietudes en un entorno que te apoya, compuesto por las únicas personas del mundo capaces de empatizar contigo. Con esto en mente, me gustaría animarte a que consideres la posibilidad de regresar, a pesar de mi presencia. Mi papel en las sesiones se limita a gestionar el flujo de la conversación y a dirigir unos cuantos ejercicios. Tú deberías centrarte en los otros participantes. Incluso puede que mi presencia en la sala sea beneficiosa, una forma de terapia de desensibilización sistemática que te da la oportunidad de enfrentarte a los recuerdos traumáticos que relacionas conmigo hasta que mi presencia deje de provocar una reacción y, de este modo, los neutralice. Evidentemente, eres tú quien ha de decidirlo. No obstante, yo te aconsejaría que, antes de rechazar la oportunidad, sopesaras los beneficios potenciales de estas sesiones, las herramientas de ayuda que podrían aportarte en este momento crucial de tu vida. Porque, te lo creas o no, tu bienestar me importa de verdad y quiero lo mejor para ti.

Heather cerró el portátil de golpe. Dios, menudo charlatán... Seguía vomitando su jerigonza psicológica por todas partes, haciendo alarde de su intelecto de la misma manera que otros hombres hacían alarde de sus músculos en la playa. ¿De veras intentaba decirle que el mero hecho de pasar ratos atrapada con él en una habitación podía tener algún efecto terapéutico? Por favor. Recordó la conferencia que había dado sobre la desensibilización sistemática. Se utilizaba para tratar fobias. Consistía en exponerse a aquello que más temías —una araña, o una serpiente, o lo que fuera— manteniéndolo al principio en una caja en la otra punta de la habitación, sin moverte, esperando a que la reacción de temor que provocaba acabara por desvanecerse. Después, tenías que acercarte un poco la caja. Y un poco más. Y cada vez, esperar a que la alarma de adrenalina del cuerpo se acallase. Hasta que al final la araña subía por tu brazo. ¿En serio le estaba sugiriendo que le tratase a él de la misma manera, como un miedo irracional que había que superar? Porque, desde su punto de vista, no tenía nada de irracional.

Elliot. Durante dos años, había mantenido sus recuerdos de él bajo control, anclados en las profundidades. En cambio, ahora notaba que se soltaban, que subían hacia la superficie y la devolvían al día de la ruptura. Al día en que su vida de antes había terminado.

Al final, el análisis fue lo decisivo. El implacable análisis. Al principio había disfrutado de las observaciones de Elliot, era como si le estuviese ofreciendo una visita guiada por los mecanismos internos de la mente. De la mente de Heather. Pero era incapaz de desconectar.

—Debo de haber engordado tres kilos esta semana —había dicho Heather el último día de vacaciones, girando ante el espejo del hotel y mirando con el ceño fruncido los michelines que habían asomado en los últimos días por el borde de los vaqueros—. Estos bufés de los hoteles… ¡Si es que no puedo resistirme!

—Dismorfia corporal —había dicho él sin levantar los ojos de la maleta que estaba abierta sobre la cama, a medio hacer para el viaje de vuelta.

—¿Cómo dices?

—Un padecimiento caracterizado por la obsesión por defectos físicos que, de hecho, son imperceptibles para los demás.

Colocó un par de calzoncillos perfectamente doblados encima de otro. TOC. Para diagnosticarlo no hacía falta un doctorado en Psicología.

Heather se cogió la nueva protuberancia de carne con dos dedos.

—¿En serio me dices que esto es imperceptible?

Él levantó la vista de la maleta.

—Ah. Sí, entendido. Bueno, si te sirve de consuelo, que sepas que yo también tengo uno de esos. —Se dio unas palmaditas en el estómago—. Me gusta pensar que es una fuente de energía de reserva a la que puedo recurrir si alguna vez me quedo tirado en una isla desierta.

Los ojos de Heather volvieron al espejo.

—Sí, pero tú puedes permitirte tener tripa; estás cerca de los cuarenta. Yo no tengo excusa.

Supo que era un comentario insensible nada más hacerlo; la diferencia de edad entre ambos lo hacía sentirse incómodo.

Elliot dejó de hacer la maleta y se miró la barriga.

—Tampoco es para tanto, ¿no?

—No, es perfecta. Tiene justo el tamaño adecuado para que apoye la cabeza. Y además, así ahora vamos a juego. —Se dio unas palmaditas en la barriga—. Pierdo por completo el autocontrol si me pones delante patatas asadas a discreción.

La miró fugazmente y volvió a la maleta.

—Sí, ya me he fijado en que a veces tiendes al TPA.

—¿Por qué lo dices con las iniciales? —había preguntado ella en broma, echándose de lado en la cama junto a la maleta y parodiando una pose seductora antes de añadir—: ¿Qué, es una palabra picarona y te da miedo decirla?

—Son las siglas de «trastorno por atracón». Has dado muestras de padecerlo durante la última semana.

Heather se giró y se quedó bocarriba, luchando contra una oleada de ira. Sí, había comido mucho esa semana. Pero estaban de vacaciones, por el amor de Dios. Y ¿quién no se daba atracones en los bufés de los hoteles? Era prácticamente una norma.

—Estaría bien que pudieses dejar de ser un loquero por unos instantes y te limitaras a ser un novio.

Elliot hizo una pausa para mirarla, frunciendo el ceño.

—Me he fijado en que dices mucho esa palabra.

—¿«Novio»?

—«Loquero». No puedo evitar sospechar que es una manera inconsciente de hacerme de menos, a mí y a mi profesión.

Fue entonces cuando Heather decidió que la relación había llegado a su fin. Que esperaría a que volviesen a Londres y una vez allí rompería con calma. Quizá probaría a salir con tipos de su misma edad. Tiró su maleta sobre la cama, abrió bruscamente la cremallera y metió su ropa de cualquier manera. Hizo hincapié en no doblar nada y experimentó una oleada de satisfacción al ver que Elliot apretaba la mandíbula mientras la miraba por el rabillo del ojo.

—Cuánto me alegro de no tener un TOC —dijo—. Ser desordenada es de lo más liberador. Deberías intentarlo alguna vez.

Elliot abrió la boca y acto seguido movió la cabeza y la cerró otra vez. Tiró de la cremallera de la maleta.

—¿Ya estás lista? —preguntó.

—Sí —respondió Heather en voz baja—. Sí, desde luego que lo estoy.

El aguacero había empezado cuando aún no llevaban una hora de viaje. Caía con tanta fuerza sobre el techo del Renault que más que gotas de agua parecía gravilla. Iban por una carretera sinuosa que abrazaba la costa de las Tierras Altas. Heather tenía la mirada perdida en las oscuras nubes que se acumulaban sobre el mar, arrastrando bolsas de lluvia.

Elliot puso música; como siempre, clásica. En tiempos, esta faceta suya le había gustado; por aquel entonces todavía pensaba que Elliot escuchaba a Vivaldi y a Bach porque disfrutaba de las pautas sonoras que nacían de la genialidad. Sin embargo, más adelante había descubierto que era porque «hay estudios que demuestran que reduce la tensión y aumenta el razonamiento espaciotemporal».

«Hay estudios que demuestran». En el transcurso de los ocho meses de su relación, se había convertido en la frase más irritante que había oído en su vida.

—Me ha encantado pasar la semana juntos —dijo Elliot, posando la mano libre sobre la rodilla de Heather—. Tú y yo solos, hablando de la vida, del metaverso y de mil cosas más. Afrontando los retos más difíciles de Escocia: acantilados verticales, lluvias racheadas. —Le lanzó una sonrisa y añadió—: El *haggis*… Me ha ayudado a concretar lo que siento por ti. El papel central que desempeñas en mi bienestar psicológico. —Sus dedos se cerraron en torno a la rodilla de Heather—. Esta es mi forma, reconozco que nada romántica, de decirte que te quiero.

Si Heather ya tenía el ánimo por los suelos, sus palabras la hundieron todavía más. Una parte de ella había albergado la esperanza de que estuvieran los dos en el mismo punto, de que su menguante cariño se estuviese reflejando en el otro lado de la ecuación sentimental. Así, cuando llegase el momento ambos asentirían y sonreirían con tristeza y por fin uno diría lo que habían estado pensando los dos: «Estuvo bien mientras duró, pero creo que estamos de acuerdo en que hemos llegado al final del camino».

Pero no hubo tal suerte.

Se quedó mirando por el cristal. Los limpiaparabrisas libraban una batalla perdida contra la lluvia, que había reducido la carretera a un manchurrón de grises y verdes. No se le ocurría nada que decir, así que permaneció en silencio.

—Teniendo en cuenta esta confesión —continuó él—, estaba pensando que quizá sea hora de que nos vayamos a vivir juntos.

Heather se volvió y lo miró sorprendida.

—Pero… si no llevamos saliendo tanto tiempo.

—Ocho meses bastan y sobran para valorar la compatibilidad, ¿no crees?

—No. —Negó con la cabeza—. No quiero irme a vivir contigo.

Vio que Elliot agarraba más fuerte el volante.

—¿Qué me dices de un breve periodo de prueba, para ver si somos capaces de adaptarnos a nuestras respectivas pautas domésticas? Porque los estudios demuestran…

Si no hubiese pronunciado la última frase, quizá la vida de Heather habría sido distinta. Habría esperado a volver a Londres para decirle que ponía fin a su relación. En un lugar público, porque sabía que Elliot no soportaba llamar la atención. Después, cada uno se habría ido por su camino y la vida habría seguido su curso. Ella habría terminado sus dos años de prácticas y habría empezado a dar clases de Ciencias como profesora de pleno derecho.

Pero la frase avivó algo en su interior, y de repente se sintió incapaz de esperar un día más, una hora más. Un segundo más.

—Voy a dejarte, Elliot.

Heather no sabía qué se había imaginado que sucedería al pronunciar estas palabras, cómo se iba a sentir, qué iba a hacer él. Pero en el mismo instante en que salieron de su boca, sintió que se quitaba de encima un pesado fardo al que se había acostumbrado… La invadió una súbita ligereza, como si estuviese a punto de flotar. Y supo que no se trataba de un mero impulso fruto del enfado. Ya no sentía nada por Elliot. Entonces, le miró a la cara y vio que se le crispaban los rasgos. Era la primera vez que lo veía; normalmente, Elliot no permitía que las emociones ganasen la partida a las «funciones corticales superiores».

—No lo acepto. Podemos solucionarlo juntos.

—No, Elliot. Está decidido.

—¿Por qué no lo hablamos mañana? —En su voz había una grieta por la que asomaba la desesperación—. Consúltalo con la almohada y ya hablaremos después…

—No hay nada que hablar. No quiero seguir contigo. Yo… ¡Dios, Elliot, mira por dónde vas!

El Renault había virado hacia el borde de la carretera, que tenía una pronunciada caída hacia el mar. Se oían las olas batiendo contra las rocas, el estrépito de algo que se rompe. Entonces, Elliot movió fugazmente la cabeza, como obligándose a despertar de un sueño, y el coche volvió a su carril. Ella soltó un suspiro tembloroso. Tenía que haberse ceñido a su plan inicial y haber esperado al día siguiente. Decírselo en el coche, cuando aún tenían varias horas de carretera por delante, había sido un gran error.

—Déjame si quieres en el próximo pueblo. Cogeré un tren de vuelta a Londres.

Esperaba que Elliot se opusiera, que le dijera que estaba haciendo el tonto o que no había estación de tren en el siguiente pueblo; que iba a tener que esperar. En cambio, se limitó a mirar al frente con cara inexpresiva, como si estuviese en trance.

—¿Elliot? ¿Me has oído? —El coche volvió a dar un giro brusco y, por un instante, dejó de haber carretera en el lado de Heather, tan solo el embate de las olas. El miedo la invadió—. ¡Para el coche! ¡Déjame salir! —gritó, sin importarle el aguacero.

—Perdona, ¿qué dices? —La voz de Elliot sonaba confusa, rara, como si viniera de muy lejos.

La carretera había empezado a ascender pegada al borde del acantilado, aumentando la distancia con el mar del Norte, que se extendía por debajo. El Renault zigzagueó, trazando una enorme ese sobre el asfalto mojado. Ella abrió la boca, pero no salió ningún sonido. De haber venido algún coche en sentido contrario, habrían chocado de frente. Elliot no pareció darse cuenta. Era como si la ruptura le hubiese provocado un cortocircuito en la cabeza y le hubiese desconectado del mundo circundante. Heather vio una señal de tráfico, deformada por efecto de las gotas que resbalaban por el parabrisas. Era un triángulo rojo con una flecha negra que indicaba hacia la derecha: curva cerrada.

—¡Ve más despacio! —chilló, con la esperanza de que el volumen perforase el aturdimiento de Elliot—. ¡Por favor!

No hubo respuesta.

Sus pensamientos eran un revoltijo aterrorizado. ¿Debería coger el volante? ¿Tirar del freno de mano? ¿Saltar del coche?

Pero era demasiado tarde, pues el Renault ya estaba saliéndose del asfalto. Por un instante se mantuvo en el aire sostenido por el impulso, atrapado entre el mar y el cielo. Después, la gravedad se impuso y el coche se precipitó de morro hacia las turbulentas aguas.

Capítulo 20

Canturreando, Heather deslizó la puerta del vestidor y repasó los vestidos y las faldas recién llegados, intentando decidir cuál ponerse. Había esperado quedarse prendada de Casual Elegance, pero, para ser sincera, no acababa de gustarle. Los colores eran demasiado apagados y el corte demasiado holgado por la cintura. En fin, nada que no se solucionase con un cinturón y joyería brillante.

Eligió una falda larga verde grisáceo y un top con mangas abullonadas a juego y los dejó sobre la cama. Después, sacó una pastilla del envase que tenía guardado en el cajón del maquillaje, dudó y sacó otra más. Iba a necesitar esa ayuda extra si pretendía estar toda la noche de pie.

De la mesilla de noche llegó un trino. Era un MD de Tessa.

«Holi, Chica Banner! Ponte ese muermo de modelito y vámonos de juerga esta noche. Xx».

Heather se rio y contestó: «Nos vemos allí a las 8. Iré como una extra de Ana de las Tejas Verdes».

«Chica Banner». Cuando la alerta de las clasificaciones había llegado esa mañana, a Heather le había costado creer lo que veían sus ojos. Se había acostado siendo la quinta en las clasificaciones, y al despertarse era la tercera y su cara estaba en el *banner* del Top Trío que daba la bienvenida a los visitantes a la aplicación y a la web. Mientras permaneciera en esa posición, a Heather solo la patrocinarían las marcas más prestigiosas, las que podían permitirse pagar la tarifa prémium que le correspondía ahora. Le llovían solicitudes de entrevistas; el viernes iba a hacer su debut televisivo en *La regla de tres,* el segmento semanal de *Entertainment Today* que presentaba a las tres estrellas más populares de CelebRate. Superaba con creces cualquier cosa que se hubiese atrevido a imaginar hasta la fecha. Cuando estaba dando una vuelta por la habitación en bragas y sujetador, los calcetines se le resbalaron sobre el suelo de roble y aterrizó con fuerza sobre la pierna mala. Se puso a gritar de dolor. Maldita sea. Volvió cojeando a la cama y se puso la falda y el top a la vez que quitaba pelos blancos de la tela. ¿Cómo se habría apañado Mandu para dejarlos ahí, si nunca se acercaba a ella? La gata persa había llegado hacía dos semanas —acompañada de su certificado de pedigrí—, desde entonces se había estado escondiendo de Heather y retrocediendo con un bufido cada vez que intentaba tocarla.

Se fue a la ventana principal, y al comprobar que la acera estaba desierta se le aflojó el nudo que tenía en el pecho. Miró hacia la casa de Analise y pensó en la mujer amigable y sonriente que había conocido en el New Heights. También en la mujer confusa y asustada que había salido tambaleándose por la puerta lila. ¿Cómo podía un correo electrónico hacer que alguien se desmoronase de semejante manera? Y, más importante, ¿qué motivo podía haber tenido nadie para enviarlo? Las preguntas que la habían perseguido desde la muerte de Analise seguían resurgiendo, arremolinándose en la cabeza. Tenía que haber un modo de averiguar algo más. Todavía le sobraba una hora hasta que llegase el momento de salir al encuentro de Tessa. Podía aprovecharla. Cogió su *tablet* y se sentó en la cama a releer artículos y volver a ver videoclips sobre Analise, su suicidio y la cadena de acontecimientos que lo habían precedido, deteniéndose en una cita de Noah publicada por el diario *Telegram*.

«Daba la impresión de que Analise estaba disfrutando de su papel de winfluencer, ganándose a millones de fans de CelebRate con sus vlogs de belleza. Su descenso a la depresión llegó sin avisar. Nadie podría haberlo previsto».

Heather se quedó pensando en la última frase.

¿Por qué no se podría haber previsto? Para eso estaban los evaluadores psicológicos, ¿no? Cierto, puede que Analise hubiese ocultado información al responder a los formularios de antecedentes…, al igual que Heather. Pero ¿cómo se las había ingeniado para engañar a todos esos test psicométricos, cuando estaban especializados en identificar señales de inestabilidad emocional?

Echó una hojeada a otros artículos. La mayoría trataba sobre el derrumbe de Analise, pero había uno que se había desmarcado para centrarse en sus éxitos. Citaba una fuente anónima de la Triple F que decía que el concurso había pensado crear para ella un cargo nuevo, a largo plazo, de «embajadora de marca»… fuera lo que fuera eso. Heather estaba viendo videoclips de YouTube cuando se topó con una entrevista con la madre de Analise, Persephone, y con su hermana Dana, que era una versión menos atractiva y glamurosa de Analise. Se había grabado en su casa de Wapping, y estaban las dos sentadas en el sofá sujetando fotos enmarcadas de Analise y hablando de ella en términos prediciblemente elogiosos: su bondad, su talento y su belleza. La periodista había concluido la entrevista preguntándole a Persephone qué mensaje desearía poder enviarle a su hija, y la respuesta había llegado entre sollozos:

—Te querré siempre, ángel mío, mi ángel precioso y frágil.

«Frágil».

Heather se quedó pensando en esa palabra. ¿A qué se había referido exactamente? Rebobinó el vídeo y volvió a ver la respuesta.

Después buscó en Google a los Tetterson. Le fue fácil encontrar la cuenta de TikTok de Dana. Estaba llena de videoclips en los que su famosa hermana salía bailando, cantando, riendo. Heather los vio todos, y después apartó la *tablet* y se quedó un rato sentada, mirando sin ver el manchurrón de pintura enmarcado que estaba encima de la mesilla de noche…, cortesía de un patrocinador de una empresa de muebles que estaba expandiendo sus horizontes hacia el «arte de diseño».

A lo mejor Dana y su madre tenían las respuestas que estaba buscando. ¿Sonaría raro que les enviase un mensaje de repente y se autoinvitase a ir a verlas? Se toqueteó el labio con una uña recién pasada por la manicura mientras pensaba.

Al diablo. Como decía Debbie, «si no pides, no recibes». Lo peor que podían hacer era decir que no. Envió un mensaje a Dana por TikTok, dándole el pésame y diciendo que conocía a Analise de CelebRate. Y preguntándole si podía pasarse a verla.

Capítulo 21

—Analise siempre estuvo obsesionada con su aspecto. —Persephone Tetterson le dio una taza de té y le señaló un sillón antes de sentarse al lado de Dana en el desvaído sofá de pana—. A veces me pregunto si se estaría rebelando contra mí, porque yo renuncié a esa faceta de la vida cuando su padre se marchó. Como podrás ver.

Heather, movida por un acto reflejo de pura educación, estuvo a punto de objetar, pero se mordió la lengua. No tenía sentido negarlo; Persephone Tetterson se había abandonado. Tenía sobrepeso, rayando en obesidad, y llevaba el pelo teñido de una especie de color ladrillo por el que asomaban varios dedos de raíces grises. Llevaba un top de tela vaquera que debía de haberse comprado en épocas de más delgadez, porque los botones estaban a punto de reventar. Unos gastados pantalones de chándal completaban el *look*. Mientras daba un sorbo al té, se preguntó por qué Analise no le habría pasado dinero de la Triple F a su madre. Persephone pareció leerle el pensamiento.

—Analise no hacía más que traerme ropa elegante y maquillaje, pero yo no soy como ella, no soy glamurosa. Prefiero estar cómoda. —Miró a su alrededor—. Me dio dinero..., lo suficiente para comprar un coche y una tele nueva. También quería ayudarnos a comprar una casa mejor, pero dije que no. No me gustan los cambios. Me ponen nerviosa. Y mi corazón no es que esté muy fuerte que digamos. Mudarme de este piso, lejos de todo lo que conozco y de todos… —Persephone echó un vistazo a la habitación, con su tele gigantesca, su mesita de comedor y sus estanterías con figuritas de pájaros de porcelana—. En fin, me moriría, eso le dije. Se llevó una desilusión. Quería ayudarme a tener una vida mejor. Así era ella. —En sus ojos brillaban las lágrimas.

Dana le pasó el brazo por los hombros y miró a Heather.

—¿Mi hermana y tú erais buenas amigas? He visto una foto vuestra en CelebRate, estabais en una fiesta con un par de chicas más.

La pregunta puso a Heather incómoda. Era evidente que Persephone y Dana pensaban que había ido a verlas porque Analise y ella habían sido amigas íntimas. Y ella había dejado que lo creyeran, porque la verdad era más difícil de explicar. Ni siquiera ella misma acababa de entender su obsesión con la muerte de Analise, su compulsión a profundizar más, a llegar al fondo de la cuestión.

—Éramos vecinas —explicó Heather, esquivando la pregunta—. Vivía en mi misma calle. Me caía bien. —Al menos, todo esto era cierto.

—Qué bien que tuviese a alguien cerca —dijo Persephone—. No me hizo gracia que se fuese a vivir tan lejos de nosotras. No se le daba bien vivir sola.

Heather miró su taza. Ya era hora de ir al grano, se dijo.

—Quería hablaros de algo. Sé que Analise estaba en el punto de mira de un trol. De alguien que había conseguido información confidencial sobre ella. —Respiró hondo—. Alguien que sabía lo de su hija.

A Dana se le abrieron los ojos como platos.

—¿Te habló de Ellie?

—Salió el tema una noche en la que estaba disgustada… —dijo Heather, evadiendo la respuesta—. Dijo que alguien había estado haciendo insinuaciones al respecto en internet. Pero no sabía ni quién ni por qué.

Persephone se llevó un nudillo a los labios y asintió con la cabeza.

—Sí, Analise nos habló de esas publicaciones. Estaba muy disgustada.

—¿Os habló del *email* que recibió justo antes de irse a Sunny Hills?

Las dos mujeres intercambiaron una mirada perpleja.

—No —respondió Dana—. ¿De quién?

Heather intentó ocultar su decepción.

—Eso esperaba averiguar. No conoceréis su contraseña de CelebMail, ¿no?

Negaron con la cabeza al unísono, y Persephone, alarmada, abrió los ojos de par en par.

—¿Por qué estás escarbando en la vida de mi hija? Ay, Dios. ¡Dime que no estás pensando en lanzar sus secretos por internet! Porque a Analise no le habría gustado nada. —Sus ojos lacrimosos buscaron los de Heather—. Y está Ellie. No puedes hablarle a la gente de ella. ¡Bastante ha sufrido ya esa pobre criatura!

Una sofocante ola de culpa invadió a Heather, tiñéndole de rojo las mejillas.

—Por favor, no os preocupéis. No se lo pienso contar a nadie.

Las manos de Persephone se movieron inquietas en su regazo.

—¿Prometido?

—Prometido.

—Bien. —La madre de Analise suspiró—. Quedarse embarazada tan joven, renunciar a su bebé… Esas eran las cosas con las que lidiaba siempre Analise, sobre todo los días de bajón.

Heather se enderezó contra la silla.

—¿«Días de bajón»? ¿Analise era…, padecía de depresión?

Persephone torció hacia abajo las comisuras de los labios.

—No quiero recordarla así. La mayor parte del tiempo era muy feliz. Pero cuando le venía la tristeza, se quedaba todo el día en su cuarto, llorando como si se estuviera rompiendo. No pasaba muy a menudo, pero cuando ocurría se la veía tan… —Persephone movió la cabeza, rodeando la taza con las manos como para recibir su calor.

—¿Frágil?

—Sí. Exactamente.

Los ojos de Heather se posaron en una foto enmarcada de Analise con un gato negro en brazos que estaba al lado de la puerta de la cocina. Las palabras de Persephone no se le iban de la cabeza. «La tristeza… días de bajón. Frágil». ¿Cómo se las habría apañado Analise para ocultar su estado a los evaluadores? Bajó la mirada a la mesa de comedor que había debajo de la foto. Ver las tres sillas a su alrededor la entristeció.

—¿Tenía alguna idea de quién podía estar detrás de aquellas publicaciones? ¿O de cómo habrían podido enterarse de…, de lo de Ellie?

Dana negó con la cabeza con firmeza.

—Que sepamos, nadie aparte de nuestra familia cercana estaba al tanto de la existencia de Ellie. Por eso me ha sorprendido que te lo contase.

Heather bebió de su té y de nuevo la traspasó el sentimiento de culpa. Carraspeó mientras se pensaba qué preguntarle a continuación.

—¿Has pasado mucho tiempo con la hija de…, con tu nieta?

Persephone negó con la cabeza.

—No la conocí hasta después de la muerte de Analise. Fui a contarle lo sucedido para que no se enterase por las noticias. Le dije que era su abue… —Se le entrecortó la voz. Se sacó un móvil del bolsillo del chándal y dio unos toquecitos a la pantalla—. Mira. ¿A que es una preciosidad?

Heather se acercó y vio a una niña delgada con un chaleco rosa y vaqueros en medio de un parque, los delgados bracitos abiertos a los lados.

—Saqué la foto antes de contarle que Analise se… se había ido. Acabábamos de conocernos, y primero quería compartir un momento bueno con ella.

Persephone se echó a llorar y Dana la abrazó, acariciándole la espalda. Era como si la pena que había en la habitación pesara cada vez más, adensando el aire y haciendo que Heather se sintiese asfixiada. Persephone se soltó de los brazos de su hija y se secó los ojos con la manga.

—En fin. El caso es que le dije a Ellie que podía venir a vivir aquí con nosotras, que tenemos su misma sangre. Eso sí, siempre que no le importase compartir habitación.

—Entonces…, ¿se muda aquí?

Persephone negó con la cabeza.

—No. Tiene amigos en el instituto, y los padres de acogida de ahora son buena gente, así que no quiere irse. —En sus labios tembló una tenue sonrisa—. Eso sí, quiere seguir viéndome. Y conocer a su tía Dana, de manera que este fin de semana nos vamos a comer por ahí, las tres.

—Qué bien.

—Sí.

Se hizo un silencio. Heather pensó en la chica de la foto y recordó las palabras de Tessa.

«Lleva toda la vida culpando a su madre biológica de sus problemas».

¿Y si había sido Ellie la autora de esas publicaciones, con el fin de castigar a Analise por haberla abandonado? Era difícil imaginar que una chica de trece años pudiera ser tan fría y calculadora…, pero explicaría el hecho de que el trol supiera de su existencia. Se frotó la nuca.

—Cuando le contaste a Ellie lo de Analise, ¿cómo reaccionó?

Pareció que el rostro entero de Persephone se alargaba, como si se derritiera.

—Lloró. A mares, como si se le estuviera rompiendo el corazón. Analise estaba desolada porque pensaba que la odiaba y que jamás la perdonaría. Pero se equivocaba.

Capítulo 22

Steve se había descuidado mucho. Necesitaba un buen afeitado, los pantalones le sobraban por todas partes y su pelo estaba pidiendo a gritos un corte.

—Hoy tienes un aspecto muy… muy casual.

Heather lo miró por encima del jarrón con flores recién cortadas que tenían en la mesa y se fijó en los bordes raídos de la manga y en el gran agujero de polilla que tenía justo debajo del cuello. Estaban en el nuevo restaurante favorito de Heather, Lapin, en Westbourne Grove. Estaba harta de Joe's, con aquel café tan espantoso y su menú basura, así que le había pedido a Steve que quedasen aquí.

—No más que de costumbre —dijo él, cogiendo su taza de café de porcelana azul—. Siempre tengo este aspecto.

—Estoy casi segura de que antes tu pelo era…

—No.

—Y desde luego tu ropa era más…

—No —insistió él, con tono de impaciencia—. No lo era. Siempre voy desaliñado. Desde que me conoces voy igual. Simplemente, ahora te fijas en mis defectos porque aquí nadie tiene ninguno.

Heather echó un vistazo al restaurante, con sus grandes tragaluces y sus sillas mullidas, sus cuadros modernistas de conejos repartidos por las paredes color pastel. Lapin era muy popular —Heather había tenido que reservar—, y prácticamente la totalidad de los comensales eran mujeres… mamás sexis, señoronas que quedaban a comer. La mesa que tenían al lado rompía la tendencia: dos hombres repeinados y trajeados con los ojos clavados en los portátiles.

Steve tenía razón. Todos llevaban ropa muy cara e iban arregladísimos, y Heather había dejado que esto condicionase su manera de verle a él.

—Lo siento muchísimo, he sido una maleducada. No sé qué me pasa hoy.

Una camarera dejó una cestita de panecillos recién horneados antes de traerle la ensalada. Steve había dicho que solo quería café, pero aun así se inclinó para inspeccionar el surtido de panes.

—No pasa nada —dijo—. Ahora estás viviendo en un mundo antidesaliño, y comparar cosas es humano. —Escogió un panecillo blanco trenzado—. De hecho, hay estudios que demuestran que…

—¡No! —La voz de Heather sonó más fuerte de lo que había pretendido, y los dos hombres de la mesa contigua alzaron la vista de los portátiles, sorprendidos. Heather cerró los ojos—. Por favor, ¿podrías dejar la frase así, sin terminar?

Había estado haciendo un esfuerzo consciente por no pensar en Elliot, en su vinculación al concurso que era ahora el centro de su vida, en que era un símbolo de su pasado serpenteando por su presente. Pero la frase le había devuelto al primer plano de sus pensamientos.

La sorpresa de Steve dio paso a un ceño fruncido por la preocupación.

—¿Estás bien? Pareces… estresada.

—Perdona. —Movió la cabeza—. Ha sido una reacción

exagerada. Es solo que… mi ex era psicólogo y lo decía a todas horas: «Hay estudios que demuestran».

Steve partió el panecillo por la mitad.

—Menos mal que ya no forma parte de tu vida. Porque hay estudios que demuestran que los tipos que no paran de decir «hay estudios que demuestran» son unos novios espantosos.

Heather se rio.

—Pues dan en el clavo. Lo malo es que sigue en mi vida. Ha querido la suerte que trabaje en la Triple F.

Cogió espuma del *chai latte* desnatado con extra de canela y se la metió en la boca.

Steve hizo una mueca.

—¡Vaya! Qué mala suerte. ¿Te toca tratar directamente con él? —Dio un bocado al pan sin hacer caso de la paleta de porcelana que había en el centro de la mesa, con su ingenioso despliegue de mantequilla, aceite de oliva y vinagre balsámico.

—No. Dirige un grupo al que había pensado incorporarme, pero ahora que sé que está él ahí, me mantendré alejada.

—Bien. Como dijo un sabio, no cagues donde comas.

—Sí, un sabio. ¿Otra vez tu abuelo?

—No. Sócrates. O puede que fuera Cher.

Heather se rio y la sombra de Elliot volvió a un segundo plano. Había echado de menos el sentido del humor de Steve, sus cuchicheos junto a la máquina de café.

—Pero… espera un momento. ¿Y no estás ignorando tú mismo la sabiduría de Sócrates o de Cher al salir con mi…, con la nueva profesora en prácticas?

Steve hizo un ruidito que era mitad suspiro, mitad gruñido.

—No, eso ya es agua pasada. Resulta que prefiere las relaciones abiertas. Vamos, abiertas de par en par. Dice que los dos deberíamos poder follar con quien queramos y cuando queramos; cuando me quejé y dije que yo preferiría que no hubiera más gente que nosotros dos, me llamó egoísta y controlador.

—Vaya. —Heather hizo una mueca—. Lo siento.

—Ya, bueno, qué le vamos a hacer. No me habría importado tanto si no me hubiese troleado. Publicó un vídeo en TikTok, un montaje protagonizado por un servidor en el que decía que estaba «recuperándose» de una relación tóxica con un hombre que había intentado meter su sexualidad en una caja. Por lo visto, ahora la monogamia viene en cajas. En cualquier caso, estoy prácticamente seguro de que el resto de los profesores lo han visto porque me he fijado en las sonrisitas y las miraditas que cruzan en la sala.

Dio otro mordisco al pan, acompañándolo con café.

—¡Qué cabrona! Te mereces algo mejor —dijo Heather.

—Gracias. —Sonrió y ella le devolvió la sonrisa.

Se hizo un silencio y, por razones que no acababa de entender, empezó a sentirse incómoda. Desvió la mirada hacia las flores de la mesa, un ramito de velo de novia en torno a un trío de rosas blancas.

—Y hablando de troles… —Recorrió con la punta del dedo un tallo de rosa al que le habían quitado las espinas—. Tengo un problema con uno y me vendría de perlas tu ayuda.

Steve dio otro bocado al pan.

—Solo hay un modo de lidiar con los troles: ignora, bloquea y a otra cosa, mariposa.

Heather movió la cabeza.

—No soy yo la víctima. Un trol se hizo con los secretos de una winfluencer y los utilizó para atormentarla. —La rosa tenía una única hoja; Heather la arrancó sin pensarlo y la dejó caer sobre la mesa—. Ha muerto.

—Dios. —A Steve se le abrieron los ojos de par en par—. ¿Cómo?

—Suicidio. Por lo visto, la gota que colmó el vaso fue un correo enviado a su cuenta de CelebRate. —Heather cogió la servilleta de lino que había al lado del plato, se la puso en el regazo y empezó a alisarla, por hacer algo con las manos—. Confiaba en que pudieras aprovechar tus habilidades informáticas para ayudarme a entrar en su cuenta.

Steve arqueó una ceja.

—¿Y cómo, exactamente, crees que sería capaz de hacerlo si no tengo su contraseña?

—No lo sé. ¿A través de algún tipo de… de puerta de atrás?

—Me halaga tu fe en mis habilidades informáticas, y, si pudiera, me abalanzaría cual *ninja* sobre esto que me propones…

Heather puso cara de exasperación.

—Y dale con los *ninjas*…

—Pero soy un profesor de Ciencias Informáticas en prácticas, no un *hacker*. —Escogió otro panecillo, esta vez uno con semillas—. Prueba a ver con el nombre de su mascota y un número al final. Es la contraseña que ponen casi todas las chicas.

—Madre mía, menudo estereotipo de género —dijo Heather, aunque, para ser justos, su contraseña de CelebMail era GataMandu3. Había tenido que cambiar el número en dos ocasiones porque el sistema de seguridad del concurso exigía una actualización cada dos semanas.

Esta vez, Steve utilizó un cuchillo para cortar el pan.

—Lo malo de los estereotipos de género es que suelen venir de algún sitio, así que… —Dejó la frase sin acabar mientras dirigía la atención a la ventana. Al otro lado del cristal, un hombre se había parado a mirarlos.

Menudo fastidio. A Heather no le apetecía nada tratar con fans en este momento. Además, no había dormido bien y saldría con cara de agotamiento en las fotos. Se atusó el pelo, vigilando al hombre por el rabillo del ojo y preparándose para el *flash* de una cámara de móvil. En cambio, el desconocido se apartó y a los pocos instantes apareció de nuevo en el interior del restaurante. No era el típico fan de CelebRate: madurito, con barba de una semana y cabello pelirrojo con entradas y demasiado largo por atrás; le llegaba por debajo del cuello de la chaqueta que llevaba a pesar del calor.

Aun así, un fan era un fan. Heather le dirigió una sonrisa cortés. Pero el hombre no la miraba a ella. Miraba a Steve.

—¿Jonnie Preston?

Steve se puso blanco como el papel. Se hizo un breve silencio. Después, negó con la cabeza.

—Lo siento, tío. Creo que me has confundido con otro.

La recepcionista de Lapin se acercó al recién llegado.

—Buenas tardes, caballero. ¿Tiene una reserva?

Pero el hombre le hizo un gesto para que se fuera sin apartar los ojos de Steve.

—Sé quién eres. Tengo un don para reconocer caras. Por los ojos. Todo lo demás es diferente, pero los ojos siempre son iguales. —Asintió con firmeza—. Eres Jonnie Preston.

Heather miraba del uno al otro, intentando comprender qué estaba sucediendo.

—¿Steve? ¿De qué está hablando?

La recepcionista se interpuso entre el intruso y la mesa.

—Caballero, me temo que voy a tener que pedirle que se marche. Está molestando a mis clientes.

—No pasa nada —dijo Steve, cogiendo la bolsa de lona del suelo y levantándose rápidamente—. De todos modos ya me iba.

—Pero… Steve, espera. ¿No te acabas el café? Ni siquiera me ha llegado la ensalada y este señor estaba a punto de marcharse, ahora que sabe que ha sido un error…

—De error, nada —interrumpió el desconocido, estirando el cuello para ver por encima del hombro de la recepcionista, que le estaba haciendo señas a un hombre con perilla.

El barista se acercó corriendo desde el otro lado de la barra y, con el ceño fruncido, le dijo al recién llegado:

—Caballero, le pido que se vaya ahora mismo.

Pero el hombre pelirrojo también le ignoró.

—Sé quién eres, Jonnie. Y lo que hiciste.

Él sonrió astutamente.

—Te equivocas de persona, colega.

Y sin darle tiempo a Heather a reaccionar, Steve se levantó de un salto, puso un billete de cinco libras en la mesa, apartó al intruso de un empujón y se detuvo en el umbral para hacerle un rápido gesto de despedida antes de salir a la carrera.

Capítulo 23

Debería acostarme. Son las tres de la madrugada, y si mañana aparezco en la oficina con cara de agotamiento la gente se preguntará por qué. Podrían empezar a correr rumores.

Pero la ganadora del mes pasado se está convirtiendo en un problema…, uno que hay que abordar ahora, antes de que las cosas vayan más lejos. Leo sus MD y después paso a su cuenta de CelebMail. Casi todo es basura de los patrocinadores. Gente babeando, diciéndole lo maravillosa que es, las chorradas de siempre.

Me detengo al ver un correo electrónico de Ronan Quentin Davies —un familiar, supongo—. Lo abro y me encuentro con una diatriba larga y llorona en la que la acusa de «acaparar fama».

Interesante.

Cerca del final, una frase me llama la atención.

«Y ¿qué me dices de todas esas tonterías que estoy leyendo acerca de que te niegas a exhibirte con minifalda? ¿No les has contado la verdad? Si hay cosas que no quieres que sepa nadie, podrías invitarme a una de esas fiestas de la Triple F para informarme exactamente de lo que puedo y no puedo decirle a la prensa. Porque no me gustaría cometer un desliz y revelar algo que estás intentando mantener en secreto».

Eso suena a amenaza mal disimulada. Ronan Quentin Davies. Paso el nombre por un buscador. Es un actor... o, al menos, en su web dice que es un actor. Mucho éxito seguro que no tiene, porque apenas hay nada sobre él en internet.

Me recuesto en mi silla de oficina y me balanceo, sonriendo para mis adentros. Un hermano descontento y hambriento de fama, con pinta de resentido. Perfecto.

Capítulo 24

Una publicación más y podía irse a dormir. Heather estaba tumbada sobre el edredón de plumas de ganso siberiano de su cama tamaño emperador, con la *tablet* apoyada contra un cojín Cartier. Repasó las imágenes del día y se detuvo al ver una foto en la que salían Tessa y ella compartiendo una porción de tarta en la cafetería de Harrods. Estudió la foto unos instantes, con los dedos quietos sobre su teclado Bluetooth. A continuación, escribió: «¿Para qué vas a desayunar en Tiffany's cuando puedes almorzar en Harrods?».

Mandu entró sigilosamente en el dormitorio y subió a la cama de un salto. Por un instante, Heather pensó que la gata incluso podría estar buscando afecto, pero se limitó a caminar sobre el teclado, llenando la pantalla de líneas de pes y equis.

Levantó el teclado, fuera de su alcance.

—Por poco lo logras, Mandu, pero no pienso dejarte publicar en CelebRate. En este teclado solo puedes estar en forma de contraseña.

Alargó la mano para acariciar a su nueva mascota, que se apartó y se bajó de la cama. Heather suspiró, dejó el teclado sobre la almohada, borró la ristra de letras y envió la publicación. Más o menos un minuto después oyó una campanita, el aviso de que la foto se había publicado.

Ya. Misión cumplida. Hora de ponerse el pijama de seda y meterse en la cama. Pero mientras dejaba la *tablet* y el teclado en la mesilla de noche, le vinieron a la memoria las palabras de Steve.

«Prueba a ver con el nombre de su mascota y un número al final. Es la contraseña que ponen casi todas las chicas».

Una sugerencia ridícula. Solo que ella misma había hecho exactamente eso, pese a que su mascota ni siquiera le caía demasiado bien. Se quedó mirando la *tablet,* pensando en la foto de Analise con el gato negro que había visto encima de la mesa del comedor de Persephone Tetterson. Tal vez…

Empezó a revisar la «colección especial» de las publicaciones antiguas de Analise que CelebRate había subido en su memoria. Y ahí estaba: un videoclip del gato negro dando golpecitos a un cepillo de maquillaje que tenía Analise en la mano, con el pie de foto: «¡Medianoche intenta ponerle encima las garras a mi nuevo colorete de ensueño color coral!».

Medianoche. Heather fue a CelebMail, cerró la sesión y pinchó en «Nuevo usuario». Después, en «Nombre de usuario», tecleó «Analise.Tetterson@CelebMail.co.uk».

Una ventana emergente que ya conocía le dio la bienvenida: «Toca cambiar de contraseña!». Claro. Como habían pasado más de dos semanas desde la muerte de Analise, el sistema de seguridad había saltado automáticamente. Miró la ventana de «Contraseña actual» que había debajo. Escribió «Medianoche4» en el espacio, aunque con pocas esperanzas, porque estaba prácticamente segura de que Analise había estado en CelebRate más de un mes más que ella. Cómo no, había saltado una alerta de «contraseña incorrecta», y, debajo, «Intentos restantes: 2. Después de 3 intentos fallidos de inicio de sesión, esta cuenta será bloqueada».

«Maldita sea». Quedaban solo dos oportunidades. Se mordisqueó la uña del pulgar, pensando. Si Analise, al igual que Heather, había utilizado el número 1 en su primera contraseña y había estado ocho semanas en CelebRate en el momento de su muerte, el número de la contraseña tenía que ser el 5... Eso, suponiendo que lo hubiese ido subiendo de uno en uno. Tecleó «Medianoche5».

De nuevo salió la ventana emergente. «Contraseña incorrecta. Intentos restantes: 1».

Ahora o nunca: era su última oportunidad. Se pasó los dedos por el pelo, pensando. No tenía la sensación de que Analise hubiese estado más de dos meses en CelebRate, pero si había empezado muy abajo en la clasificación era posible que llevase allí más tiempo y que Heather simplemente no se hubiese fijado hasta que había llegado a los Top Seis, sumándose a los winfluencers cuyos rostros dominaban la plataforma. Conque tal vez debería apostar por el 6..., o incluso saltar directamente al 7 o al 8.

Se quedó vacilando con los dedos inmóviles sobre el teclado. No iba a tener más remedio que adivinarlo; de todos modos, era poco probable que funcionase. Tecleó «Medianoche7» y esperó a que saliera la ventana emergente de rechazo, preparándose para dejar la *tablet*, ponerse el pijama, meterse en la cama y dejar que el colchón de espuma viscoelástica hecho a medida la acunase hasta que se durmiera.

Hubo una pausa que se le antojó larga, pero que en realidad no debió de pasar de unos segundos.

Y de repente apareció una nueva ventana con dos espacios: «Nueva contraseña» y «Confirmar nueva contraseña».

Por un instante, Heather simplemente se quedó mirando la pantalla, atónita por lo inesperado de su éxito a la vez que la excitación disipaba las volutas de somnolencia que se habían estado enrollando a su alrededor. Tecleó una nueva contraseña y la pantalla se llenó al instante de nombres y de temas. Eran los celebMails de Analise. Apoyando la espalda contra el cabecero, recorrió la lista de remitentes con el corazón a mil por hora. Todos los correos más recientes estaban sin leer, y en su mayor parte eran de direcciones de la Triple F con nombres que Heather no reconoció. Había también una avalancha de mensajes de la compañía de maquillaje que la patrocinaba, todos marcados como «URGENTES». Se saltó los nombres que todavía estaban en negrita —y, por tanto, sin leer— hasta llegar al último mensaje que había abierto Analise antes de morir. El remitente era «Ah, No Sé». El corazón se le aceleró todavía más. ¿No era ese, o algo parecido, el apodo que Tessa había dicho que figuraba en las publicaciones provocadoras? En el asunto ponía: «Lo que hiciste». Había un archivo adjunto.

A Heather se le aceleró el corazón. Conque era esto. El *email* que había llevado a Analise al límite. Lo abrió.

«Eres tóxica. Destruiste la vida de tu hija al abandonarla. Ya es demasiado tarde para intentar arreglarlo. Está rota. Por tu culpa».

Pinchó en el archivo adjunto, y al ver la foto contuvo la respiración. Reconoció inmediatamente a la chica de la foto del móvil de Persephone Tetterson: era Ellie, con un vestido de algodón sin mangas. En la mano derecha tenía una hoja de afeitar suspendida sobre el interior del brazo izquierdo, cuya piel estaba surcada por cortes. Fila tras fila de líneas rojas marcaban la pálida piel desde el codo hasta el hombro, unas recientes y otras ya cicatrizadas. Y entre ellas, marcas de aguja.

Oh, Dios. Qué mal habría tenido que sentirse Analise al entrar en su CelebMail y confrontarse con esta imagen de la hija a la que había abandonado: una chica herida que intentaba desesperadamente liberar el dolor soterrado… y anularlo con sustancias químicas. Se imaginó el autodesprecio y la desesperación de Analise mientras leía el mensaje que le decía que el daño irreversible ya estaba hecho. Y que todo era culpa suya.

Se pasó la mano por los ojos. Qué espanto. Tendría que llamar a Persephone por la mañana, avisarla de que la nieta cuya foto había compartido con tanto orgullo estaba…

Una súbita revelación interrumpió el hilo de pensamiento.

«La foto».

Heather volvió a verla en su imaginación. Ellie con un top sin mangas, los pálidos brazos abiertos de par en par. Los cortes y las marcas habrían saltado a la vista.

Sin embargo, no había ni uno. Tenía la piel pálida e impecable.

Sus ojos volvieron a la imagen de la pantalla del ordenador, a las marcas de la chica. Eran de un realismo perfecto.

Permaneció completamente inmóvil unos instantes, asimilando lo que esto significaba mientras sus pensamientos se lanzaban al galope. Después copió la dirección de correo electrónico del remitente y se la envió a Steve, con un mensaje en el que le pedía que rastrease la dirección IP y el remitente y que por favor se diese prisa, que era urgente.

Tenía que averiguar quién era Ah, No Sé. Porque esa foto había llevado a Analise a su muerte. Y era una mentira.

Capítulo 25

WINFLUENCER «MODESTA» OCULTA DESFIGURACIÓN

La estrella de CelebRate Heather Davies ha sido aclamada como una nueva modalidad de icono de estilo por su negativa a participar en la «carrera hacia la falda más corta».

Pero su hermano ha revelado que su manera de vestir nada tiene que ver con la modestia ni con el feminismo. «La presentan como una especie de dechado de moralidad —dijo Ronan Davies, de 25 años, en una entrevista exclusiva con el London Herald*—. Pero la verdad es muy distinta. Antes llevaba faldas tan cortas como la que más. Pero tuvo un accidente de coche. La razón por la que no quiere que la gente le vea las piernas es que una de ellas es horrible. A mí no me lo parece, claro, porque somos de la misma familia; para mí siempre será mi preciosa hermana. Pero para el resto del mundo… Bueno, digamos que los cirujanos hicieron todo lo posible, pero como fue un accidente muy grave había un límite. De haber podido, le habría dado mi pierna».*

*Al preguntarle si pensaba que su hermana era una hipó-
crita por presentarse como una «feminista de la modestia»
cuando en realidad no hacía más que esconder sus heridas, se
encogió de hombros y dijo: «¿Quiénes somos nosotros para juz-
gar? En cierto modo, ser una winfluencer es como ser actriz.
Tienes un público y un papel que interpretar. Y como actor experimentado, después de numerosas producciones teatrales de
éxito, entiendo de qué manera…».*

Heather dejó de leer, soltó la *tablet,* se dejó caer de espaldas sobre la cama y se quedó mirando al techo. Había puesto el F-phone
en silencio, pero aún lo oía zumbar sobre la mesa. Las cortinas no
estaban cerradas del todo y dejaban entrar una lanza de luz vespertina que se le clavó en los ojos. Tiró del edredón, arrebujándose en él.

Maldito Ronan. Debería haberle sobornado, haberle dado más
dinero, una mensualidad entera, a condición de que guardase silencio. Aunque, siendo realistas, seguramente no habría servido de
nada. Ronan no podía evitarlo; era ver un foco y saltar a la pista de baile. ¿Cómo iba a limitarse a decirle a la prensa que era su hermana y
que estaba orgulloso de ella? No, con eso no le daría al público lo
que quería…, ni conseguiría que su cara apareciera en la página de
inicio del *London Herald.* Los programas matutinos no lo invitarían
a sus sofás para que compartiera la primicia sobre su avergonzada
hermana; ¿siempre había sido una mentirosa y una hipócrita?

Los seguidores de Heather la estaban abandonando. Había bajado a 900 000…, la novena en las clasificaciones. Su descenso a la
Zona de Caída solo era cuestión de tiempo. Entonces, lo perdería
todo…, la fama, el dinero. ¿Y qué sería de ella? Era como si estuviese atrapada en una pesadilla, mirando impotente mientras todo se le
escurría entre los dedos. Echó un vistazo a su F-phone, sobre la

mesilla de noche como una serpiente venenosa, lista para atacar. No quería ver qué había en la pantalla.

Desde abajo llegó el ruido de alguien que llamaba a la puerta de la calle con golpes fuertes e insistentes. Alguno de los periodistas debía de haber deducido que había silenciado el timbre. Bueno, que siguieran aporreando todo el día si querían… No pensaba moverse del sitio.

Después debió de quedarse dormida, porque la siguiente vez que abrió los ojos la luz que entraba por el hueco de la cortina se había suavizado y transformado en un resplandor nacarado. Oía a los periodistas charlando en la entrada. Retiró el edredón, se acercó a la ventana abierta que daba al parque y se asomó por la rendija de las cortinas para ver si había algún periodista merodeando por la parte de atrás de la casa, al otro lado del muro del jardín, con el teleobjetivo apuntando hacia ella. Pero no había nadie. Descorrió las cortinas con un suspiro de alivio y se quedó mirando al exterior. Al otro lado del parque infantil, el sol poniente teñía la urbanización Shakespeare de amarillos y grises de acuarela. A estas horas Debbie estaría haciendo la cena, canturreando mientras cocinaba. No había abandonado a Heather; un par de veces a la semana le mandaba mensajes proponiendo que quedasen para ponerse al día, diciendo que lo quería saber todo sobre su vida pija de ahora. Y Heather siempre decía que sí, que por supuesto, que a ver si reservaban una fecha. Pero, por alguna razón, no había sucedido. Igual no era mala idea que se pasara por allí ahora mismo, que le abriese su corazón a Debbie mientras esta abría una botella de vino, como en los viejos tiempos.

Solo que estos no eran los viejos tiempos. Su antigua vecina no podía ni entender ni identificarse con sus problemas actuales. Además, seguro que Debbie le preguntaba por qué, en los diez meses en los que habían estado compartiendo historias y viviendo puerta con puerta, Heather jamás le había confiado lo del accidente de coche .Y Heather no tenía ninguna respuesta que darle.

El F-phone volvió a zumbar. No podía esconderse eternamente de la verdad. Pisó despacio por el suelo de roble y se quedó mirando el aparato, preparándose. Había llegado la hora de dar la cara. Lo cogió y miró la pantalla. Llamadas perdidas. Montones. En su mayoría, números que no le sonaban de nada, y otros clasificados como «número desconocido»… Periodistas, seguro. Había también llamadas perdidas de Tessa, Debbie, Noah y Lara, además de un montón de MD de otros winfluencers, desde los «¿Estás bien?» hasta algún que otro comentario mordaz («¡Ya decía yo que por qué iba nadie a querer ponerse esas faldas!», «Qué pena lo de esa pierna tan fea ☹ ¡Menuda putada!»).

El teléfono volvió a vibrarle en la mano. La alerta de las últimas clasificaciones. Se le encogió el estómago. La número doce. La última. Le quedaban menos de 600 000 seguidores. Cerró los dedos en torno al aparato. Su mundo de ensueño se estaba derrumbando. Su hogar, su dinero y su estatus de celebridad estaban a punto de serle arrebatados mientras millones de fans miraban y decían que se lo merecía.

Heather apretó la mandíbula. Que se jodan, se dijo. Puede que estuviera perdiendo todo lo demás, pero aún le quedaba el orgullo. Y no pensaba quedarse cruzada de brazos esperando a que la echaran como si fuera basura. Iba a hacer que la recordasen como la primera winfluencer que se marchaba por su propio pie, y con la cabeza bien alta.

Sintió una oleada de náuseas mientras se registraba en CelebMail y, con dedos temblorosos, escribía un *email* en el que anunciaba que se retiraba de CelebRate en vista de que ya no se sentía capaz de cumplir con sus obligaciones. Las letras vibraban a través de las lágrimas.

Heather estaba a punto de enviarlo cuando vio que no había puesto ningún destinatario. ¿A quién tenía que comunicar su dimisión?

¿A Noah? ¿Al departamento legal? ¿A Winfluencer Ventas? Podía enviárselo a los tres. O dirigirse sin rodeos a lo más alto. Tecleó «Duncan.Caldwell@CelebMail.co.uk».

Dio a «Enviar».

Heather acababa de salir de la ducha y se estaba enrollando una toalla alrededor del pelo cuando le pareció oír algo; el crujido de una tabla del suelo, en algún lugar de la planta de abajo. Se puso el albornoz, abrió despacio la puerta del cuarto de baño y salió al descansillo, aguzando el oído. Nada. Se lo habría imaginado. Dio media vuelta, y apenas había avanzado dos pasos en dirección a su dormitorio cuando oyó, alto y claro, el sonido de una tos sofocada.

«Había alguien dentro de la casa».

El corazón se le puso a mil. ¿Quién era? ¿Uno de los periodistas? No parecía probable. Vale, a veces eran insistentes, pero que ella supiera ninguno había llegado a colarse en una casa ajena. Además, había echado un vistazo a la calle antes de meterse en la ducha por si todavía quedaba alguno. Pero eran más de las nueve de la noche, y, tras desistir de verla aquel día, se habían dispersado para cumplir con sus respectivas fechas de entrega.

Aliviada, había ido por el pasillo hasta el cuarto de baño principal, con su ducha acristalada estilo monzón —mucho más gustosa que la ducha normal de su *en suite*—, para desprenderse del día que llevaba adherido a la piel. Ahora, sin embargo, deseaba que no se hubiesen marchado, que hubiese alguien cerca a quien llamar. Se quedó quieta como una estatua, aguzando el oído, sus pensamientos acelerándose al mismo ritmo que su pulso. Tenía que llegar hasta su móvil, llamar a la policía. Estaría sobre el edredón, donde lo había dejado después de enviar el correo de dimisión. ¿Llegaría a tiempo al cuarto de baño? ¿Y si el intruso oía los pasos…, y subía?

«Cálmate. Céntrate».

Respiró hondo para serenarse: inhalar por la nariz, exhalar por la boca. Después, empezó a moverse con mucho cuidado hacia el dormitorio. Aguzó el oído, pero quienquiera que estuviese en el piso de abajo ya no hacía ruido. Nunca le había parecido tan largo el pasillo. Empezó a ir más deprisa, pero tenía los pies mojados de la ducha y se resbaló sobre la madera pulida del suelo. En su intento de evitar la caída, pisó fuerte con el talón izquierdo, provocando una descarga de dolor.

La persona que rondaba por abajo debió de oírlo, porque el silencio fue sustituido por un sonido de pasos veloces. El crujido de un peldaño.

«El intruso estaba subiendo».

Se fue tambaleando hacia el dormitorio, con la idea de meterse corriendo, echar el pestillo y pedir ayuda por teléfono. Pero el resbalón la hacía cojear más de lo habitual. El intruso la alcanzaría fácilmente. Podía gritar, pero ¿quién iba a oírla? No estaba cerca de una ventana, y los muros eran gruesos y no dejaban pasar el sonido.

—¿Heather? —dijo una voz familiar—. ¿Estás ahí?

El pánico acumulado se desvaneció de golpe. Apoyó la palma de la mano contra la pared para recuperar el equilibrio, y cerró los ojos aliviada. Podía estar tranquila. Estaba a salvo.

Se acercó renqueando a la parte superior de la escalera, agarrándose el cuello del albornoz mientras miraba al hombre que iba ya por la mitad con la pálida cara vuelta hacia ella.

—Duncan. ¿Cómo has entrado?

Duncan le enseñó una llave.

—La Triple F te alquila esta casa hasta que se cierre la venta. Lo cual significa que, técnicamente, yo soy tu casero. Y en tu contrato dice que el casero tiene permiso para conservar una copia de la llave y entrar en caso de emergencia.

Heather cerró los ojos unos instantes mientras reflexionaba sobre lo que acababa de oír. Ahora que ya no tenía miedo, vio que volvía a ser capaz de pensar con claridad, de procesar lo que estaba diciendo Duncan.

—Entonces, que quieras hablar conmigo cuenta como una emergencia, ¿no?

Duncan se encogió de hombros, sin dar la más mínima muestra de culpa ni de vergüenza.

—Estaba preocupado por ti. Te llamé después de recibir tu correo, pero no respondiste…

—Tengo el móvil en silencio.

—Así que vine, pero no respondías al timbre…

—Está desconectado.

—Probé a llamar con los nudillos…

—Estaba en la ducha.

—Así que mandé un mensaje diciendo que si no respondías en media hora iba a usar mi llave para entrar y comprobar que estabas bien. Y no respondiste. Conque aquí estoy.

—Bueno, pues ya has comprobado que estoy bien.

—Sí. Y creo que deberíamos hablar antes de que tomes una decisión precipitada. Venga, vamos a dar una vuelta en coche.

Heather abrió la boca para objetar —¿cómo se atrevía a pensar que podía colarse en su casa de esta manera?—, pero no salió nada. Porque ahora comprendía que había una razón por la que había escrito a Duncan, y a nadie más: había querido ponerse en contacto con él. Él no debería haberse presentado en su casa de esta manera… ¿De verdad era su casero? Se dijo que debería haber estado más atenta cuando el abogado había repasado con ella los documentos…, pero el hecho de que hubiese venido corriendo era… Bueno, quizá no romántico exactamente, pero sí, en cierto modo, conmovedor.

Tenía que significar que le importaba. Y en estos momentos, si algo necesitaba ella era sentirse cuidada.

—De acuerdo —dijo—. Dame unos minutos para que me ponga algo.

—Vale. Te espero en el coche.

La última luz del día se había desvanecido del cielo para cuando Heather salió a la calle. Al acercarse a la limusina, se vio reflejada en sus ventanas, que estaban iluminadas por las farolas. Tenía mejor aspecto por fuera que por dentro, con su vestido midi azul marino y maquillaje suave, y el cabello todavía lo bastante húmedo como para mantenerse ondulado a pesar de haberse pasado rápidamente el secador. El chófer dio la vuelta para abrirle la puerta, y Heather miró a ambos lados para asegurarse de que en efecto se habían marchado todos los periodistas. A continuación, se metió en el coche.

Duncan estaba sentado junto a la ventanilla del fondo, observándola mientras subía sujetándose el dobladillo del vestido. Permaneció en silencio mientras el vehículo se apartaba de la acera, doblaba hacia Holland Park Avenue y se incorporaba al flujo del tráfico nocturno que iba dejando atrás inmensas casas y pequeños cafés, rumbo al centro de la ciudad.

—Entonces, ¿adónde vamos exactamente? —preguntó ella.

—¿Importa?

—Un hombre aparece dentro de mi casa a las tantas de la noche sin avisar, me mete a la fuerza en un coche y no me quiere decir adónde me lleva. Un panorama cuando menos inquietante.

—Las nueve y media no son las tantas. Y lo de «a la fuerza» me parece un poco excesivo.

—Puede que haya exagerado algo para darle un toque dramático…

—Cómico.

—Eso también.

—Utilizas el humor como mecanismo distanciador.

Heather puso los ojos en blanco. En este momento estaban atravesando el corazón de Notting Hill, sus aceras abarrotadas de gente yendo de un *pub* o un restaurante a otro.

—Me recuerdas a Elliot.

—¿Ah, sí? —Duncan se quedó pensando—. Siempre me ha interesado la psicología, las fuerzas que impulsan a las personas y la variedad de capacidades que tienen para soportar la presión. La naturaleza humana es una fuente de infinito asombro.

—Eso, dicho por un hombre conocido principalmente por evitar el contacto humano.

—Prefiero observar desde una distancia segura.

Dejaron atrás Hyde Park. Los habituales de los pícnics de los sábados hacía mucho rato que se habían marchado. Las verjas estaban cerradas con llave, y la hierba, de noche, parecía gris; manchas de una oscuridad más profunda llenaban los huecos de debajo de los árboles.

—Dices que prefieres mantener las distancias, y sin embargo aquí estás, pegadito a mí.

—Tuve que venir porque no respondías a mis llamadas ni a mi *email*.

—Ya te lo he dicho, ni oí tus llamadas ni vi el correo. —Heather apartó la vista de la ventana y lo miró a la cara—. ¿Qué decía?

Duncan la miró largo y tendido. Los claros ojos le brillaban y Heather pensó de nuevo en criaturas subterráneas, adaptadas a un mundo sin luz.

—«No te vayas». —Duncan hizo una pausa—. Eso es lo que decía.

Heather sintió que se le aceleraba el pulso.

—Me sorprende que quieras que me quede, teniendo en cuenta que ya no voy a atraer a más patrocinadores para tu empresa. Por si no te habías dado cuenta, estoy casi en la Zona de Caída. Se me ha acabado el tiempo en la Triple F.

—No tiene por qué.

—¿No has visto la entrevista a mi hermano? Todo el mundo dice que soy una mentirosa y una hipócrita.

—Se equivocan. He visto y he leído todo lo que le has dicho a la prensa y lo que has publicado en CelebRate. Y jamás has mentido. Solo has dicho que prefieres no enseñarle tu cuerpo a todo el mundo. Eso es verdad. Hubo gente que atribuyó tu motivo al feminismo o a la modestia, pero tú no.

—No, pero les seguí la corriente, lo cual es una especie de engaño. En cualquier caso, ya no tengo PUV.

—Pues búscate una nueva.

Su mirada empezaba a ponerla nerviosa, así que desvió la vista hacia la ventana. Estaban pasando por delante de Marble Arch, en dirección al río. Aún no había dicho adónde iban. Quizá debería insistirle en que se lo dijese, pero, por alguna razón, no quería. Le gustaba estar allí, con aquel hombre tan raro, recorriendo Londres de noche y preguntándose qué iba a pasar a continuación.

—Te agradezco que intentes ayudarme, pero, haga lo que haga, la gente solo va a verme como la chica de las cicatrices. Y no es eso lo que quieren los fans de la Triple F. Quieren belleza.

—A mí tus cicatrices me parecen bellas a su manera. Porque cuentan una historia… Una historia de infortunio y supervivencia. —Desplazó los ojos por el cuerpo de Heather hasta llegar a sus piernas, ocultas bajo la falda. Tocó el dobladillo—. ¿Me permites?

Heather tragó saliva, intentando decidir cuál era la mejor respuesta. Pero sus hormonas y sus inseguridades estaban enviando mensajes contradictorios y le impedían pensar con claridad. Al final, se limitó a asentir con la cabeza y se quedó mirando mientras Duncan subía la tela y se detenía al llegar justo debajo de las caderas, exponiendo la carne desgarrada y arrugada. Heather lanzó una mirada cohibida al chófer.

Duncan debió de verlo, porque dijo:

—El conductor no nos ve. Es un vidrio unidireccional, porque, aunque me encanta observar a la gente, no soporto que me observen.

Los largos dedos subieron por su pierna mientras los seguía con la mirada, igual que lo habían hecho aquel día en la azotea. Heather cerró los ojos mientras la mano de Duncan se movía sobre sus cicatrices, sintiéndola ora sí ora no según tocase zonas de nervios muertos o piel sensible.

—¿Y no es peligroso, eso de no poder ver lo que hay detrás? —dijo Heather con voz entrecortada.

—Hay una cámara encima del maletero que transmite en directo el tráfico que nos sigue.

Se detuvieron ante un semáforo en rojo y Heather vio una multitud de turistas plantada en la acera delante de la ventanilla del coche. Miraban la limusina con curiosidad, tal vez preguntándose si habría algún famoso dentro. Era excitante estar justo al otro lado del cristal, con medio cuerpo descubierto y la mano de un hombre desplazándose por su piel. Y la gente apenas a unos centímetros de distancia, con la mirada dirigida hacia ellos, incapaces de ver. Podría estar desnuda y nadie lo sabría.

—A mí me pareces atractiva. —Lo dijo como si nada, como si le estuviese diciendo qué tipo de café le gustaba—. Y si me lo pareces a mí, seguro que también a otras personas.

—No necesariamente —dijo ella—. Ten en cuenta que tú eres muy raro.

Duncan soltó una risotada incongruente y profunda.

—Sí. Sí, lo soy.

De repente se estaban besando, y Heather sentía todo el peso de su cuerpo sobre ella. El cuero del asiento se le pegaba a los muslos y la mano de Duncan seguía sobre su cadera, negándose a abandonar esa parte de Heather, la parte herida. Cuando, minutos después, se echó encima de él, se sacó el vestido azul por la cabeza y lo tiró a un lado, fue vagamente consciente de que estaban pasando por delante del Ojo de Londres, con sus cabinas de cristal inmóviles sobre el fondo del cielo nocturno. Luego, perdió la noción de dónde estaban y de lo que estaba pasando en el exterior.

Más tarde, una vez que la hubo dejado en casa, Heather se quitó la ropa y se quedó un rato ante el espejo, observando su cuerpo: las curvas y las llanuras de sus pechos y su vientre. De ahí bajó a las piernas, deteniéndose en el borde en el que la suave piel daba paso a los turbulentos rojos y morados de la zona dañada.

«A mí me pareces atractiva».

Las palabras habían sido pronunciadas no como un elogio, sino como una simple aseveración.

Su teléfono seguía sobre la cama, donde lo había dejado. Lo cogió y, haciendo caso omiso de la avalancha de llamadas perdidas y mensajes, abrió su CelebMail y se fue derecha al correo de Duncan. Desnuda todavía, se dejó caer sobre la cama y se quedó mirando las tres palabras que habían aparecido en la pantalla.

«No te vayas».

No habían hablado de volver a verse. ¿Debería responderle con otro correo, algo ligero y juguetón? Se lo pensó unos instantes antes de descartarlo. No. Mejor dejar las cosas como estaban durante unos días y ver si…

Llamaron a la puerta con firmeza. Miró la hora en el móvil. Las doce y cuarto. ¿Quién demonios sería a esas horas? El móvil vibró, anunciando la llegada de un mensaje. Tessa. «Como no respondes a mis llamadas, no me queda más remedio que venir y molestarte en persona. Estoy en la calle y veo que tienes las luces encendidas, así que no te molestes en fingir que estás durmiendo. Déjame entrar».

Otra visita sin invitación. Estaba siendo una de las noches más raras de su vida.

—Me tenías preocupadísima. —Tessa frunció el ceño por encima de la copa de vino que acababa de darle Heather—. He estado llamándote y enviándote mensajes sin parar.

—Lo sé. Perdona. Hoy no estaba en mi mejor momento. He estado… escondida, por decirlo de alguna manera.

Heather apoyó los antebrazos sobre el frío granito de la isla de la cocina. Estaban sentadas en los taburetes, la una al lado de la otra, bebiendo vino y picando de una lata de aceitunas de Waitrose que había encontrado en la nevera.

Tessa cruzó las piernas.

—Bueno, se supone que en los momentos difíciles recurres a tus amigos, no que te alejas de ellos.

—Lo sé. Perdona. Es solo que… me cuesta asumir que mi vida de winfluencer se termina.

—No necesariamente.

—Por favor. Estoy a punto de cruzar el umbral de los quinientos mil seguidores. Para el miércoles que viene estaré suplicándole al instituto que me deje volver. Se ha terminado.

—No. —Tessa movió firmemente la cabeza—. Podemos arreglarlo.

—Soy una mentirosa y una falsa feminista.

—No es cierto.

—Cierto o no, es el relato que circula por ahí.

—Pues entonces cambia el relato.

En la risa de Heather hubo una nota de desdén.

—Dios mío, suenas igual que Duncan.

Tessa frunció el ceño, desconcertada.

—¿Qué Duncan?

—El… Ya sabes, el director general de la Triple F. —Notó que se ruborizaba—. Dice que puedo cambiar mi PUV.

Una aceituna se quedó a medio camino de la boca de Tessa.

—Anda ya, estás de broma. ¿De verdad has hablado con Duncan Caldwell? ¿Cuándo?

—Esta noche. Se… Se pasó por aquí.

Tanto arqueó Tessa las cejas que le rozaron el flequillo.

—Perdona, ¿me estás diciendo que el jefe de la Triple F, con su fama de tipo huraño, se «ha pasado por aquí» así, por las buenas?

—Mmmm… Sí. —A Heather le ardían las mejillas, sabía que se estaba ruborizando—. Lo conocí una noche que fui a la sede… a buscar una cosa. Tenemos una… Esto… Bueno, podría decirse que tenemos una conexión. —Titubeó, dudando si contarle o no a Tessa lo que acababa de suceder entre ellos.

Pero le parecía mal compartir la experiencia tan pronto, cuando todavía la estaba absorbiendo: la intimidad de deslizarse juntos a través de la noche en el pequeño universo de la limusina, con los cuerpos entrelazados, rodeados por la ciudad, pero invisibles para ella. Por el momento, al menos, quería mantener en secreto su relación…, si es que podía llamarse así.

—Le mandé un correo para decirle que me marchaba de CelebRate. Se pasó por casa para intentar disuadirme.

—Hmmm. —Tessa se metió la aceituna en la boca y frunció el ceño mientras masticaba—. Vale. Si solo es eso, vale. No te conviene que un hombre como él se te acerque demasiado. Tiene mala fama.

Heather bebió un sorbo de vino, cada vez más irritada.

—De acuerdo, ya lo he pillado. Es raro y solitario.

Tessa negó con la cabeza.

—No me refiero a eso. Es despiadado. Es de esas personas capaces de pisar a quien sea para conseguir lo que quiere. Incluso a la gente más cercana a él.

Heather tensó la mandíbula, poniéndose a la defensiva. ¿Qué sabía Tessa de Duncan? ¡Si ni siquiera le conocía!

—Bueno, pues resulta que yo he hablado con él y también he leído todos los artículos que se han escrito sobre él, pero no me he topado con nada que respalde esa acusación, así que a lo mejor deberías…

—En internet no vas a encontrar nada; ya se ha encargado él…

Heather puso cara de exasperación.

—¿En serio, Tessa? Sé que a Duncan Caldwell le han acusado de todo, desde confabularse con la industria cosmética hasta ser el causante del covid. Pero no te tenía por una conspiranoica.

—Y no lo soy. Simplemente, estoy atenta a lo que pasa. Se rumorea que le robó el proyecto de la Triple F a su mejor amigo, un tal Brendon No-Sé-Qué. Habían estado hablando de encontrar una manera de mercantilizar la fama, pero fue Brendon quien desarrolló el concepto y trazó un plan para implementarlo. Duncan tenía los contactos empresariales, así que al principio la idea era lanzarlo juntos, como socios igualitarios. Pero algo se torció; puede que se enfadasen o puede que Duncan simplemente se volviera codicioso. De manera que…

Tessa fue interrumpida por un toque de trompeta sintético: una actualización de las clasificaciones. Debía de haber ascendido, porque se le iluminó la cara al mirar el F-phone. Luego, volvió a dejarlo en su sitio y bebió un trago de vino mientras Heather esperaba, dividida entre la irritación y la curiosidad.

—¿Y? Me estabas hablando de Duncan y su amigo.

—Sí, eso. El caso es que después de que cada uno se fuera por su camino, Duncan hackeó el ordenador de Brendon, le robó los archivos y lo puso todo en marcha él solo, dejando tirado a su ex mejor amigo.

Heather soltó una risa burlona.

—Eso es una chorrada, obviamente. Porque el tal Brendon le habría llevado a juicio o se lo habría contado a la prensa... Seguramente, las dos cosas.

—Ahí es donde se pone todo más turbio. Un par de semanas antes de la fecha de inicio del concurso, Brendon le dijo a un periodista que estaba pensando en presentar una orden judicial para impedir el lanzamiento. Pero entonces su mujer recibió un vídeo de su marido con otra, un vídeo, por decirlo así, comprometedor, así que lo dejó y se llevó a los niños. La gente dice que Duncan estaba detrás de todo esto. Que descubrió el vídeo y lo descargó cuando entró en el ordenador de Brendon.

—Vale. Conque ahora «la gente» está acusando al director general de la Triple F de enviar vídeos subidos de tono a la mujer de un tío. —Resopló—. ¿Qué ganaría con eso, aparte de conseguir que su antiguo socio estuviese todavía más decidido a acabar con él? No tiene ningún sentido.

—Sí que lo tiene. Porque Brendon era una persona inestable y un exalcohólico. Perder a su familia fue la gota que colmó el vaso. Tuvo una crisis, empezó a beber otra vez... y mucho. Ahora es un borracho redomado, no está en condiciones de emprender una batalla legal, menos aún de convencer a ningún periodista para que se arriesgue a publicar una historia tan polémica acerca de uno de los hombres más ricos de Gran Bretaña. En otras palabras, amenaza neutralizada.

Heather dejó el vino a un lado, y el chasquido del cristal contra el granito fue lo suficientemente fuerte como para que Tessa se estremeciese.

—No son más que chismorreos de winfluencers. Conozco a Duncan Caldwell y no lo creo capaz de nada semejante.

Se hizo un silencio en el que Tessa la escudriñó con los ojos entrecerrados.

—Y ¿cómo de bien le conoces, exactamente?

Heather notó que las mejillas volvían a arderle.

—Lo suficiente como para saber que es buena persona. Honrado hasta decir basta. Yo hoy tenía el ánimo por los suelos cuando se pasó por aquí, y me hizo ver las cosas de otro modo.

Tessa ladeó la cabeza.

—¿Qué cosas?

—Mi desfiguración. La había estado escondiendo, me avergonzaba, como si en cierto modo hubiese fracasado como mujer por no ser perfecta.

—Vale, entonces… ¿te hizo ver que tus heridas no son culpa tuya?

Heather negó con la cabeza.

—No, es más que eso. —Titubeó al recordar la mirada soñadora con la que Duncan había recorrido su pierna.

«Me gustan las cicatrices. Son el testimonio de que has pasado por una experiencia difícil».

—¿Qué, entonces?

Heather respiró hondo.

—Siento que es hora de que no solo acepte, sino que abrace mis cicatrices, que las vea como el registro de algo que he superado.

Historia personal, grabada en mi piel. La sociedad no debería hacer que las personas se sientan inferiores por no ofrecer una imagen perfecta. Las heridas deberían ser una medalla de honor, un modo de decir «Miradme. Viví un infierno y salí reforzada, y aquí sigo, firme. Soy una superviviente». —Se rio. No porque tuviera gracia, sino porque mientras hablaba todo estaba moviéndose y cambiando, el peso se iba soltando y se sentía cada vez más ligera, casi mareada. Libre.

Cuando volvió a mirar a Tessa, le sorprendió que sus ojos brillasen de entusiasmo y que estuviese haciendo pequeños gestos de asentimiento con la cabeza, como si estuviese de acuerdo con sus propios pensamientos.

—¡Eso es! —Agarró a Heather de ambos brazos, sacudiéndolos un poco—. Eso es exactamente lo que les vas a decir.

Heather movió la cabeza, desconcertada.

—¿A quiénes?

La sonrisa de Tessa se ensanchó hasta que ocupó todo su rostro.

—A todos.

Capítulo 26

Estoy sentado en mi sofá, bebiendo café y viendo a Heather en el televisor de pared.

—Un accidente de coche —está contando—. Me destrozó la pierna y me dejó un dolor atroz que va y viene en oleadas. En dos años apenas salí del hospital. Mis amigos se hartaron de venir a verme y siguieron con sus vidas sin mí. Me quedé rezagada en mi carrera profesional. Me sentía sola y amargada por los años que había perdido. Sentía que me habían robado, que me habían estafado. Pero ahora…, ahora empiezo a ver las cosas de otra manera.

La presentadora de *UK Morning* ladea la cabeza y mira a Heather con gesto de intensa concentración.

—De otra manera, ¿en qué sentido?

—El accidente y sus secuelas hicieron de mí la persona que soy en la actualidad. Estaba atrapada, aterrorizada. Estuve a un par de centímetros de ahogarme. —Ríe sin ganas—. Y lo digo literalmente. Para cuando me rescataron, el agua me estaba dando en la cara. Pero cuando sucede algo así, la vida se reduce a lo esencial. Hay algo puro en la experiencia. Te cambia para siempre. Y que tu cuerpo se quiebre, se desgarre, también te cambia. Quizá sea algo a celebrar, más que a esconder. Pero no te equivoques, es verdad que he estado escondiéndolo, tratándolo como si fuera un secreto turbio en lugar del símbolo de una batalla que ha definido quién soy. Así que ahora me pregunto por qué sentí la necesidad de hacer eso. ¿Tan superficiales somos como sociedad que preferimos ver un exterior impecable antes que las pruebas de adversidades superadas? Ha llegado la hora de que abrace mis cicatrices. Porque las cicatrices muestran que has pasado por una experiencia difícil. —Al pronunciar esto último, sus labios se curvan y dibujan una sonrisita. Entonces, se levanta el dobladillo de la falda y enseña una piel irregular y moteada. Estira la pierna y endereza los hombros—. Las cicatrices nos señalan como supervivientes. Dañados, no. Fuertes.

—Guau —dice la presentadora, asintiendo mientras el estudio estalla en una entusiasta ovación acompañada de silbidos y gritos de aprobación—. Bien dicho.

En ese momento termina la sección y aparece un nuevo invitado con un perro y un trofeo de «El mejor del *show*». Le doy a rebobinar y vuelvo al inicio, haciendo una pausa en un primer plano del rostro de Heather. Por algún motivo, está distinta. Es algo en el gesto de la boca y en la elevación de la barbilla. Una mirada que dice: «Esta soy yo. Tómame como soy o vete al infierno».

Me sirvo un *whisky* y me lo bebo deprisa, con la esperanza de acallar el murmullo de desasosiego que bulle dentro de mí. Siempre he tenido una idea muy clara de lo que quieren los fans de CelebRate. Son polillas, atraídas por el resplandor de la belleza, por la imagen brillante de una vida perfecta. No aceptan la fealdad. Y rebautizar la fealdad como valentía no logrará que lo hagan, piense lo que piense el impresionable público de un plató de televisión. Esto no va a servir de nada.

Es inútil.

Capítulo 27

Heather se quedó mirando la actualización de la clasificación, incrédula.

—Guau. Uff…, guau.

Tessa, que acababa de recorrer el salón de Heather haciendo un baile de la victoria, se acercó a ella y le arrebató el F-phone, alejándolo y acercándolo como si fuera una coleccionista de arte admirando una pequeña obra maestra.

—Ya te dije que funcionaría. Aunque si quieres que sea sincera, no pensé que fuese a funcionar tan bien.

CelebRate había cambiado la cabecera de Top Trío de manera que las tres imágenes eran ahora fotos de cuerpo entero. A Heather la habían colocado a la izquierda, utilizando una de las fotos sacadas por el fotógrafo que había contratado Tessa, un antiguo fotoperiodista de guerra al que en cierta ocasión habían dedicado una exposición individual en la National Portrait Gallery. La iluminación hacía resplandecer a Heather mientras miraba a la cámara con la barbilla levantada y mirada firme, como retándola a un duelo que sabía de antemano que ganaría, y se levantaba con aire despreocupado el dobladillo del vestido blanco. Sus heridas eran como una salpicadura de color sobre un lienzo en blanco. Arte moderno. Así lo había descrito Duncan cuando había llamado para darle la enhorabuena. Heather había esperado que le sugiriese salir a celebrarlo, pero Duncan le había dicho que estaba ocupado «encargándose de una cosa» y que se pondría en contacto con ella una vez que lo hubiera resuelto. De modo que iba a tener que esperar para volver a verlo. Quizá fuera mejor así; en estos momentos tenía una agenda muy apretada, con tantas reuniones de patrocinadores y peticiones de entrevistas.

—¡Número dos, nena! —gritó Tessa a la vez que cogía su copa de vino y giraba en calcetines por la madera pulida del suelo—. Deberías darle la patada a Lara y ponerme a mí de asesora de imagen. Nadie ha ascendido jamás desde lo más bajo hasta el *banner*. ¡Y tú lo has conseguido en tres días! Vamos, que soy un as de las relaciones públicas.

Número dos. Tres millones y medio de seguidores. De nuevo, el teléfono de Heather no paraba de sonar, aunque esta vez nadie la atacaba. Todo el mundo quería hablar de su valentía, de cómo había doblegado a la muerte, a la discriminación y a sus propios fantasmas. Uno de los tabloides la había apodado «Lady Fénix», renacida de las cenizas. Una organización benéfica para personas con desfiguraciones quería que fuera su imagen y que se incorporase a la junta directiva.

La semana anterior, la marea de la opinión pública la había arrastrado hacia las rocas. Sin embargo, Tessa había cambiado el sentido de la marea, y gracias a la entrevista de la televisión había pasado de ser nadie a ser una heroína en solo cinco minutos… Tal era el poder de la televisión matinal. Un debate sobre la enfermiza obsesión de la sociedad con la perfección había acaparado la atención de los medios, con Heather en su epicentro: orgullosa e inquebrantable.

—Soy un genio del mal —dijo Tessa.

—Pero si aquí el mal brilla por su ausencia…

Tessa fingió que lloriqueaba.

—Concédeme esto por una vez, ¿vale? Déjame ser una malota sexi, de esas que acarician gatos. Los genios corrientes y molientes son una panda de friquis. —Se plantó las manos en las caderas—. Venga, me lo debes.

Heather se rio. La alegría y la emoción se arremolinaban en su interior, dejándola ligeramente aturdida. ¿Alguna vez se había sentido tan bien?

—De acuerdo. —Puso cara de resignación y sonrió a Tessa, que estaba al otro lado de la habitación. Su amiga. Su salvadora—. Eres un genio del mal. Toda una villana Bond.

—Gracias —dijo Tessa, asintiendo con gesto satisfecho—. Solo te pido eso.

Capítulo 28

—He localizado al trol de tu amiga. —Steve sacó una silla y se sentó a su lado en la mesa de la ventana de Joe's Café.

Él se había negado en redondo a volver a Lapin («pretencioso, caro y pijo») y Heather había cedido; al fin y al cabo, Steve le estaba haciendo un favor.

Ella lo observó con el corazón acelerado. Estaba a punto de descubrir quién se había propuesto destruir a Analise. Apretó las palmas de las manos contra la mesa, pero se lo pensó mejor y las retiró… Joe's no destacaba precisamente por ser el más higiénico de los lugares.

—Venga, dispara. ¿Quién es?

—La llamada viene del interior de la casa… —dijo Steve con una voz extraña y susurrante.

Heather lo miró sin comprender.

—¿Perdona?

Steve puso los ojos en blanco.

—No me creo que no pilles la referencia. Es un clásico del cine de terror.

—Es que eres viejo; por eso no pillo ninguna de tus referencias.

—Esperó un momento antes de levantar las manos en señal de frustración—. Bueno, qué, ¿me lo cuentas o no?

Steve rasgó un sobrecito de azúcar para echarlo al café que le había pedido Heather, pero se le fue la mano y los granitos blancos se esparcieron por toda la mesa. Soltó una palabrota y se echó el azúcar vertido a la palma de la mano. Ella lo observaba con impaciencia. Ya era hora de que Joe's dejara de servir esos ridículos sobrecitos de azúcar y pusiera cuencos con azucarillos marrones y blancos y unas pinzas para servirlos, como en Lapin.

—La dirección IP está registrada a nombre de la Triple F.

A Heather se le secó la boca.

—¿Quién de la Triple F?

—Ni idea. El ordenador es propiedad de la empresa. Hay cientos de posibilidades.

—Pero ¿no hay duda de que se trata de alguien que trabaja allí? ¿Estás seguro?

—Alguien que trabaja allí o que tiene acceso a un ordenador de la empresa.

—Pero… si yo misma tengo uno. A todos los winfluencers nos dan un portátil, equipado con todas las *apps,* los filtros y el material de fotoedición necesarios.

Steve abrió otro sobrecito —esta vez con más cuidado— y lo echó al café.

—¿Te dejan quedártelo una vez transcurridos tus seis meses?

—Sí, supongo. —Heather pensó en la información que acababa de darle Steve—. Entonces, en resumidas cuentas, lo que estás diciendo es que el verdugo de Analise podría ser alguien que trabaja para la Triple F… o algún winfluencer, tanto uno antiguo como uno de ahora, ¿no?

—Sí, lo has resumido bastante bien. —La cucharita repicaba

contra la taza mientras removía el café—. Lo siento, sé que esperabas que te dijese un nombre. Pero al menos ahora sabes que no fue un trol cualquiera.

—Pero ¿por qué? ¿Qué motivos podría tener alguien para hacer algo así?

—Descubrir quién ha sido debería llevarte al porqué. —Cruzó los brazos por detrás de la cabeza—. ¿Tienes alguna idea de cómo vas a hacerlo?

—Hmmm. —Ella consideró la pregunta—. Es obvio que el siguiente paso es conseguir que la Triple F rastree ese ordenador y averigüe quién lo ha estado utilizando.

—Mmmm… Sí, pero ten en cuenta que a la empresa le interesa ocultar esto. Y para ponerte manos a la obra necesitarías que te ayudase algún alto cargo. ¿Conoces a alguien de confianza que ocupe una posición de poder en la Triple F?

—Sí —respondió Heather, sintiendo que un pequeño escalofrío de emoción le recorría el cuerpo—. De hecho, sí.

Si a Duncan le sorprendió que Heather se presentase en recepción exigiendo verlo inmediatamente, no dio muestras de ello. Al verla salir del ascensor privado, se limitó a decirle desde detrás de la puerta abierta del mueble bar:

—¿*Sauvignon blanc*?

—Sí, por favor.

Ella se sentó en el sofá color crema, Duncan se acercó con dos copas y le dio una. Clavó los ojos en los de Heather, que se puso nerviosa mientras le venían a la cabeza imágenes de lo sucedido en la limusina: las yemas de sus dedos recorriéndole la pierna, el vestido tirado en el suelo, el peso de su cuerpo encima de ella mientras…

Interrumpió el pensamiento con un brusco movimiento de cabeza.

Bebió un poco de vino y, recobrando la compostura, se dijo que no era una visita de cortesía; estaba allí porque necesitaba su ayuda. La clave estaba en convencerle para que se la brindase sin revelar demasiado. Al fin y al cabo, Duncan era el fundador y el director general de la Triple F; no convenía que le soltase teorías cogidas con alfileres sobre asuntos sospechosos de su empresa.

—Si te diera la dirección IP de un ordenador de la Triple F, ¿sabrías decirme a quién pertenece?

—Sí. ¿Por qué?

—Recibí un correo de… de una persona que trabaja aquí. Pero no sé de quién. Y tengo que enterarme. —Se preparó para las preguntas que parecían inevitables, pero Duncan se limitó a ladear la cabeza y a decir:

—¿Tienes ahí la dirección IP?

Heather parpadeó, desconcertada. ¿De veras podía ser tan fácil?

—Sí.

Le enseñó la captura de pantalla que le había enviado Steve. Duncan le echó un vistazo y acto seguido se levantó, se dirigió por la gruesa alfombra al escritorio semicircular y se sentó detrás del ordenador.

—¿Quieres que te lea el número en voz alta?

—No. Tengo buena memoria. Termino en un segundo. —Dio unos golpecitos al teclado y frunció el ceño—. Qué raro.

—¿Qué?

—Esta dirección pertenece a un ordenador portátil que aún no se ha entregado a nadie. Conque en principio debería estar todavía con los otros en Recursos Winfluencer, listo para ser asignado a un nuevo ganador. —Sus largos dedos se deslizaron sobre el teclado como los de un pianista—. He enviado un mensaje al equipo de

Recursos y les he dicho que lo localicen. —Se levantó de la silla—. No tardarán en decirnos algo.

—Entonces, ¿ese ordenador va destinado a un winfluencer, y no a un empleado de la Triple F?

—Sí. Aunque es verdad que a veces los empleados los cogen prestados, porque aún no se están utilizando y tienen mejor *software* de edición que los portátiles estándar del personal. —Volvió al sofá.

Heather se fijó en que esta vez se sentaba un poco más cerca, y se sintió tímida al notar la pálida mirada de Duncan clavada en la suya. ¿Habría pensado Duncan en lo sucedido en la limusina durante la semana transcurrida desde entonces? ¿O sería Heather una de tantas mujeres a las que había seducido allí? Si no se hubiese presentado hoy en recepción, ¿habría vuelto a verlo? Francamente, no tenía ni idea. Y no podía sacar el tema en este momento, porque entonces parecería que su misión de búsqueda del portátil no era más que una excusa para hablar con él.

—Bueno… —carraspeó—. ¿Qué has estado haciendo desde que… desde que nos vimos?

El teléfono de Duncan hizo un ruidito y Heather sintió una leve punzada de decepción al ver que miraba la pantalla. Había tenido la esperanza de que Duncan se mantuviese centrado en ella al menos un par de minutos.

—Perdido… —dijo él.

—¿Perdido sin mí, quieres decir? Porque me habría encantado quedar contigo.

Duncan curvó los labios hacia la derecha, sonriendo de lado.

—El ordenador. Acaban de contestarme. No está con los otros. Se ha perdido.

—Ah… —La vergüenza le encendió las mejillas. ¡Menuda idiotez acababa de decir! Siguió adelante con la investigación para poner distancia con su error—. Vale. De modo que no tienes ni idea de quién lo ha estado utilizando. Es… Es una pena. Pero quizá sí que puedas responder a mi siguiente pregunta: ¿dónde se guardan los expedientes de los ganadores?

De camino hacia allí se le había ocurrido que el vínculo del trol con la Triple F podría explicar cómo había obtenido información privada sobre Analise.

—¿Qué expedientes?

—Los informes de antecedentes de los finalistas y sus test psicométricos. Nuestras respuestas a toda esa sarta de preguntas incisivas sobre nuestros mayores secretos y temores.

—¿Esto tiene algo que ver con el correo que te llegó desde un ordenador de la empresa?

—En cierto modo, sí. Analise… —empezó a decir, pero se interrumpió. Tenía que encontrar la manera de explicarse sin romper su promesa a las Tetterson—. Analise sospechaba que quizá alguien había tenido acceso a información privada de su expediente.

Duncan arqueó las cejas.

—¿«Alguien»?

—Un trol. —Hizo girar la copa y el vino chapoteó contra los lados—. ¿Puede que alguien hackease el expediente de Analise…, o consiguiese de alguna manera una contraseña de alguien del personal?

Duncan negó firmemente con la cabeza.

—No hay contraseñas que sirvan para esto ni expedientes que puedan ser hackeados. Esos documentos solo existen en su formato original, escritos a mano sobre papel, encerrados a cal y canto en una habitación a la que muy poca gente tiene acceso.

—¿Dónde?

—En este edificio.

—Me refiero a dónde concretamente.

Duncan entornó los ojos.

—¿Por qué?

—Porque ahí dentro también está toda mi información privada. Me gustaría saber que está a buen recaudo.

—Lo está.

—Pues entonces déjame verlo.

A Heather le había caído un mechón de pelo sobre la mejilla, y Duncan se acercó y se lo metió por detrás de la oreja con la punta del dedo.

—¿No te fías de mí?

Heather se apartó, decidida a mantenerse firme, a no distraerse.

—Lo único que te pido es que me tranquilices dejándome ver con mis propios ojos que los secretos que he confiado a tu empresa están a salvo. Que yo estoy a salvo. ¿Te niegas?

Duncan soltó un suspiro.

—Está bien. Acompáñame.

La sala de los expedientes, situada detrás de una puerta gris lisa del piso inferior, junto al Salón Naranja, no tenía ningún rótulo identificativo.

Tal y como había dicho Duncan, la seguridad era estricta. Además del pestillo, había un panel táctil junto a la puerta. Heather miró por el rabillo del ojo mientras los dedos de Duncan se desplazaban rápidamente por la cuadrícula, pulsando 02-02-22. Se preguntó si serían números al azar o si el 2 de febrero de 2022 sería una fecha importante. Después, él metió la llave en la cerradura y giró el picaporte.

La habitación era minúscula. Solo había una mesita y una silla al lado de un par de archivadores con cajones etiquetados con letras. Abrió uno marcado con «GA-GR» y vio varias filas de carpetas de cartulina suspendidas de archivos colgantes, cada una con su pestañita de plástico con un nombre escrito a mano enganchada a la parte superior. Era el típico entorno de oficina de los años setenta, reñido con el mundo multimedia de alta tecnología de la Triple F. Fue pasando las pestañas con los nombres: «Gabel, Mark», «Ghai, Samesh», «Gunns, Paulina»…, y apartó bruscamente la mano cuando de repente se cerró el cajón.

—¡Oye! —Se volvió hacia Duncan, que había aparecido directamente a su lado—. ¡Casi me pillas los dedos!

—Perdona, pero todo esto es confidencial. Solo te he traído aquí para que compruebes que tu información está a buen recaudo. Los expedientes de los ganadores jamás salen de este cuarto.

—Pero alguna vez tendréis que sacarlos de aquí, ¿no? ¿Nunca se cuestionan ni se investigan las decisiones tomadas en el proceso de selección?

—Sí, por supuesto. Pero el investigador vendría aquí y tomaría notas a mano, sin llevarse el expediente. Es una norma sin excepciones. Y la llave solo la tiene un puñado de personas. —Le mostró la suya antes de metérsela en el bolsillo del cárdigan.

—¿Qué personas?

—Por mucho que lo intentes, no te lo pienso decir: estoy seguro de que las molestarías. El objetivo de esta visita era que te quedases tranquila, y espero haberlo logrado. Ahora, ¿qué tal si buscamos una mesa tranquila en la cafetería y comemos algo? —Le dedicó una sonrisa—. Hoy es Tacomartes.

Heather miró a su alrededor. El cuartito no tenía nada más que ofrecerle… Al menos, mientras Duncan estuviese pegado a ella.

—¿Ah, sí? Se me ha debido de pasar marcarlo en el calendario.

* * *

Heather estaba dando buena cuenta de su plato de nachos cuando sonó el móvil de Duncan, que frunció al ver la pantalla.

—Es recepción. Perdona, más vale que responda. —Se pegó el móvil a la oreja—. Duncan Caldwell. —Hubo una pausa, y a continuación abrió los ojos con expresión alarmada—. ¿Cómo? ¿Aquí, en este mismo edificio? —Se quitó el cárdigan como si de repente hiciera demasiado calor en la habitación; debajo llevaba una sencilla camiseta negra—. ¿Qué es lo que…? Da igual, tú solo dile que bajo inmediatamente. —Puso fin a la llamada y se metió el teléfono en el bolsillo del pantalón.

—¿Todo bien? —preguntó Heather.

—Sí, bien. Es que… tengo que bajar corriendo a encargarme de una cosa. ¿Te importa quedarte aquí sola unos diez minutos o así?

—Claro que no. Aquí estaré, chutándome guacamole en vena.

Muerta de curiosidad, Heather lo siguió con la mirada mientras salía disparado por las puertas de la cafetería. ¿Quién estaría en recepción? Porque, fuera quien fuera, era evidente que lo había descolocado. Miró el cárdigan, que estaba colgando de un lado de la silla y corría peligro de caer al suelo. Lo cogió, y a punto estaba de doblarlo cuidadosamente sobre el respaldo de la silla cuando algo —en parte una idea, en parte un impulso— hizo clic dentro de Heather. Palpó el interior de los bolsillos del cárdigan, primero uno, después el otro, hasta que sus dedos se toparon con los bordes de la llave del cuarto de los expedientes. Cerró la mano sobre la llave y titubeó…, solo un instante. Porque, si iba a hacerlo, no podía permitirse perder ni un segundo.

Menos de tres minutos más tarde, Heather estaba en el cuarto de los expedientes, abriendo de un tirón el cajón con la etiqueta «TA-TY». El corazón le latía aceleradamente mientras iba pasando las etiquetas con los nombres. Si Analise había escrito algo sobre Ellie en su informe de antecedentes, cabría concluir, casi con total certeza, que su expediente era la fuente de información del trol. Y la lista de sospechosos de Heather se reduciría de miles… a diez o doce.

Tanis, Tesca… ¡Ahí estaba! Sus dedos tocaron la etiqueta de «Tetterson, Analise». Presa de la emoción, buscó la carpeta de Analise en el archivo colgante, pero solo había una cartulina vacía. Sus ojos volvieron al nombre de Analise enmarcado por la ventanita de plástico. Después del suicidio, seguro que el concurso estaba repasando la decisión del cribado para ver si se les había escapado alguna señal de alarma, y quizá alguno de los investigadores se había saltado las normas y había cogido el expediente para ahorrarse el incordio de tomar notas a mano.

O puede que alguien estuviese borrando sus rastros.

Heather cerró el cajón. ¿Cuánto tiempo había pasado desde que se había ido Duncan? Parecían menos de cinco minutos, pero el tiempo podía jugar malas pasadas. Sus ojos se posaron sobre el otro archivador, cuyo cajón central tenía las letras «DA-GE». Su propio expediente estaría allí… ¿Qué habría dicho sobre ella el psicólogo? Era consciente de que se le acababa el tiempo; en este mismo instante, puede que Duncan estuviese volviendo. Pero esto solo iba a llevarle unos segundos. Tiró del cajón y fue pasando las etiquetas de los nombres hasta que llegó a la suya. Cogió su carpeta, pero tampoco había nada. Tiró de la parte delantera del expediente colgante, apiñando todos los expedientes que estaban al principio y abriendo de par en par la uve de cartulina. Pero estaba vacía.

«Los expedientes jamás salen de este cuarto».

Miró el cajón que estaba lleno de gruesas carpetas de cartulina. ¿Qué guardaba exactamente en ellas la Triple F? Sacó una, con cuidado de apartar la vista del nombre de la portada; su objetivo era descubrir qué tipo de información había sido robada de su expediente y del de Analise, no husmear en los secretos ajenos. Fue pasando las familiares hojas de test, autoevaluaciones e informes de antecedentes hasta que, ya en la última página, llegó a un documento que no había visto antes: «Resultado de la evaluación». Sus ojos recorrieron los renglones llenos de anotaciones.

«Unidad familiar y círculo de amistades estables». «Puntuaciones altas en matrices de adaptabilidad, confirmadas por traslado exitoso a Hong Kong durante dos años cuando tenía veintipocos años». «Mentalidad enfocada en la carrera profesional, pero seguramente capaz de orientar la ambición a su papel de winfluencer».

Al final de la página había tres casillas etiquetadas «Rojo», «Amarillo» y «Verde». La verde estaba marcada. Debajo había una firma: «S. J. Hudson». Seguramente, uno de los evaluadores psicológicos. Volvió a meter el expediente en el cajón, pensando. Entendía que alguien pudiera querer sacar los informes de Analise. Pero ¿por qué iba nadie a llevarse los suyos? A no ser que Analise y ella tuviesen algo en común que…

—¿Qué estás haciendo? —La voz de Duncan la sacudió como una descarga eléctrica.

Heather volvió lentamente la cabeza hacia la puerta. Él estaba en el umbral con los brazos cruzados, observándola. ¿Cómo había entrado sin la llave?

—El picaporte no se cierra automáticamente —explicó, como si le leyese el pensamiento—. Hay que girar la pestaña de debajo.

Heather lo miró con la boca entreabierta, las yemas de los dedos apoyadas aún en el borde del cajón abierto. Pillada con las manos en la masa. Duncan le dirigió una mirada fría e inexpresiva.

—¿Y bien? ¿Me vas a contar qué estás haciendo?

Heather consideró atropelladamente varias excusas, pero ninguna le pareció plausible.

—Quería… Quería saber qué había escrito sobre mí el evaluador psicológico —dijo al final; al menos era cierto, aunque no fuera el motivo que la había llevado hasta allí—. Para ver si había expresado algún tipo de inquietud.

—¿Y?

—No lo sé. Mi expediente no está. —En el silencio que se hizo a continuación, Heather se fijó en que Duncan pestañeaba rápidamente. ¿Sorpresa? ¿Culpa? ¿O enfado porque había utilizado su llave a sus espaldas? No tenía ni idea. Heather siguió adelante, diciéndose que no había mejor defensa que el ataque—. Sé que no debería haberme llevado tu llave, y te pido disculpas. Pero me dijiste que mi información estaba aquí, a salvo. Y no está.

Duncan miró los dos archivadores.

—Estoy seguro de que está aquí. Debe de haberse archivado mal.

Heather cruzó los brazos.

—En vista de que no has conseguido que me quede tranquila respecto a la seguridad de mis datos, a lo mejor podrías decirme tú mismo si mi asesor expresó alguna inquietud.

—Me temo que no puedo. No he leído tu expediente. De eso se encarga mi equipo de evaluación.

—Pero ¿no necesitas conocer los riesgos asociados a las personas a las que se elige para representar a tu empresa? —«La mejor defensa…»—. Si te soy sincera, me sorprende mucho que no estés más al corriente de todo esto. —Levantó las palmas de las manos—. ¿Sabes siquiera quién me evaluó a mí?

—De hecho, sí. —Duncan se apartó de la puerta para ponerse enfrente de Heather, junto al archivador abierto—. Hubo un problema con las evaluaciones de vuestro grupo de los Quince Finales; una de las psicólogas evaluadoras enfermó y hubo que reasignar sus expedientes en el último momento. Corríamos el riesgo de perdernos el anuncio programado del ganador, así que me encargué de resolverlo personalmente. El tuyo estaba entre los cinco expedientes reasignados.

A Heather se le aceleró el corazón.

—¿Y quién me evaluó a mí?

—Eso no te lo voy a decir.

Heather cruzó los brazos.

—Vale. Pues entonces no me dejas más alternativa que localizar a los tres evaluadores, tenderles una emboscada uno a uno y exigirles que me respondan.

Duncan sonrió; era una sonrisa débil, pero no dejaba de ser una sonrisa.

—Eres una persona muy terca, Heather, ¿no crees?

—Dicen que a mi lado las mulas son unos animalitos sumisos.

Los ojos de Duncan se desviaron hacia el cajón abierto en el que faltaba la carpeta, y allí se quedaron durante el largo silencio que se hizo a continuación. Cuando habló, lo hizo con una voz tan baja que Heather tuvo que arrimarse para entender las palabras:

—Te evaluó el doctor Leyton. El doctor Elliot Leyton.

Al llegar a casa, Heather se sirvió una copa de *sauvignon blanc*. Agitó el vino en el cristal curvado; sus pensamientos daban vueltas con el líquido. ¿Había alguna relación entre el hecho de que Elliot la hubiese evaluado y que sus documentos hubiesen desaparecido? Incluso antes de que enfermase la psicóloga, siempre había habido una posibilidad entre tres de que fuera él su evaluador, de manera que era obvio que podía tratarse de una mera coincidencia. Pero si había evaluado también a Analise... En fin. Entonces la coincidencia sería más grande.

Su *tablet* estaba sobre la mesita. La cogió, se fue a la página de inicio de CelebRate casi sin pensarlo —entraba al menos diez veces al día— y se detuvo en la imagen de su *banner* y en sus más recientes cifras de seguidores. Examinó las clasificaciones para ver si alguien había ascendido o descendido desde la última vez que había mirado, y después dirigió su atención al *collage* fotográfico principal. Sus ojos se detuvieron en una foto de grupo en la que había media docena de winfluencers alzando sus copas de champán hacia la cámara, todos riendo o sonriendo, con aspecto feliz. Igual que Analise la noche del encuentro social. Se quedó mirando los rostros de la foto, preguntándose por qué habría escogido el trol a Analise entre todos los winfluencers. Esta había estado volando alto justo antes de que el trol atacase, así que el motivo podría haber sido una mera cuestión de celos…, algún empleado ninguneado que trabajaba como un esclavo en un rincón perdido del imperio Triple F, consumido por el resentimiento hacia la vida nueva de Analise. Pero en tal caso, ¿por qué había esperado a que pasaran dos años y medio desde el inicio del concurso? Seguro que antes que ella había habido montones de winfluencers exitosos a los que envidiar. Heather dio sorbos al vino sin parar de dar vueltas al rompecabezas, recogiendo y descartando diversas teorías. Quizá el trol fuese nuevo en la empresa. O quizá el resentimiento se había ido acumulando lentamente a lo largo de los años, hasta alcanzar su punto de ebullición.

O quizá Analise no había sido la primera.

La idea fue cogiendo cada vez más peso. Los recuerdos subieron burbujeando a la superficie, retazos de conversaciones que había tachado de chismorreos de winfluencers.

«Mei Lin jura que la foto tiene que ser un *deepfake*…, pero entonces el pasado nazi de su familia salió a la luz en redes… No pudo soportar la reacción adversa…».

«Omar negó tajantemente que se liase con aquella prostituta, dijo que ni siquiera conocía a la mujer que salía con él en la foto…».

«… pasó de ser un bombón del Top Trío a ser una borracha descarriada después de que se viralizase aquel vídeo en el que salía menospreciando a las madres trabajadoras. Intentó negar haberlo dicho…».

¿Y si aquellos desmentidos no eran solo las protestas desesperadas de winfluencers atrapados en una espiral descendente? ¿Y si en realidad alguien había creado *fakes* de inteligencia artificial para hundirlos…, alguien con acceso a su información privada y a toda la tecnología punta en edición de imágenes?

Heather bebió un sorbo de vino y se quedó mirando los rostros sonrientes del *collage* con la esperanza de estar equivocándose, de estar sumando dos más dos y obteniendo cinco.

Porque si Analise no era la primera, lo más probable era que tampoco fuese la última.

Capítulo 29

«¿Cómo ha sucedido esto?».

Miro la página de inicio de CelebRate, que resplandece en la pantalla de mi ordenador. Las revelaciones del hermano deberían haber destruido su valor diferencial, haciéndola desplomarse a la Zona de Caída. En cambio, Heather me contempla desde su *banner*. La primera vez que escaló meteóricamente en las clasificaciones supuse que se trataría de una simple reacción instintiva, de un reflejo *woke*, y que en pocos días se esfumaría junto con la compasión que la había catapultado hasta la cima. Pero me equivocaba.

Le ha dado un giro a todo. Mejor dicho, le han dado un giro a todo. Porque resulta que sé que todo esto fue idea de esa cabrona de Tessa. Saboteó mi plan. Y al menos por ahora no puedo hacer gran cosa para remediarlo. Que alguna vez te saquen en una foto *deepfake* o te ataque un trol es algo aleatorio, una realidad asumida de la vida *online*. Pero si empieza a dar la impresión de que se trata de algo selectivo o sistemático… Bueno, dejémoslo en que preferiría no ser yo el centro de atención.

Bajo la vista al *fotocollage* que hay debajo del *banner*. Hay una foto de Heather y Tessa en una discoteca, sonriendo de oreja a oreja. La semilla de una idea echa raíces y empieza a crecer. Cierro los ojos y la contemplo desde distintas perspectivas al tiempo que florece en forma de un plan maduro. Entonces, vuelvo a mirar la foto: esas dos cabronas con sus caras sonrientes, celebrando sin duda su victoria contra mí, el poder que les confiere su alianza.

Pero lo malo de las alianzas es que se pueden romper.

Capítulo 30

Heather estaba en el sofá viendo *Figuras desfiguradas* —una serie documental de un patrocinador sobre personas con deformidades—, intentando inventarse alguna «potente cita personal» con la que promocionarla, cuando sonó su móvil.

Miró la pantalla y le sorprendió ver una videollamada entrante de Candi Cane, una winfluencer cuyo gesto distintivo era ladear bruscamente la cabeza para que la melena rubia (en su mayor parte extensiones) le cayera sobre un hombro a la vez que se daba una patadita en el culo con el talón del pie contrario. ¿Qué demonios querría?

Heather respondió y se encontró con la imagen de Candi en lo que debía de ser su dormitorio: una estancia roja y blanca en cuyo centro había una cama cubierta de cojines con forma de corazón y, en el lugar de honor, un osito de peluche.

—Qué pasa, Heather —dijo Candi, como si hablasen continuamente.

—Hola, Candi, ¿qué tal?

—Bueno, ya sabes. Un poco magullada desde que me tiraste al suelo.

Heather se quedó mirando el rostro de la pantalla, confundida. La última vez que se habían cruzado había sido en la fiesta playera. ¿Podría ser que se hubiese chocado con Candi tan fuerte como para hacerla caer y que no se hubiese percatado de ello?

—Lo siento muchísimo, Candi. No tenía ni idea. El New Heights se llena mucho. Debí de darte un empujón al pasar sin darme cuenta.

Candi puso cara de exasperación.

—No, boba, físicamente no. Me refiero a las clasificaciones. Porque, a ver, yo era la número tres. Y entonces pasaste tú como una apisonadora con eso de la pierna herida y ahora he bajado al cuarto puesto y tú has ocupado mi lugar en el *banner*.

—Ah. Ya entiendo. Bueno, no tenía intención de quitarte el puesto. Solo quería ser sincera sobre mi desfiguración.

—En fin, qué le vamos a hacer. —Candi le dedicó una sonrisa que parecía más bien un mohín—. No pasa nada. Escuché tu pódcast… ¿Cómo se llamaba? ¿«Mirad mis cicatrices»?

—«Afrontando mis defectos» —dijo Heather, lamentando ya haber respondido a la llamada.

—Ah, sí, eso. Me pareció supermono. —Después de una pausa, añadió con malicia—: Quizá deberías hacer uno sobre tu padre.

Heather sintió que se le helaban las entrañas.

—¿Mi padre? ¿A qué te refieres?

—Ya sabes, sobre qué se siente cuando tus padres se suicidan. Algo así tiene que hacer un montonazo de daño, aunque por dentro, no sé si me explico. Seguro que lo puedes utilizar para dar una imagen valiente y fuerte de ti misma.

Heather se esforzó por que sus rasgos no delatasen su estupor y su espanto. Lo peor que podía hacer en ese momento era dar a entender que el suicidio de su padre era un secreto. Lo único que conseguiría sería que Candi se lanzase a la misión de divulgarlo.

Forzó un tono alegre:

—Una sugerencia genial. Me la apunto. ¿Te importa que te pregunte dónde te enteraste de lo de mi padre? Es que… no recuerdo haber publicado nada al respecto.

Candi ladeó la cabeza haciendo morritos, claramente contemplando su imagen en la pantalla.

—Tessa me lo contó en un MD. Creo que le preocupaba que el hecho de que Analise también se hubiese suicidado pudiese provocarte, no sé, *flashbacks* o qué sé yo.

Las palabras cayeron como brasas ardientes, quemándole en lo más profundo. Tessa. Su nueva mejor amiga, su salvadora de la Triple F. ¿Por qué iba a traicionar a Heather de esta manera…, y ni más ni menos que con Candi? No tenía ni pies ni cabeza.

—Bueeeeeeno —continuó Candi—, al grano. Te llamaba porque veo que a ti también te han invitado al estreno de la peli de Bond de esta noche, y quería que supieras que estoy pensando en llevar un vestido rojo, así que estaría superguay que…, bueno…, que no fueras tú también de rojo, ¿vale? No molaría nada ir supercombinaditas.

Heather estaba intentando seguir lo que estaba diciéndole Candi, pero el *shock* le nublaba el pensamiento y le impedía concentrarse. Tenía que poner fin a la conversación ya, antes de que su fachada de indiferencia se desmoronase.

—Perdona, Candi, me temo que no puedo seguir hablando. Tengo una reunión de Zoom con un patrocinador nuevo.

Antes de cortar la llamada tuvo el tiempo justo para ver el mohín que asomó a los labios de Candi.

Heather se quedó mirando el teléfono silencioso, con el corazón latiéndole a toda velocidad. ¿Qué había pasado? ¿Habría olvidado Tessa que su historia familiar tenía que mantenerse en secreto y se le habría escapado sin darse cuenta? Abrió los MD y revisó la conversación desde el principio. Al llegar al último mensaje de Tessa, se detuvo.

«¡Claro que no diré nada! Tu secreto está 100% a salvo conmigo. Tx».

¿Cómo podía decir eso y después darse la vuelta y contárselo a Candi? No cuadraba. Tenía que haber una explicación. Le temblaban los dedos mientras le escribía un mensaje directo a Tessa.

«Hola. ¡¿Acabo de hablar con Candi, dice que le contaste lo de mi padre?! ¡Qué coño te pasa! Te olvidaste de que eso tenía que quedar entre tú y yo? Dime por favor qué ha pasado. No entiendo nada».

Después se tumbó en el sofá a esperar la respuesta de Tessa y clavó una mirada ausente en la pantalla del televisor, donde había una niña con un rostro muy quemado tocando el piano. Heather no tuvo que esperar mucho. Un minuto más tarde, sonó la alerta de dos tonos del F-phone. Tessa.

Heather se abalanzó sobre el mensaje, y su incredulidad fue en aumento a medida que iba leyendo.

«Sí, puede que se lo mencionase a Candi. No pensé que fuera para tanto. La verdad es que no me gusta el tono de tu mensaje. Es bastante tóxico, sinceramente. Me hace pensar que nuestra amistad ya no tiene más recorrido. Podemos tratarnos con educación en las reuniones sociales, pero prefiero que no me hables ni intentes ponerte en contacto conmigo nunca más».

«¿Qué demonios?». El *shock* le hizo pronunciar las palabras en voz alta, provocando la mirada molesta de Mandu, que había abandonado el sofá y se había echado a dormitar sobre la alfombra nada más llegar Heather. Leyó y releyó el mensaje, intentando entenderlo. ¿Qué parte de su mensaje había sido «tóxica»? ¿Quizá eso de «Qué coño»? ¡Pero si todo el mundo lo decía! No. Tenía que ser una broma. Eso era lo malo de los mensajes; era fácil malinterpretar el tono. Lo mejor era que llamase y hablase con ella.

Pero el teléfono de Tessa sonó una vez y saltó el buzón de voz. Qué raro. Escribió un nuevo mensaje: «Llámame cuanto antes porfa. Tenemos que hablar».

Heather sintió náuseas al dar a «Enviar». Observó la pantalla, esperando a que apareciera «Enviado» e, inmediatamente después, «Leído» y «Escribiendo». En cambio, no pasó nada. Frunció el ceño. ¿Habría algún problema con el sistema de mensajería? Entró en la página de CelebRate de Tessa para intentar enviar un mensaje desde allí, esperando ver la más reciente foto de perfil de Tessa con una de las chaquetas de cuero que estaba patrocinando. Pero el hueco en el que debería haberse visto la imagen estaba en blanco. Y su recuento de seguidores había desaparecido. CelebRate debía de estar teniendo problemas técnicos serios. Fue a la página de Candi para ver si ahí también pasaba lo mismo. Pero no; ahí estaba, chupando coquetamente un bastón de caramelo. Una incómoda sospecha empezó a adueñarse de ella. Soltó el teléfono y cogió su *tablet*, cerrando su sesión en CelebRate y entrando de nuevo como una visitante anónima. Y ahí estaba Tessa, sonriendo de lado por encima de un hombro envuelto en cuero y con sus cifras de seguidores debajo. Para estar completamente segura, volvió a abrir sesión con su nombre y lo intentó de nuevo…, y se encontró con que la imagen había desaparecido. No era un problema técnico. Tessa la había bloqueado.

Soltó la *tablet* sobre el sofá, hecha un lío, tratando de entender por qué se habían estropeado tan deprisa las cosas entre ellas. ¿De veras estaba Tessa tan a la defensiva, tan débil era que prefería poner fin a una amistad antes que admitir un error? No parecía propio de ella. Pero en realidad —como se decía una y otra vez a sí misma—, hacía poco tiempo que se conocían. Heather debía de haberla malinterpretado por completo. Se quedó mirando la pantalla del televisor; la pianista saludaba a un público enfervorizado. Si era eso lo que quería Tessa, por ella de acuerdo. Total, esta noche era Tessa la que salía perdiendo, porque Heather había pensado invitarla al estreno como acompañante. Se llevaría a Debbie, para compensar que la semana anterior había cancelado una vez más sus planes con ella. Pero cuando estaba a punto de llamar, vaciló mientras trataba de imaginarse a Debbie paseándose por la alfombra roja con una de sus pelucas. ¿Tendría siquiera un vestido para ocasiones formales? ¿Y si se presentaba con algo cutre y fuera de lugar, manchado por los deditos pintados de los niños? Al final de la velada las dos se sentirían muy violentas.

Pero si no invitaba a Debbie, ¿a quién? Caía por su propio peso que Steve sería una pesadilla en cualquier evento relacionado con gente rica y famosa, que se mofaría de todo y de todos. Más valía que optase por alguien de CelebRate, que sabría qué decir y cómo lucir bien ante las cámaras. Sin embargo, al hojear la lista de nombres, se dio cuenta de hasta qué punto se lo había jugado todo a la única carta de Tessa en lo que a amistades Triple F se refería. Había montones de personas con las que tenía buen rollo en los encuentros, gente con la que charlaba y se tomaba unas copas, pero nadie lo bastante cercano como para proponer que salieran una noche sin que sonase raro, como fuera de lugar. Su estado de ánimo, de por sí bajo, se hundió todavía más. ¿Y si se echaba atrás, y si decía que no se encontraba bien? Había estado deseando ponerse de punta en blanco y pavonearse con estrellas de cine. Pero eso era cuando aún pensaba que su mejor amiga estaría a su lado.

Al oír su móvil, sintió una chispa de esperanza. ¿Sería Tessa, que había entrado en razón y quería hablar? Pero la chispa se apagó al ver la pantalla.

—Hola, Noah.

—Hola, Heather. Acabo de echar un vistazo a Buscamigos y veo que sigues en casa. ¿No deberías estar en el estreno de la película de Bond, transmitiendo en directo?

—Sí. Debería.

—No suenas muy entusiasmada. ¿Todo bien?

—Sí, sí. Es solo que… mi acompañante me ha dejado tirada. Y me da vergüenza ir sola.

—Ah. Sí, me imagino cómo te sientes. —Una breve pausa—. Oye, ¿qué te parece si me paso por tu casa y vamos los dos juntos? Así podremos ponernos al día. —Heather oyó la sonrisa que asomaba a su voz al añadir—: Digamos que hoy me siento Bondadoso…

Heather se rio más de lo que merecía el chiste, animándose. ¡Ella, llegando a un estreno del brazo de Noah Fauster! Seguro que daba que hablar y le sumaba montones de seguidores. Chúpate esa, Tessa.

—Gracias, Noah. Eres el mejor.

—¡Mira, es Heather! ¡Heather Davies!

Llegar al estreno con Noah fue como entrar en un universo alternativo en el que había desaparecido la frontera entre la fantasía y la realidad. Las multitudes se arremolinaban enfrente del cine de Leicester Square, contenidas por los guardias de seguridad mientras desfilaban los famosos. Tom Hardy y Ana de Armas estaban justo enfrente de ella, deteniéndose a unos pocos pasos para saludar a la densa multitud de fotógrafos. Kylie Minogue también se encontraba allí, y al pasar saludó a Noah y a Heather con un alegre gesto de la mano.

Y llegó su turno… ¡Ella, caminando ni más ni menos que por una alfombra roja! Notaba cómo le corría la emoción por las venas mientras avanzaba del brazo de Noah, la barbilla levantada, los hombros rectos, sin cojear ni lo más mínimo gracias a una pastilla estratégicamente administrada. Las cámaras soltaban destellos, los fans de CelebRate tenían los móviles en alto y se oían voces clamando sus nombres. Había contado con que Noah atraería la atención hasta ese punto —al fin y al cabo, era un famoso propiamente dicho—, pero oír que también gritaban su nombre fue una absoluta sorpresa. Se sentía deslumbrada, extasiada.

A Heather se le debían de notar las emociones en el rostro, porque cuando llegaron a la puerta del cine, Noah le murmuró al oído:

—El primer paseo por la alfombra roja no se olvida jamás.

Heather le dedicó una sonrisa radiante.

—No me puedo creer que esta sea mi vida. ¿Qué he hecho yo para merecérmela?

—Ser tú misma —respondió él con firmeza, dándole un empujoncito para que entrase—. ¿Te parece poco? Le diré al cámara de la Triple F que te envíe la grabación de la alfombra roja para que puedas publicarla esta noche. —Echó un vistazo a su reloj—. Tu retransmisión en directo empieza dentro de poco, ¿no?

Heather miró la hora en su móvil.

—Dentro de cuatro minutos. Espero que a la gente no le importe que la grabe.

—Seguro que no. Son todos del mundo del cine; si se sienten incómodos con las cámaras, se han equivocado de trabajo.

Noah tenía razón. Nadie le hizo ni caso mientras recorría a la resplandeciente muchedumbre con la lente de su F-phone y describía la escena para sus seguidores. Noah parecía conocer a todo el mundo, y presentaba a Heather —y a su público de fans— a directores y actores, técnicos de sonido y maquilladores. Acababa de concluir la grabación y se estaba guardando el móvil cuando se les acercó un cámara para «invitarles a compartir sus pensamientos» sobre la imperecedera popularidad de las películas de Bond. Noah habló sobre su energía y su belleza, sobre el escapismo y el anhelo humano de creer que un solo hombre podía cambiar el mundo. Entonces, el cámara se volvió y enfocó a Heather.

—¿Y tú? ¿A qué atribuyes que esta saga sea tan especial?

Heather se alisó el cabello al tiempo que ordenaba sus pensamientos, halagada porque quisiera conocer también su opinión.

—Te transporta a un mundo deslumbrante en el que todo es emocionante y hermoso —dijo, recordando el consejo de la entrenadora de medios: mirar a la cámara como si fuera su amiga—. En comparación, la realidad parece más bien plana y banal. Es una experiencia que nadie debería perderse.

—Buena respuesta —susurró Noah, moviendo la cabeza en señal de aprobación mientras la cámara se alejaba.

A continuación, sonó un timbre y los hicieron subir a todos por la abarrotada escalera a la sala de proyecciones, con sus filas de butacas reclinables. Cada una tenía una mesita para tentempiés y bebidas y una bolsa de regalos con productos del agente 007 en el asiento. Noah echó un vistazo al interior de la bolsa, sacó una copa de martini y la levantó mirando a Heather en un brindis fingido, a la vez que arqueaba una ceja emulando de manera convincente a James Bond.

—Serías un 007 genial —dijo Heather. Sonrió y se sentó mientras dejaba la bolsa en el suelo—. Te das un aire a Bond...

Noah se acomodó a su lado.

—Preferiría hacer del malo antes que de Bond. Los malos son más interesantes y parece que se lo pasan mejor.

La sonrisa de Heather se desvaneció. Las palabras de Noah habían activado un recuerdo fugaz: Tessa girando y girando por el salón, exultante tras haber vencido al trol de Heather.

«Déjame ser una malota sexi, de esas que acarician gatos».

«De acuerdo. Eres un genio del mal. Toda una villana Bond».

«Gracias. Solo te pido eso».

La invadió un sentimiento de pérdida.

El director apareció al frente de la sala y soltó un discurso en el que se deshizo en elogios a las estrellas de la película, que respondieron levantándose de sus asientos VIP para saludar al público con la mano. Después, el director se hizo a un lado, las cortinas se descorrieron y la pantalla se iluminó.

—Allá vamos —susurró Noah—. Como el martini de Bond, vamos a sacudirnos, pero no a revolvernos.

Y, aunque el chiste no era muy bueno, Heather se rio; ¡qué amable era Noah, cuánto le agradecía que la hubiese llevado! Y durante las dos horas siguientes, se olvidó de la pelea con Tessa.

—¡Heather Davies! ¿Eres tú?

Heather apretó los dientes y se volvió. Ruth estaba embutida en un vestido de raso sin tirantes que era como poco una talla menos que la suya. El pálido escote asomaba por arriba. Heather la había visto llegar al estreno, dar vueltas ante la multitud de fotógrafos como si fuera una famosa, pero después la había perdido de vista entre el gentío del vestíbulo y por suerte no les había tocado sentarse cerca.

Pero ahora, arrinconada en el bar en la *after-party* del New Heights, no había escapatoria.

—Hola —dijo mientras Ruth daba dos besos al aire—. Bonito vestido.

—¿Te quieres creer que ya estoy en la talla cuarenta? —Ruth giró sobre sí misma—. Me he subido al carro del ayuno intermitente. No es fácil, ¡pero funciona!

—Ah… Sí, ya… ya lo veo. —Echó un vistazo a la muchedumbre que había a su alrededor, intentando localizar a Noah; un hombre con traje formal había hecho un aparte con él, diciendo que tenían que hablar «de una cuestión urgente». Había pasado casi una hora, y desde entonces Heather no le había visto. Volvió a mirar a Ruth—. Bueno, y ¿qué hay de nuevo en tu sector? ¿Cómo le va a Dunc…, al señor Caldwell?

Ruth la observó sagazmente por encima del cóctel.

—Cómo le va ¿qué, exactamente?

Heather se ruborizó.

—La versión estadounidense de la Triple F… He leído algunos artículos en la prensa.

—Dios mío. —Puso los ojos en blanco—. Ni preguntes. El pobre tuvo que irse a Nueva York anoche, y está atrapado en reuniones interminables que no parece que sirvan de nada. Esto va para largo. Entre tú y yo, los americanos son un auténtico coñazo, lo quieren cambiar todo. Para ellos, perfecto, ¡pero quieren que nosotros cambiemos nuestro modelo para que encaje con el suyo! ¡Menudo morro! —Le dio hipo y se tapó la boca, poniendo cara de niñita avergonzada—. Uy. Me da que he bebido un poco de más. No me sé resistir a las margaritas de Franco. —Se volvió hacia la barra y miró a un apuesto camarero que estaba sirviendo cócteles delante de la multitud de personas que no bebían champán—. Están de muerte.

Heather bebió un poco de champán, procurando que Ruth no reparase en el desconcierto que le había causado la noticia de que Duncan se había ido al extranjero sin decírselo. Aunque, claro, tampoco es que fuera su novia…

Carraspeó.

—¿Qué es lo que quieren cambiar los americanos? Pensaba que simplemente iban a copiar nuestro formato.

—Y esa era la idea —susurró—. Hasta que los inversores vieron cuánto costaban los ganadores históricos.

—¿Perdona? ¿Históricos?

—Ganadores de otras temporadas que ya no están en CelebRate y, por tanto, ya no promocionan productos ni generan ingresos…, pero siguen recibiendo sus cinco mil a la semana. Obviamente, eso se va sumando, así que los americanos quieren limitarlo a cinco años. Tiene sentido en términos económicos, aunque no es ni de lejos tan emocionante como eso de la «riqueza de por vida», así que participaría menos gente. Los americanos quieren que nosotros hagamos lo mismo para que no parezca que son una versión barata de la Triple F.

A Heather se le abrieron los ojos como platos mientras asimilaba, alarmada, lo que eso implicaba.

—Entonces…, ¿se les podría cerrar el grifo a los ganadores al cabo de cinco años? ¿De veras es posible? —Hizo veloces cálculos mentales.

Cinco años a un cuarto de millón o así al año. No llegaba para cancelar la hipoteca y cubrir los gastos básicos…, ni por asomo. Y cuando dejase de tener ingresos, ¿cómo iba a ganar más? No había terminado las prácticas de profesorado y no estaba cualificada para hacer ninguna otra cosa.

Ruth le dio un pellizco en el brazo, clavándole las uñas carmesí.

—No te preocupes. Si al final los ejecutivos deciden seguir adelante con el plan, y no digo que vayan a hacerlo, solo afectaría a los nuevos ganadores. Aún tendríamos que cumplir los compromisos adquiridos con la gente como tú.

—Ah. Me… Me alegra saberlo. —Heather fingió un tono despreocupado, como si la cuestión del dinero no fuese en realidad para tanto.

Pero las palabras de Ruth eran un incómodo recordatorio de que ya no era capaz de mantenerse a sí misma, de que iba a depender toda su vida de limosnas. El dolor latente que llevaba sintiendo en la pierna toda la velada de pronto se avivó y reclamó a gritos su atención. Hora de tomarse una pastilla.

—Si me disculpas…, tengo que ir al baño urgentemente, así que…

Pero los ojos de Ruth ya no la miraban. Estaba escudriñando a la muchedumbre, en busca de su siguiente objetivo.

—¡Sunita! ¡Qué alegría verte aquí! ¡Tengo novedades superemocionantes sobre una promoción de maquillaje para mujeres asiáticas que me muero de ganas de compartir contigo!

El tocador del New Heights parecía el camerino de una estrella de cine, con sus taburetes de terciopelo delante de un gigantesco espejo enmarcado por luces en forma de globo y, debajo, una encimera llena de bandejitas de mármol con cepillos y espráis de todo tipo.

Al llegar Heather, había una mujer sentada en el taburete central. Se inclinó hacia el espejo, entonces reconoció su rostro.

—Señora Shul… Veronica. Hola.

La madre de Eric se volvió hacia ella sin dejar de pintarse con el pintalabios burdeos.

—Ah, Heather. —Dio unas palmaditas al taburete de al lado—. Ven aquí conmigo. Necesitaba un descanso de tanto debate intelectual.

Heather se sentó y acercó el taburete al espejo, colocándose la bolsa en el regazo para que quedase oculta por el mostrador.

—¿A qué debate te refieres? Bueno, espera, deja que lo adivine: ¿cuál de todos los James Bond está más buenorro?

—No, eso habría tenido un ligero interés, aunque es obvio que la respuesta es Sean Connery. Este iba sobre los cuerpos de las chicas Bond y cómo comprarse uno.

—Ah, ya. Operarse las tetas o no operarse las tetas.

—Esa es la cuestión. —Guardó el pintalabios y se puso a hurgar en el bolsito de piel de cocodrilo; claramente buscaba algo.

Heather aprovechó la oportunidad para meter la mano en su bolso, y una vez abierta la tapa del pastillero sacó una pastilla y se la metió en la boca sin agua. Pero cuando volvió a levantar la vista, Veronica la estaba mirando a los ojos.

—Ah, esto... —Heather notó que se ruborizaba—. Solo estaba... Es mi medicación...

—Supongo que no tendrás un poco de coca, ¿no? —interrumpió Veronica—. Se me ha acabado.

Heather hizo una pausa para analizar esta inesperada reacción. Llegó a la conclusión de que era la manera que tenía Veronica de ser amable. Era evidente que daba por hecho que lo que se había metido Heather en la boca a hurtadillas, fuera lo que fuera, no le andaba a la zaga a la cocaína, y que por tanto la estaba ayudando a salir del apuro haciendo un alarde de solidaridad. Aunque claro que no era lo mismo, las pastillas de Heather eran legales. Tenía una receta.

—Lo siento, me temo que no.

—Casi nadie tiene desde que empezaron a hacer los registros aleatorios de bolsos. —Se volvió hacia su reflejo, alisándose el pelo—. Me han dicho que la trastienda de la discoteca tiene una caja fuerte llena de polvos y pastis confiscadas. —Miró a los ojos de Heather en el espejo—. No sé si te lo han dicho. Lo de los registros.

Heather se sonrojó, dividida entre el enfado y la vergüenza; saltaba a la vista que Veronica pensaba que Heather estaba haciendo algo que no debía y que quería ayudarla a evitar que la pillasen.

—En realidad, eso a mí no me afecta. Lo que acabas de ver… era oxicodona.

—¿Le das a la oxi? Ten cuidado. Es muy adictiva. Yo nunca la he probado, pero dudo que el colocón merezca la pena.

—No la tomo para colocarme. Es para el dolor.

A Veronica se le iluminó el semblante.

—Ah, claro, tu pierna. Leí la entrevista. Fue una jugada inteligente. Pero no mencionabas que necesitases analgésicos.

—No, no dije nada. Es un asunto privado. Eres la primera persona a la que se lo cuento. En toda mi vida.

Veronica sonrió.

—Es un honor. Gracias por compartirlo conmigo.

—Bueno, tengo que reconocer que me pillaste con las manos en la masa. —Se encogió de hombros—. Además, no tengo coca, así que pensé que tenía que compartir otra cosa.

Veronica soltó su risotada gutural antes de salir del tocador, taconeando sobre el suelo de mármol y dejando a su paso un ligero aroma a perfume. Algo con lirios.

Heather permaneció sentada mirándose al espejo, repasando la conversación para sus adentros.

«Ten cuidado. Es muy adictiva».

Y de repente sintió la necesidad de marcharse de la discoteca. Quería tranquilidad y espacio para respirar. Para pensar. Echó un vistazo al reloj de pulsera, con su extraño marco de oro trenzado —no era de su gusto, pero la patrocinaban para que lo llevase durante dos semanas más—, y vio que eran las doce y diez. Temprano, para una winfluencer. Ya había subido las imágenes de la alfombra roja y una foto del interior del cine, de modo que solo necesitaba un *post* más para llegar a su cuota diaria. Ya puesta, lo mejor sería que se lo quitase de en medio cuanto antes. Se dirigió a la terraza, cogió una copa de champán de la bandeja de un camarero que pasaba y se colocó al lado de un corrillo de actores a los que reconoció de la película. Papeles pequeños, aunque le servirían. Esperó, cámara del F-phone en ristre, a que alguno contase un chiste. Entonces, se arrimó más y sacó un selfi grupal a la vez que echaba hacia atrás la cabeza y se sumaba a sus risas. Ya estaba. Esperaría a publicarlo más tarde, para que diese la impresión de que seguía por allí. Se metió el móvil en el bolsillo. Misión cumplida. Era libre de marcharse.

Una ligera brisa jugueteaba con el dobladillo del vestido de Heather mientras paseaba por el sendero que bordeaba el estanque, aspirando el olor a hierba recién cortada. Costaba creer que apenas estuviese a unos minutos de distancia del New Heights. El estanque del Chiswick Business Park estaba flanqueado por zonas ajardinadas y habitado por patos, fochas y gansos, un rincón de vida silvestre acorralado por rascacielos, carreteras y vías de ferrocarril. Había recorrido medio estanque, preguntándose cuántas horas tardarían los jardineros del parque empresarial en mantener todos los arbustos tan pulcros y recortados, cuando vio que no estaba sola.

En la orilla había un hombre de pie bajo un árbol, fumando un cigarrillo. Estaba de cara a la cascada que unía la mitad superior del estanque con la inferior, de espaldas a ella. Debió de oír los pasos de Heather, porque se volvió y la miró a los ojos.

—¡Heather! ¿Eres tú?

—Hola, Noah. —Cruzó por la hierba y se puso a su lado—. No sabía que fumaras.

—Y no fumo. —Dio una calada al cigarrillo y la ceniza hizo un guiño anaranjado—. Al menos, oficialmente. Fumaré un pitillo a la semana, como mucho. Me ayuda a… a meditar. Pero te agradecería que no se lo contaras a nadie. Lo de fumar no encaja con mi imagen.

—¿Tu imagen?

—Ya sabes. —Agitó la mano, dejando caer ceniza—. Vida sana, sin vicios…

—¿Sin vicios? ¿Acaso es posible?

—Solo si eres excepcionalmente aburrido. —Noah se metió la mano en la chaqueta. Sacó una cajetilla de cigarrillos, abrió la tapa y le ofreció uno—. ¿Quieres?

—No, gracias, yo… —Dejó la frase sin acabar.

Antes del accidente fumaba algún que otro cigarrillo cuando salía de fiesta. En realidad, la nicotina no le hacía ningún efecto, pero disfrutaba del ritual: el clic del mechero, las manos ahuecadas para proteger la llama, la primera calada, el brillo de la ceniza.

—Bah, que le den. Trae. —Cogió un cigarrillo y Noah lo encendió con un mechero de plata con un motivo esmaltado que le daba un aire *art déco*.

Debió de fijarse en la mirada de Heather, porque dijo:

—Es de Rathbone, un patrocinador.

Heather inhaló profundamente y, medio mareada, soltó una voluta de humo. Su primera calada desde hacía años. Aturdida, vio cómo Noah volvía a meterse el mechero en el bolsillo.

—¿Alguna vez te cansas de que lo elijan todo por ti, de no poder escoger tu ropa?

—Sí, desde luego. —Soltó el humo hacia el cielo—. El año pasado, una marca que fabrica camisas hawaianas de unos colores especialmente chillones pagó una pequeña fortuna a la Triple F para que luciera toda su selección de verano: veinte camisas, colgando todas en fila. Te juro que tenía que ponerme las gafas de sol cada vez que abría el armario.

Heather se rio. Se sentía bien, aquí de pie junto a Noah en medio de la silenciosa oscuridad. Había disfrutado de su compañía durante el estreno, aunque apenas habían podido hablar porque habían estado rodeados de famosos, periodistas y cineastas. Esto era diferente. Íntimo, pero no en un sentido sexual. Aquí, Noah no parecía tanto un mentor como un amigo, alguien a quien podía hacerle confidencias. Tras un breve titubeo, se lanzó:

—¿Alguna vez piensas que hay algo en el concurso que… que no está del todo bien?

Noah soltó una risita.

—Eso de que «no está del todo bien» es un eufemismo en toda regla. Hay un montón de cosas del concurso que es de locos, sin lugar a dudas. Aun así, no deja de ser un viaje alucinante.

—No, a lo que me refiero es… ¿Alguna vez te has fijado en cuánta gente acaba por… —hizo una pausa, buscando la palabra adecuada—, por autodestruirse?

Noah examinó la punta del cigarrillo.

—Te refieres a Analise.

—Sí, pero no solo a ella. También a aquella chica del año pasado, Mitzu, que estaba a punto de crear su propia firma de moda cuando se colocó estando en un barco, cayó por la borda y se ahogó. Salió en los titulares porque ocurrió mientras todavía estaba en CelebRate. Pero lo que pasa cuando ya no están casi ni sale en las noticias. Como Blake Drayford, que se emborrachó y se estrelló con su coche deportivo un año después de ganar. Y Ellie Palek, que se desmayó en un banco de nieve y murió de hipotermia. —Dio una calada; esta vez se mareó menos—. Esas son las peores, las muertes, pero hay bastantes personas que de pronto, sin razón aparente, descarrilaron. Como Ozzie y Jim, por ejemplo. Y Omar. Y ¿sabes lo que me parece interesante?

Noah expulsó el humo por un lado de la boca para no echárselo a la cara.

—Continúa.

—Todos habían tenido éxito. Quiero decir, mucho éxito. Todos y cada uno de ellos habían llegado hasta el Top Trío. Y no solo eso: a Analise le habían ofrecido un trabajo de «embajadora de la imagen femenina». Sara Kalin era candidata a un papel similar hasta que salió aquel vídeo del niño llorón. Mitzu batió el récord de seguidores de CelebRate. Y se suponía que Jim iba a ser la estrella de la siguiente campaña publicitaria de la Triple F. Las mayores historias de éxito del concurso. Entonces, algo salió mal y simplemente… cayeron en las clasificaciones, por lo que se quedaron fuera del radar.

Noah guardó silencio un instante mientras daba otra calada al cigarrillo.

—La vida en CelebRate no es fácil…, como bien sabes. La pérdida de intimidad, las discusiones con los amigos por dinero, el estrés de competir en las clasificaciones. Y, siempre, sabiendo que no va a durar, que el estatus de celebridad al que aspiras y que te obsesiona te será arrebatado al cabo de seis meses, desterrándote a la oscuridad. Obviamente, a los que más duro les golpea es a los winfluencers de más éxito, porque son los que más tienen que perder.

Heather cruzó los brazos mientras pensaba en esto. La lógica de Noah tenía sentido. ¿Debería contarle su teoría de que los ganadores de más éxito estaban siendo troleados por alguien de dentro del concurso…, alguien que estaba utilizando sus secretos como un arma contra ellos? Sabía que sonaría disparatado, incluso paranoico. Y no podía compartir la única prueba que tenía sin romper la promesa que les había hecho a las Tetterson. Se quedó mirando el estanque. Era una noche despejada y una gruesa porción de luna descansaba sobre el agua. De repente, un ganso del Canadá se abalanzó desde el cielo, rozando la superficie con las patas cuando estaba a punto de aterrizar y haciendo añicos la imagen. Decidió probar otra táctica distinta.

—Tener que lidiar con troles a todas horas no facilita las cosas. Y sí, parece que los winfluencers de más éxito son los principales objetivos, derribados por esas fotos y vídeos tan dañinos que se difunden por las redes sociales. Muchos de ellos dicen que son víctimas de *deepfakes* generados con IA. ¿Crees que es verdad?

A pesar de la oscuridad, Heather vio que fruncía el ceño.

—Es difícil saberlo. Porque lo cierto es que a algunos de los ganadores no les gusta cómo quedan cuando una cámara los sorprende borrachos o colocados o enfadados, y la solución más sencilla es decir que son *fakes*. Por supuesto, los *deepfakes* son un tema candente en el concurso, especialmente con todos esos rumores de que la Triple F empezó con uno, pero si quieres mi opinión personal, las cifras se han exagerado una barbaridad.

Heather parpadeó, perpleja.

—Lo siento, no sé a qué te refieres. No he oído esos rumores. —Empezaba a dolerle la garganta por culpa del cigarrillo, así que lo pisó, recogió la colilla y se la metió en el bolso para tirarla después—. ¿Qué es eso de que el concurso empezó con un *deepfake*?

—En realidad, nada. Solo unas afirmaciones no demostradas, según las cuales el fundador de la Triple F utilizó imágenes de vídeo manipuladas para detener un proceso judicial que habría podido desbaratar el lanzamiento del concurso.

Heather pensó en la advertencia de Tessa, en los rumores sobre Duncan.

—¿Te refieres al vídeo de contenido sexual enviado a la mujer de su exsocio?

—Ah, conque sí que has oído hablar de ello…

—Más o menos. En la versión que oí yo, el vídeo no fue falsificado, sino hackeado.

Noah agitó una mano en el aire.

—Hackear, falsificar… En cualquier caso, chismorreos indignos de consideración. Hay montones de historias desagradables sobre Duncan Caldwell, y no ayuda el hecho de que se niegue a rebatirlas. No es precisamente la persona más comunicativa del mundo. —Dio otra calada y soltó el humo por la nariz, estilo dragón—. ¿O quizá no estás de acuerdo conmigo? Porque tengo entendido que os habéis estado viendo. Me interesaría conocer tus impresiones sobre él.

Heather se alegraba de la oscuridad, así no podía verla sonrojarse.

—Bueno, salta a la vista que es muy inteligente. Un sentido del humor muy mordaz. Honesto.

—Estoy de acuerdo en lo de la inteligencia y el humor. Duncan me cae muy bien. Aunque hay veces que…

Heather se preparó para sus siguientes palabras, sin saber si quería oírlas. Sin embargo, Noah guardó silencio.

—¿Sí? —le animó—. Hay veces que… ¿qué?

El suspiro de Noah fue un chorro de humo.

—No lo sé. Tiene otra faceta… —Negó con la cabeza—. Da igual. Es obvio que está sometido a una gran presión, sobre todo ahora, con los americanos. Y es obvio que la muerte de Analise fue un desastre para las relaciones públicas, además de una tragedia humana.

—Sí, a propósito… te quería preguntar una cosa sobre Analise.

Noah ladeó la cabeza.

—Adelante.

—¿Por qué no la eliminaron los evaluadores? Porque si fue capaz de suicidarse…, tuvo que haber algún síntoma de inestabilidad, ¿no? Y no solo ella. Los otros que he mencionado… ¿Sus test psicométricos no dieron señales de alarma? Porque yo creía que el objetivo del proceso de evaluación era evitar que ganasen candidatos vulnerables.

Noah guardó silencio unos instantes, reflexionando con la frente arrugada. Después hizo un gesto de asentimiento con la cabeza.

—Tienes razón, claro. Ya he solicitado que se haga una revisión exhaustiva de la evaluación de Analise para ver si hubo señales que se pasaron por alto. Pero a la luz de esta conversación… —Sus ojos se encontraron con la mirada decidida de Heather—. Voy a pedir que la investigación se amplíe para incluir los otros casos que has destacado. Gracias por plantearme tus preocupaciones. Tenemos que asegurarnos de que no se producen más desenlaces lamentables.

Heather sonrió a la noche, reconfortada por su elogio y por la certeza de que estaba tomándola en serio… y actuando en consecuencia.

—Gracias por escucharme, Noah. —Le sorprendió notar un cosquilleo al fondo de la garganta, una amenaza de lágrimas. La pelea con Tessa debía de estar afectándola y por eso estaba sensible—. Tu apoyo significa mucho para mí.

Noah le dio unas palmaditas en el hombro.

—Para eso estoy aquí.

Capítulo 31

Heather miró los rostros repartidos en hileras por la mesita. Había imprimido imágenes de ganadores anteriores que habían ido por mal camino. Algunos seguían ahí, luchando con la drogodependencia, el alcoholismo o las crisis nerviosas. Otros ya no estaban…, habían muerto en accidentes de coche o de barco, o de sobredosis… Sus ojos se detuvieron en la foto de Analise… O se habían suicidado.

¿Y si la persona que había atacado a Analise estaba atormentando a una nueva víctima en este mismo instante, arrastrando a algún otro ganador por una senda de autodestrucción? Se tumbó en el sofá de terciopelo con el antebrazo sobre la frente y se quedó mirando los pétalos de yeso blanco de la roseta del techo mientras pensaba. Solo había una manera de averiguar si el trol seguía activo: preguntando al resto de los celebRaters. Estarían todos en el encuentro social del fin de semana, así que podía hablar con ellos allí…, aunque esto supondría infringir la prohibición de mantener conversaciones negativas en el New Heights. E incluso al margen de esta norma, le costaba imaginarse a los otros ganadores abriéndose a ella en aquel entorno. En las fiestas nunca bajaban la guardia; su objetivo era elevar su perfil y aumentar los índices de audiencia, afilando como garras sus instintos competitivos, sacudiendo la melena y mostrando dentaduras resplandecientes en un alarde de relajada confianza en sí mismos de cara a los fotógrafos. De manera que difícilmente iban a compartir sus temores y sus secretos con una rival.

Podía enviar un MD a cada uno de los celebRaters por separado, invitarlos a que se pasaran por su casa a tomar algo y una vez allí intentar hacerles hablar. Pero aunque aceptaran —y sospechaba que la mayoría no lo haría—, seguro que se preguntaban qué se traía entre manos, a santo de qué se ponía de repente en contacto con ellos y trataba de sonsacarles información sobre sus problemas. No, si quería averiguar qué estaba pasando realmente, tenía que hablar con los winfluencers cuando tuvieran la guardia baja…, en un lugar en el que no hubiera riesgo de que los fotógrafos o los fans los cazaran por sorpresa.

Heather veía a dónde la estaba llevando este hilo de pensamientos y se esforzó por tomar otra dirección; tenía que haber otra manera.

¿Y si fingía que estaba haciendo un proyecto de investigación sobre el acoso en la red y enviaba un cuestionario a todos?

Pero mientras repasaba todas las posibilidades, sabía que solo estaba aplazando lo inevitable. La solución era, sencillamente, demasiado obvia para no verla.

Se frotó la nuca y suspiró. No había otro remedio. Sabía lo que tenía que hacer.

Capítulo 32

Si Elliot se sorprendió al ver a Heather entrar por la puerta de la sala de juntas de la segunda planta, no lo manifestó, sino que la saludó con una expresión neutra y una leve inclinación de cabeza. Mientras cruzaba la habitación, Heather analizó para sus adentros cómo estaba reaccionando al volver a verlo. Y descubrió que no sentía nada. Como si él fuese un completo desconocido al que veía por primera vez. ¿Qué habría pasado para que las estruendosas alarmas que habían sonado la última vez que se habían visto se hubiesen desactivado? Obviamente, había sabido que él estaría allí esta noche, lo cual había eliminado el factor sorpresa. Y el enfrentamiento que habían tenido en la cocina la había ayudado a soltar parte de la rabia acumulada. Además, esta noche había acudido allí con una misión…, una que nada tenía que ver con él. No lo perdonaba —jamás lo haría—, pero el poder emocional que había ejercido sobre ella se había desvanecido.

Heather miró alrededor a los winfluencers sentados en círculo, deteniéndose a hacer contacto visual con cada uno. Sandra, una modelo de tallas grandes —quinta ahora en los índices de audiencia—, estaba sentada justo enfrente. A la izquierda de Heather había una silla vacía, y Nima —que iba la séptima— se encontraba al otro lado toqueteándose el pelo, que llevaba recogido en apretadas trenzas con las puntas azul claro. Más allá estaba un tipo al que los tabloides habían apodado Bob el Constructor, moviendo inquietamente las manos sobre el regazo. A su lado estaba Vlad, un antiguo entrenador personal que publicaba vídeos de ejercicios y que iba el décimo en los índices de audiencia. El resto eran antiguos celebRaters, ganadores cuyos seis meses se habían terminado.

—Empecemos —dijo Elliot—. ¿Alguien tiene algo que quiera compartir con el grupo?

Heather escuchó con atención, los dedos entrelazados sobre las rodillas, mientras uno a uno los ganadores empezaban a soltar sus problemas. Nima estaba allí porque necesitaba un «espacio seguro» para desahogarse sobre sus seguidores y lo mal que se les daba reproducir sus complicadísimos peinados.

—¿Por qué me molesto siquiera? —preguntó con voz temblorosa.

Bob el Constructor —un antiguo albañil llamado Robert— echaba de menos a su novia ahora que la novedad de las «macizas disponibles» empezaba por fin a desvanecerse. A Vlad le preocupaba no ser capaz de encontrar una buena plataforma para sus vídeos de ejercicios una vez finalizase su paso por CelebRate. Y Sandra había desarrollado un trastorno alimentario después de que la criticasen en internet por su gordura.

—Me llamaron de todo, no os lo podéis ni imaginar —le dijo al grupo. Luego, se mordió el labio—. O sea, yo sabía que habría *haters...*, pero no pensaba que pudieran ser tan malos.

Heather vio su oportunidad.

—¿Había algún trol en concreto que destacase, alguien que quizá sabía cosas sobre ti que no debería haber sabido? —Miró con detenimiento la cara de la modelo—. Porque me han dicho que hay uno especialmente desagradable que tiene como objetivo a los winfluencers.

Nima hizo un gesto de desdén con la mano.

—De esos hay muchos.

—Sí —dijo Bob—. Yo tengo a un tío que no para de publicar en foros de fans diciendo que tengo las orejas demasiado grandes y que no me merezco el dinero. Como si tuviesen algo que ver las dos cosas. —Se llevó las manos a las orejas y se tocó los lóbulos tímidamente.

Heather los ignoró y dirigió sus palabras a Sandra:

—Entonces, ¿no hay nadie cuyo nombre se repita? ¿Uno que se hace llamar «Ah, No Sé»?

—No. —Negó con la cabeza, desconcertada—. No creo.

Conque Sandra quedaba descartada. Heather se volvió hacia los otros y escudriñó el círculo de rostros.

—¿Y los demás? ¿Alguien se ha topado con un trol que ha obtenido información privada sobre vosotros sin que sepáis cómo? ¿Que a lo mejor sabía algo sobre vuestro pasado que…?

—¿A qué viene esto, Heather? —interrumpió Elliot, frunciendo el ceño—. Si quieres hablar de tu propia experiencia con los troles, adelante. Este es un espacio para compartir y apoyar. Pero no —el ceño se le frunció más— para interrogar a nadie.

—No es un interrogatorio —soltó Heather—. Solo quería ver si todos tenemos un…, un problema común del que podríamos hablar. Porque el troleo es seguramente la parte más corrosiva de la vida de un winfluencer. Así que quería saber si alguno de los presentes ha sido troleado por alguien que…, que llamase la atención en un sentido o en otro.

Nima resopló.

—Suenas como Analise.

Heather se enderezó.

—¿Perdona? ¿A qué te refieres?

La artista del cabello se encogió de hombros.

—Es que hizo preguntas parecidas a las tuyas la última vez que vino a una sesión.

—Sí —asintió Bob—. Es verdad. Fue raro, porque hasta entonces nunca había parecido que le molestase la presencia de los troles. Siempre nos decía que no permitiésemos que se nos metiesen en la cabeza. Pero no hay duda de que a ella se le metió uno.

—¿Tenía alguna idea de quién podía ser?

—No, solamente…

—Me parece que nos estamos alejando otra vez del tema —interrumpió Elliot—. Estamos aquí para compartir nuestras experiencias, no para especular sobre los problemas de otros que, desgraciadamente, ya no están entre nosotros.

—Pues a mí me parece que nos estamos ciñendo al tema —contraatacó Heather, sin hacer ningún esfuerzo por disimular su irritación—. Lo que le pasó a Analise también podría estar pasándoles a otros de los aquí presentes. Por eso creo que es importante que averigüemos si hay un vínculo…

La puerta se abrió, interrumpiéndola. Heather se volvió y vio entrar a dos personas que llegaban tarde. La primera era Noah, vestido con un traje azul marino y sonriendo a modo de disculpa.

La segunda, Tessa.

Llevaba puestos unos vaqueros rotos de diseñador, sus Doc Martens favoritas y un top cubierto de anillos de metal plateado. Al ver a Heather, se paró en seco y, sorprendida, abrió los ojos de par en par. Heather le devolvió la mirada, sin saber cómo debía sentirse. Porque aunque seguía dolida y enfadada con Tessa por haber compartido su secreto y haberle dado la espalda, no podía negar que había echado de menos su amistad. Sencillamente, la vida en la Triple F no era lo mismo sin ella.

Tessa ignoró la silla vacía que había al lado de Heather y escogió la única otra silla libre, entre Noah, que acababa de sentarse, y Elliot.

—Siento llegar tarde —dijo con tono despreocupado, rompiendo el silencio—. ¿Qué me he perdido?

—Estábamos hablando de los troles y del daño que pueden hacer —dijo Elliot—. ¿Habéis tenido alguna experiencia con troles que os gustaría compartir con el grupo?

Tessa entornó los ojos mientras parecía rumiar la pregunta.

—¿Cuentan los amigos?

Elliot ladeó la cabeza.

—¿Quieres decir que algún amigo tuyo ha tenido problemas con un trol?

—No. —Tessa cruzó con fuerza los brazos sobre el pecho—. Me refiero a amigos que de repente empiezan a portarse como troles.

—De manera que tienes un amigo, o un examigo, supongo, que ha publicado comentarios negativos sobre ti en la red, ¿no?

—No exactamente. Los comentarios no se subieron públicamente. Eran MD ofensivos.

—Ah, ya entiendo. Ese es otro tema: maltrato infligido en privado por un amigo o por un miembro de la familia después de que la relación se haya vuelto tóxica. —Juntó las yemas de los dedos sobre su pecho, sin dejar de mirar a Tessa—. ¿Te gustaría compartir tu experiencia?

—En realidad, no, creo que no. —Meneó la cabeza con firmeza—. No tengo nada más que decir sobre el tema.

En el breve silencio que se hizo a continuación, los ojos de Tessa se deslizaron hacia Heather antes de apartarse otra vez. Ella se quedó mirando la cara vuelta de su examiga, incapaz de creerse lo que estaba oyendo. ¿En serio estaba insinuando que Heather se estaba portando como un trol…, después de que ella, Tessa, hubiese traicionado su confianza?

—Creo que es buen momento para pasar a otro punto —estaba diciendo Elliot—. ¿Qué tal si vamos al Espacio Secreto? El ejercicio de hoy consiste en describir una pauta autodestructiva de la que os gustaría libraros.

Los integrantes del Círculo asintieron con la cabeza y sacaron los F-phones. La mayoría se puso a escribir en lo que parecía una *app* de notas, aunque Nima estaba utilizando el modo manuscrito, garabateando en la pantalla con un dedo. Bob y Vlad habían traído teclados Bluetooth.

Heather se sacó el móvil del bolsillo y miró alrededor, perpleja y olvidándose por un momento de su enfado con Tessa.

—Perdón, ¿qué está pasando?

Elliot señaló el auricular.

—Verás que en tu F-phone hay una *app* preinstalada, una «S» muy grande de color azul.

Heather miró la pantalla y repasó las filas de *apps*. Allí estaba, justo al final.

—Ábrela —continuó Elliot—, después escribe sobre una pauta autodestructiva que quieras eliminar, además de los miedos o inseguridades relacionados con ella. Una vez hecho esto, podéis dar a uno de los tres iconos que hay en la esquina superior derecha para deshaceros de los pensamientos negativos que acabáis de atrapar… ¿Veis los iconos?

—Veo una llama, una ola y… —Miró la pantalla con los ojos entrecerrados—. ¿Eso es una piña?

—Una granada. Te permite ver cómo vuela en pedazos cualquier cosa que hayas escrito. La llama convierte tus palabras en cenizas y la ola las disuelve y se las lleva.

—Vale. Así que se trata básicamente de un elegante botón de suprimir.

—Externalizar y después destruir pensamientos y emociones negativas de esta manera puede ser muy catártico.

Heather miró la pantalla con el ceño fruncido.

—Entonces, para que quede bien claro: ¿nadie más va a ver lo que está escrito aquí? Una vez que lo hayamos hecho estallar o lo que sea, ¿habrá desaparecido para siempre?

—Sí. Es el equivalente de escribir tus pensamientos y tus temores más oscuros en un trozo de papel para quemarlo después…, y sin los riesgos para la salud y la seguridad.

Heather miró la página de notas vacía que había en la pantalla, con sus tres símbolos para destruir en una esquina. Solo había venido en busca de información, así que no había pensado demasiado en participar en los ejercicios. Miró a los demás, fijándose en el juego de emociones que delataban sus rostros mientras escribían…, las cejas arqueadas, los labios fruncidos, los ojos parpadeando para contener las lágrimas. Entonces, oyó el efecto de sonido de una explosión de bomba y vio que Sandra se recostaba en el asiento con un suspiro de alivio. Después, oyó el rugido de una ola y vio que a la cara de Bob asomaba una expresión de amargo triunfo, como si acabase de ganar una discusión importante con un enemigo odiado.

Bueno, en cualquier caso allí estaba. Y puestos, podía intentarlo. Se quedó pensando unos instantes qué escribir. Una pauta autodestructiva…

Cruzó las piernas sin pensarlo y la golpeó un dolor que la dejó seca. Contuvo un grito y las descruzó rápidamente, esperando a que se le pasara. Necesitaba otra pastilla. Pero con esta ya serían cuatro las que se habría tomado hoy. Otra vez. Antes le bastaban una o dos. Presa de una inquietud creciente, volvió a concentrarse en la página en blanco que esperaba ser llenada con sus inseguridades y sus temores.

Empezó a escribir: «La oxicodona ya no me hace el efecto de antes, así que cada vez tomo más. Creo que llevo demasiado tiempo tomándola, pero no me imagino la vida sin ella. No le digo a nadie que la tomo porque pensarían que tengo una adicción. No sé qué hacer».

Ya. Lo había hecho, había expulsado sus «pensamientos negativos». Ahora tocaba borrarlos de la faz de la tierra. Miró los tres iconos. Destrucción por agua no, gracias. Dio a la granada, observando satisfecha cómo hacía estallar las palabras y dejaba solamente una imagen de una nube en forma de hongo. Sonrió. Elliot tenía razón. Era de lo más catártico.

Al terminar la sesión se tomaban un café, así que Heather se quedó un rato con la esperanza de averiguar algo más sobre lo que había dicho Analise en su última reunión. Pero nada más acabar, de repente pareció que todos se olvidaban de sus problemas y se arremolinaban en torno a Noah, compitiendo por su atención.

Tras un par de intentos fallidos de encauzar las conversaciones hacia Analise y los troles, Heather se rindió. Aquí ya no había nada nuevo que descubrir. Cogió el bolso y salió sigilosamente al pasillo de la raya amarilla. Tessa debía de haberse marchado un momento antes porque estaba justo delante de ella, avanzando hacia los ascensores con una maltrecha mochila al hombro. Estratégicamente maltrecha, se dijo amargamente Heather; en consonancia con su estilo *grunge*. Pero Tessa debía de haberla cogido del asa contraria porque la mochila se volcó y todo el contenido cayó al suelo: un cepillo, un neceser de maquillaje, el monedero y una botella de plata, además de un montón de calderilla. Heather se agachó a ayudar por acto reflejo, recogió las monedas, también la botella, y se las dio. Tessa frunció los labios con fuerza mientras las aceptaba en silencio, y volvió a meter todo en la mochila.

«Increíble».

—En estos casos la gente suele dar las gracias —le soltó Heather.

Tessa estaba tirando de los cordones de la mochila, cerrándola.

—Bueno, en vista de que dejaste bien claro que no quieres volver a oír mi voz en toda tu vida, he supuesto que te haría un favor quedándome callada.

—Venga ya. ¿Cómo deduces que no quiero volver a oír tu voz en la vida del hecho de que te preguntase por qué le contaste a Candi lo de mi padre? Además, eres tú la que puso fin a nuestra amistad y me bloqueó.

Los dedos de Tessa se quedaron suspendidos sobre las cintas. Levantó la cabeza y se quedó mirando a Heather, frunciendo las cejas.

—No, yo no he hecho eso.

—No has hecho ¿qué? ¿Chismorrearle a Candi lo del suicidio de mi padre? ¿Enviarme un MD en el que me decías que nuestra amistad ya no tenía más recorrido? ¿O bloquearme inmediatamente después? Porque si lo piensas, seguro que descubres que hiciste las tres cosas.

Entonces, Heather se giró sobre sus talones y se alejó en dirección a los aseos, mientras las viejas heridas y la rabia de ahora se revolvían en su interior y su rodilla chillaba a modo de protesta.

Estaba ya a mitad de camino cuando las siguientes palabras de Tessa la golpearon de nuevo:

—No le conté a nadie lo de tu padre. Y tampoco dije eso sobre nuestra amistad ni te bloqueé. Fuiste tú la que me hizo todo eso a mí.

Heather se paró en seco. Se volvió. Se quedó mirando a Tessa desde la otra punta del pasillo.

—¿Qué estás diciéndome?

—Venga ya, no intentes hacerte la inocente. Porque puede que tú hayas borrado el original, pero tengo un pantallazo de tu último mensaje aquí mismo. —Tessa agitó su móvil en el aire—. Y deja bien claro que estabas poniendo punto final a nuestra amistad.

—Pero… eso es imposible. —Y entonces su voz se fue debilitando y se quedaron mirándose la una a la otra.

En sus rostros se reflejó el paso de las cejas fruncidas de la confusión al parpadeo del análisis y, por último, a los ojos como platos que delataban la incipiente comprensión de lo sucedido.

—Tenemos que hablar —dijo Tessa.

—No me lo puedo creer. —Heather negó lentamente con la cabeza mientras releía el mensaje del pantallazo de Tessa—. ¿Y esto cómo ha pasado?

El Salón Amarillo estaba cerrado por la noche, pero se había acordado de que había discutido con Elliot en la cocina abierta que comunicaba con él, así que habían entrado por allí. Los sofás, sus tonos de amarillo transformados en gris por la penumbra, estaban pegados a la pared, y las sillas, alineadas a su lado. Habían arrastrado dos sillas hasta una mesa, y Tessa le había enseñado a Heather lo que tenía en su móvil.

No había ni rastro del mensaje que había enviado Heather preguntando si se lo había contado todo a Candi. En cambio, había un MD remitido por ella en el que reñía a Tessa por haber llegado tarde al último encuentro social y haberla «dejado colgada», acusándola de «conducta egoísta». Poco después había un mensaje similar al

que había recibido Heather: «Después de pensarlo mucho, he llegado a la conclusión de que en realidad apenas tenemos nada en común y nuestra amistad ya no tiene más recorrido. Podemos tratarnos
con educación en los encuentros, pero preferiría que no te pusieras
en contacto conmigo ni volvieses a hablarme fuera de contextos de
grupo».

—Guau —dijo Heather tras leerlo—. ¡Menuda cabrona!

Tessa se rio, y el salón vacío amplificó el sonido.

—¡Una cabronaza, sí! Intenté llamarte justo después de que me
llegara esto, pero ya estaba bloqueada. Lo mismo en CelebMail. Después, los mensajes originales fueron suprimidos y supuse que serías
tú, que estarías ocultando las pruebas de tu conducta.

—Ni siquiera me había fijado en que los de mi teléfono también
estaban borrados; me hacían sentir tan triste que jamás volví a mirarlos. ¡Qué mal rollo! —Echó un vistazo al salón cerrado. El suelo,
recién encerado, relucía a la luz de la noche que pasaba por la pared
de cristal. Bajó la voz—: Tenemos que ir flechadas al Departamento de Informática. No me puedo creer que alguien pueda merodear
tranquilamente dentro de nuestros móviles de esta manera, enviando, borrando, bloqueando. Está claro que hay un fallo grave del sistema de seguridad.

—En realidad… —Tessa se llevó un dedo al labio—. No sé si
deberíamos ir al Departamento de Informática.

Heather la miró, perpleja.

—¿Por qué no?

—Piénsalo. Quienquiera que hizo esto fue capaz de entrar en
nuestros F-phones. Tuvo que ser alguien que pirateó el *software* de
IA que se supone que escanea nuestros mensajes por si hay cosas desagradables, ya sabes…

—¿Contenido ofensivo?

—Sí. Y aparte de escanear, ¿sabes qué más hace ese programa?

Heather asintió con gesto sombrío:

—Borra los mensajes y bloquea al emisor.

—Exacto.

—Pero el Departamento de Informática es el más indicado para localizar a quien haya hecho un uso indebido del sistema, ¿no? Además, deberíamos decírselo a Noah. Querrá ayudar.

Tessa tamborileó con los dedos sobre la mesa, entornando los ojos mientras pensaba.

—Creo que es mejor que no se lo contemos a nadie. Al menos, por ahora. A mi modo de ver, quienquiera que hizo esto o bien es informático o bien ocupa un cargo lo bastante alto como para tener acceso a todos los programas del concurso. En cualquiera de los dos casos, no nos conviene avisar al saboteador de que le estamos siguiendo la pista porque podría tapar sus huellas. ¿No sería mejor guardarnos la información, dejar que piense que se ha salido con la suya mientras ideamos un plan para que se manifieste?

—Vale, ahora sí que suenas como una villana de James Bond.

—*Hashtag* objetivos —dijo, formando una pistola con el pulgar y el índice y soplando un humo imaginario de la punta.

Heather se rio.

—Te he echado de menos.

—Ya, bueno…, yo también, un poco.

Se sonrieron tímidamente y a Heather le embargó una cálida sensación de felicidad. Después, se entrelazó los dedos por detrás de la cabeza y se quedó pensando con la mirada puesta en el ventanal. La lluvia, que acababa de empezar, dibujó rayas sobre las vistas oscurecidas de los almacenes y los edificios de oficinas de poca altura.

—El *email* que colmó el vaso para Analise fue enviado desde un ordenador de la Triple F —dijo Heather finalmente.

Tessa arqueó las cejas.

—¡Estás de broma! ¿Cómo lo sabes?

—No importa. Lo que importa es que es verdad. Y eso no puede ser una coincidencia, ¿no? La persona que lo envió tiene que ser la misma que se metió en nuestros teléfonos.

Tessa cogió su móvil y pulsó el botón de la parte superior.

—¿Qué haces?

—Apagando mi móvil para que nadie pueda ver en Buscamigos que estamos juntas.

—Mierda… Ni se me había pasado por la cabeza.

Tessa se dio un toquecito en la sien.

—Por eso soy yo el cerebro de esta operación. —Se volvió y miró el salón en penumbra. Las otras mesas, cada una con su charco de sombra debajo, tenían un aspecto extraño sin las sillas—. Cuesta creer que alguien de dentro del concurso hiciera estas cosas.

—Cierto. ¿Por qué? ¿Cuál puede ser el motivo?

Tessa se encogió de hombros.

—Crear problemas por pura diversión. O celos porque estamos buenas y tenemos dinero y quien sea que esté haciendo esto ni está lo uno ni tiene lo otro. En otras palabras, el mismo rollo de siempre.

Los ojos de Heather volvieron al ventanal, que ahora estaba empañado por la lluvia. ¿De veras era tan sencillo? Porque tenía la extraña sensación de que detrás de esos mensajes había un propósito, un objetivo. Pero el sentimiento era como una nube amorfa que se rompió en cuanto la tocó. Asintió con la cabeza.

—Sí —dijo—. El mismo rollo de siempre.

Capítulo 33

A Heather hay que pararla. No solo frenarla, sino detenerla por completo. Lo cual significa que hay que tomar medidas más duras. Me balanceo en la silla de atrás hacia delante, recorriendo con la mirada los rostros que están clavados en la pared de al lado de mi ordenador. Mi grupo de Ícaros. De tanto acercarse al sol se estrellaron contra el suelo. Resulta asombroso que las debilidades humanas se pueden aprovechar, que se pueda conseguir que dominen. Como un botón de autodestrucción que solo necesita un toquecito. Ha sido sorprendentemente sencillo. Hasta ahora.

Heather ha sido hábil; ha contrarrestado mis movimientos, me ha descolocado. Sin embargo, ahora que la he apartado de esa zorra de Tessa, ya no tendrá a nadie con quien confabular, así que supongo que todo será más fácil. Y seguro que Heather se siente desanimada, abandonada. Ha llegado la hora de atacar.

Entro en un chat que he estado siguiendo de cerca y me sumo a la conversación utilizando una de mis identidades *online,* compartiendo mi historia personal ficticia. Expreso compasión. Avivo la rabia. Espero a que la conversación tome el giro adecuado para que cuando suelte el secreto de Heather les suene natural. Publico el videoclip. Eso los enardece. Pero «enardecidos» es su modo predeterminado; al fin y al cabo, han perdido a seres queridos. Para cuando termino, piensan que todo ha sido culpa de ella.

Me sirvo un *whisky*. Es increíble lo que se puede conseguir pulsando unas pocas teclas. Puedes desplegar a todo un ejército.

Capítulo 34

Heather abrió los brazos de par en par y, presa de una desbordante sensación de asombro, dio vueltas sobre sí misma, haciendo que Regent's Park girase a su alrededor. Era modelo… ¡Una modelo de verdad! Talek, el fotógrafo, corría de acá para allá dándole instrucciones y ánimos a voz en grito:

—Un giro… Muy bien, muy bien… Ahora mírame por encima del hombro… Perfecto, perfecto… Ahora extiende los brazos y mira al cielo… Preciosa, preciosa.

Se había tomado una pastilla de más porque sabía que, si no, la sesión de fotos de Casual Elegance le pasaría factura a su pierna. No era una buena cosa, pero era el único modo de que pudiese estar ahí en ese momento, haciendo mil poses entre todo tipo de rosas mientras Talek la miraba como si fuera una obra de arte y se maravillaba con todos y cada uno de sus movimientos. Heather se rio y agitó la larga falda de un lado a otro esperando a que el fotógrafo se deshiciera de nuevo en elogios, de los que por lo visto tenía un abundante surtido. Aunque esta vez no reaccionó, sino que bajó lentamente la cámara y, frunciendo el ceño con cara de desconcierto, se quedó mirando por encima del hombro de Heather, que se volvió para seguir su mirada. Una multitud armada con pancartas estaba cruzando el parque. Debía de ser algún tipo de protesta. ¿Tal vez activistas por los derechos de los animales, de camino al zoo?

Al leer los letreros, su confusión aumentó. «Abajo las drogas». «Colocado, anulado». Qué raro. ¿Por qué venían aquí? ¿Sería que los traficantes de drogas se habían enseñoreado de Regent's Park? Pero entonces vio a una mujer que iba derecha hacia ellos con el rostro marcado por la ira. Su pancarta decía: «Oxizorra».

Un escalofrío recorrió a Heather. La multitud estaba cada vez más cerca y vio que todos llevaban camisetas blancas con fotografías en el torso. «Es solo una coincidencia —se dijo con firmeza—. Dentro de un minuto pasarán de largo y seguiremos con la sesión de fotos».

Solo que no pasaron de largo. La muchedumbre —fácilmente podían ser cuarenta— la rodeó como un enjambre furioso.

—¡Se supone que deberías estar dando ejemplo, zorra yonqui!

—¡He oído lo que dijiste en el vídeo! ¡Deberían meterte en la cárcel!

—¡Pastillera cabrona! —Esto último lo dijo una mujer bajita de mediana edad cuya camiseta mostraba la foto de una adolescente encima de las palabras «Mi Lucia. Las drogas se la llevaron». Agarró a Heather de los brazos y la sacudió con una fuerza sorprendente—. ¡Tienes que parar! ¡Para ya! —Su voz era una mezcla de angustia y furia. Se volvió hacia la gente que había a su alrededor—: ¡No podemos permitir que siga diciendo estas cosas! ¡Morirá más gente, se destruirán más familias como las nuestras! ¡Tenemos que obligarla a parar!

La multitud repitió sus palabras, empezó a corear:

—¡Que pare ya, que pare ya!

Heather, impotente, se volvió en busca de un hueco por el que atravesar el muro de rostros retorcidos por la rabia, los carteles enarbolados como armas. Pero no había, estaba atrapada.

—¡Dejadme ir! —gritó, desplazando los ojos de una persona a otra, buscando alguna muestra de compasión.

El círculo se iba estrechando cada vez más, se le venía encima. Un par de personas tenían los móviles en alto y estaban grabando sus esfuerzos por escapar.

—¡Por favor! ¡No he hecho nada!

De repente, asomó una mano por un hueco que había entre los cuerpos y la cogió de la muñeca; aterrorizada, se quedó sin respiración mientras la mano la arrastraba. Pero entonces vio el rostro espantado de Talek, su cuerpo enjuto torcido y encajado entre un anciano y una mujer con sobrepeso que llevaba una foto de un joven con la cara llena de acné estirada sobre su estómago («Mi Jake. Las drogas se lo llevaron»).

Heather se agarró a la mano de Talek como si fuera un cable de remolque para dejarse sacar del estrecho laberinto de cuerpos que se apelotonaban contra ella. Olió sudor, crema de sol y un tufillo a cerveza.

De repente, la multitud ya no estaba y en su lugar solo había césped vacío y los rosales del fondo. Había conseguido pasar.

Tras un breve instante de alivio, de espacios abiertos y aire fresco sobre la piel, los atacantes de Heather se percataron de que no se encontraba entre ellos.

—¡Eh! ¡Vuelve aquí!

Talek miró hacia atrás con miedo.

—¿Puedes correr más deprisa?

Entonces Heather se rio, un sonido áspero, casi un sollozo.

—No. No puedo.

Talek intentó que fuera más deprisa, pero Heather cojeaba y sus perseguidores corrían bastante. Iban a darles alcance en cuestión de segundos. Los iban a rodear. A darles una paliza seguramente…, o algo peor. Y todo por culpa de su pierna coja e inservible. La sensación de impotencia la abrumó. Miró al fotógrafo, que aunque estaba claramente muerto de miedo hacía todo lo posible por ayudarla.

—Lo siento muchísimo…

—¡Que reconozca el mal que ha hecho! —gritó alguien.

Heather tropezó y cayó con fuerza sobre la hierba. Se llevó las manos a la parte de atrás de la cabeza, preparándose para una previsible paliza.

Pero entonces oyó otras voces distintas que gritaban desde algún lugar de su derecha:

—¡Dejadlos en paz!

—¿Qué coño hacéis?

—¡He llamado a la policía! ¡Está a punto de llegar!

Heather levantó la cabeza, esperando ver a la turba a su alrededor. Sin embargo, solo estaba Talek, que, inclinándose, le tendió la mano. Heather la agarró y él tiró para levantarla. Una vez en pie, se volvió y vio a una fila de personas que estaban de espaldas, hombro con hombro: buenos samaritanos que habían formado una barrera entre ellos y la multitud enfurecida, manteniéndola a raya.

—¡No la protejáis! —gritó una mujer desde el otro lado—. Es una yonqui, se empastilla y anima a sus seguidores a imitarla, como si la drogodependencia fuese algo glamuroso. ¡Si no le paramos los pies, morirán más personas vulnerables!

Entonces se oyó una voz de hombre, serena, razonable:

—Márchense ahora, antes de que llegue la policía.

Como para subrayar sus palabras, una sirena empezó a sonar en la distancia, débilmente al principio pero cada vez más fuerte.

—¡Nos importa poco la policía! —gritó a su vez un hombre con un tatuaje en el cuello.

Pero Heather vio que la turba ya no era tan compacta, que se abrían huecos a medida que los integrantes se alejaban mirando a los lados. Una mujer que estaba al fondo se volvió y se alejó rápidamente hacia el sendero que dividía en dos Regent's Park, con su pancarta de «Drogas = Muerte» apoyada contra el hombro. Otra mujer la imitó, después otra, apretando el paso mientras las sirenas sonaban cada vez más alto. De repente callaron y se oyó un ruido de puertas de coches abriéndose y cerrándose de golpe.

El último en marcharse fue el hombre del tatuaje en el cuello, que retrocedió lentamente. La foto de su camiseta parecía una versión más joven de él.

—Mi hermano empezó a tomar las mismas pastillas que tú después de su operación, hasta que tomó demasiadas y se murió. —Le temblaba la voz—. Tus seguidores están dispuestos a hacer lo que les digas y a seguirte hasta la tumba.

Capítulo 35

Heather estaba tumbada en el sofá con las cortinas corridas para protegerse de los periodistas. Los oía en la calle, charlando entre ellos.

El único otro sonido era el zumbido de su móvil, que, silenciado, vibraba sobre la mesita. Haría bien en echarle un vistazo. Seguro que Tessa intentaba localizarla, utilizando el teléfono de otra persona —habían acordado que evitarían ponerse en contacto con sus F-phones— para ofrecerle todo su apoyo. Pero en este momento Heather no tenía ganas de hablar con nadie. Le faltaba valor para ver la actualización más reciente de la clasificación, que seguro que le iba a decir que su preciosa vida nueva estaba llegando a su fin. Miró a su alrededor: la chimenea de mármol, el movimiento de las cortinas de seda francesas, el diván georgiano con su respaldo de caoba arqueado… Y el candelabro de techo, como una nube de diamantes flotando sobre la habitación. Cuando se interrumpieran los pagos, tendría que abandonar este lugar. Entonces, ¿adónde iría? En su antiguo piso vivía ya otra persona. Y su antiguo trabajo también lo hacía ahora otra persona. De manera que se quedaría sin nada cuando bajase de los quinientos mil, lo cual, no le cabía la menor duda, no iba a tardar en suceder.

«La yonqui de la oxicodona». Así la llamaban. Al parecer, daba lo mismo que se la hubieran recetado, que la tomase para clamar aquel dolor casi constante. Lo único que veía la gente era a una mujer que bebía champán a cubos y se metía las mismas pastillas que usaban los drogatas para colocarse. Uno de los periódicos había entrevistado a un experto que había dicho que ningún médico responsable habría seguido recetando un medicamento tan adictivo durante un periodo tan prolongado, que a este médico habría que investigarle, quizá retirarle la licencia. Así pues, ahora había un riesgo real de que le interrumpieran el suministro y se viese obligada a vivir en un mundo de torturas sin fin. Pero no era el momento de pensar en eso. Tenía que centrarse en averiguar cómo se había llegado hasta este punto…, y quién había tirado la primera piedra.

Los periodistas le habían hecho buena parte del trabajo preliminar. Habían rastreado el ataque hasta un *post* publicado en el tablón de anuncios de «Familias Contra la Droga», o FCD, un grupo combativo integrado por personas que habían perdido a seres queridos por culpa de las drogas. El corazón le había dado un vuelco al ver el nombre que había detrás de la publicación. «Ah, No Sé». Ahí estaba, la prueba de que la había hecho caer el mismo trol que había llevado a Analise al suicidio.

«A eso se dedican los *influencers* —decía el *post* de Ah, No Sé—. A influir. Y en estos momentos, una de las más influyentes está tragando oxicodona y animando a sus seguidores a hacer lo mismo…, presentándose como un modelo a seguir. Llevará a jóvenes vulnerables por un oscuro sendero de autodestrucción…, si no se lo impedimos. El 1 de junio a las 2 p. m., Heather Davies estará cerca de la rosaleda de Regent's Park posando para una sesión fotográfica que ensalzará su estilo de vida de drogadicta. Salgamos a su encuentro. Sofoquemos su turbio mensaje con el nuestro. Vayamos a decirle cómo nos sentimos y lo que hemos perdido por culpa de gente como ella». Había un vídeo adjunto: «Heather les cuenta a sus fans por qué deberían probar la oxicodona». Heather lo había pinchado esperando ver un *fake* generado por IA, pero en cambio se había encontrado con un clip que conocía bien: era ella, con el rostro radiante de emoción y luciendo el vestido de raso que se había comprado para el estreno de la película de Bond.

«Te transporta a un mundo deslumbrante en el que todo es emocionante y hermoso —le decía a la cámara—. En comparación, la realidad parece más bien plana y banal. Es una experiencia que nadie debería perderse».

La entrevista del vestíbulo del cine. El cámara le había mandado un MD al día siguiente agradeciéndole su contribución y enviándole el enlace a su página de YouTube, donde estaban todos los clips del estreno. Al menos la prensa se había dado cuenta de esto. Pero aunque el vídeo había sido desmentido, no así su condición de yonqui. «El vergonzante secreto de la oxicodona» de Heather estaba en todos los titulares.

Se puso uno de los cojines del sofá debajo de la cabeza y se quedó mirando la lámpara del techo, dando vueltas a las tres preguntas que le había suscitado el *post* de FCD.

Pregunta número uno: ¿Cómo se había enterado el trol de dónde iba a estar ella? Les había hablado de la sesión fotográfica a sus seguidores en un *post* de CelebRate, pero solo había dicho que tendría lugar «en un parque»…, no en cuál, ni a qué hora. ¿Quizá sus citas con los patrocinadores estaban recogidas en algún lugar accesible a los empleados de la Triple F? Tenía todo el sentido del mundo. El Departamento de Ventas tendría que asegurarse de que estaba disponible antes de contratar su asistencia a discotecas y restaurantes.

316

Segunda pregunta: ¿Quién se lo había comunicado a la prensa? Los periodistas habían llegado al mismo tiempo que la policía; cinco o seis, armados con cámaras. ¿Los habría convocado Familias Contra la Droga? ¿O habría sido el trol quien les había dado el chivatazo, para asegurarse de que la noticia de su adicción a la oxicodona salía en las pantallas de todo el país?

Y, por último, la tercera pregunta, y la más importante: ¿Cómo, para empezar, se había enterado el trol de que tomaba oxicodona? Porque, aunque a veces admitía que tomaba un analgésico, Heather jamás había revelado cuál era ni con qué frecuencia lo tomaba. No acababa de saber por qué lo había mantenido en secreto. Quizá porque sabía que era un fármaco con mala fama y no quería que la gente sacase conclusiones equivocadas. O porque las pastillas eran un constante recordatorio de que el accidente seguía controlando su vida. O puede que simplemente temiese pensar a fondo en su consumo de oxicodona. Pero fuera cual fuera la razón, Heather no se lo había contado a nadie.

Hasta la noche del estreno.

Volvió a oler el aroma de los lirios. A oír el taconeo sobre el mármol. Y una voz ronca.

«Dudo que el colocón merezca la pena».

Veronica Shulman.

Heather iba caminando pegada a la barandilla de hierro que separaba la acera de la «zona de recreo» del instituto, atenta por si veía a algún profesor. Eric siempre se iba solo a la esquina que estaba más alejada del edificio. O al menos eso había hecho cuando ella trabajaba allí.

Quería hablar con él antes de confrontarse con su madre, para hacerse una idea de lo que la esperaba. Porque solo se le ocurría una razón para que Veronica Shulman utilizase su secreto en su contra: la venganza materna. Aunque había dicho que no culpaba a Heather de la expulsión de su hijo, que era lo mejor, seguramente había sido una mentira dirigida a que Heather bajase la guardia. Después, había hecho público que Heather consumía drogas… Igual que Heather había expuesto que su hijo las consumía. Los Shulman tenían vínculos estrechos con la Triple F, así que quizá había podido hacerse con un portátil de la empresa sin usar. Pero todavía faltaba una pieza del rompecabezas: si Veronica realmente era Ah, No Sé, Analise también habría sido su objetivo. Y a Heather no se le ocurría ningún motivo para ello.

«Ándate con ojo, zorra. O me encargaré de que lo lamentes».

Si Heather estaba en lo cierto, no habría sido Eric quien le había enviado aquel *email,* después de todo. Lo habría enviado su madre, utilizando el ordenador de su hijo. Pero necesitaba que él la ayudase a confirmar esta teoría. Recorrió con la mirada a los adolescentes que estaban jugando al pimpón, pasando el rato en el puente arqueado del «jardín japonés» o agachándose detrás de los arbustos de la otra punta para mirar a hurtadillas sus móviles. Eric tenía que estar por algún sitio. A no ser que estuviese enfermo o haciendo pellas. ¿Y si…?

Un momento. Allí.

Eric se estaba paseando por el perímetro de las instalaciones, pasando las yemas de los dedos por los barrotes de la barandilla. Por primera vez, le llamó la atención lo solo que parecía, lo aislado. Durante las clases había habido un grupo de chicos que lo apoyaba, que le reía las gracias. Pero a la hora de comer jugaban al fútbol. Eric nunca se sumaba a ellos.

Se quedó esperando hasta que él estuvo lo bastante cerca como para oírla.

—Hola, Eric —saludó con tono desenfadado y amistoso.

Eric se detuvo y la miró a través de la valla con expresión extremadamente cautelosa.

—¿Qué hace aquí, señorita? Pensaba que lo había dejado.

—Pasaba por aquí.

Los dedos de Eric juguetearon con uno de los barrotes.

—Entonces…, ¿qué, me ha visto a mí, su alumno preferido, y se ha acercado a saludarme?

—Algo así. Pero sí que te quería decir que si di parte de que habías llevado drogas al instituto no fue porque la tuviese tomada contigo. Habría hecho lo mismo con cualquier alumno, fuera quien fuera.

Vio aquella sonrisa maliciosa que tan bien conocía.

—Solo que resulta que yo no era el único que llevaba drogas al instituto. La hierba me la daba un camello de su urbanización. ¿Usted también le compraba a él? Tenía el apartamento hecho un asco. Una vez la vi por la ventana, estaba usted regresando a casa. Seguro que se alegra de no seguir viviendo en aquel antro de mala muerte. Ahora se puede permitir camellos que le lleven las pastillas hasta la puerta en bandeja de plata.

Había olvidado lo rápido que era, lo mordaz. Bajó la vista al suelo unos instantes, tratando de centrarse.

—Mis pastillas son medicación, me las ha recetado el médico.

—Sí. Igualito que a Heath Ledger y a Prince —respondió, metiéndose las manos en los bolsillos del pantalón.

Heather apretó los dientes, decidida a mantener la calma, a no dejar que la afectase.

—Lo que trato de decirte, Eric, es que me limité a cumplir con mi obligación y que no te deseé ningún mal. De veras quiero que te vaya bien. —Cogió aire y le observó detenidamente mientras decía las siguientes palabras—: Así que pienso que tu *email* estaba fuera de lugar.

Eric preguntó con rostro inexpresivo:

—¿Qué *email*?

—El que me enviaste después de que te expulsaran.

Eric levantó una ceja y arrugó la frente: la mirada que Heather recordaba haber visto en sus clases cuando estaba explicando alguna idea complicada. Era la mirada de alguien que no tenía ni la más remota idea de lo que le estaban diciendo.

—¿Cómo iba a enviarle un *email*? No tengo su dirección de correo electrónico. Y aunque la tuviera, no me molestaría. No había nada que decir.

Heather le miró a la cara, buscando algún movimiento evasivo de los ojos, algún tic en el labio. Pero no vio nada. A no ser que fuera un actor de primera, Eric estaba diciendo la verdad. Lo cual significaba que su teoría era correcta: Veronica Shulman la había manipulado, fingiendo que no daba importancia a la expulsión de su hijo —y a la consiguiente vergüenza familiar—, a la vez que enviaba correos amenazantes y tramaba su venganza.

—Qué raro, porque me llegó un mensaje desde tu ordenador. ¿Será que tu padre o tu madre lo cogieron prestado? ¿Se saben tu contraseña?

Eric la miró como si estuviera completamente loca.

—¡Pues claro que no! Mi contraseña no la sabe nadie. —De nuevo, la sonrisa maliciosa—. No me gustaría que nadie le echase un vistazo a mi colección de porno, ¿eh, seño? —El Eric de siempre, intentando escandalizarla y avergonzarla.

—Tienes razón —respondió ella con tono despreocupado—. Yo tampoco se la doy a nadie por esa misma razón.

Tuvo la satisfacción de observar que abría los ojos como platos.

Entonces, por encima del hombro de Eric, vio que Steve salía por la puerta de atrás del instituto y, plantándose a un lado con las manos a las caderas, se quedaba mirando la zona de recreo. Maldición. Seguro que se acercaba si la descubría hablando por la verja con su alumno menos favorito. Heather necesitaba más tiempo para perfilar mejor la imagen de la mujer a la que se estaba enfrentando.

—Me encontré con tu madre. En una fiesta. —Observó con detenimiento la reacción de Eric: un ligero respingo.

—Ah, sí. Le gustan las fiestas. Le gusta salir, en general.

—Se preocupa por ti. —Por el rabillo del ojo vio que Steve volvía la cabeza hacia ella—. Es protectora. Una madre hace lo que sea por defender a sus hijos, ataca a cualquiera que los amenace. Puro instinto.

Eric rio con un deje amargo.

—Pura palabrería. A lo único que ataca mi madre es al *gin-tonic*.

Steve, protegiéndose los ojos con la mano, se había puesto a mirarlos. Vaya por Dios. Volvió a dirigirse a Eric, hablando deprisa:

—¿Le disgustó mucho que te expulsaran?

Eric frunció el ceño.

—Y a usted ¿qué más le da? Eso fue hace siglos y usted ni siquiera sigue trabajando aquí.

—Es que… me cae bien tu madre y estaba pensando en proponerle que quedásemos para charlar, pero no sé si estará dispuesta, teniendo en cuenta los problemas que te he causado. De todos modos tengo esperanzas, porque las dos hemos perdido recientemente a una amiga común. Analise Tetterson. ¿Tu madre la ha mencionado alguna vez?

Eric frunció el ceño con desconfianza. Abrió la boca, pero antes de que pudiera salir ninguna palabra apareció Steve.

—¿Todo bien? —preguntó, mirando a través de los barrotes con gesto perplejo—. ¿Qué haces aquí, Heather? ¿No deberías…?

El timbre cortó la frase. Había olvidado lo estridente que era.

—Hola, Steve. Mira tú por dónde, contigo quería hablar yo.

—Y por eso decidiste merodear por el patio en lugar de simplemente enviarme un mensaje, ¿no?

Heather ignoró la pregunta.

—¿Tienes tiempo para tomar un café a la salida?

Steve se encogió de hombros.

—Claro, si es que eres capaz de rebajarte a ir a Joe's. ¿Cuatro y media?

—Perfecto.

—Está mintiendo —dijo Steve, dando un bocado al sándwich de queso y hablando a la vez que masticaba—. Eric ha tenido que enviar ese *email*. Está en mi clase de informática y te puedo asegurar que está obsesionado con la seguridad. Me refiero a contraseñas múltiples que cambian continuamente, raya la paranoia. De modo que a no ser que su madre tenga una identidad secreta de *hacker* del servicio de espionaje, no veo cómo iba a poder entrar en su ordenador.

Heather negó con la cabeza.

—Vi la cara que ponía cuando lo acusé. No tenía ni idea de lo que le estaba diciendo. ¿Estás completamente seguro de que la dirección IP que conseguiste es la correcta?

—Sí. Esa fue la parte fácil. El desafío era conseguir el nombre, y puede que, en términos legales, me metiese en una zona un poco gris, así que mejor no entrar en detalles. El caso es que la conseguí. —Se sacó el móvil del bolsillo, dio unos toques a la pantalla y se lo deslizó por encima de la mesa—. Compruébalo tú misma si no me crees. Saqué un pantallazo.

—No es que no te crea… —Lo cogió—. Es solo que… tiene que haber otra explicación.

El camarero, un hombre pelirrojo con acento irlandés, apareció a su lado.

—¿Les tomo nota?

Heather soltó el teléfono y cogió el menú plastificado, sabiendo de antemano que no había en él nada que le apeteciera. Pero se sentía culpable por estar ocupando una silla sin consumir. Bueno, podía beber algo.

—Un *chai latte* desnatado con extra de canela, por favor.

Steve soltó una risotada y el camarero la miró como intentando averiguar si era o no una tomadura de pelo.

—Tenemos café y té —dijo.

Heather se sonrojó.

—Perdón, es la costumbre. Un café, por favor. —El camarero se alejó y Heather miró con el ceño fruncido a Steve, que seguía riéndose—. Me había olvidado de lo básico que es este lugar.

—Antes no te molestaba.

—Antes no había probado el *chai latte*. —Cogió el móvil de Steve, echó un vistazo a la pantalla y se lo tendió—. Está bloqueado.

Steve se echó kétchup de una botella de plástico en el borde del plato sin coger el aparato.

—Satán al cuadrado.

—¿Cómo dices?

—Mi contraseña. 666-666.

—Ah. Muy gracioso. —La tecleó y fue recompensada con un pantallazo de una serie de números y puntos con un nombre y una dirección debajo. Heather arrugó el entrecejo—. Pone «Shulman E». Solo «E». No «Eric».

Steve se encogió de hombros.

—¿Y? ¿Qué otra cosa podría ser?

—Edmond. El padre de Eric. —Y, de repente, todo encajó—. Edmond Shulman me envió ese correo.

Steve dejó el kétchup y apoyó los antebrazos sobre la mesa.

—A ver, que me quede claro…, ¿me estás diciendo que el jefe del imperio mediático Shulman decidió tomarse una noche libre y dejó de tirar de las palancas del poder económico británico para amenazar a la profesora de su hijo?

Heather recordó al padre de Eric de pie ante la puerta del director, taladrándole con sus ojos oscuros.

—Sí, eso es exactamente lo que estoy diciéndote. Piensa en todo el dinero que inyectó al instituto solo para que la gente se lo pensase dos veces antes de pararle los pies a Eric. Yo fui la primera persona que se negó a cumplir las reglas. Los demás estudiantes debieron de contarles a sus padres lo de la expulsión: personas ricas e importantes cotilleando acerca del heredero del imperio Shulman…, que si es un drogata, que si su padre fracasó con él… Tuvo que sentirse rabioso, humillado. Con ganas de vengarse. —Su cabeza iba a mil por hora, recorriendo la secuencia de posibilidades.

«Me encargaré de que lo lamentes».

¿Y si Veronica Shulman había vuelto a casa borracha después de la fiesta y le había soltado a su marido el secreto de la oxicodona de Heather, ajena a la intensidad de la aversión que sentía Edmond por ella…, y luego él había utilizado esa información para movilizar a una turba contra ella? Lo mismo había aprovechado su condición de socio mayoritario para exigir acceso a los MD y a las configuraciones de Heather. ¿Y si todo lo sucedido no era más que la venganza de un abusón contra la mujer que había osado enfrentarse a sus deseos?

Sin embargo, su teoría tropezaba contra el mismo muro que en el caso de Veronica: el hecho de que «Ah, No Sé» no solo había acosado a Heather, sino también a Analise. ¿Por qué iba a querer un hombre como Edmond Shulman destruir la vida de una vloguera de contenidos de belleza? No tenía sentido.

El camarero le sirvió el café y Heather le echó azúcar y se lo bebió distraídamente, sin apenas notar el sabor a quemado.

Steve cortó un trozo de sándwich.

—Vale, digamos por ahora que Shulman realmente está empeñado en destruirte. ¿Significa eso que también es responsable del vídeo de la web contra la droga?

Heather torció el gesto.

—No lo sé. Es el mejor sospechoso que tengo en estos momentos. Pero hay cosas que no encajan.

—¿Qué dice la policía? ¿Cuándo van a descubrir quién está detrás del *post*?

—Nunca. —Heather hizo una mueca al recordar su última conversación con el agente que llevaba su caso. Su amable compasión. La impotente frustración que sintió ella—. El *post* no llegaba a incitar a la violencia, así que técnicamente no quebrantaba la ley. Ya han encontrado y amonestado a las personas que me atacaron físicamente, de modo que, por lo que respecta a la policía, el caso está cerrado.

—Ah. —Steve soltó el cuchillo y el tenedor—. Lo siento mucho. Qué faena.

—Gracias. —Heather bajó los ojos a la mesa, sintiéndose derrotada.

Cada vez que le parecía que estaba llegando a algún sitio, su búsqueda de respuestas se topaba contra un muro. Y esa búsqueda era lo único que la distraía de sus problemas…, y del hecho de que #Heatheroxiadicta era tendencia en las redes sociales.

—Que les den a los polis —dijo Steve—. Podemos resolver este misterio nosotros solos, al estilo Scooby Doo. O mejor al estilo Sherlock Holmes, porque el equipo Scooby solo se enfrenta a promotores inmobiliarios sin escrúpulos. —Se agachó a hurgar en la bolsa de lona que tenía a sus pies, sacó un bolígrafo y cogió una servilleta de papel del dispensador metálico que había sobre la mesa—. Empecemos por reducir la lista de sospechosos. ¿A cuántas personas les has contado que tomas oxicodona?

—Fácil. A una. Veronica Shulman.

Steve asintió con la cabeza, apuntando el nombre en la servilleta y, al lado, «¿Amiga? ¿Familia?».

—Conque si descartamos a Eric, están Veronica, su marido y cualquier amigo cercano al que haya podido pasarle la información. —Pulsó con el pulgar el botón del bolígrafo, metiendo y sacando la punta—. Pero creo que el sospechoso más probable es tu hackeador del teléfono. ¿Alguna vez has mencionado en un MD que tomas oxicodona?

—Desde luego que no…

—¿Y en correos?

—No, jamás.

—¿Y en documentos de la Triple F? ¿No tuviste que rellenar no sé qué formulario de salud cuando te incorporaste al concurso?

—Sí, pero… no metí lo de mi medicación porque no me pareció relevante. —Bebió de su café en la pausa que se hizo a continuación, evitando mirarle a los ojos—. Te aseguro que no he escrito ni una sola palabra sobre la oxicodona en ningún sitio… —Pero su voz se fue apagando al caer en la cuenta de que no era estrictamente cierto.

Los pensamientos se arremolinaban en su cabeza mientras contemplaba por la ventana el lento discurrir del tráfico, que iba aumentando a medida que se acercaba la hora punta.

No… No podía ser… ¿Y si fuera?

—Aun así —dijo Steve, sacándola de su ensimismamiento—, voy a añadir al *hacker* a la lista de sospechosos. —Anotó «hacker telefónico» en la servilleta, debajo de «Veronica Shulman/maridito/amigos»—. Porque me cuesta creer… —Entonces, la frase se interrumpió y el bolígrafo se quedó suspendido sobre la servilleta.

Los ojos de Steve miraban hacia algo que había detrás del hombro de Heather, quien al volverse vio a un hombre que caminaba hacia ellos con la chaqueta cogida de una manera extraña. El tipo —más o menos de la misma edad que Steve, con sobrepeso y sin afeitar— llevaba pantalones vaqueros y una camisa necesitada de un buen planchado. Heather acababa de preguntarse por qué llevaría una chaqueta tan larga con el calor que hacía cuando el hombre la apartó a un lado como un mago y dejó a la vista la cámara profesional que llevaba debajo.

A Heather se le hizo un nudo en el estómago. Un *paparazzi* le había tendido una emboscada. Y sabía exactamente cómo se iba a interpretar la escena: el ídolo caído de la Triple F en una cafetería con un hombre desconocido y desaliñado, seguramente su camello. No debería haber aceptado quedar en Joe's, con sus mesas deslucidas y aquella iluminación tan poco favorecedora. Seguro que el fotógrafo trabajaba para una de esas horrorosas revistas especializadas en celebridades sorprendidas cuando salían a comprar por la mañana antes de maquillarse, o con la falda levantada por el viento y revelando una zona de celulitis convenientemente rodeada por un círculo rojo, por si acaso se le había pasado por alto al lector.

Se pasó los dedos por el pelo. ¿Todavía llevaba pintalabios, o se le había borrado con el café? Demasiado tarde. Recordó el consejo de Noah para lidiar con estas situaciones: el truco consistía en no reaccionar, en mantener una fachada serena pasara lo que pasara. Lo peor que podía ocurrirle era que se hiciera viral una foto suya con la cara retorcida por la vergüenza y la rabia. El fotógrafo levantó la cámara.

Pero no la enfocó a ella. Enfocó a Steve.

Heather observó atónita cómo los rasgos de este se transformaban velozmente bajo la avalancha de chasquidos y *flashes* que vino a continuación: del *shock* al temor, a la ira, y por último a una mirada de absoluta determinación. Acto seguido, Steve embistió.

—¡Oye! —gritó el fotógrafo mientras Steve agarraba la cámara y forcejeaba con él—. ¡Suelta! ¡Es mía!

—Ya, bueno, y esta cara es mía. —Su voz era un gruñido—. Y no te doy permiso para que la fotografíes, así que ve y díselo a los abogados de ese periodicucho de mierda para el que trabajas.

El camarero pelirrojo salió corriendo de detrás del mostrador y se paró en seco, claramente sin saber qué hacer.

—¡Parad ahora mismo! —Sus ojos iban de uno a otro de los contendientes—. O… O… ¡O llamo a la policía!

El fotógrafo tiró de la cámara y se escapó corriendo hacia la puerta, deteniéndose en el umbral para dedicarle al camarero una sonrisa manchada de nicotina.

—Tranqui, colega. De todos modos, ya me iba. —Y salió corriendo por la acera cámara en mano.

Steve volvió, se desplomó en la silla y hundió los dedos en el pelo.

Heather lo miró. Los pensamientos se le arremolinaban en la cabeza mientras intentaba comprender lo sucedido. ¿Qué motivo podía tener un fotógrafo de tabloides para perseguir a Steve?

«Sé quién eres. Y las cosas que hiciste».

Había hecho una búsqueda de imágenes después de aquel extraño encuentro, interesada por saber quién era Jonnie Preston —se había imaginado que sería algún tipo de delincuente—, y realmente tenía los mismos ojos que Steve. Había encontrado una abundante cosecha de John Prestons y Jonnie Prestons, a destacar un flautista de renombre internacional, un niño actor y el director de una empresa de seguridad. Pero nadie que se pareciese a Steve, de manera que había despachado el incidente como un caso de error de identidad.

Ahora, sin embargo, todo apuntaba a que se había equivocado.

Jugueteó con un sobre de azúcar, moviendo los granos de un lado a otro.

—¿Estás bien?

—Sí. —Una risita débil—. Perdona, he perdido los estribos. Ya sabes que no soporto que me saquen fotos. —Cogió los restos del sándwich con las dos manos, dio un mordisco y masticó despacio, sin prisas—. Bueno, ¿por dónde íbamos? —Miró la servilleta, con sus dos líneas de anotaciones—. A ver…, habíamos quedado en que era uno de los Shulman o un *hacker*…

—Steve…

—O también puede que uno de los Shulman se aliase con el *hacker*. ¿Te acuerdas de aquel gran escándalo de piratería que hubo en Shulman Media? Aunque lo dudo; por aquel entonces tú eras una renacuaja. Unos periodistas de Shulman Media pincharon los teléfonos de unos familiares afligidos y escucharon sus mensajes telefónicos. Fue un caso muy sonado.

—Steve…

Él se desplomó de nuevo en la silla.

—Vale, de acuerdo. Te lo voy a contar. A ver por dónde empiezo… —Dobló la servilleta, con su breve lista de sospechosos—. ¿Te suena un programa de televisión que se llamaba *Cinco son multitud*?

—Claro. ¿A quién no? Es de antes de mi época, pero recuerdo que de pequeña hice una maratón de vídeos. Estaba enamorada del chico mayor, ¿cómo se llamaba?

—Mackie. Sí, como todo el mundo. —Su rostro se crispó—. En la vida real, un capullo.

—¿Cómo lo…? —Dejó la frase sin terminar: las piezas del rompecabezas Steve estaban empezando a encajar. Su desprecio por los famosos. Su rencor a su madre. La amarga certeza de su tono de voz cuando hablaba sobre la vida en el candelero.

«Quizá no tendrías tantas ganas de alcanzar la fama si supieras lo que es realmente».

—Fuiste un niño actor… —Lo miró fijamente a la cara—. ¿Cuál de ellos…? ¿Eras…? ¿No serías… George?

Steve frunció los labios como si el propio nombre le supiese amargo.

—Sí.

Heather señaló la ventana.

—Entonces, ese fotógrafo…

—Me cambié de nombre, pero, no sé cómo, me ha localizado. Deben de estar grabando algún episodio de «¿Dónde están ahora?». Eso, o alguno de esos ciberanzuelos que dicen «¿Te acuerdas de aquel chaval tan adorable de la tele? Ahora es un gordo cabrón».

—No estás gordo.

—Hace unos años, sí. ¿Por qué te crees que todos mis pantalones necesitan cinturón?

—Por si no lo sabes, se rumorea que hay unas personas mágicas que son capaces de conseguir que te siente mejor la ropa con un toquecito de sus agujas encantadas. Se llaman «sastres».

—A mí es que no me va todo eso de la brujería. Además, el estilo holgadísimo-y-con-cinturón ya es marca de la casa.

—Vaya, lejos de mí interferir con la marca de la casa de un hombre.

Pareció que el ambiente se relajaba un poco. Steve esbozó una sonrisa.

—Mira, sé que tenías la sensación de que estaba intentando

reventar tu burbuja de la Triple F, y a lo mejor a ti te sienta bien la fama, pero para mí fue destructiva. Me arruinó la infancia. Lo único que quería yo era ser normal e ir a un colegio normal, y no que me dieran clases particulares a un lado del plató.

Heather se bebió el resto del café sin apartar la vista de Steve, observándolo desde una nueva perspectiva.

—¿Por eso decidiste hacerte profesor…, para tener la experiencia de la vida escolar que te perdiste de crío?

Steve puso los ojos en blanco.

—Gracias por su análisis, doctora Davies. —Se rio, un sonido suave y amargo—. Aunque, ¿sabes? Puede que tengas razón.

El camarero pasó de largo y Heather pidió un zumo de naranja; había llegado a su tope de cafeína.

Steve esperó a que estuvieran otra vez solos antes de continuar:

—Se puede decir que en aquella época mi vida era bastante disfuncional. Me cambié de nombre a los quince años, después de que la glamurosa modelo que estúpidamente pensé que era mi novia contase con pelos y señales en una entrevista cómo me había desvirgado. Pero ser una estrella infantil tiene una ventaja: al final, te haces mayor y nadie te reconoce.

—Hasta que un tabloide saca una foto tuya de adulto.

Steve se frotó la cabeza con las yemas de los dedos.

—Sí. De ahí lo exagerado de mi reacción. Aunque no, qué coño, de exagerado nada; fue una reacción de lo más razonable. —Guardó silencio unos instantes—. Pero lo bueno es que gracias a mi triste pasado estoy mejor preparado para aconsejarte sobre la mala prensa que tienes en estos momentos, porque soy un experto de talla mundial en lo que no hay que hacer.

—Gracias, pero mi situación no tiene remedio. —Heather cogió una servilleta, limpió una gota de café de la mesa y evitó la mirada de Steve—. Me han tachado de drogata y de ser un fraude. Estoy a punto de entrar en la Zona de Caída.

—Has conseguido dar la vuelta a la situación en otras ocasiones. No sé si sabes que estoy pendiente de tu evolución. Aquella entrevista que dio tu hermano fue un duro golpe, pero después te recuperaste y volviste con más fuerza que nunca.

—De esto no puedo recuperarme —dijo Heather, abrumada por el peso de la vergüenza y la tristeza. Bajó la mirada para ocultar el brillo húmedo de sus ojos mientras el camarero le traía el zumo de naranja.

—Sí, sí puedes —afirmó con firmeza Steve—. Puedes y lo harás. —De nuevo se quedó mirando por la ventana, pero esta vez parecía pensativo más que taciturno.

Al otro lado del cristal había oficinistas recién liberados caminando por la acera, adelantando a coches atrapados por el atasco de la hora punta. El nivel de contaminación debía de ser tremendo porque el cielo tenía un tono enfermizo y amarillento. Cuando él volvió a mirarla, a Heather le bastó ver el brillo de sus ojos para saber que se le había ocurrido algo.

—A ver. Lo que tienes que entender es lo siguiente. La cultura del famoseo de Gran Bretaña es muy rara. La única cosa que hace disfrutar más a la gente que destrozar a alguien es un relato de redención, preferiblemente con su buena dosis de adversidad y búsqueda interior. Vale, de acuerdo, has estado tomando unas pastillas sospechosas. Reconócelo y di que no lo considerabas una adicción, pero que ahora que has aprendido de tu error…

—¿Qué error? Me las recetó un médico…

Steve movió un dedo delante de su cara.

—Ahora, repito, que has aprendido de tu error…, quieres alejarte de ellas. Pero va a ser un camino largo y difícil, y para lograrlo vas a necesitar apoyo… Razón por la cual le estás pidiendo a todo el mundo que lo recorra contigo. Arrastra a tus seguidores a que te acompañen mientras te desenganchas. —Dio una palmada, a todas luces satisfecho de sí mismo—. Así de fácil.

Heather dio un sorbo al zumo antes de dejarlo a un lado. Ahora que se había acostumbrado al zumo recién exprimido, cualquier otra cosa le sabía a rancio.

—Te aseguro que renunciar a los analgésicos cuando sufres un dolor constante, casi sin interrupción, no es fácil. Para nada.

Steve se recostó en la silla y se cruzó de brazos.

—Entonces, déjame que te haga esta pregunta: si el dolor, como dices, es constante, ¿piensas seguir tomando este opioide tan fuerte y adictivo el resto de tu vida?

Heather abrió la boca para contestarle, pero las palabras de Steve la habían calado hondo y la cerró. ¿Podía imaginarse la vida sin esas pastillas? La sola idea la aterrorizaba. El dolor siempre la hacía recurrir a ellas. Y, para ser sincera consigo misma, tenía que reconocer que había otra cosa más, algo que no tenía nada que ver con el dolor: un tirón, como si su sangre le pidiese a voces esas sustancias químicas.

Una necesidad.

—Tengo una adicción. —Dijo las palabras en voz alta.

El resto del país había estado diciéndolo, escribiéndolo, coreándolo. Pero ella no se lo había creído.

Hasta ahora.

—Podría ser el nombre de tu blog —dijo Steve. La miraba detenidamente desde el otro lado de la mesa.

Heather parpadeó, intentando asimilar todavía la magnitud de lo que acababa de comprender.

—Perdona, ¿el nombre de mi qué?

—De tu blog. O de tu vlog, o de lo que decidas hacer. Podrías llamarlo «Tengo una adicción». Compartir con la gente tu viaje de desintoxicación. —Se acabó el último trozo de sándwich, acompañándolo de café—. Te aseguro que esta es la solución a tu problema.

Heather apoyó la mejilla en la palma de la mano mientras su cabeza daba vueltas alrededor de la idea. ¿De verdad había un modo de salir del rincón en el que la habían acorralado? Cogió el zumo de naranja y dio un sorbo. La mano le temblaba un poco. Últimamente, cada vez le pasaba más a menudo. ¿Sería por las pastillas? ¿Estaría desarrollando un temblor que no podía más que empeorar a medida que los meses de oxicodona se convertían en años..., y los años en décadas? Dejó el vaso sobre la mesa y lo cogió con las dos manos, apretando cada vez más mientras tomaba una decisión. Notaba cómo se le iba acumulando la adrenalina en la sangre, la reacción de luchar-o-huir. Y no pensaba huir más. Levantó la barbilla.

—Lo voy a hacer.

—Hacer ¿qué? ¿Dejar la oxicodona? ¿O empezar un vlog?

—Las dos cosas.

Capítulo 36

¿A quién se cree esta zorra que está engañando? Vuelvo a mirar el *post,* desde el principio. Una ridícula farsa.

Heather, en su cuarto de baño, abriendo el armarito con espejo de encima de la pila y sacando un frasco de pastillas.

—Esto es la oxicodona —le dice a la cámara, enseñando el envase—. Un analgésico derivado del opio. Pasé muchísimas veces por el quirófano después del accidente de coche. Injertos cutáneos. Sin estas, habría sufrido un dolor terrible y constante. —Coge aire, como preparándose para lo que va a decir a continuación—: Pero hace ya once meses que salí del hospital, y, aunque todavía me duele, mi pierna ha alcanzado el máximo de curación posible, así que a partir de ahora las cosas ya no pueden mejorar mucho. Y esto me plantea una disyuntiva: o sigo tomándolas —agita el envase y suenan las pastillas— o aprendo a apañarme sin ellas y acepto que el hecho de que tenga dolor no significa que sea menos adicta. —Hace una pausa mientras mira fijamente el frasco con una mezcla de temor y ansia. Después vuelve a mirar a cámara—: Mi médico me sugirió que fuese reduciendo poco a poco la dosis, pero no quiero eternizarme con esto. Estoy lista para empezar un nuevo capítulo.

Un capítulo limpio. Así que he decidido dejarlo de una vez. Tengo miedo. Pero también estoy convencida. Va a ser duro. Solo espero ser lo bastante fuerte.

Heather echa las pastillas al váter y tira de la cadena, apuntando con la cámara del móvil a la taza mientras dan varias vueltas y desaparecen. A continuación, su cara vuelve a llenar la toma, nerviosa y entusiasmada.

—Deseadme suerte.

El vlog se publica en su página de CelebRate bajo el encabezamiento «Dejándolo: día uno». Ya llevaba casi un millón de visualizaciones, pero seguro que solo era por curiosidad morbosa, porque su clasificación no se ha recuperado como la otra vez. Ha subido —del doce al diez—, pero sigue languideciendo cerca del final. Poco tiene de sorprendente, teniendo en cuenta que este es su segundo intento de recuperarse del escándalo y el engaño. La gente ahora está más escéptica. Leo los comentarios. Hay algunos positivos, aunque la mayoría denuncia que el vídeo es una estrategia publicitaria.

«Sentí lástima por ella cuando salió en la tele admitiendo que su modestia era una mentira y enseñó la pierna dañada —decía uno—. Pero esta vez no pienso picar. #Nilocomeengañasotravez».

Sonrío de satisfacción. Muy bien, que haga sus vloguecitos. Así todo el mundo podrá verlos como lo que son: los desesperados aspavientos de una mujer atrapada en una espiral descendente.

Esta vez no va a poder salvarse a sí misma.

Capítulo 37

Heather estaba intentando no bufar a Tessa, consciente de que el dolor la estaba poniendo de los nervios, volviéndola poco razonable.

—Pero es que es una oportunidad increíble —señaló, apoyando la pierna en el asiento del sofá—. Si Sky me está ofreciendo un hueco, es solo porque están preparando un programa especial sobre las adicciones a los opioides. Puede que no se me presenten más oportunidades como esta. ¿Me estás diciendo en serio que no debería hacerlo?

Tessa asintió firmemente con la cabeza. Antes de ganar la Triple F había trabajado en una agencia de *marketing* digital, donde había dirigido a un equipo encargado de conseguir que las marcas nuevas llamasen la atención. Ahora estaba canalizando esa experiencia hacia la «Operación Redención»…, tomando nota de los comentarios, estudiando las opciones, planeando el siguiente paso.

—Puede que parezca contraintuitivo, pero tienes que confiar en mí. No puedes permitirte que parezca que solo has hecho esto para subir tu perfil y salir por la tele.

Heather frunció el ceño, decepcionada. Era el quinto día del videodiario. Sus espectadores —ya iba por el millón y medio— la habían visto salir del ambulatorio, adonde había ido en busca de alternativas a la medicación contra el dolor, y también la habían oído hablar de su primera reunión de Narcóticos Anónimos. Además, el día anterior habían editado juntas un breve vídeo de su sesión de gestión del dolor, en el que, siguiendo el consejo de Tessa, no se había maquillado.

—Aquí el glamur no pinta nada —le había dicho su amiga con convicción mientras anotaba observaciones sobre los comentarios hechos al vlog más reciente—. Esto tiene que ser auténtico, sin tapujos.

Y este planteamiento estaba empezando a surtir efecto. Los comentarios negativos iban desvaneciéndose a medida que aumentaban las cifras de espectadores. Pero el índice de audiencia de Heather estaba tardando más en reaccionar. Iba la novena. Esto significaba que la gente estaba escuchando, pero seguía sin estar convencida…, que aún no estaba dispuesta a darle el voto de apoyo que suponía hacer clic en «seguir».

—Vale, si nada de entrevistas por la tele, ¿qué debería hacer ahora? —Heather cogió la botella de vino que estaba en la mesita, pero se encontró con que estaba vacía.

Se levantó a por otra, y al cargar todo el peso de su cuerpo sobre la pierna mala aspiró aire con los dientes apretados.

Tessa, que estaba tomando notas en el sillón de enfrente, alzó la vista.

—¿Estás bien?

—Sí. Es solo que… es un dolor fuerte. —Heather se pasó el dorso de la mano por la frente. Últimamente sudaba mucho.

Tessa la miró con más detenimiento.

—Pero no es solo el dolor, ¿no? Estás con el mono.

Dicho en otro tono, las palabras habrían podido poner a Heather a la defensiva. Pero carecían del aguijón del juicio…, lo único que había era preocupación.

—Sí —dijo Heather.

Tessa cogió su F-phone de la mesita, apuntó a Heather con el objetivo y enfocó.

—Háblame de eso. Sé sincera, no te hagas la valiente. Y no te calles nada.

—¿De veras me estás grabando ahora mismo? Voy hecha un asco; estoy sudando como una cerda y ni siquiera me he lavado el pelo.

—Ya lo sé. Confía en mí.

Miró a Tessa, que, con la mandíbula apretada, estaba concentrando todas sus energías en intentar salvar a Heather. El plan del trol de separarlas había fracasado; estaban más unidas que nunca. No hizo caso de la cámara y se fijó únicamente en el pálido óvalo del rostro de su amiga. Sintió que algo se abría en su interior.

Habló sin pensar, dejando que las palabras salieran a borbotones, sin filtros de ningún tipo:

—Me duele todo. Es como si me rechinasen los huesos. Y la pierna… Esta vez no es tanto como si me ardiera, más bien es como si hubiese un cuchillo enterrado dentro, serrando los músculos. Tengo miedo. Miedo a que vaya a peor. Miedo a que me falten la fuerza y el valor necesarios para enfrentarme a ello. Miedo a que sin estas pastillas me quede atrapada en una vida de dolor constante, apenas capaz de caminar. Pero también tengo miedo a cómo me atrae esta droga. Es como si mi sangre la pidiese a gritos. Tengo miedo al futuro, porque a veces es como si no hubiese ninguna manera buena de salir de esto. —Respiró hondo—. Pero hay algo más. Algo igual de fuerte, incluso puede que más. La esperanza. Porque tengo que creer que esto puede terminar, que de alguna manera puedo vencer. Y sé que no estoy sola. En esta batalla, tengo un arma. —Sintió que se le saltaban las lágrimas y que se le resquebrajaba la voz mientras miraba a Tessa a los ojos—. Tengo amistad.

339

Capítulo 38

—Sé que estamos aquí para hablar de nuestros problemas —dijo Josie—, pero permitidme que diga solamente que Heather me parece muy valiente.

Varias personas del Círculo asintieron con la cabeza. Heather sonrió a Josie, una nueva winfluencer que se había estado quejando de los «comentarios desagradables» sobre su nariz, que, por desgracia, era más bien grande.

—De hecho, lloré viendo tu último vlog. Vamos, que me salían lágrimas de verdad.

—Gracias, Josie —dijo Heather—. Esta última semana ha sido francamente dura, pero me siento más fuerte por haber superado el síndrome de abstinencia. Y me alegro de que mi historia haya motivado a otras personas a hablar más abiertamente de sus problemas con los fármacos con receta.

Echó un vistazo a Elliot, que estaba observando la conversación con una mirada profundamente concentrada, como si fuera un rompecabezas que estuviese tratando de resolver.

—Sí, creo que podemos convenir todos en que Heather es una fuente de inspiración —dijo Noah desde su silla, al lado de Elliot—.

Los detractores de la Triple F dicen que ser un winfluencer consiste en mostrar una máscara perfecta. Pero Heather ha demostrado que se equivocan. Se ha quitado la máscara y ha mostrado que la vulnerabilidad puede ser una forma de fuerza. Y aunque sé que no es habitual en estas sesiones —miró de reojo a Elliot, cuyo semblante se mantuvo impasible, sin delatar nada—, creo que Heather se merece un gran aplauso.

Noah y Josie rompieron a aplaudir con entusiasmo y los demás se sumaron rápidamente. Heather recorrió el Círculo con la mirada, fijándose en los rostros radiantes y las manos que aplaudían, todas menos las de Elliot, cuyos dedos permanecieron entrelazados sobre su regazo.

«¿Qué estás tramando, Elliot? —pensó—. ¿Estás utilizando estas sesiones para robar secretos a la gente? ¿Forma todo parte de algún tipo de experimento psicológico?».

Una vez que se calmaron los aplausos, Elliot estiró los hombros como para liberar tensión.

—Lo que ha hecho Heather en sus vídeos puede ser muy catártico —dijo—. Al sincerarnos acerca de las cosas que nos dan miedo, las externalizamos e impedimos que crezcan y se enconen en nuestro interior. Teniendo esto presente, ¿hay alguien que quiera compartir algo con el grupo? Por ejemplo, un temor que os esté impidiendo conseguir vuestros objetivos, o una rabia que…

—¿Por qué no lo escribimos? —interrumpió Heather—. En el Espacio Secreto, digo. Así podemos pensar más despacio lo que queremos decir antes de decidir si estamos preparados para dar el siguiente paso, leerlo en voz alta.

—En realidad, no era eso lo que yo… —empezó a decir Elliot.

—Buena idea —intervino Josie—. No se me dan muy bien las palabras. Escribirlas primero me ayudaría a ordenar las cosas en mi cabeza.

De repente todo el mundo estaba asintiendo y Noah estaba diciendo: «Sí, una propuesta magnífica». La decisión le estaba siendo arrebatada a Elliot. Heather suprimió una sonrisa de victoria; debía de estar subiéndose por las paredes, con lo fanático del control que era. Pero sus rasgos se mantuvieron completamente serenos mientras decía:

—Perfecto. Si crees que puede servir de ayuda, adelante.

—Lo creo —dijo Heather—. De verdad lo creo.

Steve respondió a su llamada sin molestarse en decir hola:

—¿Y qué? ¿Ha funcionado?

—Sí.

Heather oyó cómo salía el aire de los pulmones de Steve.

—Bien. Ya está puesto el cebo. Ahora solo tenemos que esperar a ver si alguien pica. —Una pausa—. Tres horas y lo sabremos.

Capítulo 39

Me quedo mirando la pantalla del ordenador. No me lo puedo creer. Va la primera. ¡La primera! Una yonqui mentirosa tiene al país entero comiendo de su mano. Me quedo mirando su cara en la pantalla: pelo grasiento, piel brillante de sudor, sin una pizca de maquillaje. Se supone que la Triple F debería girar en torno al glamur y las aspiraciones…, no los defectos y los problemas personales. ¿Cómo ha conseguido cambiar las reglas? Me tiemblan los dedos al coger la copa y beber el *whisky*. Si no pongo fin a esto ahora, lo mismo lo echa todo a perder.

Capítulo 40

Heather golpeaba nerviosamente el salpicadero con los dedos mientras miraba por el parabrisas del mini de Steve. Estaban en Harlesden, en un tramo de calle al que no había llegado la gentrificación: comida rápida, tiendas de todo a una libra y una casa de apuestas que anunciaba «mejores cuotas garantizadas en carreras del Reino Unido e Irlanda». El coche estaba aparcado en un espacio reservado para los clientes de una clínica dental, cerrada ya hasta el día siguiente. En la acera de enfrente, unos adolescentes con sudaderas de capucha discutían y se daban empujones amistosamente delante de un establecimiento de comida rápida.

Steve los observó a través del parabrisas.

—Bueno, y ¿quién esperas que aparezca esta noche?

—La prensa. Puede que también la policía. —A Heather le sudaban las palmas de las manos, se las frotó contra los vaqueros—. Y con mucha suerte, puede que hasta veamos al mismísimo trol contemplando cómo se desarrolla la trama.

Steve tamborileó con las manos sobre el volante.

—Mm… De eso no estoy tan seguro. Yo me lo imagino más bien como un tipo enigmático, una especie de titiritero que se dedica a tirar de las cuerdas en un sótano sin ventanas.

—Hasta los titiriteros enigmáticos tienen que salir de casa de vez en cuando. A merodear un poco. ¿Y qué mejor sitio para hacerlo que los alrededores de un follón que tú mismo has creado?

—Bueno, no tardaremos en saberlo.

El nuevo móvil de Heather le sonó en el bolsillo. Tessa y ella habían comprado teléfonos de prepago para poder comunicarse sin sus móviles de la Triple F. «Teléfonos desechables», había dicho Tessa. «Como los delincuentes y los espías». En el de Heather solo había dos números programados, cada uno con su botón de acceso directo: pulsa uno para Tessa, dos para Steve.

Leyó el mensaje de texto de la ventana de encima del teclado: «¿Qué está pasando?».

Heather tecleó: «Aún nada. Te mantendré informada», antes de volver a meterse el aparato en el bolsillo.

Steve echó un vistazo a su reloj.

—Faltan cuatro minutos. Y por ahora nadie da señales de vida.

—Si no se presenta nadie, al menos habremos descubierto algo: que después de todo el trol no está utilizando el Espacio Secreto.

Se sacó el F-phone para estar atenta a la hora, y no pudo resistirse a releer el *email* de Duncan…, aunque tampoco es que hubiese mucho que leer. Había llegado por la mañana, con las palabras «Número uno» en el Asunto, y decía: «Enhorabuena. Bien jugado. Volveré pronto a Londres. Tenemos que celebrarlo. D».

«Bien jugado». ¿A qué se refería? ¿Pensaba que sus vlogs eran un juego, que su camino hacia la desintoxicación no era más que una cínica maniobra publicitaria? Había pensado responder, pedirle que se explicase, pero al final había renunciado. Mejor que hablasen cara a cara a su regreso. Con suerte, para entonces por fin sería capaz de contarle lo del traidor que había dentro de su empresa…, con pruebas que lo respaldaran. Entonces, podrían decidir juntos qué hacer a continuación.

En la acera de enfrente, los adolescentes se habían marchado. Un hombre solitario que llevaba un gorro de pescador se estaba comiendo un kebab a la puerta del local de comida rápida.

—Nueve cincuenta y ocho —dijo Steve—. Empieza la función.

Heather se echó la bolsa al hombro y abrió la puerta.

—Deséame suerte.

—Buena suerte. Estaré vigilando, listo para intervenir a la primera señal de problemas.

—Como un *ninja*.

—Exactamente como un *ninja*.

Heather pisó la acera y se estremeció al ejercer presión sobre la pierna. En el coche, el dolor había sido muy superficial, fácil de ignorar, pero ahora estaba afilando sus garras. Cruzó cojeando y pasó por delante del local y de un *pub* abandonado, concentrándose en la esquina de la calle que había más adelante y con el corazón cada vez más acelerado a medida que se acercaba a su destino. Pronto iba a saberlo.

Al llegar a la esquina, se detuvo. Era un tramo de calle más tranquilo: no había locales nocturnos de comida rápida, con su derroche de luz y ruido. Los únicos negocios eran una peluquería con las luces apagadas y una oficina de empleo. Más allá había un puente cubierto de grafiti que cruzaba por encima de las vías del tren. Heather miró la hora en su F-phone —las diez en punto de la noche— y lo volvió a meter en la bolsa. Permaneció en el sitio con las manos en los bolsillos y los nervios de punta. Entonces, vio movimiento al otro lado del puente. Apareció una figura y echó a andar hacia ella. Heather respiró hondo y se dijo: «Allá vamos».

La figura se acercó más, un cuerpo menudo vestido con vaqueros y sudadera de capucha, el rostro envuelto en sombras. Heather esperó. Entre ambas debía de haber unos veinte pasos. Miró alrededor para

346

ver si aparecía alguien más. Doce pasos. Seis. Aún nadie. ¿Se habría equivocado? ¿Y si no venía nadie más porque nadie había leído lo que había escrito?

Dos pasos.

La figura encapuchada se detuvo y la miró.

Contacto.

—Hola —dijo Heather—. Creo que tienes algo para mí, ¿no?

Fue respondida con un asentimiento de cabeza, y a continuación vio una mano rebuscar en un bolsillo y sacar un frasco. Vio los contornos de las pastillas apretadas contra los lados transparentes y alargó la mano para coger el envase. Sus dedos tocaron el plástico.

Y ahí sucedió. Cayó sobre ella una andanada de *flashes* mientras un fotógrafo salía de repente por la puerta trasera de una furgoneta aparcada. También había un cámara de televisión, que se acercó a sacar la toma decisiva de Heather, la drogadicta reformada, sorprendida con la mano en el frasco de oxicodona.

La invadió una sensación de triunfo. Había demostrado que tenía razón…, porque solo había una manera de que la prensa se hubiese enterado de que iba a estar allí. Dio una vuelta completa, escudriñó a la pequeña muchedumbre que había salido súbitamente de la nada y miró la calle de detrás. Hasta que encontró a la persona que andaba buscando.

Estaba de pie en el umbral de una casa de empeños cerrada, observando cómo se desarrollaba la escena. Al principio no estaba segura de que fuese él. Pero el reportero de televisión movió una luz y capturó fugazmente su rostro con el resplandor. Sus ojos se cruzaron y pareció que el tiempo se detenía mientras Heather absorbía el hecho de su presencia. Lo que significaba.

Movió mudamente los labios.

«Elliot».

Capítulo 41

Elliot estaba en el salón de su casa, repasando una y otra vez la escena de Station Road. Los ojos de Heather encontrándose con los suyos. La mirada que habían cruzado antes de que ella se volviese hacia las cámaras y les dedicase su sonrisa. La persona que la acompañaba —resultó que era una mujer— se había bajado la capucha y se había presentado como la responsable de la AECD, la Asociación de Estudiantes Contra las Drogas. Heather había abierto el frasco que le había dado y había sacado la pancarta enrollada que había dentro. Era una foto de unas pastillas, que había estado apretada contra el interior transparente del envase para dar la impresión de que estaba lleno de oxicodona. Entre las dos habían desplegado el cartel, que rezaba: «El silencio mata: hablemos de las pastillas». La estudiante les había contado a los periodistas la conmovedora historia del día en el que había vuelto a casa del colegio y se había encontrado a su madre tirada en el suelo; había tomado demasiado Valium. Heather y ella habían compartido un abrazo lacrimógeno mientras los fotógrafos enloquecían sacando fotos, y por último ambas habían hecho un comunicado conjunto acerca de lo contentas que estaban de unir fuerzas en aquella dura batalla.

Elliot no lo entendía. Se suponía que Heather iba a reunirse con un camello. ¿Y si había malinterpretado su publicación en el Espacio Secreto?

La releyó como si fuera la primera vez que veía las palabras: «No puedo soportar más este dolor. Es demasiado, un ser humano no debería tener que cargar a solas con tanto. He intentado arreglármelas sin ayuda, pero es demasiado difícil. Así que he hecho una llamada para organizar una cita en Harlesden, y, como me encuentro en una encrucijada, parece adecuado que hayamos quedado donde la carretera cruza la vía del tren. Ahora solo tengo que pasar el día, seguir sonriendo, intentar no gritar. A las diez de la noche de hoy, obtendré la ayuda que necesito».

El zumbido del interfono lo sacudió como una descarga eléctrica. ¿Le traían algo? No recordaba haber pedido nada.

Se acercó a la puerta y pulsó el botón que había a un lado. En la habitación entró una voz, a través del altavoz sonó metálica:

—Soy yo. Abre.

«¡Heather!». ¿Qué hacía aquí? ¿Cómo sabía siquiera dónde vivía? Oyó que hablaba con alguien, y que respondía una voz masculina amortiguada. Elliot distinguió las palabras «espera en el coche» antes de volver a oírla con claridad:

—Déjame entrar ahora mismo.

Apretó los dientes, sintiéndose atrapado. Era obvio que se había presentado allí para exigirle explicaciones por su presencia en Harlesden. ¿Qué podía decirle?

—Para que te quede claro, Elliot, no pienso irme. Si es necesario, daré a todos los botones y molestaré a todos tus vecinos.

Elliot cerró los ojos, contó hacia atrás desde cinco y, soltando un profundo suspiro, pulsó el botón. Después, abrió la puerta del apartamento y se quedó esperando en el umbral, con el pulso desagradablemente agitado.

Un instante más tarde, el ascensor sonó y Heather echó a andar hacia él por el corto tramo del pasillo avanzando con un paso irregular, el cabello castaño despeinado como si la hubiese sorprendido un vendaval, aunque fuera no corría ni una gota de aire.

Pasó renqueando por delante de Elliot y se plantó en medio del salón, entre el acuario y el sofá de cuero negro. Puso los brazos en jarras.

—Sé lo que estás tramando, Elliot.

Más que darle un vuelco, su corazón cayó en picado, se chocó contra la boca del estómago y allí se quedó, como una piedra. Lo sabía. De alguna manera, lo había averiguado. Heather continuó con tono cortante:

—Leíste lo que escribí en el Espacio Secreto. Y llamaste a la prensa para que me avergonzase, pensando que la cámara me grabaría en medio de un trapicheo con drogas.

—¿Qué? ¡No! —Se puso justo enfrente de ella, enderezando la columna y levantando la barbilla en un intento de invertir la dinámica de poder—. Fui porque pensé que estabas en apuros y quería ayudarte.

Los labios de Heather se torcieron para dibujar una mueca de desprecio.

—Pues solo hay una manera de que hayas podido enterarte de que iba a estar allí y «en apuros»: leyendo lo que escribí en el Espacio Secreto.

Elliot se estremeció. Sus mayores temores estaban haciéndose realidad. Intentó cambiar el rumbo de la conversación, ganar tiempo para que se le ocurriese una explicación.

—Ya que estamos aclarando nuestros actos, ¿te importaría decirme cómo sabes dónde vivo?

—Lo leí en una entrevista de una revista. Mencionaba que vivías en un edificio «icónico». Y tu nombre está junto al timbre. Venga, deja de perder el tiempo y respóndeme.

Vaya, no había conseguido desconcertarla. Se rascó la mandíbula, intentando pensar el siguiente paso. Heather iba a echarlo todo a perder, a no ser que encontrase él el modo de manejar la situación. De manejarla a ella.

—Vale, sí, lo reconozco…, eché un vistazo a lo que escribiste. Para ver cómo lo estabas gestionando. Malinterpreté tu texto y pensé que estabas a punto de recaer, así que fui a Harlesden para disuadirte y ofrecerte mi ayuda…, mi ayuda profesional. Pero en lo que respecta a la prensa…, con eso no tuve nada que ver. Pensé que te habrías puesto tú en contacto con ellos para grabar tu maniobra publicitaria.

Heather rio con desdén.

—Eres increíble. ¿De verdad estás tratando de retratarte como una especie de… de buen samaritano? —Escupió las siguientes palabras—: ¡Cómo te atreves, Elliot! Fingiste que el Círculo de los Ganadores era un espacio seguro en el que podíamos expresar nuestros secretos, cuando en realidad los estabas recogiendo para utilizarlos contra nosotros.

—Venga ya, Heather. Eso de «contra nosotros» es un poco fuerte.

—¿Estás de coña? ¡Hiciste que Analise se sintiese culpable y tuviese una crisis nerviosa, y que una turba violenta me atacase a mí!

—¿Qué? ¡No! Vale, admito que las anotaciones del Espacio Secreto se descargan a un archivo. Pero eso ni siquiera fue idea mía. La *app* se programó así para que la Triple F pudiese anticipar y gestionar los riesgos para las relaciones públicas; somos más de doce los que tenemos acceso. Sé que en términos éticos podría considerarse una zona gris —esto fue recibido con una risa aguda de ella que lo hizo dar un respingo—, pero lo cierto es que me ayuda a entender y ayudar mejor a la gente.

Heather le clavó los ojos con expresión fría e inquebrantable.

—Ayudar a la gente… —repitió.

Se fue cojeando hacia la gran mesa de comedor que había al fondo del piso, una tabla de madera negra apoyada sobre dos equis de acero inoxidable. Sacó un fajo de papeles de su bolso y los extendió por la oscura superficie de la mesa como haría un crupier con una baraja de cartas.

—¿Conque estas son las personas a las que has ayudado?

Elliot se acercó. Sus ojos iban de un recorte de prensa a otro, saltando de titular en titular:

Conducir ebrio causa choque fatal en la Triple F

Teddy el Trágico: exestrella de las redes muere de sobredosis de heroína

«La presión me está matando»: Tiffany TF se retira de CelebRate

Naturalmente, conocía bien todos esos casos; al fin y al cabo, formaban parte de su proyecto. Pero al verlos expuestos así, todos juntos, mientras Heather lo miraba con ojos acusadores, sintió un nudo en el estómago.

—¿Te importaría explicar qué tipo de ayuda, exactamente, recibieron estas personas? —preguntó ella, cruzándose de brazos con expresión de «caso cerrado».

Elliot carraspeó y señaló los recortes.

—Bueno… Como sabes, la fama repentina crea grandes

desajustes en la vida de la gente. No es de extrañar que algunos ganadores cedan ante la presión.

—Todos estaban en el Círculo de los Ganadores. Qué casualidad, ¿no crees?

—En realidad, no. Si el Círculo les atrajo, fue justo porque estaban pasando por un mal momento.

Heather dio un puñetazo a la mesa y a Elliot se le disparó el pulso.

—¡Venga ya, Elliot! ¡Ríndete! Lo he descubierto. Te valías de un grupo de apoyo para robarles los secretos a sus miembros y aterrorizarlos después hasta que se quebraban. Me imagino que es una especie de experimento psicológico malsano que has ideado para ver cuánta presión es capaz de soportar una persona. Antes pensaba que no eras más que un cobarde egoísta, pero ahora veo que eres algo mucho peor. Eres un monstruo.

Elliot se quedó boquiabierto.

—Dios mío, Heather, ¿cómo puedes…? —Se interrumpió y respiró hondo para recuperar la compostura—. Vale, te voy a contar la verdad. —Otra inhalación, esta vez más profunda—. Estoy escribiendo un libro. Una especie de estudio psicológico pero accesible para los profanos. Trata sobre el impacto dañino de la fama repentina e inmerecida.

Se hizo un silencio. Parecía como si le hubiese arrojado un cubo de hielo a Heather, que parpadeaba desorientada.

—Un libro… ¿En serio?

—Sí, en serio. Tengo un acuerdo de confidencialidad de tres años… —Al ver el rostro inexpresivo de Heather, añadió—: Todo el personal de la Triple F lo tiene que firmar. Pero en cuanto recoja todos los casos prácticos y la información que necesito, voy a dimitir para dedicarme tres años a trabajar en el libro. Estoy convencido de que va a tener un gran atractivo para las masas. Porque este tipo de celebridad es un fenómeno relativamente nuevo, del que no se ha escrito en profundidad ni de manera competente. El título provisional es *Fama tóxica.* —Vio cómo se dibujaba la incredulidad en los rasgos de Heather—. Ven, que te lo enseño.

Cruzó el salón de un par de zancadas y se dirigió hacia su estudio, que estaba al otro lado del acuario. Abrió la puerta que daba al pequeño espacio sin ventanas, y un instante después apareció Heather en el umbral. Sus ojos recorrieron la fila de fotos que estaban clavadas en la pared. Elliot se dijo que menos mal que había decidido no poner allí la suya.

—Estas personas son mi foco de atención, los casos más fascinantes. —Las señaló con la mano, con la esperanza de que no se fijase en el montón de carpetas que había al lado del ordenador.

No hubo suerte. Heather cogió la carpeta de arriba y la abrió.

—No toques eso —le soltó Elliot—. Es información confidencial de los clientes.

Demasiado tarde. Ya estaba mirando las páginas del interior, con los ojos cada vez más abiertos.

—Son expedientes de finalistas de la Triple F… ¡Los test psicométricos y los informes de antecedentes! Se supone que esto no puede salir del cuarto de los expedientes de la sede… ¿Y me estás diciendo que lo vas a sacar en un libro?

Elliot carraspeó.

—Entiendo que te parezca mal mi decisión de recurrir a material privado. Pero no tengo intención de utilizarlo de una manera que pueda identificar a la persona a la que está vinculado. A no ser que obtenga permiso, claro, pero no tiene sentido pensar en ello hasta más adelante.

—De modo que estos expedientes robados…

—Robados, no. Copiados.

—¿Dónde están los originales?

—Los devolví a la sala de expedientes.

Heather dijo con desdén:

—Sí, claro. —Recorrió la pulcra fila de lomos de cartulina con los dedos—. ¿En serio esperas convencerme de que todo esto no es más que material de investigación para un libro? —Sus palabras rezumaban escepticismo.

—Échale un vistazo al capítulo introductorio si no me crees. Todavía es un borrador, pero te puedes hacer una idea.

Elliot se inclinó sobre el teclado, inició sesión e hizo clic en el archivo «Fama tóxica». Después observó el rostro de Heather, que, acercándose a la pantalla, recorrió con la mirada los renglones del texto.

La fama es tan vieja como la humanidad. Desde que hay talentos excepcionales —ya sea el de un cazador de las cavernas o el de un pianista virtuoso—, siempre ha habido personas que se elevan sobre sus coetáneos, que son admiradas y envidiadas. Sin embargo, solo recientemente se ha desvinculado este estatus de los dones o de la pericia, dando paso a un nuevo tipo de celebridad: los que son «famosos por ser famosos». Pero sin el andamiaje del talento, esta fama depende por completo de los caprichos de un público voluble.

Elliot estaba esperando que comentase algo sobre el contenido o el estilo de la escritura; sin embargo, Heather volvió a las carpetas y, cogiéndolas una a una, fue leyendo los nombres de las tapas antes de dejarlas a un lado en una pila desordenada, con las esquinas asomando caóticamente. Elliot reprimió el impulso de alinearlas, sabiendo que lo único que conseguiría sería enfurecerla.

Heather casi había llegado al final del montón cuando se quedó helada, mirando la tapa de la carpeta que tenía en la mano. Elliot vio el nombre: Analise Tetterson. La abrió y empezó a pasar las hojas, deteniéndose al llegar al expediente de antecedentes.

—Anorexia de adolescente. —Sus ojos se desplazaron por la página—. No se menciona a ninguna hija, pero supongo que eso ya lo sabrás por el Espacio Secreto —dijo, y Elliot guardó silencio para no añadir leña al fuego.

Pues claro que sabía lo de la niña. Analise había escrito sobre ella sin parar. Heather pasó otra página.

—Y mira, ¡aquí está, más claro que el agua! ¡Periodos de depresión!

Elliot carraspeó.

—Sí. Aunque dijo que ninguno de ellos era reciente.

Heather pasó las páginas hasta el final.

—¿Dónde está el informe del evaluador? —Levantó los documentos y los sacudió—. No está aquí. ¿Dónde lo metiste?

Elliot se encogió de hombros.

—Ninguno de los expedientes que copié contenía evaluaciones. Supongo que administración los almacena por separado.

—No, deberían estar al final de la carpeta —dijo Heather, con un inexplicable tono de convicción.

—Bueno, pues al final de estas no estaban.

Heather volvió a meter los documentos de Analise en la carpeta y después se la guardó en el bolso, retándole con la mirada a que le dijese que se los devolviera. Luego, Elliot la vio pasar las últimas carpetas del montón y fruncir el ceño al llegar al final.

—El mío no está aquí.

—No. Había pensado en incluirte, en vista de los desafíos a los que te has enfrentado. Pero, teniendo en cuenta nuestra pasada relación, decidí no hacerlo. La objetividad es crucial.

Heather se sentó en un lado el escritorio y se cruzó de brazos. Elliot la había desconcertado con lo del libro y se había dado a sí mismo un respiro, pero veía que Heather ya estaba recuperando su equilibrio.

—¿De verdad? —dijo con tono enfático—. Entonces, ¿por qué no está mi expediente en…? —Pareció que se pensaba lo que iba a decir antes de retomar el hilo—: ¿Cómo puedo creerme algo de lo que digas después de que mintieras diciendo que los textos del Espacio Secreto se borraban y de que violases mi intimidad leyendo lo que escribí allí? Lo sucedido esta noche demuestra que has estado fisgoneando sobre mí, incluyéndome en tu retorcido experimento.

—Ya te lo he dicho, no es un experimento. Es un proyecto de investigación. Y en cuanto a lo de leer tus textos, reconozco que los he utilizado como recurso terapéutico. El acceso a información confidencial me permite ayudar a los pacientes de manera más eficaz, ofreciendo tratamientos personalizados que de otro modo no serían posibles.

—¿Tratamientos? Anda ya. Utilizas los secretos de las personas para trolearlas hasta que se derrumban. ¿Lo haces para que tu libro sea más emocionante? Claro, la historia queda muy sosa si una vez terminados los seis meses se marchan y viven una vida tranquila. Mucho más interesante si se desmoronan o son atacados por una turba. Una turba incitada por ti.

—¿Cuántas veces tengo que decírtelo? Yo no tuve nada que ver con eso. Esta información está destinada a la investigación. Nada más.

Heather se movió y se plantó justo enfrente de él. Tan cerca que Elliot le olía el aliento. Menta. Entrecerró los ojos.

—Vale, hagamos por un momento como que te creo. Aun así, las evaluaciones siguen sin explicarse. —Heather arrancó una foto de la pared, rasgándola entre la chincheta y el borde del papel.

Elliot se sobresaltó. Ella se la puso debajo de la nariz: labios hinchados y un esmerado maquillaje. Analise antes de su crisis nerviosa.

—La dejaron pasar. A pesar de las evidentes señales de alarma de su informe de antecedentes. Señales que tú decidiste ignorar. Porque has estado manipulando todo este proceso, dejando pasar a personas vulnerables, sabiendo que se derrumbarían, en lugar de hacer lo que se supone que tienes que hacer: protegerlas impidiendo que pasen.

Y, de repente, Elliot se hartó. Era un psicólogo cualificado, un profesional respetado. ¿Qué sabía ella del trabajo que hacía? Cogió bruscamente la foto de Analise de la mano tendida de Heather y la dejó sobre el teclado, alisando el borde rasgado por la chincheta.

—Esto es indignante y ofensivo, además de completamente falso. Yo no evalué a Analise. Aquí solo hay dos expedientes que reconocí como míos; a los dos los clasifiqué de ámbar. Pero, después de leer el expediente de Analise, estoy de acuerdo contigo en que habría que haberle puesto el rojo. Alguno de los otros evaluadores debió de cometer un error. Un error grave. Pero no fui yo.

Heather dijo en voz baja:

—Podría haber tenido una vida larga y feliz de no haber ganado la Triple F.

De repente cansado, Elliot se apoyó contra la pared de al lado del escritorio.

—Yo solo soy uno de tres evaluadores, así que no puedes culparme por cada candidato vulnerable que consigue pasar. Y los psicólogos ni siquiera tenemos la última palabra. Nos limitamos a clasificar a los finalistas, verde, ámbar o rojo, después enviamos los expedientes a la cadena ejecutiva. Ni siquiera recibimos los nombres ni las fotos de los candidatos a los que evaluamos. De manera que aparte de los dos cuyos antecedentes reconocí entre todos estos —se refirió con un gesto al montón de expedientes—, no sabría decirte a qué winfluencers he evaluado.

Heather guardó silencio unos instantes mientras tomaba esto en consideración.

—¿Y qué me dices de los lemas? ¿Los ves?

Elliot frunció los labios.

—Sí. En teoría, el candidato puede revelar algo inconscientemente a través del eslogan. Pero en realidad son banales y carecen de sentido.

—¿Qué te pareció el mío?

—Yo no te evalué. Habría reconocido tu historial por el informe de antecedentes.

—Estás mintiendo. Sé de buena tinta que me investigaste. Y te equivocas en lo de los lemas. Elegí «Chica con Clase» porque mi trayectoria docente formaba parte de mi identidad. Tenía un sentido.

Elliot pestañeó.

—¿«Chica con Clase»? ¿Esa…, esa eras tú?

Heather lo miró con desprecio.

—¿En serio intentas fingir que no lo sabías?

—No lo sabía. —Arrugó la frente—. Pero sí que recuerdo el lema. «Chica con Clase», la profesora en prácticas. Pero no podías ser tú; no decía nada de un padre suicidado, nada de un accidente de coche ni de los años de hospital.

Y por primera vez desde que había entrado por la puerta, pareció que Heather se amedrentaba. Se ruborizó y bajó la mirada.

—Sí… Yo… decidí que esas partes de mi vida no eran asunto de la Triple F.

La miró fijamente.

—En otras palabras, mentiste para tener más posibilidades de ganar. —Elliot empezaba a sentirse mejor, había recuperado el control—. Eso es fraude, Heather. Esperemos que no lo descubra nadie del concurso porque miedo me da pensar en las consecuencias.

—Dejó que la amenaza implícita se cerniese sobre el pequeño espacio. Sabía que Heather era lo bastante lista como para interpretar el mensaje, «si me delatas, te delato».

Funcionó. Heather dio un paso atrás y, apoyándose de nuevo en el borde del escritorio, estiró la pierna. Cuando habló de nuevo, su voz ya no era tan vehemente:

—Bueno, Elliot, cuéntame: ¿qué pensaste cuando leíste mi expediente?

Elliot entornó los ojos, recordando. Chica con Clase. Se te metían en la cabeza, esos malditos eslóganes.

—Pensé: esta joven carece de un sistema de apoyo sólido. El padre, fallecido. La madre vive en algún lugar remoto. ¿Las islas Orcadas?

—Sí.

—Pensaba que vivía en Gales…

—Se mudó el año pasado.

Elliot se humedeció los labios mientras sondeaba su memoria.

—Pensé: tiene un hermano, pero está claro que no tienen una relación muy estrecha. Poco experta en redes sociales. Una mudanza reciente y un trabajo nuevo, lo cual habrá afectado a sus grupos de coetáneos. Y un hueco inexplicable en la cronología.

—Demasiadas señales de alarma, ¿no? —dijo ella con suavidad—. Y aun así me diste luz verde.

—No. —Elliot negó firmemente con la cabeza mientras su memoria completaba los últimos detalles, incluyendo el momento de la decisión—. No fui yo.

—Ah. ¿Así que a pesar de que tú me clasificaste como ámbar la Triple F decidió correr el riesgo? ¿Por qué? ¿Qué tenía yo que les gustase tanto?

—Eso tampoco es verdad. —Se pellizcó la nuca mientras se veía a sí mismo en el sofá con el bolígrafo sobrevolando las tres casillas.

Verde. Ámbar. Rojo. Mientras pensaba en el poder que había tenido en aquel momento: el futuro de una joven en sus manos—. En su momento no tenía ni idea de que fueras tú, pero sí recuerdo evaluarte, y sé que tampoco te clasifiqué como ámbar. No podía arriesgarme, con tan poco apoyo y tantos indicios de que habías engañado. Así que te di el rojo. —Observó cómo le cambiaba la cara a Heather a medida que iba entendiendo lo que implicaban sus palabras, vio su mirada de confusa incredulidad—. Es un veto automático. No hay peros que valgan. Pero aun así ganaste.

Capítulo 42

—¡Qué locura! —dijo Steve después de que Heather le pusiera al corriente de las revelaciones de Elliot. Bebió de la botella que le había pasado y frunció los labios con cara de asco mientras miraba la etiqueta—. ¿Qué demonios me has dado?

—No sé. Un experimento de una microcervecería galesa. —Heather se dejó caer en el sofá con un bostezo. Aunque era tarde y estaba agotada, había invitado a Steve para repasar los acontecimientos de la velada mientras los recuerdos todavía estaban frescos—. Me están patrocinando con la esperanza de atraer a más mujeres.

Steve la había llevado en coche al apartamento de Elliot justo después de la rueda de prensa improvisada con el fin de pillarlo desprevenido y evitar que le diese tiempo a inventarse una explicación para su presencia en Harlesden. Había querido acompañarla al ático «por si acaso», pero Heather había insistido en que la esperase en el coche y le dejase confrontarse a solas con Elliot.

Ahora, dos horas más tarde, Steve estaba sentado sobre una caja que llevaba el nombre de un diseñador de interiores del que Heather nunca había oído hablar, bebiendo cerveza mientras trataban de explicarse todo lo sucedido.

—¿Por qué no vienes a sentarte aquí conmigo, en un mueble de verdad? —dijo Heather, dando palmaditas al sofá antes de centrarse de nuevo en los recortes de prensa que le había enseñado a Elliot y que estaban ahora esparcidos por la mesita, junto con la copia del expediente de Analise.

—Estoy bien aquí. Así pienso cosas más originales.

Ella soltó un gruñido, y Steve sonrió con el cuello de la botella en los labios y se estremeció nada más catar la cerveza.

—Madre mía, es repugnante. —Dejó la botella sobre la caja—. Venga. Repasemos tu teoría.

—Mis hechos, querrás decir.

—Hechos que estás utilizando para elaborar una teoría. Hecho número uno. —Levantó un dedo—: Te dejaron ganar a pesar de que te habían considerado un riesgo inaceptable.

—No solo a mí —dijo Heather, señalando los recortes de prensa—. Me apuesto a que a la mayoría de estas personas también le dieron luz roja. Lo cual explica por qué se llevaron sus evaluaciones. Alguien los dejó pasar, a sabiendas de que acabarían por derrumbarse bajo la presión.

—Vale, pasemos al hecho número dos. —Subió otro dedo—: Tu ex ha estado echando un vistazo a los secretos de los winfluencers. Y se presentó, con la prensa, cuando pensaba que habías quedado con un camello.

—Dice que para disuadirme. Y jura que no fue él quien los avisó. Steve resopló.

—Bueno, ¿qué quieres que diga si no? ¿Estás segura de que no le estás concediendo el beneficio de la duda porque todavía te gusta?

—Dios mío, no. —Heather hizo una mueca—. Dice que ha estado utilizando la información del Espacio Secreto para un…, para un proyecto independiente. Aun así, podría ser él, sí, pero… —Movió la cabeza—. De verdad no lo creo. Lo cual significa que en la Triple F hay otra persona que ha dejado ganar a candidatos vulnerables y después les ha tocado los puntos sensibles. La misma persona que hackeó mis MD y los de Tessa para orquestar nuestra pelea. Seguramente porque cuando me quede aislada, seré una presa más fácil.

Steve se frotó los párpados.

—Pero ¿por qué? ¿Qué motivos podría tener alguien de la Triple F para sabotear su propio concurso? A no ser... —Arrugó la frente, pensativo.

—A no ser... ¿qué?

—Bueno..., los ejecutivos y los accionistas seguro que ahorran una pasta cada vez que muere un concursante. Se acabaron los pagos vitalicios.

Heather dio el primer sorbo a su botella de cerveza y la apartó de golpe. Steve tenía razón, sabía fatal.

—Entonces, ¿me estás diciendo que la Triple F promete a los ganadores un dinero de por vida y luego intenta llevarlos prematuramente a la tumba..., como medida de recorte de gastos?

—Bueno, sí, prácticamente. Ha salido en todas las noticias que la Triple F está intentando transformarse en una franquicia global. Si se sacasen de los libros de contabilidad todos esos pagos vitalicios, la empresa parecería más rentable, y por tanto más atractiva como modelo de negocio. Además, los detectives de la tele siempre dicen que hay que seguirle la pista al dinero.

Heather notaba que se resistía a la teoría de Steve, que la bloqueaba con muros de desdén. Pero ¿era porque de verdad no creía que fuera posible... o porque no le gustaba hacia dónde la estaba dirigiendo? La voz de Noah resonó en su memoria: «Duncan tiene otra faceta...».

Ella negó con la cabeza bruscamente.

—No —sentenció—. Esto no va de dinero.

—Vale. Entonces, ¿de qué va?

—De manipulación psicológica por puro divertimento. Abuso de poder de un megalómano.

—Vaaaaale. Así que te quedas con que es un psicópata desalmado. ¿Tipo *El silencio de los corderos*?

—Una versión más suave. Sin eso de comerse a la gente.

—No tengo claro que esos psicópatas que juegan a jueguecitos existan fuera de Netflix. En el mundo real suele haber un motivo aburrido y razonable. Pero supongamos por ahora que no es tu ex el loquero y vayamos directamente al hecho número tres... —Steve cogió su botella, se lo pensó mejor y volvió a dejarla—. Vamos a pillar a ese cabrón.

Heather arqueó una ceja.

—No tienes ninguna duda, ¿no?

—No. Si realmente es la misma persona que estuvo trasteando con tus MD, lo más seguro es que cada uno de tus mensajes estén siendo leídos, además de todo lo que escribes en tus sesiones secretas. Así que podemos utilizar eso para conseguir que ese canalla salga de su escondite.

—¿Cómo, exactamente?

Steve levantó un dedo.

—Shh. Genio en acción.

Heather puso los ojos en blanco y contuvo la risa. Anda que... Pero una expresión de profunda concentración se había apoderado del semblante de Steve, así que permaneció callada, observándolo. Sus ojos miraban en todas las direcciones, como si viera una escena desplegándose ante él. Hizo crujir los nudillos —Dios, Heather no soportaba aquel sonido— y asintió varias veces con la cabeza, como dando la razón a sus propios pensamientos. Finalmente se volvió hacia ella con una ancha sonrisa triunfal:

—Vamos a hacer que este trol vaya hasta un lugar aislado, en el que le engañarás para que confiese mientras yo lo grabo todo desde un escondrijo secreto.

—Ya, claro, como Londres tiene fama de tener lugares aislados y escondrijos secretos…

—Veo que levantas la ceja con desconfianza. Pero resulta que conozco el sitio perfecto.

Capítulo 43

—Me encantaba venir a la orilla del río —dijo Heather, contemplando cómo discurría el Támesis. Se volvió hacia Steve, que, en cuclillas al otro lado del muelle flotante, estaba jugueteando con la cubierta de la lancha motora que estaba amarrada a él—. Cuando era pequeña, mi familia iba a Putney a almorzar en la ribera y yo siempre me llevaba el bañador, con la esperanza de que mis padres me dejasen cruzarlo a nado. Pero nunca lo permitieron.

Steve tiró de una de las cremalleras de la cubierta y frunció el ceño al ver que no se soltaba.

—Mejor así. No lo habrías conseguido. —Se enjugó el sudor de la frente.

El sol estaba poniéndose en el horizonte, pero el calor acumulado seguía flotando en el ambiente, sin ceder un ápice.

—Sí que habría podido —dijo Heather—. Era una nadadora muy fuerte. Hasta ganaba medallas. —«Antes de que aprendiese a odiar el agua», pensó, pero no lo dijo.

Volvió la mirada hacia la orilla, con sus montones desordenados de materiales de construcción y máquinas cubiertas por lonas alquitranadas. Un viejo almacén de muebles se estaba reconvirtiendo en un bloque de apartamentos, de manera que los peatones ya no podían bordear el río, sino que tenían que ir por una calle que estaba detrás de la obra. Heather y Steve, ignorando la señal de «Hombre trabajando» que bloqueaba el camino, se habían abierto paso entre pilas de ladrillos y habían sorteado una pequeña mezcladora de cemento; un gran esfuerzo para Heather, ahora que ya no tomaba oxicodona. Todavía en cuclillas junto a la lancha motora, Steve señaló el agua.

—Que no te engañe esta superficie inocente. Hacia el interior no pasa nada, pero esta parte del Támesis es peligrosa: las mareas son muy fuertes, y el fondo irregular crea corrientes y resacas traicioneras. En los años ochenta, una promoción entera de estudiantes que estaban celebrando la graduación fue arrastrada cuando se hundió su carroza flotante. No estaban lejos de la orilla, pero, aun así, solo sobrevivieron unos pocos. Los demás fueron arrastrados hacia el fondo.

—Dios santo.

La mirada de Heather volvió a la suave superficie ondulante del río, y se quedó pensando en aquellos graduados de antaño revolviéndose en oscuras corrientes, luchando por respirar mientras el agua se cerraba sobre ellos. Y por un breve instante, estaba de nuevo en el coche, en aquellos últimos segundos antes de que llegase el guardacostas. Para entonces el agua ya estaba justo debajo de su cara, así que había tenido que contener el aliento con cada ola, respirando entrecortadamente entre una y otra, preguntándose cada vez que el agua la ahogaba si sería esa la ola que no iba a retroceder, si habría sido esa su última bocanada de aire.

Negó con la cabeza para obligarse a volver al presente, consolándose con la solidez de los tablones que tenía bajo los pies. El muelle en el que estaban había sido pensado como punto de amarre para una antigua marisquería flotante, que había tenido que cerrar por culpa de una intoxicación alimentaria de gran repercusión mediática. Steve había escogido este lugar por algo que le había dicho una mujer de su equipo de juegos del *pub:* que ahora que habían cerrado el sendero de sirga, llegar hasta su lancha motora era un fastidio. Y que el camino de vuelta a casa era muy inquietante, porque nunca había nadie por la zona. Ella le había dejado a Steve las llaves de la puerta del muelle después de que él le dijese que le encantaba la pesca y que sonaba como un lugar perfecto para pescar carpas.

Por fin, la cremallera se desenganchó. Steve soltó un grito de victoria. Abrió el lado de la cubierta más cercano al muelle, lo echó hacia atrás y vieron un timón con dos asientos detrás.

—Grabaré desde aquí. —Indicó un hueco detrás del asiento más cercano al muelle—. El micrófono tiene buen alcance, así que el sonido no va a ser un problema. Intenta colocarte de manera que él se vuelva hacia el barco. Lo que queremos es verle la cara.

«Verle la cara».

Heather tembló a pesar del calor. ¿De verdad iba a estar allí mismo, mirando a los ojos de la persona que tantas vidas había destruido…, y que había tratado de destruir la suya? La idea le desencadenó una tormenta eléctrica en la boca del estómago. De repente la asaltó una oleada de inquietud, una intensa sensación de que se le había pasado algo por alto. Algo importante.

«Tenemos que salir de aquí, antes de que sea demasiado tarde».

Movió bruscamente la cabeza, intentando sacudirse de encima el pensamiento. Estaba paranoica, permitiendo que el miedo secuestrase su imaginación.

—Puede que ni siquiera se presente —dijo ella, más para calmarse que otra cosa.

—Si es verdad que, como dices, lee tus MD, vendrá.

Heather sacó su F-phone y releyó los mensajes que se habían cruzado Steve y ella midiendo cada palabra.

369

* * *

Steve: «Qué ganas de que compartas los detalles de esa "prueba innegable" que le vas a dar a ese superreportero».

Heather: «No tardarás en conocerlos. Todo el mundo va a enterarse de la verdad: que el concurso está amañado. Además, puede usar la prueba para localizar e identificar al trol».

Steve: «¿100% segura de que no quieres que te acompañe?».

Heather: «Gracias pero no. Tengo que hacer esto yo sola. Llegaré allí a las 8 para reconocer la zona, comprobar que no hay cámaras de videovigilancia ni gente, etc., antes de que llegue él a las 9. Después tengo que dejarme ver en el encuentro social de esta noche, pero me pasaré por tu casa después para darte un informe completo».

Steve: «OK. ¿Me prometes que vas a tener cuidado?».

Heather: «Prometido».

Volvió a meterse el móvil en el bolsillo de la falda.

—Lo mismo envía a otra persona a que le haga el trabajo sucio, como hizo con el grupo antidrogas.

—No lo hará. —Steve metió la mano en el bolsillo de la fina chaqueta impermeable y sacó un diminuto micrófono de clip—. Aquello era distinto. Solamente usaba a esas personas como arma para atacarte a ti. Esta vez cree que tú tienes algo que podría incriminarle. Querrá evitar que alguien más se haga con ello.

A Heather se le deslizó el asa del bolso por el hombro y se lo pasó por la cabeza para colgárselo en diagonal sobre el pecho.

—Sí, sí, tienes razón. Es que estoy nerviosa.

Intentó no pensar en el dolor que gritaba dentro de su pierna. Al menos había disminuido desde aquella mañana. Se había despertado con la sensación de que sus nervios se estaban desgarrando, como si se hubiesen tensado tanto que empezaban a deshilacharse, como las hebras de una cuerda.

Steve le pasó el micrófono y Heather se lo enganchó en el top de tirantes que llevaba bajo la blusa, de manera que la punta asomaba por el ojal. El top y la blusa eran, siguiendo las instrucciones de Steve, de color negro, para camuflar el micrófono.

Después, Steve pasó del muelle a la lancha motora, que se balanceó en el agua cuando se agachó para colocarse detrás del asiento. Heather lo ayudó a cerrar de nuevo la cubierta de la embarcación, dejando apenas un pequeño hueco entre las dos cremalleras para el objetivo de la cámara del móvil. Echó un vistazo a su reloj. Siete cincuenta. El trol estaría esperando verla llegar en unos diez minutos… y querría hablar con ella antes que el periodista.

El teléfono de prepago sonó en el bolsillo de la falda de Heather, sobresaltándola.

En la pantalla vio el nombre de Steve. Respondió y miró la embarcación, pero no lo veía debajo de la cubierta.

—Hola —dijo él—. Voy a quedarme aquí, por si acaso aparece antes de tiempo. Vamos a comprobar el alcance del micro. ¿Puedes caminar hasta la otra punta del muelle y decir algo?

Heather fue hasta el borde de la plataforma de madera, intentando no pensar en la marea que tiraba del agua justo bajo sus pies. Este era el único muelle a la vista, pero Heather sabía que más adelante había otros que unían las casas multimillonarias de la orilla del río con los barcos privados de sus propietarios. En otros tiempos, no hacía tanto, la mera idea de que había gente que disfrutaba de una riqueza y un lujo tan descomunales le habría dejado un amargo regusto de envidia.

Se volvió y detuvo la mirada en el río, con su mancha verde que marcaba la línea de la marea alta; en este momento, a medio metro más o menos por encima de la superficie del agua.

—Probando, probando… ¿Me recibes, Steve? ¿Crees que la marea está subiendo o bajando? —Miró hacia el barco.

Hubo una pausa. Steve no respondió a su pregunta, pero sacó la mano por el hueco de la cremallera y le hizo una seña para hacerle saber que el sonido funcionaba.

Heather puso el móvil en silencio —no quería arriesgarse a que sonase en presencia del trol— y se lo volvió a guardar en el bolsillo de la falda, junto con su F-phone. Después, se quedó mirando la ribera. Tenía la sensación de estar en la frontera entre un antes y un después. Porque de un momento a otro alguien iba a aparecer en la orilla. Puede que alguien conocido…, algún otro winfluencer cuya sonrisa le sonaría de publicaciones y fiestas. O algún desconocido que, por razones que se le escapaban, se había propuesto destruirla. O —algo se le revolvió en la boca del estómago al dar paso al pensamiento— alguien que la conocía íntimamente.

Escudriñó el sendero de sirga bloqueado mientras la pierna le palpitaba al compás de los latidos del corazón.

Capítulo 44

Ahí está, de pie sobre la balsa, con una de sus faldas largas. Increíble que haya conseguido transformar esa pierna repugnante en un punto a su favor. Lleva un bolso colgado del pecho. Sea cual sea la prueba que tiene, estará ahí dentro. Voy a tener que andarme con pies de plomo. Es complicada, esta Heather. Impredecible.

No está mirando hacia mí, tiene los ojos clavados en el sendero de sirga. Me acerco por el lado del viejo almacén de muebles, bordeando la pared. No hay nadie más por aquí. Ha elegido bien el sitio.

Por fin vuelve la cabeza y sus ojos me encuentran. Estoy lo suficientemente cerca como para ver la sorpresa de su rostro. Me abro paso por un hueco que hay en las barreras de plástico naranja que separan el sendero de la zona en obras, con cuidado de no derramar ni una gota del vaso que llevo en la mano. Después solo hay unos pocos pasos hasta que cruzo la verja y empiezo a bajar hacia el muelle.

Ladea la cabeza, frunce el ceño desconcertada.

—Noah —dice—. ¿Qué haces aquí?

Capítulo 45

«Maldita sea —pensó Heather—. Noah va a echarlo todo a perder».

Lo vio bajar por la rampa con una sonrisa en la boca y un vaso desechable en la mano. La invadió una sensación de irrealidad. ¿Qué diablos estaba haciendo, acercándose tan tranquilo con una bebida como si hubiesen quedado a charlar en el Salón Azul?

Una brisa agitó el aire caldeado, alborotándole el pelo mientras pasaba al muelle.

—Hola, Heather. —Le dio el vaso—. Te he traído algo de beber: un *chai latte* desnatado, extra de canela. Como a ti te gusta.

—Ah. Gracias.

Miró el vaso mientras intentaba recolocarse mentalmente. Toda su atención había estado volcada en ver al trol, sus sentidos habían estado en alerta máxima a la espera del momento de la revelación. Que Noah hubiese aparecido de la nada había desbaratado sus expectativas, haciéndola perder el rumbo. Bebió un poco del *latte*, que estaba dulce y caliente.

«Como a ti te gusta».

Era obvio que había visto su localización en Buscamigos y había ido a buscarla. ¿Por qué? ¿Se había enterado de su plan y quería ofrecerle ayuda? ¿O lo contrario: convencerla de que desistiera, aconsejarla de que no corriera riesgos? Pero no, no podía ser eso. Aparte de Steve, la única persona que conocía su verdadero plan para esta noche era Tessa, que estaba proporcionándole una tapadera en la fiesta —seguro que los demás winfluencers se fijaban en su localización— diciendo que Heather había ido a echar un vistazo a un barco que estaba pensando en comprar.

—¿Qué pasa, Noah?

Él la miró fijamente, como buscando algo por detrás de sus ojos. Después se metió las manos en los bolsillos y suspiró.

—Esto… Me ha llamado el doctor Leyton. Está preocupado por ti.

—Disculpa, que está ¿qué?

—Dice que tu comportamiento se ha vuelto errático y que teme que puedas tener una recaída, así que cuando miré a ver si ibas de camino a la fiesta y vi que estabas a varios kilómetros de distancia, en un lugar apartado… en fin. —Movió la cabeza—. Digamos solo que me preocupé. Vine a comprobar que no estás a punto de hacer nada… autodestructivo.

—¿Por qué iba a…? No me puedo creer que… —se interrumpió, presa de una rabia y una frustración incontenibles.

¿A qué demonios estaba jugando Elliot? ¿Pretendía minar su credibilidad para poder alegar que Heather era una mujer inestable si lo delataba a la Triple F? ¡Cabrón! ¡Pero si ya tenía su informe de antecedentes, con sus flagrantes omisiones! ¿No le bastaba con eso? Respiró por la nariz y exhaló por la boca, intentando que no se le notase el enfado. Solo serviría para alimentar la narrativa de Elliot.

—Mira, Noah. Me conmueve tu preocupación. Pero el doctor Leyton se equivoca. Estoy bien. ¡De verdad! Simplemente, he quedado con alguien aquí. No es un camello. Y si no te importa, se trata de… de un asunto privado. Así que te agradecería mucho que confiases en que estoy perfectamente y me dejases sola.

Miró por el rabillo del ojo a la ribera por si veía a alguien. Pero estaba desierta. Desde el agua llegó una brisa fresca y le movió un mechón de pelo hacia los ojos. Al levantar una mano para apartarlo, Heather notó que le temblaban los dedos.

Noah frunció el ceño.

—Estás temblando. Te debe de haber bajado el azúcar en sangre. Termínate el *latte*. Lo he comprado especialmente para ti.

—Vale.

Se lo bebió de un trago, más para acelerar las cosas que por otro motivo, y después miró la hora en su F-phone. Las ocho y veintiún minutos.

—Gracias por haber venido hasta aquí para ver qué tal estoy, Noah. Pero, en serio, ahora necesito que te vayas. Te prometo que no estoy haciendo ninguna tontería. Nos vemos luego en la fiesta, ¿vale?

Noah se rascó el hombro. Miró hacia el sendero de sirga.

—Mira, voy a serte sincero. Me han informado de tu cita con el periodista, y me veo obligado a preguntarte: ¿has pensado en las repercusiones?

A Heather se le secó la boca.

—Pero si acabas de decirme que estás aquí porque Elliot te dijo… Espera, ¿el doctor Leyton es el que te ha informado? ¿Ha estado leyendo mis MD? ¿O…? —Tragó saliva—. ¿O ha sido Duncan? ¿Te ha enviado él aquí?

Noah desestimó las preguntas con un gesto de la mano.

—No importa quién me lo dijo. Lo importante es que lo sé. Y he venido a ayudarte a elegir bien, a pensar a fondo las cosas. Porque desprestigiar el concurso en la prensa no solo pondrá fin a tu trayectoria en la Triple F, sino que pondrá en peligro el futuro de todos los winfluencers. Y ¿qué es eso que sabes fehacientemente? ¿Qué pruebas tienes? —Sus ojos azul verdoso se clavaron en los de Heather.

—Sé que alguien de la Triple F está ayudando a ganar a las personas frágiles para trolearlas después hasta que se derrumban —respondió Heather.

Los ojos de Noah recorrieron la ribera.

—Como ya te he comentado en otras ocasiones, el proceso de selección no es perfecto. Eso ya lo sabíamos. Y en cuanto a los troles… en fin. Son una parte inevitable de la vida *online*. Lo más probable es que antes de ser una winfluencer te troleasen o te amenazasen alguna vez.

—Solo una vez —empezó a decir Heather—, pero resultó que era… —Dejó la frase sin terminar porque de repente saltó una imagen a la superficie de su memoria. El pantallazo del teléfono de Steve: «Shulman E».

Imaginarse el nombre así escrito desencadenó algo en su mente, hizo que le diese la vuelta al nombre del trol de manera parecida.

De «Ah, No Sé» a «Es No Ah».

—No-ah… —Lo pronunció en voz alta, vocalizando la revelación mientras la asimilaba—. Tú…

Pero las siguientes palabras se quebraron, disolviéndose en una exhalación.

«No».

Apretó los dedos en torno al vaso. No podía ser. Noah era la piedra angular del concurso. Siempre ahí para tender una mano amiga, hablar con los winfluencers de sus problemas, acudir a todas las sesiones del Círculo de los Ganadores. Pero de pronto pensó que, en realidad, apenas sabía nada de él. En algún sitio había leído que antes había sido carpintero, pero le costaba imaginárselo. Era como si su vida hubiese comenzado el día del estreno de la Triple F.

—Noah —dijo, cuando por fin pudo volver a confiar en su voz—. ¿Eres..., eres tú el trol?

Nada. Silencio. Una pequeña parte de ella se había aferrado a la esperanza de que se equivocaba, de que la miraría y sus ojos le dirían, escandalizados e incrédulos, que había cometido un terrible error.

Pero él no parecía escandalizado. Ni siquiera parecía sorprendido. Su rostro estaba sereno, imperturbable. Y de repente sonrió.

Fue entonces cuando la última chispa de esperanza parpadeó antes de apagarse. Y Heather supo que nadie más iba a acudir allí esa noche porque la persona a la que había estado esperando ya había llegado.

Fue vagamente consciente de que el cartón se le iba arrugando entre los dedos, que apretaban el vaso cada vez más fuerte.

—¿Por qué? —Las palabras le salieron en un susurro.

Noah echó la cabeza hacia atrás y soltó un suspiro al cielo del atardecer.

—Tu problema, Heather, es que no eres capaz de ver la imagen de conjunto. Antes se decía que «El conocimiento es poder», pero eso ya no es así. Hoy en día, la popularidad es poder. Tengo siete millones de seguidores. Más que el primer ministro en X. ¡Imagínate! Millones de personas observan todos y cada uno de mis movimientos, citan todas y cada una de mis palabras. La Triple F me ha transformado en el hombre que soy ahora. Y ese hombre es demasiado importante para que ni tú ni nadie lo derribéis.

Heather se sintió como sacudida por una explosión que acababa de hacer añicos todo lo que creía saber sobre la persona que tenía enfrente. Necesitaba tiempo para hurgar entre los escombros, contemplar la verdad que ocultaban por debajo. Y aceptarla. Pero el tiempo era un lujo del que no disponía. Iba a tener que absorber el *shock,* aquí y ahora.

«Noah era el trol».

Nadie la iba a creer… Sin pruebas sólidas, no. Se resistió al impulso de echar un vistazo al barco.

'Tranquila. Céntrate».

Vale. El plan de esta noche era grabar al trol con la cámara. El hecho de que hubiese resultado ser Noah, hasta ahora objeto de su confianza y admiración, no iba a alterarlo.

—Sí, ahora te idolatran —dijo—. Pero no por mucho tiempo. Este tipo de fama nunca dura.

—La mía sí —le soltó él, y Heather detectó un destello de ira en sus ojos—. Otros winfluencers desaparecen del radar cuando se les agota el tiempo. Pero yo no. Yo soy único. Y pienso seguir así.

Fue entonces cuando por fin ella comprendió de qué había ido todo aquello…, que jamás había sido una cuestión de dinero, ni de celos ni de juegos psicológicos. Todo —amañar los resultados, robar los secretos de los ganadores, movilizar a la prensa— había girado en torno a una sola cosa: a la determinación de Noah de proteger su estatus de celebridad.

—Apoyaste a candidatos vulnerables porque sabías que sería más fácil librarse de ellos si algún día amenazaban tu posición de líder del concurso. —Su teoría iba tomando cuerpo a medida que la expresaba en voz alta; las piezas del puzle empezaban a encajar. Noah se quedó mirando el río en silencio. Tenía que lograr que hablase, que confesase—. Pero ¿cómo conseguiste que pasaran los finalistas a los que habían dado luz roja? ¿Colaboraba contigo alguno de los evaluadores?

Noah se examinó las cuidadísimas uñas.

—Heather, Heather… Lo que no acabas de comprender es lo importante que soy para la Triple F. Soy fundamental. Como asesor ejecutivo, reviso los expedientes de los finalistas y hago recomendaciones, le digo al panel de selección quién creo que va a atraer más seguidores y patrocinadores. Se me da bien, mi opinión se tiene en muy alta estima.

Ahí tenía Heather la respuesta. Noah no había necesitado la ayuda de los evaluadores porque la Triple F ya le había concedido todo el poder que necesitaba.

—No soy solo una cara bonita —añadió, subrayando sus palabras con una sonrisa radiante.

Pero, por primera vez, a Heather no le pareció guapo. Era como si ahora viese algo más, algo retorcido y embrollado tensándose bajo la superficie de su piel, tratando de salir.

Se recolocó de espaldas a la lancha motora con el fin de que Noah estuviese de cara a ella —y a la cámara de Steve— cuando respondiese a la siguiente pregunta.

—Para que me quede claro… Has estado pasando a finalistas vetados…, ocultándole los resultados de sus evaluaciones al Departamento de Selección. Sabías que serían populares…, pero también que serían presa fácil si en algún momento se volvían tan populares que amenazaban tu posición de concursante más famoso de la Triple F, ¿no?

Una vez superado el *shock*, la rabia empezó a ocupar su lugar. Había acudido esperando encontrarse con alguien movido por las habituales fuerzas oscuras: la codicia, la amargura, los celos. Pero esto… La escala de la traición era sobrecogedora. Heather abrió la cremallera de su bolso, que contenía los recortes de prensa y la copia del expediente de Analise que se había llevado del apartamento de Elliot. No eran las pruebas condenatorias que habría querido tener, pero al menos le servirían para marcarse un farol. Sacó el informe de antecedentes de Analise y lo agitó delante de él.

—Admitió que había tenido un trastorno de la alimentación y episodios depresivos. Pero tú te encargaste de que aun así ganase. Luego, en cuanto tus jefes empezaron a hablar de convertirla en el rostro femenino del concurso, decidiste librarte de ella robándole sus pensamientos privados y sus miedos del Espacio Secreto, engañándola para que creyese que había destruido la vida de su hija. —La rabia se había apoderado de ella y disparó las palabras como balas—. ¿Lo de contarle a la prensa que estaba en Sunny Hills fue una última humillación? Pues enhorabuena, porque funcionó. La mataste.

Guardó el expediente en el bolso. No estaba del todo segura de lo que había esperado que respondiese Noah a esta invectiva. Que se sintiera culpable, quizá. Que se enfadase porque había tenido la osadía de reconvenirle. Tal vez una desdeñosa indiferencia.

Lo que no se esperaba era que se abalanzase sobre ella.

Fue un movimiento rápido y silencioso, gatuno. Noah agarró el asa del bolso y lo sacó por encima de la cabeza de Heather, invadiendo su espacio personal y provocando que el corazón le latiese aceleradamente. A continuación, con el bolso en las manos, Noah dio un paso atrás y empezó a rebuscar entre las páginas que había en el interior. Su cara de profunda concentración dio paso al alivio cuando llegó al final. Sacó un puñado de papeles.

—¿Esto es lo único que tienes? ¿El expediente de una concursante y unos recortes de prensa sobre winfluencers de los que no se acuerda nadie? —Él se rio—. Esto no es prueba de nada. Me da lástima el periodista que has arrastrado hasta aquí. Le estás haciendo perder el tiempo. —Al decirlo, debió de recordar que iba a contrarreloj, que se suponía que había un periodista de camino, y miró la hora en la gran circunferencia iluminada que llevaba en la muñeca.

Heather vio los números digitales que había en el centro: ocho y treinta y dos. Le dolía la rozadura que le había dejado el asa del bolso entre el hombro y el cuello cuando Noah había tirado. La adrenalina le corría a mil por hora por las venas, tenía la sensación de que acababan de atracarla. Menos mal que no le había soltado el micrófono.

—No estoy de acuerdo. —Irguió los hombros, decidida a no dejarle ver hasta qué punto su repentina demostración de fuerza la había puesto nerviosa—. A un periodista como es debido no le costará nada demostrar que has estado ayudando a finalistas descalificados a ganar porque sabías que sería más sencillo hacerlos caer.

Noah se encogió de hombros.

—Esa es una posible interpretación. La otra es que llegué a la conclusión de que la política de la Triple F era discriminatoria, que privaba injustamente a los finalistas procedentes de entornos conflictivos de la oportunidad de transformar sus vidas. Así pues, decidí arriesgarme y darles yo esa oportunidad, a la vez que, como mentor suyo, me aseguraba de estar a mano para ayudarlos si empezaban a tener problemas. Incluso puse en marcha el Círculo de los Ganadores para reforzar el apoyo.

—¡Por favor! Lo pusiste en marcha para extraer información del Espacio Secreto y usarla contra ellos.

—Ese grupo ayudó a mucha gente a manejar la situación. Yo ayudé a mucha gente.

—Sí. A los que no amenazaban tu estatus de estrella solitaria.

De nuevo, Noah se encogió de hombros.

—No se me puede responsabilizar de las fragilidades ajenas.

Cogió el bolso de Heather del asa, y después de balancearlo un instante delante de ella lo tiró por el borde del muelle sin interrumpir el contacto visual. El bolso cayó al agua y se quedó flotando unos segundos antes de desaparecer por debajo de la superficie.

—Que conste —continuó él— que me llevé un sincero disgusto cuando Blake, uno de los primeros ganadores cuyo éxito tuve que frenar, se volvió loco y estrelló su coche. Te aseguro que no era mi intención que eso pasara. Pero el director de *marketing* me había sugerido que le cediese algunos de mis trabajillos de relaciones públicas y algunas ruedas de prensa, y no podía permitirlo. De manera que lo invité al Círculo de los Ganadores, y descubrí que… —Noah frunció el ceño—. El caso es que yo solo quería que Blake fuese apagándose, como los dos anteriores a él. Pero más tarde, después de que Mitzu se ahogase, empecé a ver las cosas de otra manera. En cierto modo, esto era mejor. Más humano. Porque tampoco es que sus vidas valiesen ya gran cosa. Cuando has catado la fama y la adoración verdaderas, cuando todas y cada una de tus palabras se han repetido y republicado mil veces y de repente te tiran a la basura, te olvidan, y sabes que nunca volverás a brillar… En fin. Para eso, mejor morirse.

Heather se estremeció. Steve y ella habían basado el plan en el supuesto de que el trol no constituía ninguna amenaza física, que el teclado era su única arma. Pero ¿y si se equivocaban?

«Mejor morirse».

Miró a su alrededor, de pronto consciente de lo vulnerable que era. Tenían las pruebas que necesitaban. Era hora de salir de allí. Dio un paso hacia la pasarela torcida, con intención de marcharse tan deprisa como se lo permitiera su pierna.

Sin embargo, Noah, al parecer, tenía otros planes. Comenzó a moverse a la vez que ella, dando un paso atrás cada vez que ella daba uno hacia delante, como un bailarín reflejando a su pareja. Al llegar a la base de la pasarela, se agarró al pasamanos de madera y se quedó mirándola de frente, bloqueándole la salida.

—He de reconocer, Heather, que has sido una competidora de lo más animosa. Cada vez que creo que estás fuera de combate, vas y das un bote. Como un boxeador que no sabe cuándo abandonar. Podrías haberte ido silenciosamente, como los otros. Y sin embargo —levantó la palma de la mano de la barandilla y trazó un circulito en el aire antes de dejarla caer de nuevo—, aquí estamos.

Ella lo miró a los ojos, decidida a que no adivinase que la había puesto nerviosa. Se imaginó a Steve agachado bajo la cubierta del barco a tan solo unos metros de distancia, observándola a través de la cámara. Saber que estaba allí la calmó. Le dio fuerza. Levantó la barbilla.

—Ya ves, perdona por haberme negado a tirarme al suelo y hacerme la muerta para ti.

Noah se encogió de hombros.

—Bueno, al final lo hemos conseguido. Eso es lo principal.

Hubo algo en su voz —un tono de desenfadada certeza— que le produjo un escalofrío.

—¿A qué te refieres con eso?

—Heather... —suspiró Noah, moviendo la cabeza con fingida tristeza—. El público tolera las mentiras hasta un punto y hay un límite para las redenciones que está dispuesto a aceptar. Qué decepcionante, después de tantos vlogs, que hayas recaído. En realidad, no tienes tú la culpa; la oxicodona es un opioide potente y tú eres una adicta. Pero es una pena que la droga te haga delirar, que te lleve a incordiar a los periodistas con descabelladas teorías de la conspiración.

Heather sintió un inmenso alivio. ¿En serio era este el plan de Noah? Debía de estar más desesperado de lo que dejaba ver. ¿Acaso no sabía que una mentira como aquella podía refutarse con facilidad? Se cruzó de brazos.

—Puedes hacer todas las afirmaciones infundadas que te dé la gana. Un análisis de sangre demostrará que estoy limpia.

La sonrisa de Noah fue una lenta exhibición de triunfo y dijo:

—¿Ah, sí?

—Pues claro que… —Las palabras se le congelaron en la garganta porque de repente cayó en la cuenta de algo: la pierna le había dejado de doler. Por vez primera desde que había dejado la oxicodona, no sentía el más mínimo dolor.

Miró el vaso estrujado que había dejado en el suelo del muelle. «No».

—Esto no es solo un trabajo, Heather. Soy importante. La gente me necesita en su vida.

Quizá porque esta última afirmación le pareció escandalosa, dada la magnitud del daño que había causado Noah; quizá porque empezaba a darse cuenta de que la había drogado, o quizá porque después del *shock* y de la decepción fue, simplemente, la gota que colmó el vaso… Fuera por lo que fuera, las palabras de Noah —«La gente me necesita en su vida»— activaron algo en su interior. Y se vio incapaz de soportar sus descaradas e interesadas mentiras un segundo más.

—¡Estás completamente equivocado! —Se inclinó hacia él y escogió las palabras que sabía que le golpearían con más fuerza, cargándolas de desprecio—: Nadie te necesita. No eres más que un psicópata triste y superficial cuya fama acabará por desvanecerse a la vez que su guapura. Más pronto que tarde serás cosa del pasado. Y nadie se acordará siquiera de tu nombre.

Fue entonces cuando asomó lo que había debajo de la superficie. Las facciones de Noah se deformaron y los labios se le curvaron hacia abajo, mitad gruñido, mitad mueca. Se abalanzó sobre Heather y la agarró los hombros, hincándole los dedos. Después empezó a agitarla con tanta fuerza que la cabeza se le movía de un lado a otro.

—¡Cállate la boca! No entiendes nada de lo que represento. ¡¿Cómo ibas a entenderlo, si no eres más que una yonqui, un desecho humano?!

Heather apenas tuvo tiempo de decirse que provocarle había sido un grave error, que había corrido un riesgo tremendo, cuando vio un movimiento borroso por el rabillo del ojo. Oyó el golpetazo de unos pies aterrizando sobre la madera y, acto seguido, los gritos de Steve:

—¡Quítale las manos de encima, psicópata!

El rostro de Noah cambió de golpe, los dientes apretados se separaron, las cejas fruncidas se arquearon a medida que la sorpresa desplazaba a la ira.

Soltó a Heather cuando Steve se le echó encima y le hizo un placaje lateral. Los dos chocaron contra el muelle con un ruido sordo.

De repente se habían enzarzado y estaban rodando por los tablones mientras Heather los miraba tratando de encontrar el modo de intervenir. Consiguió propinarle una patada en el hombro a Noah, quien, pendiente de Steve, apenas reaccionó…; sin embargo, Steve, tan delgado, tan en baja forma, ¿qué posibilidades tenía contra los músculos de gimnasio de Noah? Heather tenía que lanzarse de golpe, rodear el cuello de Noah con los brazos y tirar. Pero los dos hombres no paraban de rodar, tan pronto le daba la espalda Noah como Steve, impidiéndole planificar su intervención.

Algo se cayó del bolsillo del pantalón de Steve y salió patinando por las tablas de madera. Un rectángulo metálico.

«El móvil —pensó Heather—. La grabación».

Por un instante, temió que se fuese al agua, por suerte se detuvo junto al borde del muelle.

Acababa de decidirse a saltar a cogerlo cuando el torbellino de movimientos se detuvo de manera abrupta. Heather se quedó helada, paralizada por la escena que tenía delante: Steve, bocabajo sobre el muelle, la mejilla apretada contra las tablas y un brazo torcido sobre la espalda en una posición forzada; Noah, con la rodilla hincada en la base de la espina dorsal de Steve y sujetándole la muñeca entre los omóplatos.

Entonces Noah le habló a Steve. El tono era informal, como si estuviesen charlando tranquilamente.

—Tú debes de ser Steve, ¿no? ¿Te importaría decirme qué haces aquí? ¿No te había dicho Heather que no vinieras? —Silencio. Noah tiró hacia arriba de la muñeca de Steve, que gritó de dolor.

—¡Aparta las manos de él! —chilló Heather, disponiéndose a abalanzarse sobre Noah, a darle patadas y mordiscos hasta que soltase a Steve.

Noah la miró.

—Yo en tu lugar me quedaría ahí. Si no, lo mismo acabo desencajándole el brazo.

Esto la frenó. Se quedó inmóvil, sintiéndose completamente impotente. Noah le dedicó una sonrisa radiante, que, por algún motivo, era más siniestra que la mueca más cruel.

—Bueno, ¿quién de los dos va a contarme qué jueguecito os traéis entre manos? ¿Toda esta farsa del escondite del barquito era para el periodista… o…? —Miró hacia la orilla con el ceño fruncido—. ¿Sabéis qué? Empiezo a preguntarme si será verdad que va a venir un periodista. Un bolso sin pruebas sustanciales. Un hombre escondido en un barco. ¿Todo esto era para mí? —Clavó la mirada en la cabeza de Steve—. ¿Estabas espiándome?

Metió la mano libre en los bolsillos del pantalón de Steve, pero no encontró nada más que un juego de llaves y calderilla. Heather desplazó rápidamente la mirada hacia el borde del muelle. El sol poniente arrojaba franjas de sombra sobre la madera, cubriendo de gris el móvil de Steve. Con suerte, Noah no lo vería. En cualquier caso, ahora lo principal era reducir la tensión, convencerle para que soltase a Steve. Para que los dejase marchar a los dos.

—Pues claro que no te estamos espiando. Es que... Al final decidí que no quería venir sola, así que me traje a Steve para que montase guardia. Por si acaso.

Era una mentira endeble. Por si acaso, ¿qué, si se suponía que el lugar lo había elegido ella y que en teoría había quedado con un periodista de su confianza? Pero los gritos ahogados de dolor de Steve estaban cortocircuitando sus pensamientos y no se le ocurría nada mejor.

Su mirada se deslizó a la pasarela sin vigilancia. Podía intentar escapar sola, ir lo más deprisa que le fuera posible hasta la carretera que había detrás de la zona en obras, llamar a emergencias, hacer señales para parar a algún coche y regresar con ayuda. Solo que no podía correr. A Noah no le costaría nada darle alcance.

Pero para eso, primero tendría que soltar a Steve.

Se acercó a la pasarela. Puso un pie al comienzo de la rampa.

—Acabas de dar un mal paso —dijo Noah a sus espaldas.

Ella se volvió justo a tiempo para ver que soltaba la muñeca de Steve y que, agarrándole del pelo con las dos manos, le levantaba la cabeza con tanta fuerza que los hombros se le separaban del suelo y el cuello se le estiraba formando un ángulo forzado.

Acto seguido, con un solo movimiento veloz y terrible, estampó la cabeza de Steve contra el muelle: una vez, dos, tres.

Heather se sintió como si se le hubiese abierto un sumidero en la boca del estómago y arrastrase todo hacia dentro. Había esperado encontrarse con un taimado cobarde que, escondido en los oscuros callejones del ciberespacio, recurría a la astucia y al engaño, evitando la confrontación cara a cara. Había cometido un terrible error de cálculo..., uno que Steve podría acabar pagando con su vida.

Fue como si el mundo se encogiese hasta que ya no quedaba nada en él más que aquella diminuta isla de madera. Y ellos tres:

Steve, con una mejilla ensangrentada sobre las tablas del suelo, los ojos cerrados; Noah, tranquilo, de rodillas a su lado y con los dedos todavía hundidos en su pelo. Y Heather, paralizada por la culpa y el horror. Sin la menor idea de qué hacer a continuación.

Noah fue el primero en moverse. Se levantó, estiró los brazos, los sacudió.

—Ha sido culpa tuya, Heather —dijo con tono desenfadado—. Has puesto a tu amigo en peligro al arrastrarle… —miró alrededor, observando el barco, el río, el camino de sirga— a todo esto, sea lo que sea.

Heather intentó superar su atasco mental, pensar en algo, cualquier cosa, que pudiese darle la vuelta a la situación, convertirle de nuevo en el Noah de antes.

—No tenías que haber hecho esto. Solo ha venido para echarme un ojo.

—Para echarme un ojo a mí, querrás decir. Doy por sentado que al menos uno de los dos ha estado grabando esta charlita. —Alargó la mano—. Dame tu móvil. Y que ni se te ocurra salir corriendo si no quieres que tu amigo se vaya derecho al río.

Heather sacó su F-phone, pasándolo por encima del móvil prepago.

—No te estaba grabando —dijo, acercándole el aparato—. Míralo tú si quieres. Mi contraseña es…

Pero Noah debía de conocerla, porque ya estaba tocando la pantalla. Deslizó el dedo por imágenes y vídeos y se lo metió en el bolsillo.

—Vale, si tú no estabas grabando nuestra conversación, será porque se ha encargado tu amigo. ¿Dónde está su móvil? ¿En el barco?

El movimiento fue involuntario. Al oír la palabra «móvil», los ojos de Heather se dispararon hacia la esquina del muelle. Se corrigió al instante y desvió la mirada hacia el barco, con la esperanza de que Noah no se hubiese fijado. No hubo suerte.

—Ajá —exclamó Noah con voz triunfante—. Conque está ahí…

Se levantó, pasó por encima del cuerpo inconsciente de Steve y se puso de espaldas a Heather, que se dijo que tal vez no se le presentasen más oportunidades. Sacó el móvil prepago, desbloqueó la pantalla y pulsó con fuerza el número uno, rezando para que Tessa estuviese atenta a su llamada y respondiese inmediatamente.

Noah se dirigió despacio, con paso relajado, hacia la otra punta del muelle.

—¡Eh! —dijo Tessa—. ¿Qué pa…?

—¡Pide ayuda! —gritó Heather, y en el mismo instante en que Noah se daba la vuelta volvió a meterse el móvil en el bolsillo de la falda.

—¿Qué has dicho?

Heather notaba la vibración del móvil silenciado: Tessa estaba llamando.

—Ya me has oído. Te he dicho que pidas ayuda. Porque a ti te pasa algo… Eso de hacer daño a personas que no han hecho nada… Estás mal de la cabeza.

Noah le dirigió una mirada gélida e inexpresiva.

—Sabía que no ibas a ser capaz de entenderlo.

—Mira, todavía no es tarde para arreglar las cosas. Te prometo que no diré nada acerca de lo sucedido aquí esta tarde.

—Puedes decir lo que te venga en gana. Lo cierto es que sin esto no va a creerte nadie. —Y, visto y no visto, le dio una patada al móvil de Steve, que cayó al agua con un ligero chapoteo y fue engullido por el río.

«Todas nuestras pruebas… perdidas».

Los ojos de Heather volvieron a posarse sobre Steve, que seguía quieto en el suelo. La grabación no tenía importancia, lo único que la tenía era convencer a Noah para que la dejase llevar a Steve al hospital. Y para ello tenía que hacerle creer que ninguno de los dos suponía ya una amenaza. Respiró hondo por la nariz, soltó el aire por la boca. Escogió cuidadosamente sus palabras.

—Tienes razón —dijo al fin—. Sin ese teléfono, nadie se va a creer nada de lo que yo diga. Has ganado. Reconozco que le pedí a Steve que grabase este encuentro. Ni se me pasó por la cabeza que serías tú el que se presentaría, solo quería pillar a la persona que había estado leyendo mis MD. Pero tu secreto está a salvo. Porque sé lo que pensará la gente si cuento algo…, una yonqui con la sangre llena de oxicodona y la cabeza llena de teorías de la conspiración que intenta distraer al público para que no se fije en su adicción. Por tanto, me voy a retirar de CelebRate; me iré con la cabeza baja. Has ganado, Noah. Así que, por favor, solo te pido que me dejes llevar a Steve al hospital. Diré que fue un accidente, que se cayó por unas escaleras.

Esperaba que esto halagase a su ego, que le hiciera sentirse al mando de la situación y, por consiguiente, más tranquilo. Pero cuando sus ojos se cruzaron, no vio en ellos más que el frío cálculo.

—Me temo que eso a mí no me sirve de nada.

A Heather se le cortó la respiración.

—¿Por qué no?

Noah miró a Steve, desplomado sobre los tablones. ¿Respiraba siquiera? A Heather le pareció ver que el pecho subía y bajaba. ¿O se estaba haciendo ilusiones?

—Sí, cabe decir con seguridad que tu versión de los hechos de esta noche quedaría desacreditada, que nadie te haría ni caso. Pero la suya no. —Dio a Steve en el costado con la punta del zapato—. Es un testigo. Irá a la policía.

Ella negó enfáticamente con la cabeza, asustada por el rumbo que iba tomando la conversación.

—¡No, no irá! Le diré que por culpa de la oxicodona me siento incapaz de respaldar su versión de los hechos. Conque será su palabra contra la tuya, y eres tú aquel en quien confía el país entero, tú al que todos adoran. Él no es más que un donnadie.

Él se acuclilló al lado de Steve, le cogió el brazo y se lo pasó por los hombros. Después se levantó y Steve se quedó de pie a su lado con la cabeza colgando. Heather sintió un inmenso alivio. Su estrategia había funcionado. Noah estaba ayudándola a sacar a Steve del muelle y llevarlo a un lugar seguro. Sonrió a Noah, agradecida, pero él no le devolvió la sonrisa, sino que se sacó el F-phone de Heather del bolsillo y lo secó con el faldón de la camisa antes de dejarlo caer al suelo. Ella esperó a que lo echase al agua de una patada, como había hecho con el de Steve, pero se limitó a dejarlo allí tirado sobre los tablones.

—Tienes en tus manos un enorme desafío en términos de relaciones públicas, Heather.

Ella apartó la vista del rostro ensangrentado de Steve y estudió a Noah, intentando descubrir a qué se refería, hacia dónde iba todo aquello.

—Sí, seguramente. Aunque todos se olvidarán de mí una vez que deje CelebRate. De todos modos, en este momento lo único que quiero es llevar a mi amigo al hospital.

Sin embargo, Noah la ignoró y siguió:

—Sí, un enorme desafío… ¿Qué dirá la gente cuando se entere de que recaíste en las drogas la misma noche en que se te relacionó con una muerte sospechosa?

Por unos instantes, Heather fue incapaz de procesar sus palabras… Era como si su mente hubiese levantado una barrera, prohibiendo el paso a lo que implicaban.

Miró de Noah a Steve, que parecía una marioneta con las cuerdas rotas.

—¿A qué te refieres?

En lugar de responder, Noah se dio la vuelta y se dirigió al otro extremo del muelle arrastrando a Steve, que iba raspando la madera del suelo con las deportivas. Por un instante Noah se quedó de espaldas a Heather, mirando la puesta de sol con Steve desplomado contra él. El horizonte estaba surcado por radiantes volutas rosadas.

—Noah —dijo ella—. No…

Pero ya era tarde. Con un movimiento veloz, Noah empujó a Steve por el borde del muelle. Cayó al río con un chapuzón y el agua se lo llevó.

—Mira lo que me has obligado a hacer —dijo Noah—. Deberías haber…

Heather no llegó a enterarse de lo que debería haber hecho, porque antes de que se lo pudiese decir ya se había tirado de cabeza.

Capítulo 46

Lo primero que sintió fue el golpe del frío. Pataleó, debatiéndose bajo la superficie y procurando mantener la calma y orientarse mientras su cuerpo se adaptaba a la temperatura. Echó la cabeza hacia atrás y vio el borrón rosado del ocaso formando ondas en el agua... y cada vez más lejano. Heather se estaba hundiendo; de pronto fue consciente del peso de la ropa empapada, que la arrastraba. Llevaba zapatos sin cordones —«menos mal, Dios»—, así que pudo descalzarse enganchando los talones con un dedo, y luchó por subir a la superficie. El accidente había puesto fin a su pasión por la natación, pero la memoria muscular seguía ahí, las brazadas fuertes y eficientes, la capacidad pulmonar aumentada por los largos subacuáticos.

Llegó a la superficie, boqueando para coger aire.

«Steve». Miró desesperadamente a su alrededor, pero no había ni rastro de él.

«Dios mío-Dios mío-Dios mío».

Respiró hondó, volvió a sumergirse y giró sobre sí misma, esforzándose por horadar la oscuridad con los ojos. Al principio no vio nada, solo capas de agua encenagada y las vagas formas de las rocas del fondo. Un banco de peces pasó. Entonces, se volvió y, de repente, lo vio: una forma humana flotando cerca del fondo.

Al llegar a su lado descubrió un reguero de burbujas saliendo de la boca de Steve: no era buena señal. Le agarró de las axilas, tiró de él hacia la superficie, pero el peso del cuerpo los ralentizaba. Empezaban a arderle los pulmones. «No entres en pánico —se dijo—. El pánico quema oxígeno». Abrazando por detrás a Steve, mantuvo la vista clavada en el oscilante cielo rosa. Solo unas pocas patadas más…

Rompieron la superficie y, jadeante, hizo grandes esfuerzos con las piernas por mantenerse a flote con él.

—¿Steve? —Su voz fue un grito ahogado.

Él estaba quieto y silencioso entre sus brazos.

«Dios».

Se sentía abrumada por la impotencia. Si conseguía llegar hasta la orilla, hacerle la reanimación cardiopulmonar, a lo mejor podría salvarlo. Pero allí, luchando solo para mantenerse a flote, no podía hacer nada.

A no ser… Tenía las manos cogidas sobre la caja torácica de Steve. Las bajó un poco y tiró hacia dentro y hacia arriba con todas sus fuerzas, presionando por debajo del hueso y hacia los pulmones: una maniobra de Heimlich flotante. No pasó nada. ¿Y si no había hecho suficiente fuerza? Lo intentó una vez más. Y otra.

De repente salió un chorro de agua por la boca de Steve, que, parpadeando, empezó a respirar trabajosamente.

¡Qué inmenso alivio! Estaba vivo.

«Gracias, Dios mío».

—¿Steve? ¿Me oyes?

Pero no hubo respuesta aparte de la áspera respiración. Se los estaba llevando la corriente, iban dejando atrás las casas de la orilla, que estaba tentadoramente cerca. Veía a la gente paseando por el sendero de sirga, disfrutando de la puesta de sol. Luces en las ventanas de las viviendas. Y un poco más adelante, en la pared del río, escalones de piedra que iban hasta el sendero. La invadió la esperanza. Unos instantes más y se encontrarían a salvo.

De repente, los enganchó una poderosa resaca y Heather se agarró a Steve mientras daban tumbos, se sumergían y volvían a salir bruscamente a la superficie. El agua le siseaba en los oídos, los arrastraba y...

Un golpe violento e inesperado la dejó sin aire, como si se hubiese estampado contra una pared. Steve se desprendió, pero Heather consiguió agarrarlo del brazo. Por un instante fue como si de pronto el mundo se alejara, girando vertiginosamente a su alrededor mientras boqueaba para coger aire. Enseguida todo se calmó, y pudo mirar para intentar explicarse lo sucedido. El agua la estaba empujando contra una especie de barrera. Alzó la vista y vio la parte inferior de un embarcadero; habían sido arrastrados hasta un puntal metálico que conectaba dos de las patas de hierro de la estructura. El río estaba intentando llevárselos, pero Heather se agarró con una mano sin hacer caso de la rozadura de los percebes contra la palma y enganchando con fuerza el bíceps de Steve con el otro brazo, preparándose para otro juego de tira y afloja con la corriente. Sin embargo, Steve no se movió. Era como si su espalda estuviese pegada a la pata del embarcadero. ¿Cómo era posible?

—¿Steve?

Rodeada de agua que corría rápidamente alrededor de su cintura, se aferró al puntal que había al lado de Steve y le miró la cara con la esperanza de que se le abrieran los ojos. No fue así. Le examinó el cuerpo, intentando descifrar qué estaba pasando, por qué estaba ella luchando contra la corriente mientras él permanecía inmóvil, como clavado en el sitio. Entonces vio la sangre que le estaba manchando la camisa, justo debajo del hombro. La mancha se iba haciendo cada vez más grande, y justo en medio vio un trozo de metal que le asomaba por debajo de la clavícula. Debía de haber un perno o un clavo largo sobresaliendo de la pata del embarcadero, y Steve había sido arrastrado hacia él con tanta fuerza que le había atravesado, empalándole.

—Steve —dijo con voz ronca, sabiendo que no podía oírla, que estaba muy lejos, a la deriva por las profundidades de su inconsciente. En cierto modo, mejor así. No era una realidad a la que nadie querría despertarse.

Despacio, con cautela, Heather lo soltó, lista para lanzarse a por él si se desenganchaba. Pero estaba firmemente agarrado. La cabeza le caía sobre el hombro manchado de sangre, el agua se agitaba en torno a su pecho.

Se colgó del puntal metálico, conteniendo la respiración, ordenando sus pensamientos. Miró en todas direcciones. Estaban ahora en una zona del río más ancha; el embarcadero se extendía unos quince metros desde la orilla. Ese tramo debía de ser propiedad privada, pues no había un sendero de sirga, ni parejas ni gente paseando con perros…, y por tanto no había buenos samaritanos dispuestos a salir corriendo a envolverla con un abrigo o una manta mientras se tambaleaba hasta la orilla, tampoco salvadores corriendo por el embarcadero con cuerdas y escaleras para rescatar a Steve. Si los puntales hubiesen jalonado la totalidad del embarcadero y no solo la parte final, habría podido valerse de ellos para alcanzar la orilla. Se quedó mirando el corto tramo de agua que la separaba de tierra firme. Unos quince metros. Sin embargo, aquello no era como hacer largos en una piscina. Para nadar contra la marea y las corrientes iba a tener que emplear hasta el último resto de las fuerzas que le quedaban. Sola, podía hacerlo, pero remolcando a un hombre adulto…

Procedente de la oscuridad se oyó el zumbido de un motor de barco. Esperanzada, se apartó del embarcadero y agitó el brazo libre por encima de la cabeza mientras el motor se oía cada vez más alto. Apareció un crucero blanco con las ventanas iluminadas. Vio a un pasajero apoyado contra la barandilla lateral, mirando hacia la orilla. El movimiento de su brazo se volvió más frenético.

—¡Socorro! —gritó, aunque sabía que su voz quedaría sepultada bajo el ruido del motor.

La embarcación pasó de largo, desplazando un espumoso oleaje que la levantó por unos instantes. Volvió a intentarlo cuando un pequeño ferri pasó unos minutos más tarde, con idéntico resultado. Estaba sola.

Volvió a centrarse en Steve, clavado a la pata metálica como una mariposa en la caja de un coleccionista. Arrancarle del pincho sería peligroso, se desangraría. Pero no podía quedarse allí con él así sin más, sujeta al embarcadero mientras la oscuridad aumentaba y cada vez le costaba más mantenerse agarrada. La única solución lógica era dejarlo allí e ir a por ayuda.

Lo mismo que había hecho Elliot.

El recuerdo le provocó una oleada de náuseas. Y, acto seguido, tuvo una revelación.

«La marea».

Miró a Steve, y de repente se fijó en los percebes que estaban pegados al poste de metal de detrás, tachonando las algas que subían hasta la línea de la marea alta que estaba justo por encima de su cabeza.

«Encima de su cabeza».

Desesperada, miró a su alrededor, intentando orientarse. Al llegar al muelle había pensado que la marea estaba subiendo, pero debía de haber sido cosa del miedo, que le nublaba la percepción. Sin embargo, ¿y si había tenido razón? ¿Cuánto tiempo pasaría antes de que Steve se despertase y viese que estaba solo, ensartado en medio de la oscuridad con el agua cerca del cuello, de la barbilla... de la boca?

La memoria de Heather la catapultó de vuelta al coche: atrapada, atormentada por un dolor inimaginable, pero incapaz de gritar porque el agua le había llegado hasta la cara...

Echó la cabeza hacia atrás y gritó al cielo nocturno, una larga y lastimera nota de horror e impotencia que fue arrebatada por la brisa que surcaba el río.

Capítulo 47

Me estoy asegurando de que mi presencia queda registrada en el New Heights. Alternando con los winfluencers. Sonriendo a las cámaras. También me pasé por aquí hace un rato, antes de lo del río, y estuve charlando con los empleados mientras preparaban todo, diciéndoles que tenía unos asuntos que atender en la trastienda. Estuve rebuscando en la caja fuerte entre las drogas confiscadas hasta que encontré lo que necesitaba. Nadie me vio salir. De eso estoy seguro.

Me dirijo a la azotea ajardinada, prodigando sonrisas por el camino. Tessa está al teléfono, parece estresada.

Juraría que la oigo decir «Heather Davies». Bah, serán imaginaciones mías, fruto de los nervios. Cuento de cinco hacia atrás, uno de los consejos antiestrés que da el doctor Leyton en el Círculo de los Ganadores. Noto que me ayuda.

Me acerco a ella con cara de amable preocupación.

—¿Todo bien? Pareces preocupada.

—Es… —Titubea. Mueve la cabeza—. Olvídalo. Es que estoy pasando una noche muy rara.

Suelto una risita.

—Pues ya somos dos.

Le doy unas palmaditas en el hombro y sigo abriéndome paso entre el gentío.

No, no hay nada de lo que preocuparse. He borrado mis huellas. He ido y he vuelto del río en taxis negros, con gafas de sol y una gorra de béisbol bien encasquetada. He pagado en metálico. Por si acaso se abre una investigación. No es que piense que va a haberla. Famosa yonqui con drogas en la sangre es sacada del río con un amigo. Quizá lleguen a la conclusión de que él era un héroe que se zambulló para salvarla y acabó rompiéndose el cráneo contra un muelle o contra la quilla de un barco… Menuda tragedia. Citarán mis palabras y me sacarán fotos, serio y apenado por la prometedora vida interrumpida por el consumo de opioides.

Caso cerrado.

—Noah, ¿te has enterado de la noticia? ¡Voy a salir en la tele! ¡Una miniserie del Channel 4! —El tipo nuevo, un aspirante a actor, aparece delante de mí. Ha actuado en un par de obras de teatro. Por lo que dicen, no es demasiado malo. Le brilla la cara de emoción—. «Una mirada entre bambalinas a la vida de un actor de televisión»… ¡Imagínate la de posibilidades para *posts*! Videodiarios, retransmisiones en directo… ¡De todo! ¡Que los seguidores tengan la sensación de que participan, de que comparten mi éxito!

Le doy una palmadita en la espalda. Kyle Waters. Guapo, derrocha encanto carismático. Yo no quería aceptarlo, pero era una opción tan obvia que habría quedado raro no hacerlo.

—Estupenda noticia, Kyle. ¡Felicidades! ¿Qué tal si organizamos una reunión para mañana con tu asesor de imagen y hacemos una lluvia de ideas para ver cómo puedes sacarle partido a esto?

—¡Gracias, Noah! —Sus ojos rebosan agradecimiento—. ¡Eres el mejor! No sé cómo nos apañaríamos sin ti.

—Me limito a cumplir con mi deber.

Entonces, alguien se lo lleva al bar. Lo veo abrirse paso entre la multitud. Las mujeres le tocan el hombro y sonríen, sacudiéndose la melena. Los hombres ríen y le estrechan la mano.

Mañana voy a sugerirle que se sume al Círculo de los Ganadores, solo como medida de precaución, como válvula de escape para el estrés de su nuevo papel.

Voy a tener que vigilar a este de cerca. Muy de cerca.

Capítulo 48

A Heather se le había metido el frío en los huesos, estaba tiritando y le castañeteaban los dientes. ¿Cuánto tiempo llevaba allí, agarrada a un trozo de metal en medio de la oscuridad, paralizada por la indecisión?

No podía permitirse seguir esperando. La decisión más lógica sería nadar sola hasta la orilla y pedir ayuda. Seguro que había una carretera por las inmediaciones. ¡Estaban en las afueras de Londres, por el amor de Dios, no en la costa escocesa!

Se volvió hacia Steve, esperando contra todo pronóstico que despertase para contarle el plan. Esperando que asintiese con la cabeza y le dijera que se marchase, que era lo mejor.

—Voy a nadar hasta la orilla —dijo, aun sabiendo que no podía oírla—. Después volveré con ayuda y nos... —Pero dejó la frase incompleta porque algo le había llamado la atención.

El botón superior de la camisa de Steve ya no se veía. Poco antes Heather se había estado preguntando si convendría que se la desabotonase, si la ropa mojada le estaría dando más calor o más frío. Ahora estaba oculto bajo la superficie del agua.

Porque estaba subiendo la marea.

De su garganta salió un gemido agudo, como de un animal sufriente. Sabía lo que eso significaba: que no podía dejarlo allí. Por muy grande que fuera el riesgo, tenía que llevarse a Steve con ella. La pregunta era: ¿cómo? Iba a necesitar los dos brazos para nadar si quería tener alguna posibilidad de que llegasen hasta la orilla. Y el crol frontal era con mucho el estilo que mejor se le daba. Por consiguiente, ¿cómo iba a llevarlo? ¡Si tuviese una cuerda para atarle bocarriba a su espalda…! ¿Y si se quitaba la blusa y la retorcía? Pero no era lo bastante larga. A lo mejor podía apañarse con el pantalón de Steve. Holgado, seguro que era fácil quitárselo en cuanto el cinturón se…

«¡El cinturón!».

Pues claro. ¡Qué boba! Palpó la cintura de Steve en busca de la hebilla, que se había deslizado hacia un lado. El cuero empapado era reacio a soltarse, pero estuvo toqueteándolo hasta que por fin la desabrochó y fue capaz de quitárselo. Acto seguido, lo pasó por las dos trabillas traseras del pantalón y lo dejó allí sin abrochar. En cuanto liberase el hombro de la pata del muelle, se ataría el cinturón y quedarían los dos unidos espalda contra espalda, Steve mirando al cielo mientras ella nadaba. Con suerte no se escurriría hasta quedarse sumergido. Con suerte el agua la ayudaría a soportar el peso de él, impidiendo que tirase de ella hacia abajo. «Con suerte, con suerte».

Heather rodeó la pata del muelle con un brazo y con el otro asió el hombro clavado, haciendo una mueca al ver el metal que sobresalía. Cogió aire y se llenó los pulmones. Después, tiró con todas sus fuerzas.

Fue más sencillo de lo que había previsto; el metal no debía de estar encajado con mucha firmeza entre los huesos de Steve, que se desplomó hacia delante y por un instante la sumergió. Heather se agarró a él y comprendió, consternada, que estaban alejándose de la orilla, que estaban regresando al centro del río. Con un brazo y sin dejar de mover las piernas, le sostuvo la cabeza por encima del agua, a la vez que su mano libre buscaba a tientas el cinturón por detrás. El pánico y la duda se habían aliado para atacarla mientras luchaba por mantenerse a flote. ¿Cómo se le había podido ocurrir que era posible enganchar a un hombre herido a su espalda mientras los arrastraba la corriente? Absurdo. Imposible. Sin embargo, se lo subió a la espalda, tratando de que su peso no la hundiese a la vez que tiraba de los dos extremos del cinturón para cerrarlos por delante de su cintura. Sus dedos fríos tropezaban con la hebilla, pero de alguna manera consiguió pasar el cuero. Bastaría un tirón para engancharlo…, y enganchar sus destinos.

«No lo hagas. En cuanto os quedéis unidos, te arrastrará hasta el fondo».

Heather vaciló, la mano inmóvil sobre el cinturón, los pulmones chillando. Pero entonces su memoria disparó una última salva: el momento del despertar. Había habido un corto intervalo de tiempo, un minuto o dos como mucho, en el que el dolor se había escondido detrás de un velo de espanto, dándole tiempo a asimilar lo que estaba sucediendo: que el coche estaba lleno de agua, que no podía moverse. De nuevo sintió que le crujían las vértebras mientras giraba lentamente la cabeza hacia el asiento del conductor. El puñetazo en el estómago al ver, horrorizada, que estaba vacío.

Y tiró del cinturón.

La punta de metal pasó por uno de los agujeros. El cinturón le bailaba en la cintura, pero funcionaría. Estaban unidos. Una oleada de energía la invadió, impulsándola hacia arriba, y se quedaron los dos flotando en la superficie como un corcho. Se llenó los pulmones del aire nocturno y parpadeó para quitarse el agua de los ojos. Después echó un vistazo alrededor. Estaban más cerca de la orilla, como mucho a diez metros de un tramo bordeado de casas. Vio luces en las ventanas y oyó un fragmento de música, y sintió un gran alivio. Se dirigió hacia la orilla. Tenía las piernas cansadas, habían estado trabajando demasiado tiempo. Pero la pierna mala aún no le dolía. Sin querer, Noah le había hecho un favor al darle una buena dosis de oxicodona; dudaba que hubiese podido hacer todo esto a la vez que luchaba contra el dolor. Sonrió a las ventanas iluminadas, pensando: «Ya casi».

Pero se le borró la sonrisa. La corriente estaba apenas a unos metros de la orilla, un muro de turbulencias que los empujó hacia atrás y —de repente y de manera espantosa— hacia abajo. Intentó con uñas y dientes volver a subir, pero no tenía ni aire ni energía suficientes para hacerlo con el peso de Steve.

«Me voy a morir».

Se revolvió con impotencia. Los pulmones le ardían, le pedían a gritos que abriese la boca. Que dejase entrar al río.

Algo le rozó la mano y lo agarró instintivamente, apretando los dedos como una posesa. Una cuerda. El río intentó alejarla, pero Heather se aferró a ella, descubriendo reservas de fuerza que ignoraba que poseía. El cinturón que la unía a Steve se le hincó en la caja torácica mientras avanzaba con ayuda de la cuerda, rezando para que la llevase a la superficie. Si la cuerda estaba unida a algo por debajo del agua, su última esperanza de sobrevivir habría llegado a un punto muerto. El grito de sus pulmones era ensordecedor. Se iba a ahogar en cuestión de segundos. Subió una mano, después la otra, dio un último tirón… y su cara asomó por encima del agua. Aspiró aire, llenándose de oxígeno los ardientes pulmones a bocanadas roncas, desgarradoras, los dedos congelados en torno a la cuerda, que estaba atada a una escalera fijada a un embarcadero privado… ¡Una escalera! Se agarró con fuerza al peldaño inferior. Ahora, lo único que tenía que hacer era subir cuatro peldaños y ambos se salvarían.

Sin embargo, en el mismo instante en que lo pensaba, Heather supo que no era posible. Con Steve atado a ella, no. Bastante difícil había sido ya arrastrarlo por el agua; fuera, tendría que soportar todo su peso. Estaba consumiendo hasta la última gota de energía que le quedaba solo en seguir sujeta al peldaño inferior. Pronto, seguramente en menos de un minuto, perdería el agarre y se deslizarían los dos bajo la superficie, y todos sus esfuerzos no habrían servido para nada más que para prolongar su terror. Además, a estas alturas quizá Steve se había ahogado o desangrado, quizá no fuera más que un peso muerto. Miró hacia la orilla, hacia las casas iluminadas y llenas de gente que podría ayudar. Le pareció oler humo de barbacoa. Grupos de amigos y familias disfrutando de la calurosa noche, tal vez contemplando el río. Alguno habría podido verla si no hubiese anochecido ya. Sin embargo, el último destello de luz se había desvanecido, dejándola sumida en la oscuridad. Intentó gritar, pero le salió un ronco hilo de voz.

Miró la escalera. Cuatro peldaños solo. Aunque con Steve a sus espaldas, parecía el mismísimo Everest.

De manera que solo le quedaba una alternativa: desabrochar el cinturón y soltarlo. No había otra manera. Veía borroso a través de las lágrimas, se sentía desbordada por el horror y la frustración. Haber llegado tan lejos solo para fracasar ahora… No era justo.

La mano derecha se le fue a la hebilla del cinturón y tiró del cuero… ¡Qué débil estaba! Y tenía frío. Pero sí, lo había conseguido, el cuero se había desprendido de la mitad superior de la hebilla. Ahora, lo único que le faltaba era tirar para sacar la punta del agujero, conseguir que se abriese el cinturón. Y Steve se iría.

El cuerpo le temblaba y estaba empezando a ver cosas raras, luces titilantes en la periferia de su visión. Solo que… ¿Realmente estaba alucinando?

—Socorro. —Su voz era un susurro.

Cerró los ojos y rebuscó en su interior, haciendo acopio de las últimas y escasas fuerzas. Como un tahúr rebañando calderilla y apostándolo todo desesperadamente a una última tirada del dado.

Heather volcó todo lo que le quedaba en su voz. Echando la cabeza hacia atrás, dejó que una sola palabra saliera por su garganta y se perdiera en la noche.

—¡Socorro! —Y se acabó.

Se había quedado sin combustible. Ante sus ojos bailaban unos puntitos blancos. Se disiparon un momento y vio el cielo nocturno. Las estrellas que observaban desde lo alto.

Su última mirada al mundo.

Sus dedos cedieron finalmente y volvió a caer al río con un chapuzón.

«Adiós», pensó, cerrando los ojos al notar que el agua subía y se los tapaba. Había luchado contra la marea, aunque al final esta había ganado.

Notó el tirón de la corriente y, al mismo tiempo, un dolor abrasador en la parte superior del cuero cabelludo. Entonces sucedió algo inexplicable. La ropa se le empezó a pegar al cuerpo, la blusa se le arrugó contra la suave piel de las axilas a la vez que algo la elevaba milagrosamente. Estaba saliendo del agua, el cinturón apretado contra ella, el aire nocturno abofeteándole la piel.

A continuación, todo se volvió negro.

Capítulo 49

Justo antes de abrir los ojos, Heather tuvo la extraña sensación de que había viajado hacia atrás en el tiempo. De nuevo se hallaba en el hospital, después de otra operación más, de otro intento de encajar una pieza ausente en el dentado puzle de su pierna.

Era por los sonidos: el tictac demasiado fuerte del reloj. El clic y el zumbido de una bolsa intravenosa dispensando su contenido. El pitido de aviso de una máquina cada vez que alguien se daba la vuelta en la cama e interrumpía el flujo. Y, justo al lado, el inconfundible sonido de alguien descorriendo una cortina cúbica en un riel colgante.

Un sueño. Tenía que ser un sueño.

Entonces abrió los ojos y vio, con un desagradable sobresalto, que después de todo no era un sueño. Estaba tumbada en una cama de hospital con las familiares sábanas tiesas subidas hasta el pecho y una vía intravenosa en el brazo. A su lado había una enfermera, que le habló sin soltar el borde de la cortina que acababa de descorrer.

—Ah, estás despierta. —Cogió una jarra de agua de la mesita de ruedas que había a los pies de la cama, llenó un vaso de plástico y se lo pasó—. Bebe esto.

La enfermera pulsó el botón de control del cabecero y la mitad superior de la cama se elevó, incorporando a Heather.

—No tengo sed.

—Aun así, bebe. Estabas deshidratada cuando te trajeron. Te han dado fluidos intravenosos, pero no hay nada como un buen vaso de agua de toda la vida.

Heather dio un par de tragos, más que nada porque le faltaba energía para discutir. Le venían a la cabeza retazos de recuerdos, no en orden, sino todos a la vez: Noah ofreciéndole un vaso de café, las luces barriendo la orilla, el rostro de Steve pegado al muelle, cubierto de sangre.

«Steve».

—Mi amigo, el hombre que estaba conmigo… ¿Dónde está?

El miedo le atenazó el pecho mientras se preparaba para la respuesta.

Pero la enfermera sonrió.

—Lo han operado y está descansando tranquilo.

—¿Lo han operado? ¿Por lo del hombro?

—Sí. Y también por una herida en la cabeza. Tenía una inflamación en el cerebro que había que bajar inmediatamente. Pero ahora ya se está recuperando.

Heather se dejó caer de nuevo sobre las almohadas, cerrando los ojos a medida que el alivio fluía por su interior. Steve estaba allí, a salvo. Lo habían conseguido.

A medida que su temor pasaba a un segundo plano, fue cada vez más consciente de los dolores que tenía por todo el cuerpo. Como siempre, era su pierna la que más alto se quejaba, con su coro de notas agudísimas. Pero, ahora, el resto de sus músculos palpitaba al compás. Y había algo más, una sensación ardiente en la coronilla. Se tocó el cuero cabelludo y se encontró con un vendaje de gasa.

—¿Qué es esto? ¿Yo también tengo una herida en la cabeza?

—No. —La enfermera se rio—. Más bien una herida en el pelo. La agente de policía que te rescató te agarró de ahí. Se llevó un buen mechón.

—Los policías… —dijo Heather, mirando hacia la puerta cerrada y preguntándose si habría agentes al otro lado—. ¿Siguen aquí?

—No, ya se han marchado. Dijeron que enviarán a alguien a tomarte declaración cuando estés lista.

—Ah. Vale. Pensaba que querrían hablar conmigo en cuanto me despertase. Pero igual eso solo pasa en la tele.

Tenía que contarle a la policía lo de Noah. Le vino a la memoria su cara, el cambio y la deformación que había sufrido. Lo vio lanzando a Steve al río.

«Mira lo que me has obligado a hacer».

La invadió una sensación de vértigo. Quizá era mejor que los agentes se hubieran ido. Ya informaría de lo que había hecho Noah más adelante, cuando se le despejase un poco la cabeza. Haría una declaración exponiendo los hechos de manera clara y serena. Después, una vez recuperado, Steve podía hacer lo mismo.

Dio otro sorbo al agua mientras miraba a su alrededor, fijándose en todo. Se hallaba en una habitación semiprivada, pero la cama contigua estaba desecha y encima solo había una bolsa de viaje de color morado. Por la ventana que había justo detrás se veía un paisaje diurno compuesto por un aparcamiento y, al otro lado, una hilera de casas.

¿Qué hora era? Instintivamente barrió la habitación con la mirada en busca de su móvil, antes de recordar que Noah lo había cogido y lo había dejado caer al suelo en el muelle. Incluso su móvil prepago había desaparecido, estaría en algún lugar del río.

Sus ojos se posaron sobre un papel doblado que había sobre la mesilla.

—Te lo ha dejado una amiga tuya —dijo la enfermera mientras desenganchaba la gráfica de Heather del pie de la cama—. Estuvo varias horas ayer por la tarde y ha vuelto esta mañana.

Heather dejó el agua y cogió la nota.

«¿Estás bien? ¡¿Qué coño ha pasado?! Llámame en cuanto te despiertes y voy para allá. Estoy en casa de mi madre (es su cumple), pero me planto allí en 20 minutos. Tessa xx».

Heather dejó la nota, reconfortada porque su amiga estuviese velando por ella. Iba a tener que pedir prestado un teléfono para decirle que estaba bien, que no le fastidiase el cumpleaños a su madre; ya hablarían tranquilamente al día siguiente, cuando estuviese más espabilada. Sus ojos volvieron a la bolsa de viaje que había en la cama de al lado. Le sonaba de algo.

La enfermera siguió la mirada de Heather.

—Alguien de la Triple F dejó eso ahí —explicó—. Por si necesitabas ropa limpia y artículos de aseo.

De repente lo entendió. La bolsa formaba parte de un juego de maletas que había llegado la semana anterior, obra de un diseñador español conocido por su pasión por el morado. Quienquiera que la hubiese traído debía de haber entrado en casa de Heather con la llave del «casero»… Cabía suponer que siguiendo instrucciones de Duncan. ¿O la había preparado él mismo, quizá? Una agradable calidez la invadió al imaginárselo seleccionando cuidadosamente frascos de champú y cremas faciales.

—El hombre que lo trajo… ¿Era…? —Se interrumpió. Reformuló la pregunta—: ¿Ha venido a verme alguien de la Triple F mientras estaba inconsciente?

La enfermera, con los labios curvados en una sonrisita, anotó algo en el gráfico de Heather.

—Pues sí. El señor Triple F en persona. Llegó más o menos una hora después de que ingresaras, desde entonces no se ha movido del hospital.

Heather notó que se le dibujaba una sonrisa de oreja a oreja al imaginarse a Duncan paseándose de un lado para otro en la sala de espera, consumido por la preocupación.

—Si te encuentras con fuerzas, puedo dejarlo pasar. —La enfermera se ruborizó. Qué raro—. Pero decides tú, por supuesto.

Heather se pasó los dedos por el lado del pelo que no tenía vendaje. Estaba grasiento, necesitaba ducharse y maquillarse un poco.

—Preferiría que no me viese así. Estoy horrorosa.

Pero la puerta ya se estaba abriendo.

—Tonterías —dijo una voz familiar—. Estás estupenda.

Noah entró en la habitación.

Capítulo 50

Heather sintió una descarga de adrenalina por las venas mientras Noah se acercaba. Abrió la boca para hablar, pero no salió ningún sonido. La sonriente enfermera se retiró sin apartar los ojos de él, dejándola atrapada, débil como un gatito, atada a un soporte para suero e inmovilizada en el colchón por sábanas bien tirantes.

Noah le dedicó aquella sonrisa despreocupada que tan bien conocía ella mientras se sentaba en la butaca junto a la cama. Heather buscó a tientas el botón de llamada para pedirle a la enfermera que volviese, pero él se lo cogió delicadamente de la mano y lo apartó a un lado.

—Venga, que no lo necesitas. Solo he venido a asegurarme de que estás cómoda. Te habían puesto en una sala con tres personas más, pero me encargué de que te trasladasen. —Señaló la cama sin usar—. Las habitaciones privadas estaban todas ocupadas, por desgracia, y no he podido hacer nada al respecto. Pero te conseguí una semiprivada vacía, que en cierto modo es mejor porque así tienes más sitio.

Heather miró alrededor, perpleja. ¿Y si se había imaginado la escena del muelle? Porque este Noah era el Noah de antes. El atento mentor que se desvivía por ayudar. Cerró los ojos y trató de ordenar sus ideas, separar la memoria de la imaginación. Revivió la escena del muelle…, vio a Noah golpeando la cabeza de Steve contra las tablas, oyó el terrible ruido que hacía. Imposible que eso se lo hubiese inventado. Abrió los ojos. Era todo verdad, Noah había admitido que era el trol y había empujado a Steve al río.

Entonces, ¿qué hacía allí, haciendo como si nada de eso hubiese sucedido?

Se recostó sobre el colchón elevado y examinó su rostro. El *shock* de verlo cruzar la puerta empezaba a desvanecerse, y con él buena parte del miedo. Noah no iba a arriesgarse a atacarla allí, con médicos y enfermeros entrando sin avisar, conque debía de tener un as en la manga. Heather lo vio taparse un bostezo mientras se recostaba en la butaca azul y cruzaba los tobillos. Lo que él le había hecho a Steve era, lisa y llanamente, tentativa de asesinato. Y nada de lo que dijese ahora iba a impedir que Heather —o, más importante, Steve— lo denunciase. La vida de Noah estaba a punto de desmoronarse. Y, sin embargo, estaba allí tan tranquilo, como si no tuviese ni una sola preocupación.

—Te escapaste por los pelos —dijo—. Tuviste mucha suerte. Me han dicho que Tessa llamó a emergencias y que la policía usó el Buscamigos para rastrear tu móvil. —Se sacó algo del bolsillo, lo dejó en la mesilla: el F-phone de Heather—. Lo encontraron en el muelle, así que la policía se temió lo peor e hizo un barrido de la orilla del río, teniendo en cuenta la corriente. Parece que se presentaron justo a tiempo.

—Mi teléfono… —Se quedó mirando el aparato, confusa. Unos destellos blancos le emborronaron la vista y parpadeó para extinguirlos—. No debería estar aquí. Es una prueba.

Noah le dirigió una mirada que no supo interpretar.

—Una prueba ¿de qué, exactamente? La policía, por supuesto, querrá tomarte declaración, conocer tu versión de los hechos. Pero ya les he explicado yo la situación.

Heather arqueó una ceja.

—Vale. Y ¿qué es exactamente lo que les has explicado?

Entonces la miró a los ojos, y ella sintió que algo frío se le hundía en el pecho y le llegaba hasta la boca del estómago. La cara de Noah era la de un jugador de póquer a punto de revelar una mano imbatible.

—Les he hablado de lo preocupado que he estado, sospechando que habías tenido una recaída. He dicho que por eso fui a buscarte. Y que, tal y como me temía, te encontré incoherente, alucinando, soltando disparatadas teorías de la conspiración. Así fue como supe que habías vuelto a consumir. Que esta vez te habías pasado. Entonces llegó tu amigo, y en vista de que él, a diferencia de mí, no te ponía histérica, me marché, pensé que seguramente podría lidiar con tu estado mental mejor que yo. Por desgracia, parece que perdiste el control después de que me marchase. Estoy seguro de que no tuviste intención de tirarlo al agua…, y está claro que lo lamentaste de inmediato, ya que llamaste a una amiga para pedir ayuda y acto seguido te zambulliste a por él.

Heather se sorprendió a sí misma riéndose. ¡Era tan absurdo! ¿De veras no se le ocurría nada mejor? ¿No se daba cuenta de lo fácil que era refutar sus mentiras? Steve estaba recuperándose. Era su testigo.

Pero si a Noah le preocupaba esto, no dio muestras. Se levantó para servirse un vaso de agua de la jarra de plástico y volvió a recostarse en la silla.

—Han visto los resultados de tus análisis de sangre, así que saben que digo la verdad. —Movió la cabeza como si estuviese decepcionado—. Había mucha oxicodona, Heather, una cantidad peligrosa. Pero tú tranquila, que haré todo lo posible para que esa parte de la historia no llegue a la prensa. —Bebió un poco de agua—. Eso es lo bueno de los amigos. Que se guardan los secretos.

Heather levantó la barbilla, decidida a no dejar traslucir su inquietud.

—No creo que el hecho de que haya tomado analgésicos por engaño vaya a recibir mucha cobertura mediática. Sobre todo, cuando compite por los clics con la noticia de que el nombre más famoso de la Triple F intentó matar a un hombre. Ah, sí, y que ha estado amañando el concurso, empujando a personas dañadas hacia una muerte temprana con el único fin de aferrarse a su lugar en el candelero.

Noah apoyó el tobillo sobre la rodilla contraria.

—¡Dios mío, menuda imaginación tienes! Sin embargo, aunque tenga gracia, no puedes ir por ahí diciendo cosas así. Ya sé que has estado bajo los efectos de la droga y que lo mismo has sufrido alucinaciones, pero lanzar acusaciones descabelladas en público es… Bueno, es difamación. También un delito.

—Pero no soy solo yo. Steve le contará a todo el mundo lo que hiciste. Lo que eres.

—Ah, sí, Steve. Está muy bien, dentro de lo que cabe. Ha estado en la cuerda floja, ahí dentro: presión en el cerebro, pérdida de sangre… Pero ahora está bien. Aparte de su memoria, claro.

Fue como si el aire de la habitación se congelase, dejándola sin respiración y oprimiéndole el pecho.

—¿Su memoria?

—Bah, tranquila. Sabe su nombre y en qué año estamos. Afecta solo a cosas a corto plazo. Se acuerda de que planeó quedar contigo, pero de nada más. Por lo visto es muy habitual en los traumatismos craneales que se borren los recuerdos de las horas anteriores.

Heather se desplomó sobre la almohada. Esto explicaba que Noah hubiese entrado con ese aire tan relajado y satisfecho. Steve no podía respaldarla. La grabación estaba en algún lugar del fondo del

417

Támesis, dentro de un teléfono destrozado. Y los análisis de sangre del hospital demostraban que había ingerido una droga que, tomada en dosis lo suficientemente grandes, podía causar alucinaciones. Sin ese vídeo, cualquier cosa que dijera sonaría a desvarío de una drogadicta que atacaba al hombre que había intentado ayudarla a desintoxicarse: una celebridad y un pilar de la comunidad de la Triple F. Nadie creería ni una palabra.

Se acabó. Noah había ganado.

—Siento no poder acordarme —dijo Steve—. Es raro, esto de tener lagunas en la cabeza. La última vez que me pasó dejé de beber durante un mes. —Partió un trozo del KitKat que le había comprado Heather en la tienda del hospital—. Bueno, igual fue una semana. El caso es que me asustó entonces, y me está asustando ahora.

Había salido de la sala de posoperatorio y le habían instalado en una habitación semiprivada idéntica a la de Heather. A su compañero de habitación se lo habían llevado a hacerle una radiografía, de modo que estaban los dos solos.

Steve hizo amago de coger la taza de café que le había dejado Heather sobre la mesilla, pero se dejó caer sobre la almohada entre gemidos y maldiciones.

Ella se levantó de la silla —los mismos brazos de madera y falso cuero azul que la de su habitación— y le dio la taza.

—¿Cuántas veces te lo voy a tener que decir? ¡Usa el brazo derecho! Haz como si tu brazo izquierdo ni siquiera estuviese ahí.

—No puedo. Soy zurdo. Usar el brazo derecho sería como…, como rendirme a la maquinaria del poder.

—¿Te crees que las máquinas hacen que la gente sea diestra? Menos mal que no enseñas biología. —Ella cogió el KitKat de la colcha, ignorando el «Eh, tú» de protesta mientras partía una barra antes de devolvérselo—. Has perdido un montón de sangre.

—Sí, pero lo que me faltaba de sangre lo compensé con creces con exceso de líquido cefalorraquídeo.

Heather dio un mordisco al chocolate y lo observó mientras masticaba.

—No tiene gracia, Steve. Estuviste a punto de morir.

—Pero no me he muerto. Gracias a ti. Eso sí que fue un acto de valentía, Davies. Zambullirte a por mí. Abrocharme a tu espalda con el cinturón… ¡Joder! Habrías podido ahogarte intentando salvarme. —Se giró hacia el lado derecho y, con el rostro tenso de dolor y resolución, puso la mano izquierda sobre la de Heather y le dio un apretón—. Gracias. Ojalá hubiese una palabra más grande, pero es la única que tengo. Te debo la vida. Eres una heroína.

Heather negó con la cabeza, sintiéndose invadida por una vergüenza abrumadora.

—No me digas eso, no es verdad. Soy… Yo… —Intentó contener las lágrimas, pero había demasiadas. Se desbordaron y escaparon por sus mejillas.

—Lo siento. —Steve parecía desconcertado—. Lo último que quería era darte un disgusto. —Y a continuación, al ver que empezaba a temblar y a sollozar, preguntó—: Dios mío, Davies, ¿qué ocurre? ¿Qué ha pasado?

Heather se enjugó las lágrimas con la manga de la bata del hospital.

—Cuando estabas clavado al muelle, pensé en dejarte allí para irme yo sola a buscar ayuda. —Bajó la mirada al suelo, a fin de evitar los ojos de él.

—Sí, bueno, tiene sentido. Y, oye, habrías vuelto a tiempo… seguramente. Pero no te fuiste. No sé cómo me soltaste y me ataste a tu espalda, pero… tuviste un par de huevos. Espera, vaya comentario más sexista. Un par de ovarios. —Sus ojos desbordaban admiración—. Eres increíble, ¿lo sabías?

—No. —Heather negó con la cabeza.

En el pecho tenía un profundo dolor que no guardaba ninguna relación con sus heridas, y notaba que era de ahí de donde manaban las lágrimas, que muchas más estaban a punto de salir y que iba a ser incapaz de contenerlas. Porque su pasado, el accidente de coche, era parte de ese dolor, y se mezclaba con lo sucedido en el río. En efecto, a continuación llegó la siguiente oleada de lágrimas, no un goteo, más bien un aguacero que caía sobre la manta. Steve le pasó una caja de clínex, y en su rostro se veía claramente que ella lo estaba asustando.

—¿Te duele algo? ¿Llamo a un enfermero?

Heather movió la cabeza.

—No. Lo siento, es que tengo que… soltar esto. —Las palabras salían entrecortadamente. Se levantó, tambaleándose—. Perdona, voy al baño.

Sin embargo, Steve le sujetó la mano.

—No hace falta que te escondas. No tengo miedo a las emociones. Bueno, igual un poco. Pero eso es problema mío. Te puedes quedar aquí, si quieres.

De manera que Heather volvió a sentarse al lado de su cama y lloró sin cortarse, secándose los ojos y la nariz con clínex, los dos en silencio. Esperó a vaciarse de lágrimas y a recuperar la confianza en su voz.

Había llegado el momento de contar la verdad.

—No conoces toda la historia. Justo al final, antes de que nos rescatasen, yo no podía subir por la escalera. En el río, el agua soportaba casi todo tu peso, pero subir contigo a la espalda… En fin, sabía que no iba a ser capaz. —Respiró hondo antes de lanzarse—. Así que iba a soltarte. Tenía ya la mano puesta sobre la hebilla para abrirla cuando llegó la policía. Si no hubiese llegado en ese momento, habría dejado que te ahogaras para salvarme yo.

La vergüenza y el desprecio a sí misma se agitaban en su interior, pero pronunciar las palabras había liberado parte de la tensión emocional y la había vuelto más manejable. Bajó la cabeza.

La mano de Steve seguía sobre la suya. ¿Por qué no la había retirado, se preguntó Heather, ahora que conocía la verdad?

—¿Por qué no me enganchaste a la escalera con el cinturón?

Heather no sabía qué reacción se había esperado: si que manifestase en tono sombrío su decepción o que, horrorizado, contuviese el aliento. Sin embargo, su pregunta —formulada con la misma voz con la que solía preguntarle en la sala de profesores por qué no había utilizado una aplicación para escanear en vez de perder el tiempo con la fotocopiadora— la pilló completamente por sorpresa.

Ella levantó la cabeza y lo miró.

—¿Qué?

—¿Por qué no me desabrochaste de tu cintura y me ataste a la escalera para ir en busca de ayuda? Así de sencillo. Puede que yo no sea un profe de Ciencias, como tú, pero…

—Profesora no. En prácticas. Ni eso siquiera.

—Pero, ya sabes…, cuestión de lógica. —Chasqueó la lengua y puso los ojos en blanco con aquel gesto exasperante que tanto la había irritado siempre.

Heather se rio, sorprendiéndose a sí misma.

—Bueno, gracias, Capitán Atoropasado. Ojalá hubieras sido tan servicial y comunicativo en su momento. —Heather sacó otro clínex de la caja y se sonó. Cogió una larga bocanada de aire, llenándose los pulmones. Era como si ahora hubiese más espacio en su interior, más sitio para respirar.

421

—Mira —dijo Steve—, fuiste sobrehumana. Después, humana. Cuando te enfrentaste al dilema de seguir con vida o morir absurdamente anclada a un pringado del curro, tomaste una decisión de lo más sensata. Una decisión que cualquiera habría tomado.

—Cualquiera que fuera demasiado lerdo para no pensar en eso del cinturón y la escalera, querrás decir.

—Bueno, sí. Pero la lógica y las situaciones de vida o muerte no siempre van juntas. —Le dio un apretón en la mano—. Ahora voy a hacer algo impropio de mí: me voy a poner serio un momento. Conque ya puedes escuchar con atención, porque lo mismo esto no vuelve a pasar en la vida. —La miró a los ojos y, sin apartar la vista, dijo las siguientes palabras—: Hiciste todo lo que estuvo en tu mano para salvarme y no te rendiste hasta que de verdad te pareció que era la única opción. Estoy increíblemente agradecido y no tienes nada de lo que avergonzarte.

Heather le dedicó una sonrisa titubeante.

—Gracias. Pero todavía siento que… que necesito que me perdones.

—No. En serio, no hay nada que perdonar.

—Pero es que lo necesito. Es importante. Por favor.

Steve se encogió de hombros, y acto seguido soltó un improperio al sentir dolor en el hombro izquierdo.

—Vale. Ya que te pones tan cabezota…, te perdono.

Ella sintió que se le quitaba un peso de encima.

Se hizo un silencio incómodo.

—Por el amor de Dios, ¿podemos cambiar de tema? Soy un tipo muy superficial y todo este rollo de las emociones está muy, muy lejos de mi zona de confort. En este momento, solo quiero que alguien me ponga al día de la liga de fútbol.

Heather se rio suavemente y tiró el gurruño de clínex mojados a un vaso de agua vacío.

—Me temo que no sigo el fútbol, conque ¿y si me pones tú a mí al día de los últimos acontecimientos del cole?

Steve se relajó a ojos vistas mientras se acomodaba en la cama, colocándose el brazo derecho detrás de la cabeza.

—Bueno, la feria de ciencias y la venta de repostería de fin de curso son este viernes, así que tengo que salir de aquí antes porque cuentan conmigo; mi *fudge* de Smarties ya es leyenda.

—La feria de ciencias… —Heather sonrió, nostálgica—. ¿Te acuerdas de aquella que hicieron los de séptimo antes de Navidad? La maldita granja de hormigas de Ali.

—Dios, con la de sitios en los que podía haberse roto y tuvo que ser ahí… —Puso cara de asco—. Varias semanas más tarde me encontré una hormiga en el café.

—Eso es porque se metieron en la lata de las galletas. Y tú erre que erre, insistiendo en mojarlas…

—Bueno, como dijo una vez un sabio…

—«El té sin galletas está demasiado húmedo» —terminó Heather, recordando los descansos que hacían en la sala de profesores. Parecía que había pasado toda una vida.

—¡Anda! —Steve chasqueó los dedos, sonriendo—. Hablando de desastres de la feria de ciencias, no te he contado lo del drama de la sangre.

—¿Cómo? ¿Drama de la sangre?

—El proyecto que hizo Eric para la feria de ciencias. Hubo un incidente, por llamarlo así, relacionado con Susan Moyles, que terminó en que se negó en redondo a admitir a Eric a su clase el año que viene. Hasta habló con la directora. Un lío tremendo.

—Ay, Dios, ¿qué ha hecho esta vez? Pero… espera. ¿No estaba Susan Moyles de baja por maternidad?

—Sí, pero se pasó por el instituto para presumir de bebé cuando estaban todos enfrascados en sus proyectos de ciencias.

—¿Y?

—Bueno, pues ahí estaba, dando vueltas con el bebé y fingiendo que le encantaban los dibujos de Eric, francamente malos, de las células de la sangre cuando va él y le pregunta si su marido y ella se saben sus grupos sanguíneos. Y ella dice que sí, que ella es A negativo y su marido B negativo. A lo cual responde nuestro angelito —Steve hizo un redoble de tambor con la mano derecha en el cabecero metálico de la cama— que si resulta que el bebé es Rh positivo, más vale que no se lo cuente a su marido, no sea que se entere de que ha estado engañándola con otro.

—¡No te creo! ¡¿En serio?!

Él soltó una carcajada.

—Como te lo cuento. Cuando la directora lo llamó para hablar del tema, dijo que simplemente estaba aplicando conocimientos que había adquirido durante su formación, y que deberíamos alegrarnos de que sea capaz de llevar la teoría a la práctica en situaciones reales.

—¡Qué caradura! —Heather se rio—. Aunque tiene razón. Padre y madre con grupos negativos no pueden tener un bebé con uno positivo. Eso se lo enseñé yo.

La constatación de que Eric había atendido, de que había sacado ese aprendizaje del aula para llevarlo al mundo real, le hizo sentir un extraño orgullo.

Steve debió de percatarse, porque dijo:

—¡Vaya, vaya! ¡La profesora del año!

—Profesora, no. En prácticas solamente. Y ya ni siquiera eso.

—Aunque esto demuestra que habrías sido una profesora magnífica. Y también que no necesitas CelebRate para ser una *influencer*.

Heather se apretó las palmas de las manos contra las mejillas, fingiendo espanto.

—Ay, Dios. ¿De veras acabas de decir eso? Es la cosa más cursi que has dicho en toda tu vida. Probablemente la cosa más cursi que se haya dicho jamás.

—La culpa la tiene el traumatismo craneal.

Heather miró el vendaje.

—Saliste de tu escondite y atacaste a Noah.

—¿Ah, sí? ¿Por qué hice eso? Suena completamente disparatado, ¿no?

—Me estaba zarandeando y viniste a rescatarme.

—Vaya, soy un héroe.

—Sí. Aunque en retrospectiva, habrían salido mejor las cosas si hubieses llevado algún tipo de arma.

—Supongo que podría haberle aporreado con la batería externa. O, idealmente, con una porra de verdad.

—Sí, o con un bate de críquet... —Heather se interrumpió, frunciendo el ceño—. Espera... ¿Batería externa? No sabía que llevaras una.

—Sí, la batería de mi móvil está en las últimas. La casca al cinco por ciento, y las filmaciones la agotan en nada. No quería correr el riesgo de cargarme nuestro reportaje de investigación estilo Watergate.

A Heather se le aceleró el corazón mientras preguntaba:

—¿Qué aspecto tiene tu batería externa?

Esta vez, Steve tuvo la suficiente claridad mental para encogerse de hombros a medias, dejando en paz el izquierdo.

—Rectangular.

—Sí, pero... ¿es más o menos del mismo tamaño y de la misma forma que tu teléfono?

—Bueno, sí. ¿Por?

El corazón le latía a mil por hora. Intentó recordar la pelea del muelle, el objeto tirado en el suelo, envuelto en sombras. Después, derrapando hacia el río. ¿Había visto realmente un teléfono? ¿Y si solo había dado por hecho que lo era?

—Te veo muy entusiasmada, Davies. De haber sabido que describir formas de baterías tenía este efecto sobre las mujeres, hace años que lo habría incluido en mis frases para ligar.

Heather se rio, se levantó de un salto y le dio un beso en la frente, justo debajo de la línea de la venda. Él le dedicó una sonrisa extrañamente tímida.

—Hasta luego, Steve. Me voy pitando.

—¿Que te vas, dices? Será a la cama, ¿no? ¿No tenías que pasar al menos una noche más en el hospital? —Entrecerró los ojos, receloso—. ¿Qué está pasando?

—No estoy segura. Solo que… tengo que comprobar una cosa. Puede que no sea nada.

Aunque en su interior bullían la esperanza y la emoción mientras volvía cojeando a su habitación por el pasillo. Abrió la bolsa morada, sacó una camiseta de diseño, pantalones negros anchos, zapatos planos a juego y una bolsa de lona de Lagerfeld, y una vez vestida tiró la bata del hospital sobre la cama. En la bolsa también había un impermeable corto, y se lo puso. Seguramente haría calor en la calle, pero después de la noche en el río estaba decidida a evitar a toda costa pasar frío. Luego cogió su F-phone, que estaba sobre la mesilla; tenía la batería al doce por ciento. Nada más irse Noah, había gastado un seis por ciento en mirar, con el corazón desbocado, la actualización de su cifra de seguidores, temiendo que se hubiesen filtrado los resultados de sus análisis de sangre. Sin embargo, se había quedado pasmada al descubrir que no solo seguía ocupando el lugar de honor en el *banner,* ¡sino que por algún motivo había ganado 300 000 seguidores nuevos! Bastó una rápida búsqueda en Google para saber a qué se debía. Heather salía en todos los titulares:

Winfluencer arriesga la vida en salvamento en el río.
Estrella de CelebRate en el hospital
después de salvar a un amigo.
Horror casi mortal de la heroína Heather.

De manera que todo el mundo sabía lo de su calvario en el río…, pero no lo de las drogas que corrían por su organismo. Era evidente que por ahora Noah se estaba guardando esta carta, utilizándola para mantenerla callada.

Heather volvió a echar un rápido vistazo a los seguidores (20 000 más desde la noche anterior), comprobando disgustada que la batería bajaba al diez por ciento. Sus ojos volvieron a la bolsa morada. ¿Y si…? Abrió la cremallera del compartimento lateral y sonrió al ver su cargador. Lo echó a la bolsa de lona. Estaba lista.

Abrió la puerta un poco. Quería escabullirse cuando no estuviesen mirando las enfermeras y así no tener que discutir sobre su decisión de marcharse en contra del consejo de los médicos. En cuanto la enfermera de recepción se dio la vuelta, aprovechó para escapar cojeando hasta la salida lateral. A continuación, bajó en ascensor a la planta baja, donde, avanzando tan deprisa como le permitía su pierna, siguió las señales que llevaban hasta la entrada principal.

Y se topó de frente con Elliot.

Capítulo 51

Elliot estaba nervioso a medida que se acercaba al hospital con una caja de trufas de caramelo salado, las favoritas de Heather. O, al menos, lo habían sido… ¡Estaba tan cambiada! Notó cómo aumentaba su nivel de estrés mientras entraba por la puerta principal. La última vez que había ido a verla a un hospital, poco después del accidente, las cosas no habían ido bien. Recordó cómo se le había crispado el rostro a la vez que cogía el objeto más a mano —una jarra de plástico— y lo lanzaba a la otra punta de la habitación, rozándole la cabeza y haciendo que las enfermeras entrasen corriendo.

«¡Aléjate de mí, maldito cobarde! ¡Te salvaste y me dejaste sola sin importarte que pudiera morir!».

Después de aquello, Elliot no había vuelto.

Quizá la visita de hoy era un error. ¿Y si dejaba los bombones con las enfermeras y se marchaba? Seguro que estar ingresada le traía recuerdos, le hacía profundizar en cuestiones relativas al accidente que estaban sin resolver. Y si algo no le convenía era precisamente…

Alguien se dio de bruces con él y se le cayó la caja. ¿Por qué no miraba la gente por dónde iba? Entonces vio quién era y se le hizo un nudo en el estómago.

—Ros… Heather.

Llevaba la coronilla vendada y tenía una palidez cadavérica.

—Elliot. ¿Qué estás…? —Miró las trufas—. ¿Son para mí?

—Sí. —Cogió la caja y se la ofreció, incómodo—. Me he enterado de lo de tu accidente. Quería pasarme por aquí para…, para asegurarme de… —Balbuceaba incoherencias. Maldita sea, le había pillado completamente desprevenido. Además, ¿qué hacía Heather allí, en la entrada?—. ¿Te han dado ya el alta?

—No exactamente.

Aceptó los bombones de su mano extendida…, lo cual ya era algo.

Él pensó que saldría corriendo, que pasaría de largo y se marcharía sin mirar atrás. Pero no. Se quedó quieta como una estatua delante de él, escudriñando sus ojos.

Algo pasaba. Lo notaba en el ángulo de las cejas, en el modo en que los labios se fruncían para relajarse después, en la fugaz ráfaga de parpadeos. Como si estuviera intentando resolver un largo y complicado rompecabezas.

Fue como si el resto de la gente pasara a un segundo plano y solo quedasen ellos dos, separados por unos pocos centímetros y a mitad de camino entre la salida y el mostrador de recepción. De repente, a Heather se le relajaron los rasgos y sucedió algo increíble: le puso una mano en el brazo.

—Ahora lo entiendo. Entiendo lo que hiciste aquel día. Tenías miedo y te pareció que no tenías otra opción. —Hablaba como si estuviese pensando en voz alta, asimilando sus propias palabras a medida que las pronunciaba—. Fuiste humano. Y los dos seguimos aquí. Así que… —Levantó la barbilla y pronunció las dos palabras siguientes con cuidado, articulando cada sílaba, dando a las dos el mismo peso—: Te perdono.

Después retiró la mano, metió los bombones en la bolsa y pasó de largo con sus andares tambaleantes mientras las puertas del hospital se abrían para dejarla salir.

Elliot no se movió. Se quedó donde Heather lo había dejado, intentando absorber lo que acababa de pasar, la extraña maravilla de lo sucedido. Sentía poderosas corrientes emocionales removiéndose en su interior, abriéndose paso a través de las enmarañadas redes de culpabilidad y autodesprecio.

—¿Caballero? ¿Se encuentra bien?

Elliot volvió a ser consciente de su entorno, de la mujer del mostrador de recepción, que lo miraba con amable inquietud. ¿Cuánto tiempo llevaba allí plantado, mirando al vacío?

—Sí, estoy bien, gracias. —Se enjugó una lágrima que había aparecido en su mejilla. ¿Cómo había llegado hasta allí?

—¿Necesita algo?

—No —respondió Elliot, moviendo la cabeza—. No, ya estoy bien.

Capítulo 52

Heather sentía la náusea arremolinándose en la boca del estómago mientras se abría camino lentamente por la orilla del río rumbo al muelle, dejando atrás bloques de hormigón y maquinaria de construcción. En su interior chocaban emociones encontradas: el eco del terror que había sentido la última vez que había estado allí competía con la descabellada esperanza que la había impulsado a regresar.

El candado de la puerta del muelle estaba roto, seguramente a manos de los policías que habían ido a buscarla. Con el corazón latiéndole acelerado, cruzó y bajó por la rampa, pisando con cautela los tirantes de madera. Era evidente que la amiga del *pub* de Steve no había estado allí en los últimos días, porque la cubierta de la lancha motora seguía parcialmente abierta.

Respiró hondo antes de inclinarse para abrir del todo la cremallera, retirar la cubierta y ver el interior. La embarcación era un modelo sencillo, con dos asientos, un parabrisas curvo y un suelo blanco de fibra de vidrio. A los lados había salvavidas de color naranja y un motor en la parte trasera.

Heather echó un rápido vistazo al suelo y después otro más lento, escudriñando con creciente desesperación.

«Por favor que esté, por favor que esté».

Nada. Se subió con cuidado a la lancha, que se balanceó con su peso, y se desplazó en cuclillas por el pequeño espacio, mirando por detrás de los asientos, cubriendo hasta el último milímetro de suelo. Por fin, se dio por vencida.

El teléfono de Steve no estaba allí. Sintió el lastre de la desesperación. Adiós a su última esperanza de atrapar a Noah. Recorrió por unos instantes la lancha vacía con una mirada desolada y volvió a subir al muelle. Quizá debería llamar al hospital, disculparse por haber desaparecido, prometer que volvería y que se quedaría ingresada hasta que le diesen el alta. Estaba cerrando otra vez la cremallera cuando vio algo: un destello de papel rojo embutido entre uno de los salvavidas y la pared interior del barco. Lo sacó. Un envoltorio de KitKat. ¡Qué típico de Steve, ponerse a comer chocolate en medio de una misión encubierta! Se lo metió en el bolsillo para tirarlo más tarde, y a punto estaba de terminar de cerrar la cremallera cuando vislumbró otra cosa encajada detrás del salvavidas: una tira negra de metal.

Se le secó la boca. Una descarga de emoción la electrizó mientras alargaba la mano para coger el objeto con dedos torpes, y sin querer lo empujó más abajo. Metió la mano entera por detrás del chaleco salvavidas, agarró el objeto que estaba ahí atrapado y lo sacó.

A continuación, se sentó pesadamente en el muelle y se quedó mirándolo con asombro. El teléfono de Steve. La pantalla estaba en blanco, claro, y la batería descargada. Pero estaba seco y a primera vista no había sufrido desperfectos. De modo que, en teoría, lo único que tenía que hacer era cargarlo y tendría las pruebas que necesitaba para desenmascarar a Noah. Oyó sonar un móvil. Por un confuso instante pensó que sería el de Steve, que de alguna manera se estaba reactivando.

Entonces cayó en la cuenta de que el sonido salía de su bolsillo. Sacó el F-phone y vio el nombre de Duncan en la pantalla.

Su tono era brusco, apremiante.

—Soy yo. ¿Sigues en el hospital? Me entretuvieron en Nueva York y no pude regresar hasta anoche. Quiero verte. —Su voz se suavizó—. He estado muy preocupado.

Heather cerró los ojos, inundada por una sensación de bienestar. Ayer mismo le había parecido que su mundo estaba hecho añicos, sin posibilidad de recomponerse. Pero ahora todas las piezas empezaban a encajar de nuevo.

—Estoy bien. Acabo de salir del hospital.

—¡Qué buena noticia! ¿Podemos vernos? ¿O sigues demasiado débil?

—¿Dónde estás?

—En mi despacho.

Se metió el teléfono de Steve en el bolsillo delantero del pantalón mientras pensaba. La polémica tormenta que estaba a punto de desencadenar iba a tener un impacto directo sobre Duncan, en su calidad de director general de la compañía representada por Noah. De modo que lo mínimo que podía hacer era advertirle. A lo mejor podían presentar juntos la denuncia a la policía, para demostrar que la Triple F asumía la plena responsabilidad por lo que había salido mal…, y así Duncan podría enfrentarse al hombre que había corrompido el trabajo de su vida.

—¿Qué te parece si voy? Tengo que enseñarte una cosa.

Lo primero que hizo Heather al llegar al despacho de Duncan fue poner a cargar el móvil de Steve en el enchufe que había junto a la estantería. Dejó el aparato en una balda, apoyado contra unos lomos de libros, y se quedó al lado para poder estar atenta a la pantalla. En tan solo unos minutos, iba a poder ver la grabación. Suponiendo que no hubiese sufrido daños, claro. Suponiendo que el micrófono había funcionado. «Suponiendo, suponiendo». Últimamente parecía la palabra dominante en su vida.

Duncan cogió con delicadeza a Heather de los hombros y la miró de arriba abajo, como comprobando si sufría daños. La piel de debajo de los ojos de él estaba amoratada por la fatiga. ¿Sería simplemente el *jetlag*... o habría perdido el sueño preocupándose por ella?

—¿Seguro que estás bien?

—Estoy bien. En serio. —Heather respiró hondo—. Pero hay varias cosas que debes saber.

Las manos de Duncan bajaron desde los hombros de Heather a los bolsillos de su cárdigan, que en esta ocasión era azul marino.

—¿Qué tipo de cosas?

Heather miró de reojo la pantalla del móvil. Seguía en negro. «Mierda». ¿Y si no era solo que se había apagado la batería? ¿Y si estaba roto el aparato?

«Funciona-por favor-funciona-por favor».

Como en respuesta a su ruego, el logo brilló en la pantalla. Gracias a Dios. Mientras estuviese enchufado, podía enseñarle el vídeo a Duncan... Pero la idea de hacerlo sin echar antes un vistazo a la grabación inquietó a Heather. ¿Y si no había sonido, o si algo había fallado y ni siquiera se había grabado nada? Parecería boba. O, peor aún, una loca. No, mejor que fuese un momento al baño en cuanto tuviese carga suficiente y se asegurase de que la grabación estaba operativa antes de proclamar con valentía que tenía pruebas que respaldaban lo que iba a contarle. En cualquier caso, estuviese o no allí el vídeo, tenía que decirle la verdad a Duncan.

—Mira, no hay una manera fácil de decir esto... —Heather vio que a Duncan se le tensaban los hombros, y de repente cayó en la cuenta de la magnitud de lo que estaba a punto de revelar, de que iba a sacudir los cimientos del imperio de Duncan—. No tuve un accidente. A mi amigo y a mí nos atacaron.

—¿Cómo dices? ¡Dios mío! —Duncan echó hacia atrás la cabeza, sorprendido—. ¿Un atracador? —Abrió más los ojos—. No sería… No sería tu acosador, ¿no?

—No. Fue alguien de la Triple F.

—Alguien de… —Él entrecerró los ojos, como si tratase de enfocar algo—. ¿Te refieres a otro winfluencer?

Heather echó un vistazo al móvil: tres por ciento.

—Ahora te digo quién es. Vamos a centrarnos primero en el porqué. —Se tocó la venda. Tenía el cuero cabelludo dolorido, pero el escozor había desaparecido—. Hace poco descubrí que el concurso se ha amañado para permitir que ganen concursantes descalificados.

Duncan frunció el ceño, con cara de irritación.

—Reconozco que tenemos que endurecer nuestro proceso de selección, pero…

—No, lo has entendido mal. A estos finalistas no se les dio luz verde a pesar del riesgo, sino debido a él.

Él negó con la cabeza.

—Te equivocas. La mayoría de nuestros exganadores prospera. Pues claro que siempre va a haber una pequeña minoría con problemas que…

—Venga. Has tenido que fijarte en la cantidad de exconcursantes que han descarrilado, ¿no? Las crisis nerviosas, las sobredosis, el alcoholismo y… —tragó saliva antes de pronunciar la palabra— los suicidios.

Duncan ladeó la cabeza y parpadeó rápidamente mientras parecía considerarlo. Después señaló el sofá de color crema.

—¿Qué tal si nos sentamos?

Heather echó un vistazo fugaz al móvil de Steve: seis por ciento.

—No, gracias, estoy bien aquí.

—Pero ¿por qué iba nadie a querer dejar ganar a concursantes vulnerables? A no ser… —Pareció que daba vueltas a su propia pregunta—. Supongo que alguien del grupo de selección pudo pensar que es injusto excluirlos.

Heather apretó la mandíbula. Esa era justo la excusa que se le había ocurrido a Noah. Pero no iba a colar.

—Me temo que la motivación no es tan altruista. Porque la persona que les da el empujón es la misma que los trolea utilizando información privada extraída de sus MD, sus expedientes de la Triple F y las sesiones del Círculo de los Ganadores.

Duncan empezó a pasarse lentamente las yemas de los dedos por la frente, a todas luces esforzándose por procesarlo todo.

—Es… Bueno, obviamente es escandaloso. Si es que es verdad.

—Es verdad.

—Y ese alguien del que hablas ¿tiene nombre?

—Sí.

Otro vistazo: ocho por ciento. Iba a tener que apañarse con eso. Desconectó el móvil y se lo metió en el bolsillo.

Duncan la miraba con expresión inquisitiva.

—¿Y bien?

—Te voy a contar todo, pero primero… ¿te importa que vaya al baño?

—Me temo que está roto. La cadena. Mañana lo arreglarán los de mantenimiento. Tendrás que usar el aseo público de abajo.

—Es solo para echarme agua fría en la cara.

—No tendrás fiebre, ¿no? —Se arrimó y le puso la mano en la frente. Heather olió su jabón y un tenue rastro de alcohol. Debía de haberse tomado una copa antes de llegar ella—. No parece.

—Estoy bien. Solo necesito un par de minutos para... para refrescarme.

—En ese caso, adelante.

Al entrar en el aseo, la invadió una sensación de vértigo. Cerró la puerta y se sentó en la tapa del váter —tenía encima una cinta azul que decía «No funciona: no utilizar»— esperando a que se le pasara. Steve tenía razón: donde tenía que estar ahora era en la cama del hospital. Volvería en cuanto hubiese terminado lo que tenía que hacer aquí; le pediría a un médico que la examinase. Sacó el móvil de Steve. Marcó 666-666, oyendo en su cabeza la voz de Steve que le decía «Satán al cuadrado». Después respiró hondo y abrió la aplicación de las fotos, el pulso acelerado mientras sus ojos se iban derechos a la última miniatura.

Allí estaba el vídeo. La miniatura mostraba el primer fotograma: Noah de pie en el muelle, con el vaso de café en la mano. Treinta y dos minutos y cuarenta y siete segundos de duración, ponía, de manera que la cámara debía de haberse quedado filmando la parte de atrás del chaleco salvavidas hasta que se agotó la batería. El corazón le latía con fuerza mientras daba con el dedo a la miniatura.

«Noah, ¿qué haces aquí?». Las palabras de Heather se oían muy claras. Pero ¿y las de Noah? La grabación no tendría ningún valor si el micrófono no había recogido su voz. Hubo una pausa insoportablemente larga. Y entonces, en voz más baja pero nítida: «Hola, Heather. Te he traído algo de beber: un *chai latte* desnatado, extra de canela. Como a ti te gusta».

Siguió mirando el vídeo hasta que vio cómo su propio rostro se transformaba al comprender todo lo sucedido. Se desplomó hacia delante, aliviada. Tenía la prueba que necesitaba.

Duncan estaba en el sofá cuando volvió del cuarto de baño, y se acercó cojeando hasta él. Menos mal que ya podía sentarse. Era como si tuviera los músculos de gelatina y un temblor le recorría el cuerpo.

—¿Y bien? —Duncan puso las palmas de las manos bocarriba—. ¿Me vas a decir quién está detrás de esta…, de esta intriga?

Podía oír la duda en su voz. Noah debía de haberle hablado de su análisis de sangre. Seguro que Duncan pensaba que la combinación de opiáceos, falta de oxígeno y terror la había dejado confusa, delirante.

Pero eso estaba a punto de cambiar.

Ladeó el móvil de Steve, que estaba sobre el sofá, para que viera bien la pantalla.

—Mejor te lo enseño.

Subió el volumen a tope y se quedó mirando el rostro de Duncan mientras se encendía el vídeo. Observó cómo fruncía el ceño, desconcertado, al ver que Noah le ofrecía el *latte*. Cómo se estremecía cuando Noah reveló su verdadera naturaleza. Empezó a mover lentamente la cabeza mientras el hombre cuyo nombre era sinónimo de la empresa reconocía haberla saboteado. Al llegar al momento en el que Noah le arrancaba el bolso del hombro, Duncan le cogió el teléfono de la mano y detuvo el vídeo.

—Basta —dijo en voz baja, metiéndose el móvil en el bolsillo del cárdigan.

—Lo siento. —Heather le puso una mano en la rodilla. Pobre Duncan. Tenía que haber sido un golpe muy fuerte—. Sé que es difícil de digerir. Pero creo que lo mejor sería que nos fuéramos los dos juntos a la policía.

Observó su rostro. Sus ojos miraban inquietos de un lado a otro, como si estuviesen atentos al desarrollo de algo dentro de su cabeza. Después suspiró.

—A simple vista eso sería lo correcto y lo más evidente, por supuesto. Pero la situación es seria, así que tenemos que pensar seriamente en ella. Tener en cuenta las consecuencias.

—Las consecuencias... —repitió Heather, frunciendo el ceño—. ¿Para quién?

—Para el concurso y, por extensión, para ti, para mí y para todas las personas cuyo sustento depende del concurso. Miles de empleados de la Triple F, por no hablar de todos los ganadores, los de antes y los de ahora. Porque no te equivoques: ese vídeo es una bomba que hará saltar por los aires la Triple F. La llevará a la quiebra. La empresa podría tener responsabilidad penal. Incluso yo podría ser personalmente responsable. Todo aquello sobre lo que hemos construido nuestras vidas nos será arrebatado. Conque tenemos que tomar una decisión: ¿de verdad es esto lo que queremos?

Heather parpadeó rápidamente. Esta no era la reacción que se había esperado, y se dio cuenta de que le costaba procesarla. De nuevo sintió que se mareaba; ante sus ojos pasó un enjambre de puntos blancos, como un banco de peces ardientes.

—Pero... ha muerto gente por esto. Noah los llevó deliberadamente al límite. Por no mencionar el pequeño detalle de que atacó a un hombre y le tiró al río inconsciente.

—Sí, y ahora que sé lo que ha estado pasando, voy a encargarme personalmente de que no vuelva a suceder nada semejante, de que los candidatos descalificados no pasen. De que la información privada siga siendo eso, privada. Y de que se aparte discretamente a Noah.

—¿Apartarle discretamente? ¿Ese es su castigo?

—Te aseguro que estoy tan horrorizado como tú. Seguramente, más, ya que hace años que conozco a Noah. Bueno, creía que lo conocía. —Se volvió a mirarla y le cogió una mano entre las dos suyas—. Pero destruir el concurso no va a enmendar las cosas. Todo lo contrario: solo va a complicarles la vida a los ganadores vulnerables que continúan aquí.

Heather se quedó mirándolo, atónita. ¿Dónde estaba el hombre que había insistido en que denunciase a su acosador? ¿Que le había dicho que la verdad era más importante que la imagen del concurso y que ella era más importante? Era como si hubiese desaparecido. O… O como si, en realidad, jamás hubiese existido.

—¿Me devuelves el móvil, por favor?

—Me gustaría quedármelo yo por ahora, si no te importa. Lo voy a necesitar para hacerle frente a Noah, para enseñarle que el juego se ha terminado, que todo esto se termina ya. Confía en mí, es la manera correcta de abordarlo. —Alargó la mano para colocarle delicadamente un mechón de pelo por detrás de la oreja—. Porque confías en mí, ¿verdad?

Duncan recorrió con la mirada el rostro de Heather, en uno de sus típicos barridos analíticos.

Heather se esforzó por formular una respuesta. Pero era como si una niebla hubiese forrado el interior de su cráneo, amortiguando sus pensamientos. Se le ocurrió que lo que hiciese y dijese en los siguientes minutos decidiría el rumbo de todo su futuro.

Y eso le evocó un verso de un poema que se estudiaba en el instituto, haciéndolo revolotear por su memoria como una hoja en el viento.

«Dos caminos divergían en un bosque amarillo».

El poema de Robert Frost le había calado hondo… La idea de que una vez que enfilabas un camino era imposible volver. Y te podías pasar el resto de tus días preguntándote cómo habrían sido las cosas si hubieras escogido el otro.

Cerró los ojos, desconectándose de la habitación e intentando concentrarse. Oyó el frufrú de la ropa de Duncan cuando se movió a su lado. Al abrirlos de nuevo, la niebla se había despejado. Sabía lo que iba a hacer.

Los rasgos de Duncan estaban tensos, sus ojos grises clavados en los de Heather.

Heather le puso una mano en el brazo.

—Pues claro que confío en ti. Y por supuesto que no quiero destruir la Triple F. Sobre todo ahora que comprendo plenamente lo mucho que significa para ti, lo que estás dispuesto a sacrificar para defenderla. Sé lo mucho que has tenido que luchar, con esos supuestos amigos que intentaban robártela.

—Ah. Entonces sabes lo de Brendon. —Se miró las manos, los dedos entrelazados con fuerza sobre el regazo—. ¿Qué te han dicho exactamente?

—Que fue el creador del proyecto del concurso.

Un gesto de fastidio le cruzó fugazmente el semblante.

—Solo después de que yo sugiriese que buscásemos un modo de mercantilizar la fama. Si no, a él jamás se le habría ocurrido la idea de la lotería. Además, pensar un plan es una cosa, y disponer de las herramientas para llevarlo a la práctica es otra muy distinta. Sin mí, la Triple F jamás habría sido más que un montón de palabras en un archivo de ordenador. Sin ningún valor. Pero eso él no lo vio. Su comportamiento no me dejó más alternativa que tomar las riendas del asunto.

—¿Hackeando su ordenador y robando su trabajo?

Duncan apretó los labios.

—Haciendo lo necesario para crear todo esto. —Movió la mano para referirse a la habitación, con su mobiliario *art déco* y sus paredes de cristal inclinadas, y la fuente de abajo con sus efes rociadas por el agua—. Habría podido participar en todo esto, dirigiendo la empresa a mi lado.

—En cambio, se alcoholizó después de perder a su mujer y a sus hijos.

Duncan torció la boca.

—Parece que la brigada de chismosos te ha informado bien. ¿Qué más te han contado?

—Que le enviaste a su mujer el vídeo que puso fin a su matrimonio. —Apoyó un hombro contra el tapizado color crema del sofá y lo miró a la cara—: ¿Lo hiciste?

—Sí. —Dio vueltas al vino en la copa—. Y no pido disculpas por ello. Laura me caía bien. Tenía derecho a saber la verdad.

—Si es que era esa la verdad, claro.

Pareció que Duncan se quedaba sinceramente desconcertado.

—Por supuesto que sí. ¿Por qué insinúas lo contrario? Brendon fue lo bastante tonto como para grabar vídeos sexuales en los que salía con una camarera de cócteles de diecinueve años. Yo me limité a... a hacer que circulasen.

—He oído... —empezó a decir, pero se interrumpió porque acababa de entenderlo. Noah había estado sembrando la duda para desviar cualquier posible sospecha de su persona. Negó con la cabeza—. Nada. Rumores, solamente...

Duncan apretó los labios.

—Seguro que esta historia se ha contado de una manera que me deja en mal lugar, pero, a mi modo de ver, Brendon nos traicionó a Laura y a mí y recibió su merecido. El hecho de que su alcoholismo le impidiese perjudicar el lanzamiento de mi empresa no fue más que un beneficio añadido.

Heather rio suavemente, arrimándose más y recorriendo la mandíbula de Duncan con la punta de un dedo.

—Tienes una vena despiadada, ¿eh, Duncan?

—Prefiero pensar que es «pragmática» —respondió él, ladeando la cabeza y mirándola fijamente.

—Dejémoslo en «despiadada» —dijo ella, rodeándole la cintura con los brazos—. Es mucho más sexi que «pragmática».

Acercó los labios a los suyos, y los besos se volvieron cada vez más apasionados y profundos mientras Heather se ponía a horcajadas sobre su regazo y hundía los dedos en su cabello. Las manos de Duncan se deslizaron bajo su camiseta y fueron subiendo por sus costados. Heather le oía respirar cada vez más deprisa. Apoyó la frente contra la suya.

—A riesgo de cargarme el ambiente, necesito ir al baño. —Se desenredó de él y se dirigió hacia el aseo, parándose en seco al llegar al umbral y ver la cisterna precintada—. Vaya. No me acordaba de que estaba roto.

Se volvió, y la sorpresa de ver a Duncan directamente detrás de ella la dejó sin aliento. La estrechó entre sus brazos y le murmuró palabras al oído:

—¿Seguro que no puedes esperar?

Heather se separó suavemente.

—Me temo que no. —Cruzó la habitación y dio al botón del ascensor—. Pero tú tranquilo, que no tardo nada. —Con la espalda pegada a la pared y los brazos en alto, adoptó una pose juguetona mientras esperaba a que llegase el ascensor—. Y la próxima vez que me veas, lo mismo no llevo tanta ropa…

Se abrió la puerta y Heather subió, seguida de Duncan. Por un instante, pensó que la acompañaría hasta el aseo de señoras y que la esperaría fuera. Pero no. Duncan acercó la tarjeta al sensor, pulsó el botón de la quinta planta y salió haciendo un breve gesto con la mano. A continuación, la puerta se cerró y se quedó sola.

Soltó un suspiro tembloroso. En el ascensor había una discreta cámara, así que esperó a salir al vestíbulo de la quinta planta antes de sacar el móvil de Steve del bolsillo del pantalón. Se preguntó cuánto tardaría Duncan en darse cuenta de que no lo veía por ningún sitio. Necesitaba diez minutos. Quince, tal vez. Y la fuerza suficiente para llegar a la tercera planta. Apagó el F-phone para escapar del Buscamigos y abrió la puerta que daba a la escalera. Entre unas cosas y otras, había conseguido apartar la atención de su pierna. Ahora, sin embargo, el dolor empezaba a cobrar protagonismo y hacía que la escalera pareciera un peligroso acantilado. Vaciló. Pero solo un instante. Porque no podía permitirse perder ni un segundo. Agarrándose al pasamanos, empezó a bajar los dos tramos de escaleras. Apretó los dientes y, centrándose en la tarea que tenía por delante, se dijo que los mensajes neuronales de su pierna carecían de importancia. El único mensaje importante era el que estaba a punto de enviar.

Ya casi estaba. Tres peldaños, dos. Uno. Ya. Empujó la puerta con el hombro y pasó al vestíbulo del ascensor de la tercera planta, donde hizo un alto para orientarse. A estas alturas, Duncan se debía de estar preguntando por qué tardaba tanto. En cuanto descubriese que el teléfono de Steve había desaparecido y que ella no estaba en el aseo de señoras, iría a buscarla. Heather se alejó renqueando por el pasillo, rezando para no toparse con nadie. Pero era tarde, y el pasillo de la tercera planta estaba desierto.

Su destino estaba justo a la vuelta de la esquina. Llegó y se detuvo, con la respiración acelerada y concentrándose en el teclado numérico que había junto a la puerta. Parecía que había pasado un año desde la última vez que había estado allí y había visto a Duncan tecleando la contraseña. 10-09-08. Como la cuenta atrás de un cohete. La metió y se quedó esperando, cada vez más tensa. ¿Y si ya no era esa la combinación? Había que cambiarla periódicamente por razones de seguridad. Hubo una pausa angustiosa, y, a continuación, la luz se puso verde. Estiró los hombros para liberar tensión. Echó un vistazo al pasillo, medio esperando ver a Duncan correr hacia ella, diciéndole que parase. Pero no había nadie, y un instante después había cruzado la puerta, la había cerrado y estaba apoyada contra ella, con el corazón desbocado.

La habitación era exactamente como la recordaba: el *collage* luminoso proyectaba formas cambiantes sobre las paredes y sobre la superficie blanca de la mesa de reuniones. Le recordaba a las iglesias, al sol filtrándose por las vidrieras policromadas. Miró la pantalla de la pared y sintió una amarga punzada al verse subiendo a un coche de la Triple F a la entrada del hospital, la cara blanca, el cabello lacio bajo el vendaje de gasa, los rasgos contraídos en una mueca por haber pisado demasiado fuerte con la pierna mala. Quienquiera que la hubiese sacado debía de haber estado escondido, porque había mirado la calle de arriba abajo y no había visto ningún teléfono apuntando hacia ella. Tampoco es que una imagen así hubiese tenido la más mínima oportunidad de salir de aquella habitación.

Sacó el teléfono de Steve: siete por ciento. ¿Bastaría para enviar el vídeo? Se acordó de su cargador, que seguía enchufado inútilmente en la pared del despacho de Duncan. Si el archivo era demasiado grande y el móvil moría antes de enviarlo… Mejor no pensarlo. No podía hacer nada para impedirlo. De todos modos, tenía otras cosas de las que preocuparse. Porque a estas alturas Duncan debía de estar buscándola, yendo a ver si se había caído redonda en los aseos.

«Concéntrate-concéntrate-concéntrate».

Abrió la *app* de CelebRate en el móvil de Steve y dio a «Envíos», sin dejar de mirar la parte superior de la pantalla y la imagen de la batería con su fina barra roja. Seleccionó el icono del vídeo y salió una nota avisándola de que los envíos no podían superar los cuatro minutos. Vaya. Había olvidado esta norma. Lo editó rápidamente, empezando donde Noah le había dicho que no veía «la imagen de conjunto» y terminando cuando la había agarrado de los brazos y la había zarandeado. Tres minutos y cincuenta y dos segundos. ¿De verdad solo había durado eso? Seleccionó el vídeo recortado —¡mierda, seis por ciento!— y dio a «Enviar». Contuvo la respiración.

No pasó nada. La pantalla del teléfono parecía haberse congelado. La batería bajó del seis al cinco por ciento.

«¡No, no, no! ¡No me falles ahora!».

Apretó los dientes, irritada, y por un momento cerró los ojos con fuerza. Al abrirlos, la pantalla estaba negra. ¿Se habría enviado el vídeo antes de que muriera la batería? Alzó la vista hacia el *collage* de la pared. Se dio cuenta de que no tenía ni idea de cuánto tardaban las publicaciones en aparecer en el filtro. Podían ser segundos, minutos…, incluso horas. Lo único que podía hacer ahora era confiar en que se había enviado…, y en que llegase antes de que apareciera Duncan.

Se acercó cojeando al ordenador que había al fondo de la mesa y dio al espaciador. La pantalla de bienvenida se iluminó. Después puso el cursor sobre el «Nombre de usuario». Por un instante, no supo qué escribir. Los nervios le estaban alterando la memoria, así que se tuvo que obligar a sí misma a calmarse, respirando por la nariz, soltando el aire por la boca y haciendo que sus pensamientos volviesen a aquella noche en la que, envuelta junto a Duncan por el brillo caleidoscópico de la habitación, había observado cómo se desplazaban sus finos dedos por el teclado. Para su inmenso alivio, el recuerdo volvió: tecleó FFFCEx.

La contraseña fue más fácil de recordar, ya que la había metido ella misma. Se acordaba de su confusión cuando Duncan le había dicho «Para qué?».

Ahora, la pregunta pareció adquirir nuevas capas de significado. Escribió «Para qué?».

Y experimentó una angustiosa punzada de desánimo al leer «contraseña no válida». Maldita sea. Seguramente la había cambiado. Frustrada, impotente, dio un golpe en la mesa con la palma de la mano. Haber llegado tan lejos, solo para tropezar con el último obstáculo…

A no ser… ¿Y si la «q» era mayúscula? Los dedos le temblaban mientras tecleaba cuidadosamente «ParaQué?». Pinchó en «Filtro de acceso». Esperó.

Hubo una pausa, seguida de un repique de tres notas mientras el *collage* de la pared se repetía fugazmente en la pantalla del ordenador. A continuación, el montaje se desvaneció y fue sustituido por varias filas de miniaturas enmarcadas en rojo: sin filtrar y sin publicar. Y ahí, en la parte superior, estaba Noah, de pie en el muelle con el botón de «Play» sobre su imagen. El vídeo había entrado. Pinchó con mano temblorosa. Apareció una ventana emergente. «¿Seleccionar este vídeo?».

—Sí —dijo en voz alta, pinchando para pasar a la siguiente ventana: «¿Publicar en CelebRate?».

Debajo había dos opciones: «Confirmar» y «Cancelar».

Desplazó la flecha a «Confirmar».

—Quieta.

Sintió que todo lo que había en su interior se desplomaba, como si se hubiese caído de una gran altura.

Al fondo de la habitación, plantado en el umbral con los dedos todavía sobre el picaporte, estaba Duncan. La luz del pasillo entraba a raudales a través de la puerta. Pasó y cerró, bloqueando la luz, y a continuación, con cuidado, dio un paso hacia ella, levantando las palmas de las manos…, como un negociador de rehenes acercándose a una persona armada y peligrosa.

—Sé lo que estás a punto de hacer. Y te insto a que lo reconsideres. Porque si publicas ese vídeo, tu vida tal y como la conoces se acabará. Adiós fiestas. Adiós fans. Adiós al poder de influir en la gente. Y adiós dinero. Te quedarás sin casa. —Otro paso a cámara lenta. Su voz se suavizó—. Trabaja conmigo, Heather. Puedes ocupar el puesto de Noah, convertirte en el nuevo rostro del concurso. Una mentora para los ganadores. Serás todo lo que se suponía que tenía que haber sido él. Un ejemplo, una líder. Una persona admirada por el país entero. —Estaba lo suficientemente cerca como para que le viera los ojos. El temor que anidaba en ellos—. La Triple F te necesita. Los fans te necesitan. —Una pausa—. Yo te necesito.

A Heather se le congeló la mano al oír sus palabras. Había venido montada en una ola de ira justiciera, decidida a enseñarle al mundo lo que había hecho el rostro emblemático de la Triple F…, y de repente, para su sorpresa, estaba considerando la oferta de Duncan. Se sentía tentada. ¡Ella…, el rostro de la Triple F! Su estrella eterna, con una fama que se prolongaría durante años y no meses, un testimonio vivo —admirado, adorado— de superación de la adversidad. Tendría todo lo que siempre había deseado, y más. Además, ¿de qué serviría desenmascarar a Noah? Ella no podía deshacer el daño que había causado. En cambio, si le sustituía y realmente ejercía de mentora de los ganadores, podría marcar una verdadera diferencia en la vida de la gente, utilizar el cargo para ayudar en vez de para hacer daño.

Y quizá, solo quizá, eso era más importante que la verdad.

«La popularidad es poder».

Miró el cursor, que en estos momentos flotaba en la tierra de nadie entre «Confirmar» y «Cancelar». Después alzó la vista hacia la pared de los vídeos, donde la imagen de Noah enmarcada en rojo estaba congelada un instante antes de que se revelase tal y como era, después de darle una bebida adulterada con drogas. Heather jamás sería como él porque jamás se permitiría volverse adicta a la fama, dejarse corromper por ella.

Duncan se había acercado más; estaba solo a un par de pasos. Se apoderó de ella una sensación de irrealidad, como si todo aquello fuera un sueño.

Sus ojos volvieron a la pantalla del ordenador. Le pareció asombroso que en este momento todo su futuro dependiera de un único clic. Izquierda o derecha. Publicar o cancelar.

«Dos caminos divergían en un bosque amarillo».

Duncan se detuvo. Le dedicó una de sus sonrisas.

—Noto que empiezas a entrar en razón, a comprender lo increíble que podría ser tu vida si sumásemos fuerzas tú y yo. —Suavizó la voz—. Y no solo profesionalmente. Creo que lo que tenemos es especial y que solo puede ir a mejor. Pero este concurso… Este concurso forma parte de la persona que soy ahora, y jamás podría amar a alguien que me lo arrebatase. Así que te pido, te suplico, que no lo hagas. —Le tendió una mano—. Juntos, podemos conseguir que la Triple F vaya a más y a mejor: que sea una marca global que difunda loterías de redes sociales por todo el mundo. No solo tendrás fama. También la controlarás, será un recurso precioso que podrás repartir como mejor te parezca. Te estoy ofreciendo una vida de poder, adulación y lujo. Y seamos sinceros: ¿qué alternativa tienes? Sin el concurso, tendrías que volver a dar clase, estarías condenada a dedicar el resto de tu vida a un trabajo desagradecido y mal pagado. Se acabaron las fiestas y los fotógrafos. Se acabaron los fans que siguen todos y cada uno de tus pasos. Conque tienes que preguntarte si, después de todo lo que has visto y experimentado aquí, podrías realmente darle la espalda a esta vida… y vivir esa otra.

Heather se quedó mirando la cara de Duncan, la tensión que reflejaba, los músculos tirantes bajo la piel, los ojos grises y brillantes bajo la extraña luz de la habitación.

Y asintió.

—Gracias. Me ha servido de ayuda. No estaba segura, pero ya lo estoy.

Vio cómo el estrés abandonaba el semblante de Duncan.

—Es que me importas. Quiero que tomes la decisión correcta.

—Ya la he tomado.

La flecha salió bruscamente de tierra de nadie, y Heather pinchó. «Dos caminos divergían en un bosque amarillo y yo…».

Duncan volvía a ser el de siempre. Tranquilo. Dueño de sí mismo.

—¿Volvemos a mi despacho y seguimos donde lo dejamos? Ya hablaremos más tarde de tu nuevo cargo. Después de…

Y dejó la frase sin acabar, al parecer percatándose de que Heather no lo estaba mirando, de que estaba pendiente de la otra punta de la habitación.

«Yo escogí el menos transitado».

Duncan se volvió justo a tiempo para ver que la imagen de Noah llenaba la pantalla. Las palabras «Vídeo publicado» florecieron durante un segundo antes de que la imagen volviera a encogerse para unirse a las otras, ahora enmarcada en negro. Heather vio cómo aumentaban las visualizaciones, superando el millar en cuestión de segundos.

Duncan se quedó paralizado cual pálida figura de cera, mirando a la pantalla con el rostro descompuesto por la incredulidad. Así permaneció incluso cuando Heather pasó rozándole por su lado, recitando para sus adentros el final del poema mientras la puerta se cerraba tras ella.

«Y eso ha marcado la diferencia».

Capítulo 53

—¿Qué, alguna vez lo echas de menos? —preguntó Steve.

El café no había terminado de hacerse, pero él se precipitó a coger la cafetera. Se oyó un silbido furioso a la vez que caían gotas del filtro a la placa de la cocina.

—Hay cosas que sí —admitió Heather mientras Steve le llenaba la taza—. Me impresionó la rapidez con la que cayeron en el olvido los *winfluencers* en cuanto se cerraron la *app* y la web.

—Bueno, arranca una nueva, y muy importante, temporada de *La isla del amor*. —Él abrió la lata de galletas y no le costó encontrar una Hobnob; como era el primer día de curso, había un surtido recién comprado—. La cantidad de desconocidos con los que se puede obsesionar la gente a la vez es limitada.

—Ya sabía yo que siempre que busque empatía puedo contar contigo.

Steve mojó la galleta en el café.

—Va incluida en el servicio.

Heather desvió la mirada a la línea irregular de su frente. Tenía mejor aspecto, la piel estaba de color rosa en la parte cicatrizada. Pero era para siempre. Una herida de guerra, igual que ella.

Steve debió de darse cuenta, porque dijo:

—La verdad es que está bien. —Se retiró el pelo para que se viera la cicatriz en toda su longitud—. Me da un aire de gánster. Además, me sirve de excusa para contarle a la gente que me peleé con el hombre más odiado de Gran Bretaña... Lo de que tuvo que rescatarme una chica me lo salto.

—Soy una...

—Mujer. No una chica.

—Bien dicho.

—Estoy aprendiendo. —Él dio un mordisco a la galleta—. ¿A que es increíble? Dos profesores, que en ese momento ni siquiera lo eran, hacen caer la Triple F sin ayuda de nadie.

—Sí, bueno... Definitivamente, el tema ha perdido toda su novedad: ayer estuve cuatro horas en comisaría, repasando las mismas preguntas una y otra vez hasta que empecé a fantasear con que le tiraba el vaso de agua al inspector jefe.

—Ya... En cambio yo he tenido suerte. Mi entrevista no fue tan larga. Sobre todo me limité a decir: «No recuerdo nada al respecto» mientras el policía, con cara de cabreo, garabateaba notas que supongo que decían «menudo gilipollas». —Otro bocado a la galleta mojada—. En resumidas cuentas, te subestimó. Un error fatal.

Heather frunció el ceño, desconcertada.

—¿El policía?

Steve puso cara de exasperación.

—No. Noah. Pensó que tu pasado, todo lo que has sufrido, te hacía débil. Una presa fácil. Pero se equivocaba. Te hizo más fuerte, más resistente.

Heather se ruborizó mientras removía el azúcar en el café. Los cumplidos nunca habían formado parte de su comportamiento de los dos en la sala de profesores, así que no sabía bien cómo reaccionar.

—Gracias.

Miró alrededor, de repente consciente del hecho de que estaban solos; los demás profesores estaban ocupados con trámites de última hora o preparando las aulas para el primer día de clase. Al parecer, Heather era la única que había ido una semana antes para dejarlo todo organizado.

Steve bebió más café y, mirándola por encima del borde de la taza, dijo:

—Bueno, ¿qué, lista para empezar?

Ella se toqueteó el botón superior de la camisa azul marino, parte del nuevo guardarropa que había comprado en las rebajas de H&M.

—Ya tengo hecha la planificación de las clases y todo el trabajo de preparación, así que… más lista no puedo estar, supongo.

Los nervios le estaban poniendo el estómago del revés. Lo cual, bien mirado, era ridículo. Acababa de pasar más de dos meses viviendo la vida de una celebridad, había tenido una experiencia cercana a la muerte en el río y el año siguiente iba a subir al estrado en el que iba a ser el juicio de la década. Entonces, ¿por qué la idea de dar clase de Ciencias a unos adolescentes hacía que le corriesen descargas de energía nerviosa por las venas?

Quizá porque pensaba que tenía que demostrar algo. Veronica Shulman se había volcado con ella, utilizando el poder financiero de la familia y presionando al Consejo Escolar no solo para que aceptase de nuevo a la profesora en prácticas, sino también para que, valiéndose de su prerrogativa como instituto independiente, le permitiese saltarse el resto de las prácticas y empezar a dar clase inmediatamente. Heather no quería decepcionarla.

—¿Y sigues en contacto con algún celebRater? ¿O pasan de ti, ahora que ya no os necesitáis los unos a los otros como accesorios fotográficos humanos?

—Dios, mira que eres cínico. Pues que sepas que Tessa y yo seguimos siendo muy buenas amigas.

Steve se comió el último trozo de galleta.

—Conque es la única, ¿eh?

—Sí —reconoció Heather, suspirando—, la única.

—Bueno, si alguna vez necesitas urgentemente a alguien para salir a tomar algo, siempre puedes contar conmigo. —Bajó la cabeza y se quedó mirando la taza como si estuviese reflexionando sobre su contenido—. De hecho, estaba pensando que igual podríamos tomarnos una cerveza después del trabajo, si te apetece. Para celebrar nuestro primer día como profesores de verdad, quejándonos de lo mal pagada y poco valorada que está la profesión. —Carraspeó—. O podríamos ir a ese sitio que te gusta, el de los conejos. A cenar.

Heather sintió que le asomaba una sonrisa a los labios mientras al nervioso chisporroteo del primer día se le sumaba un nuevo tipo de nervios.

—Me encantaría, pero para hoy tengo planes que no puedo cancelar bajo ningún concepto.

Los ojos de Steve seguían mirando hacia abajo, como si estuviese ocurriendo algo interesante dentro de la taza.

—Vale, sin problema, no era más que una idea…

—¿Y mañana? Podríamos cenar en el *pub,* ¿te parece?

Él levantó la vista al instante.

—Vale. —Se encogió de hombros a medias, solo con el izquierdo; ya era capaz de hacerlo sin encogerse de dolor—. Mañana perfecto.

—Genial. De pu… Buena idea. —Heather sintió que se le acaloraba el rostro.

Se hizo un silencio incómodo que terminó cuando sonó una notificación en su móvil: un mensaje de texto de Debbie.

«Buena suerte hoy. ¡Vas a estar genial! Esta noche me lo cuentas todo con un vino».

Heather respondió rápidamente —«Me muero de ganas!»— antes de volver a meterse el móvil en el bolsillo… su móvil, tan bonito y tan normal, cuyos contenidos y localización a nadie importaban salvo a ella. En la pantalla vio que eran las 08:11.

—Los alumnos están al caer. —Apuró el café—. ¿Salimos fuera a darles la bienvenida?

Steve movió la cabeza, fingiendo consternación.

—Los has echado de menos, ¿eh? Pobre de ti, ¡de veras has echado de menos a esos monstruitos!

Heather se lavó la taza y la dejó bocabajo sobre el paño de cocina, junto al fregadero.

—Sobra el diminutivo. La mayoría son más altos que yo.

—Bueno, pues monstruos a secas.

—Vamos, sin ninguna duda —dijo Heather. Pero ella misma oyó el cariño que asomaba a su voz.

Steve apuró su café y dejó la taza sucia en la pila antes de pensárselo mejor, lavarla y dejarla junto a la de Heather.

—Pues, venga, vamos a confiscar unos cuantos móviles y a fingir que nos indigna que digan palabrotas.

Heather y Steve se colocaron junto a la puerta principal del instituto. La directora estaba en la otra punta del patio, justo al lado de la verja de entrada, dando la bienvenida a los nerviosos chavales de primero de secundaria y a sus padres. Un grupo de chicas más mayores pasó por delante de ella con los uniformes recién planchados para el primer día de clase. Marianne Coleman se había subido sin disimulo el dobladillo de la falda para lucir una cantidad de muslo no reglamentaria. Estaban cruzando el patio, cotilleando con ruidosa fanfarronería, cuando una de ellas, Alesia Baig, avistó a Heather.

—¡Eh, mirad, la señorita Davies!

—¡Señorita Davies! ¡Ha vuelto!

De repente estaban corriendo hacia ella y Heather tuvo que esforzase por mantener una sonrisa profesional mientras la pandilla de chicas, entre gritos, risas estridentes y una energía incombustible, con el aliento oliendo a la menta del chicle prohibido, le tendía una emboscada.

—¿Está muy triste por lo de CelebRate? ¡Menudo gilipollas, Noah Fauster, quién lo iba a decir! ¡Con lo bueno que está!

—¿Qué se siente al volver? ¿Está muy decepcionada? Seguro que echa de menos las fiestas, que le saquen fotos y todo eso.

—¿Puedo estar en su clase, seño? Usted es la única profesora que consigue que la física tenga sentido.

—Bienvenida a casa —le susurró Steve en la oreja; el muy capullo se daba cuenta de que estaba de lo más sensiblera y la estaba provocando. Después, volviéndose a las adolescentes, exclamó con tono de falso agravio—: ¿Y yo qué? ¿A nadie le emociona compartir aventuras tecnológicas con un profesor de Informática recién salido del horno?

Obtuvo miradas inexpresivas por toda respuesta. Entonces Sarah —la más buena del grupo— dijo:

—Bueno, a mí me gusta que consigue que aprender Python sea gracioso.

—¡Gracioso! —Steve puso una voz severa—. Sepa usted que soy un educador muy serio. Ahora, dejad de atosigar a la señorita Davies, deshaceos del chicle y a clase. Venga. —Les indicó las puertas con un gesto de la mano—. ¡Deprisa!

Las chicas fruncieron el ceño y se alejaron de mala gana.

—¡Adiós, seño!

—¡Hasta luego, seño!

Y desaparecieron. Steve soltó un suspiro dramático.

—A los profesores de Informática nadie nos valora. A todo el mundo le encanta el equipamiento del Rincón de Programación, pero no la persona que consigue que todo… Ay. Vaya por Dios. —Echó un vistazo a su reloj—. El Rincón de Programación. Me olvidé de recoger la llave. ¿Te importa quedarte al mando mientras me acerco pitando al despacho?

—Al mando quedo.

Debía de haber llegado un autobús nada más irse él, porque de repente un montón de estudiantes cruzaron las puertas en tromba; el eco de sus gritos y risas resonando por el patio le recordó el graznido de las gaviotas. A los pocos minutos se le habían pasado los nervios y era como si jamás hubiese estado ausente. Hubo que interrumpir una pelea, que coger y devolver a su dueño un gorro que alguien había tirado. Kevin Pritchard, de octavo, intentó pasar clandestinamente al hurón que tenía por mascota porque, según él, «se sentía muy solo» cuando él no estaba.

Heather les hizo entrar uno a uno hasta que se quedó sola en los escalones de la entrada, escuchando la algarabía que salía por la puerta abierta que tenía detrás. Entonces sonó el primer timbrazo y el ruido fue sustituido por pasos apresurados, portazos de taquillas y la voz de la profesora de Geografía gritando: «¡No corráis!».

A punto estaba Heather de volverse y entrar ella también cuando vio una figura solitaria que pasaba encorvada por delante de la directora y cruzaba las puertas sin dar la más mínima muestra de inquietud por llegar tarde el primer día de clase.

Eric.

Se acercó sin apartar sus ojos oscuros de Heather, que pensó que pasaría de largo sin detenerse, soltando tal vez algún comentario malicioso. En cambio, se detuvo a su lado en el escalón y volvió la cabeza hacia ella.

—Mi madre me dijo que había vuelto.

—Así es.

—Porque ya no es rica.

Heather coqueteó fugazmente con la posibilidad de decirle que le seguían llegando los pagos semanales, ya que los liquidadores intentaban seguir cumpliendo con los compromisos de la empresa. Pero ya le habían advertido que pronto se iba a cerrar el grifo. El dinero de la Triple F se había gastado casi por completo.

—Exacto —concedió—. Ya no soy rica.

—Debe de odiar estar aquí metida otra vez, después de tantos meses haciendo lo que le daba la gana.

—¿Y si lo que me da la gana es estar aquí?

Eric torció el gesto.

—No puede ser. Si no, para empezar no se habría marchado. —Su tono era acusador.

—A veces tienes que marcharte de un lugar para descubrir que en realidad es ahí donde tienes que estar.

Eric resopló.

—Ya. Seguro. Ahora me irá a decir que me ha echado de menos. —Inyectó sarcasmo a sus palabras, pero a Heather le pareció notar otra cosa escondida por debajo.

«Habla de tus clases. Le motivas a pensar».

Eric Shulman. Le había descartado, le había considerado un monstruo desalmado, cuando en realidad no era más que un niño que se sentía solo, hijo de un padre abusón y una madre infeliz, que pasaba la hora del almuerzo paseando solo por el recinto escolar. Y un chaval al que le gustaba la ciencia pero le costaba hacer exámenes, y que transformaba su tristeza en rabia.

—¿Sabes qué, Eric? Sí que te lo voy a decir. Porque es verdad. Te he echado de menos y estoy muy contenta de que estés en mi grupo este año.

Y Heather alcanzó a ver el fugaz destello de una sonrisa de sorpresa antes de que Eric la disimulase frunciendo el ceño.

Agradecimientos

He de empezar por mi maravillosa editora de HQ, Cat Camacho. Gracias por tus perspicaces comentarios, tus inestimables consejos y tu inteligente edición. Tu talento ha hecho que este libro tenga mucha más fuerza. Y gracias a mi agente, Teresa Chris, por su apoyo y su asesoramiento, y por defender siempre mis intereses.

Una mención especial a Eddie Batha, creador de mi página web, por sus observaciones y sus ideas. No sé qué he hecho para merecer una donación de tiempo y energía tan generosa, pero me siento inmensamente agradecida. También a Lotte Pang, que me ayudó a resolver los problemas de la trama en sesiones de lluvia de ideas regadas con vino y en sesiones de comentarios por Zoom.

Gracias a la autora y dramaturga Ness Lyons, que al trabajar a mi lado en cafés londinenses y en vestíbulos de hoteles de Brighton hizo que escribir fuese un asunto menos solitario.

Y, sobre todo, a mi madre Jean y a mi hermana Claire. Me faltan palabras para expresar lo que significan para mí vuestro amor y vuestro orgullo.